JN145957

めずらしい花　ありふれた花

めずらしい花　ありふれた花

——ロタと詩人ビショップとブラジルの人々の物語

カルメン・L・オリヴェイラ　小口未散訳

水声社

FLORES RARAS E BANALÍSSIMAS:
A HISTÓRIA DE LOTA DE MACEDO SOARES E ELIZABETH BISHOP
by Carmen L. Oliveira.

First published in Portuguese in 1995 as *Flores raras e banalíssimas: A história de Lota de Macedo Soares e Elizabeth Bishop*
by Editora Rocco Ltda., Rio de Janeiro, Brasil.

First published in Japanese in 2016
by Wind Rose-Suiseisha Publications, Tokyo, Japan
and by arrangement with Carmen L. Oliveira
through le Bureau des Copyrights Français, Tokyo.

Por Mário e Rico
Em memória de Magu
マリオとヒコへ
そしてマグーの想い出に

「ドナ・ロタと呼ばれた，全身これ神経，全身これ光であった，華奢で小柄なあの人に」
——カルロス・ラセルダの弔辞，1967 年 9 月

目次

著者覚書

本書の内容は、基本的に口頭および書面の取材に基づく。登場人物は、存命者も物故者も、あえて実名で実像に近く描いた。但しエイドリアン・コリンズ、ド・カルモ、エヂレウザ、イズメーニア、マリア・アメリア、ナナー、ヴィヴィーニャ、ゼゼーは仮名である。

（その件に関する話は　みんな嘘っぱちさ）。

——エリザベス・ビショップ「本国に帰ったクルーソー」

1章　一九七八年、ボストン

悲しげな目をした白髪の女性が、きりもなく仕上げに励んでいる一篇の詩の、出だしの二行を読み返した。

　もちろん　思い出すことはみんな　間違っているかもしれないけれども
　あれから、あれから、あれから——何年たつのかしら[1]

窓外への一瞥。ボストン港の美しい眺め。動くもの、無し。

部屋の壁の一隅には、角をはやし青い目をした怪異な顔つきの船首像(カハンカ)[2]が歯を剥(む)き出していた。隅々に本が山積みされていた。

実際、何年になるのかしら。

一九五一年だった。五一年の十一月。二十七年も前！

人生で最悪の時期にさしかかっていた。

ワシントン議会図書館での仕事は厭わしかった。書くために滞在したはずの文学村ヤドー[3]では惨めだった。『北と南』が出版され好評を博した一九四六年以来、二冊目の本が作れるだけの詩は書けずにいた。欲求不満が溜まっていた。

パリ、カサブランカ、ロンドン、メキシコシティ、フィレンツェ、ポルトープランス、キーウェスト――世界のあちらこちらを転々としながら、この人生をやり過ごしてきたのだった。しまいにはニューヨークでホテルからホテルへと渡り歩いていた。産み出すことはできなかった。飲んで自分をさいなんでいた。

自分自身をどうしてよいか分らず、船に乗り、やみくもに海へ向かうことに決めた。それだけ。ただそれだけのことだった。

旅のあいだキャビンにひとり閉じこもり、結局のところ、人生に何を期待してるのかしらと自問し続けた。

四十歳だった。

書きたい、と思った。収入がほしかった。友達がほしかった。愛が人生で再び起きうる、と信じたかった。

船は最初サントスに停泊した。港はがっかりだった。褪せたピンクの倉庫だとか、コーヒーの袋だとか、ひょろっと頼りないヤシの木々、猛烈な暑さ。

だが目的地はサントスではなかった。リオデジャネイロなのだった。

そこには二人、旧知のアメリカ人女性が住んでいた。友人アルフレッドの妹パール・ケイジン、そ

れにメアリー――一九四二年、苗字も名前も長々しい一人のブラジル人女性の仲間として知り合った
メアリー・モース。
さあ、親愛なる貴女(ケリーダ・アミーガ)、お座りなさいな、これは長くて悲しい物語なのだから。

2章　おお、旅人よ

一九五一年十一月三十日、メアリー・モースはエリザベス・ビショップを、レーミ地区のアパートへ連れて行った。[1]ロタ・ヂ・マセード・ソアレス[2]と共有する十一階の部屋は、アトランチカ大通りに面していた。

やがて自分に降りかかることなど思いもしない様子でメアリーは友情ある申し出をした。

「リオにいるあいだ、アパートは自由に使って」

「ありがとう」

ビショップは手短にお礼を述べた。傷つきやすい自分がじわじわ浸み出てくる内面を、見透かされたくはなかった。

内気な二人は当然の成り行きに陥った。会話の糸口となる話題を見つけられなかった。

ビショップに景色が見えるようにと、メアリーは窓を開けようとした。ビショップは海の眺めが好きだった。ここのは特別綺麗だわ、と言った。部屋を見回し、すごく素敵、と趣味を褒めた。がらんとさっぱりした内装が気に入った。絵も気に入った。アレグザンダー・カルダー[3]のモビールも気に入った。モダンデザインの椅子二脚がとくに気に入った。

メアリーが勘づいた。

「ロタがデザインしたのよ」

「ロタはどこなの？」——どうしても知りたくなってビショップは尋ねた。

「サマンバイアにいるわ。家のことで、来られなかったのよ」

ビショップは〈サマンバイア〉と綺麗な一語を心のノートに書きとめ、メアリーの感じのよい顔にさっと視線を走らせた。

「家のことで」

「私たち、家を建ててるの、ペトロポリス[4]の山のなかに」

「そう」

ビショップは、そこにいない人について、もっと知りたくなった。

メアリーは昔を想い出した——ビショップ本人と知り合う少し前の一九四一年、偶然ロタと知り合った。ダンサーとしてのキャリアにも終わりが見えてニューヨークへ帰ろうとしていたときだ。船上でワシントン議会図書館の壁画を委嘱された画家ポルチナーリ[5]の取り巻き（アントウラージュ）の一人だったロタと出会ったのだ。ロタは芸術が大好きだった。ニューヨークで彼女は、雑誌『フォーチュン』の記者フローレンス・ホーン[6]と手に手を取り合い、ＭｏＭＡ（ニューヨーク近代美術館）に入り浸っていた。ロタによれば、ホーンはブラジルに熱狂していた。文化を広げるＭｏＭＡの活動に魅せられたロタは、同様のものをブラジルにも創りたいと主張した。翌一九四二年ブラジルにやって来たメアリーは、ロタが早くもブラジル芸術を普及させるべく、芸術家や知識人の協会を組織していたのを見て驚いた。法人としての規約や後ろ盾となる支援者の組織も万端整っていた。同じ断固たる決意のもと、ロタはメアリーにこのアパートで一緒に暮らすよう招き入れた。メアリーは承諾した。それがもう十年前のことだった。ここでメアリーは、道路事情があるから暗くなる前に帰らなければ、と悪そうにビショップに言った。サマンバイアを見せに連れて行く日取りを決めるため、あとから電話するわね。リオでの滞在がよいものになりますように、と言った。

明らかに、ビショップはずっとリオが好きではなかった。

窓からの眺めはこの上なく美しかった。だが、街は恐ろしい暑さだったし——どう言ったらいいかしら？——乱雑だった。

早朝から浜辺は蜂の巣をつついたように人だらけになった。半ズボン姿の浅黒い男たち（モレーノ）が、通りの真ん中で日がなボール蹴りに興じていた。

神経を休めるどころか、レーミの通りを気怠げに歩いている人波は逆効果をもたらした。それと引き換えに、コパカバーナの真ん中はまた別の蜂の巣をなし、ビショップのあてどない気分に拍車をかけた。麻痺したような感覚に襲われた。

スリップ一枚、汗だくで、アントニオ・ヴィエイラ通りのアパートで詩に取り組んだ。

……おお、旅人よ、

これがあなたに対する　この国の出方なのか

ちがう世界からやって来て、ふらちな要求をするあなたに(7)

メアリーとロタが来て、山の家へ連れて行ってくれる日になったときは嬉しかった。背の低い女性が一人、約束の時刻に幌をあけた一台の赤いジャガーが歩道にぴったり寄せてきた。近づくにつれ、覚えてしなやかな身のこなしで車をピョンとはね降り、微笑の波動が伝わってきた。近づくにつれ、覚えていたよりもずっと浅黒い（モレーナ）人であることに気づいた。右手で、彼女はビショップの手を力強く握り、左手で肩を撫でた。目を覗き込んでいた。

「行きましょうか?」

こんな風にふれられるのに慣れていなかったので、ビショップは次にどうすればよいのか分らなかった。ロタは車のドアを開けて、座れという仕草をした。と、彼女は急発進し、車は飛ぶように走った。じきにロタはほかの車や小型乗合バス（ロタサウン）(8)の群れを抜け出し、まばゆい風景のなか、山道を登り始めた。左手には水気の多い雲の下で山々が互いに付き従い、右手には色あざやかな花々に縁どられた道路がうねっていた。

「マリア・セイン・ヴェルゴーニャ(9)――恥知らずのマリア、って花」ロタが説明した。

ビショップはときめいた――車を止め外に出てみたかったが、気後れして言えなかった。

気がつくと、小さな素敵な町(10)を過ぎるところだった。通りには、アジサイで飾られた、手入れの行き届いた庭付きの豪壮な館が整列していた。

王族が休暇を過ごす館を建てるために、皇帝がこの町を選んだのだと、ロタは説明した。この国にも王や王子や王女がいたなんて、リオの路上のサッカーごっこから退避しているときのビショップには思いもよらないことだった。このことは移動中ではないときに、もっと詳しく聞いてみるべきテーマだ、と心に銘記した。

不意に、周囲が一変した。二人は狭い穴ぼこだらけの道路に突き当たった。石ころや穴をよけようとして軽業のような運転をしているあいだも、ロタは平然としゃべり続けた。

「ここはもう少しマシになるわ」――うわっ！――「十年ほど前に母からサマンバイアの土地を譲り受けたの。最初は相続分割にずいぶん手間取ってね。妹と何もかも、それこそミリ単位まできっちり等分にしなくちゃならなかった。それから一等地の所を分割することにしたの。これも果てもない仕事で、いやってほど書類があって。ようやく家を建てるばかりになったとこ。この道もそのうちなんとかするわよ」――そして、うわっ！

ビショップは揺れるのは平気だった。道はすばらしかった！　森の真ん中を伐り拓いた道、森がこの上なくこんもりと茂っているのを近くから見るのもはじめてだった。大木が互いに仕草を交わし、蔓植物（リアーナ）を見せびらかし合っていた。枝のはるかな高みでは、ブロメリアの赤い色が際立っていた。

カーブを曲がると、不意に何かぎこちない、苦しげな様子の者が、意を決して道を横切ろうとした。ビショップは初めて口を開いた。

「トカゲ！」子供っぽい嬉しそうな叫びを上げた。

だがロタは大したことでもない風情で道を続け、やがて、そろそろ着くわよと告げた。

何気なく道の片側に目をやってビショップはぎょっとした。何てこと（オー・ディア）[11]――誓ってもいいけど、ラクダが見えたわ。生垣の脇にいたのは本物のラクダだった、ぜったい、そうよ。

ドライバーが気づいて、悪戯っぽく言った――「慌てないで。うちのお隣さんは、動物園のために野獣を買うわけ、それで園に移送されるまでは、ここにいるの」

今や足りないものは、時計を見いみい急いでいる慌てウサギ[12]の登場ばかり、だった。

ジャガーが停車した。

「着いたわよ」ロタが命令するように言った。

ビショップが降りると、跳ねまわる犬のお出迎えだった。

彼女はあたりを見回した――何という信じられない場所だったろう！　はるか向こうに青霞む山々があった。ぐるり一面、森に取り囲まれていた。目の前には、巨大な花崗岩の岩面が仁王立ちしていた。

「これが、うちなの」ロタの声がはるか前方から届いた。

どこからともなくメアリーが現れ、建築中の家へといざなった。

「おはよう。道中どうだった？」

半ば裸の男が二人、壁のてっぺんに貼り付いていた。

ロタに案内され、ビショップは犬の足跡だらけのセメントを踏みつつ、建て地の上から下まで巡った。ここはこうなるの、あそこはああなるのと、ロタは熱く語っていた。腕がそっとふれると、次へと移動するタイミングなのだった。この家をどう設計したか話していたが、挙がった誰それの名前はビショップにはつかめなかった。驚くアメリカ女性は、壁のない家ができつつあることを漠然と理解した。いや、まず回廊がありその周囲が家になるのだとでも言おうか。彼女はロタの綺麗な手の眺めにとらえられていた。

「ここブラジルではね、ものごとは少々――経験主義でやっていくの。でも最後にはすべてうまくいくから」。手の持ち主はビショップに保証した。

「ちょっとその辺を散歩しましょうよ」とロタが言った。

ビショップはスーツケースがまだ車中にあることを言おうとしたけれども、ロタはすでに先へ行っていた。ビショップとメアリーは従った。

小道を行くと滝に出た。手帳を持って来なかったのを、ビショップは残念に思った。心のなかで色の種類を数え上げた――ダークグリーン、オリーヴ、紫、錆色、黄色、別の色合の黄色、血の赤、仄緑（ほのみどり）の白。ビショップは滝の隠れた振動を聞いた。ロタが道案内した。

「気をつけて、そこ、トゲがある！」岩場や滑りやすい場所に来ると手を貸した。

滝に着くと、ビショップは水が様々な生き物とたわむれるのを眺めた――アジアンタム、ブロメリア、水生植物、コケ。

「私たちの使う水はここで堰止められてるの」。ロタが現実的な物言いで介入した。「水流がこの先に溢れて、家の近くまで来るの。いらっしゃい、見せるわ」

五時になると、男たちは波が引くように消えた。

「さよなら（チャウ）、ドナ・ロタ」

「ばいばい（チャウズイーニョ）」

「また明日（アテ・アマニャン）、ドナ・ロタ」

「また明日（アテ・アマニャン）、私のお花（ミーニャ・フローレ）」[13]

ビショップはロタが肉体労働者たちと交わす愛あるしゃべり方、ビショップからすれば親密すぎると言いたいくらいの口の利き方に意表を突かれた。実はランチのときにも同じことが起きたのだ、ロタが、メイドにビショップを紹介する、と言い張ったときのことだ。

「エヂレウザ、こちらが（エスタ・アキー・エ）、ドナ・エリザベッチ[14]」

「お元気で？（ター・ボア）」とエヂレウザはポルトガル語で尋ね、ロタが訳した。

ビショップはええと返事をし、ロタがまた訳した。

ロタはビショップを感嘆させていた。ニューヨークでは好みの柄のデンマーク製ナプキンを追いかけていた。オスカー・ココシュカとヘンリー・ムーアについて知見ある物言いをした。英語をとても流暢に話した。間違えるときも、じつに流暢に間違えた。今や彼女はスポーツカーに乗って現れ、ウルトラモダンな家を林のなかに建てていた。変わってるわ（ペキューリアー）。

「軽くお茶でもどう？」ロタはビショップとメアリーのあいだに割って入って腕をつなぎ、前方へいざなった。

家のせめて一部が完成するまで、ロタとメアリーは建築用地の真下にある共通の友達二人、ヴァルキーリアとバヘット[15]の家に住んでいた。ビショップは昼食を摂るため、その家はすでに訪ねていた。

「じつは紅茶じゃなくて、マテ茶を飲むのよ」とロタは明かした。「輸入紅茶もあるんだけど、本当のところ、あんまりよくないのよね。マテ茶はきっと好きになるわ」

メアリーは会話が盛り上がっていくのを見ていた。つまりロタはせっせとおどけてみせ、ビショップも大笑いを惜しまなかった、ということだ。メアリーは黙って自分のマテ茶を飲み続けた。

しばらくして、会話は詩の話題に移った。ロタはビショップに、その詩の一つを読んでほしがった。ビショップは断わった。

「じゃ、誰かほかの詩人のを」

こういう頼み事にビショップは不慣れだったが、この折にかぎっては自然な成り行きに思えた。彼女は本を取りに行った。

「マリアン・ムーア[16]は好きかしら？」

「その人で行きましょう！」

ビショップはページを繰り、「結婚」を選んだ。

エヴァ　美しい女（ひと）――
出会ったひとは
そんなにも立派な顔（かんばせ）で、
はっと　わたしを驚かせたことには、
同時に　三つの言葉で――
英語　ドイツ語　フランス語で――
書くこともできれば、
話すこともできるのだった。
興奮を求めてやまなかったが、また
沈黙を求めてやまないのだった。

「わたしは独りが好き」
訪問者は答えて言った、
「わたしも独りが好き。
独り同士　一緒にいてはどうかしら？」

スタンザごとに、ビショップは淡色の目でロタに確かめた。茶色の目が問いに応えた。室内に沈黙が立ちこめた。

「もっと読んで」ロタが頼んだ。

ビショップは「カタツムリに」を読んだ。

メアリーがささやいた。

「私、そろそろ寝る。おやすみ（ボア・ノイチ）」

「ボア・ノイチ、メアリー。私たちもじき寝るわ」とロタ。

「ボア・ノイチ」とビショップ。

そして二人はそのまま居残った。

ビショップは常になくよく眠り、常になく早く目覚めた。家は静まりかえっていた。ロタとメアリーはまだ起きだしていないにちがいなかった。

部屋を見回すと、隅っこのテーブルの上にアメリカの新聞や雑誌を見つけた。少し日付の古い『ニューヨーク・タイムズ』の紙面をめくった。

ふいに気がむいて、ブラジルでの最初の詩「サントスに着く」を読み返すことにした。

その詩が描くのは、異文化の港に着いたばかりの第一世界の旅人で、人生に対する新しい意味づけを見出したいと願っているのだった。船が錨を下ろすと、旅人はどうでもよいような樹形と物憂げな港湾設備に失望の目を落とす。土地の労働者との最初の接触は元気を与えてくれるものではなかった。旅人は何度か叫び声を上げて警告したのに、慣れない扱いのせいで船カギが同乗の女性客のスカートを引っ掛ける。相手を上から目線で眺める者の傲慢さから、旅人は自分を受け入れてくれる国への不躾な文句を並べたて、長たらしい不満のリストをこしらえるのだ。

ビショップはそのときまでに書いたものを読み直した。そこには、抱いていた先入観との一致を拒む世界を前に呆然とする旅人がいた。今はこの詩を仕上げなくては。彼女はいくらか詩行を見直し、ことに韻のいくつかと最終スタンザを整えなければならなかった。この詩はアメリカの編集者にうけるかもしれない、と考えた。運がよければ、雑誌『ニューヨーカー』に売れるかもしれなかった。だが、二時間あまりもやってみたあと、うまくいかなくて苛立ちを覚えた。何も解決できていなかった。それどころか、以前は気に入っていた結びが、しっくり来なくなっていた。空腹だった。烈しい喉の渇きを覚えた。

「これはこれは（オラ・オラ）、詩人さまはお仕事中ではないですか！」

ロタだった！　その声を聞くのはなんと快かったことだろう。

ビショップは振り向いた、助かったわ。

「お腹すいた」と彼女は子供のような目つきで言った。

メアリーは、ビショップがもう、レーミへ戻ることを口にしなくなっているのに気づいた。彼女はそのままずっと居続けていた。
毎日、朝食後になると、彼女はロタが建設中の建物に手を加えるのを見に行った。書くことが捗らず考えがまとまらなくなると、ビショップはかくも複雑な事業に差配をふるうロタの闊達さに驚くばかりだった。

その世代の上流階級の女性たちの大半と同様、マリア・カルロタ・コスタラット・ヂ・マセード・ソアレスは家庭教師につき、またヨーロッパで学んだが、大学へは行かなかった。けれども建築についてなら一から十まで知っていた。その分野の蔵書は見上げたものだった。彼女はリオデジャネイロの旧教育保健省建設に関わる若いアヴァンギャルド建築家たちの仕事を間近で追っていた。ブラジルで最も賞賛される建築家たちとは友人だった。

ロタが自宅の設計を具現化しようとした際に思い浮かべたのは、そうした人物の一人であるセルジョ・ベルナルデス[17]だった。彼女は装飾的で曲がりくねった自然の形体のなかに、直線的で無駄のないオブジェを置きたいと望んでいた。鉄の剛（かた）さとガラスの脆（もろ）さ、工芸品の輝き、川肌の石の荒々しさがすべて共存するはずなのだった。異なる質感、量感、レベルが、見る人を常に予測のつかないアングルの前にたたせ、それが大変美しいので、規格化されたものを超える何かを受け入れさせてしまう。その家は、現代建築に寄せるロタの情熱こもるアイデアの集約だった。セルジョもまた彼は彼で、現代建築には情熱的なアイデアがあった。その結果――二人がプロジェクトについて話し合いの席に着くと火花が散った。彼は建築の学士号を持っていたが、なにせ相手はロタ・ヂ・マセード・ソアレスだった。後生だからあの女に耐える力を与えてくれと神に請い願ったあげく、愛車のスポーツカーのドアを乱暴に閉め、二度と来るもんかと罵りつつ爆音を立てて道を降って行く姿を、メアリーは何度となく目撃した。

さらにロタは製図板に張り付いているだけではいなかった。友人カルロス・レォン[18]の設計になる最初の家を、すでに手ずからサマンバイアに建てていた。ついで彼女は、弁護士が自分の家も建てることにして用地の不動産登記をしてくれたので、その謝礼も支払った。二軒の家はどちらも、ロタの刻印ある、創造的で意表をつく仕上げに満ちていた。

上流階級、地主、どのように呼ぼうと、ロタについてメアリーには一つ、分っていることがあった。仕事に臨んでは決して怯(ひる)まない、と。建設が始まったとき、二人は毎日、交代でジープから荒削りの石の荷積みと荷下ろしをやった。メアリーにとってこれほど疲れる作業はほかに思い出せないが、ロタが疲れている姿は、ついぞ浮かんでこなかった。

その朝、ビショップはロタが屋根の格子の配置を指示してあちこち動くのを眺めていた。二人の石工が憮然としたことに、この屋根には通常使われるスレートも粘土タイルも無かった。スチール製の大梁で支えるアルミ板の奇妙なからくりになっているのだった。

作業はおそろしく高くつき、ロタは寝室、リビング、浴室、キッチンなど基本の中心部分を造ったのち、最も大胆な建築エレメントを最後に回した。壁はもう立ち上がっていた。嫌がる二人の人夫を宗旨替えさせられたら、壁を覆う作業が完成できるはずだった。

ビショップはロタを飽かず眺めた。人が夢を描き、自分の家を建てるのは素敵だった。

夜はみんなで団欒した。

メアリーがペトロポリスの局留め郵便から取って来た『タイム』誌や『ニューヨーク・タイムズ』

紙の古いのを読んだ。
そのあと、ロタとビショップは好みの作家をそれぞれ選んだ。
ビショップはジョージ・ハーバート[19]の「愛」を声に出して読んだ。

ラヴ ベイド ミーウェルカム、イエット マイソウル ドゥルー バック
ギルティ オブ ダスト アンド スィン。
(主の愛は　招き入れてくださった、だが　わたしの魂は尻込みした
塵と　罪とで　心やましかったので)

ロタはマリオ・ヂ・アンドラーヂ[20]を朗々と音読した——「女友達の詩（ポエマ・ダ・アミーガ）」を。

オンテインヴォセ エスターヴァ タゥン リンダ
キウ メウ コルプ シェゴウ
セイキ エーラウン ヒアショ イドゥアズ オラズ ヂ セーヂ、
ミデブルーセイ、ナゥン ベビ。
(昨日　あなたがそんなにも綺麗だったから
わたしの体は　満たされた。
あなたが小川だと知って　二時間の喉の渇きに、
わたしは体をかがめたが、飲むことはしなかった)

詩をいくつも英訳しつつ、ポルトガル語の音楽性に注意してる？　とロタは聞き質した。

そういえば外国人のビショップの耳に届くのは詩人や使用人のポルトガル語だった――ロタとメアリーは英語で話しかけたからだ。ポルトガル語は難しく手ざわりの粗い言葉に聞こえた。大丈夫よ、とロタは保証した、この言葉は甘美そのもの、植物のことを学べば、すぐ、語末第三音節韻（ヒーマ・プロパロクシトーナ）――語末から三音節目にアクセントを置く韻[21]の名手になれるわ、と。

「わかる？　葉舌（リーグラ）。花弁（ペータラ）。幼芽（プルームラ）」とロタはやってみせた、ゆっくりと、悪戯っぽく。

ビショップはロタのユーモアに魅せられていた。彼女に話しかけるのは楽しかった。並々ならぬ教養があり明晰だったからだ。アメリカ人としてビショップは、ロタのヨーロッパ仕込みの教育を高く評価した。人里離れた場所で、食卓が常に紛れもない優雅さで整えられているのを見るのは驚きだった。音楽について語り合えば、その最中に、ロタはまるで手品師がシルクハットから取り出すように、エリック・サティの『冷たい小品（ピエス・フロワッド）』[22]を取り出してみせるのだった。あるいはまた、サティが曲を付け、コクトーが台本を書き、ピカソが舞台装置を造った『パラード』[23]上演にまつわるスキャンダルの話を。

一方ロタの側では、ビショップが名門女子大ヴァッサーで学んだこと、友人にマリアン・ムーアやロバート・ローウェル[24]らの著名人がいることに感心していた。

「あなたを大勢の面白い人たちに紹介するわ、じきに分かる、会ってみなさい」確信ありげにビショップの腕を押しながら、ロタは約束した。

3章　みだらな花梗

サマンバイア、ペトロポリス。

自分にとってのポルトガル語の最初の二語を、ビショップはいそいそと便箋の上部に書いた。この惑星の上に自分を位置づけてくれる、確かで響きのよい二つの言葉を。

いま自分が過ごしている驚くばかりの楽しいときを、ニュースにしてアメリカへ送りたいと彼女は思ったのだ。だが、日付を記そうとして、ためらった。十一月三十日リオに到着してからの日数を数え始めたが、日にちの概念をなくしてしまっているのが分った。

自分でも驚きだった。これは内心でどんなに武装解除しているか、平和というべき心境に達しているかを測る尺度だった――今いる位置を知ることが第一だからバッグに磁石を入れずには出かけたこともなかった彼女が、だ。

それらしい日付候補を三つ文通相手に告げて手紙を終えるや否や、現場を覗きに行った。

近づくと、いつものように長ズボン姿でシャツの裾をズボンの外に出した格好のロタが、両手をべルトにあて、浅黒い男二人を相手にまくし立てていた。裸足でズボンをたくし上げ、腕組みしたまま男たちは耳をそばだてていた。彼らは妙なかぶり物を被っていた。一人は半分位まで巻き上げた青い紙袋を耳までおろして載せていた。もう一人は四つの方角を指すごとく四隅を結び目にした布を巻いていた。

　ロタはわめいていた。男の一人が首を横に振り地面に目を落とした。もっとそばに近寄ってビショップは声の届く所にいたが、耳慣れた「メウ・ケリード（私のいい人）」や「ミーニャ・フロール（私の花）」は聞こえてこなかった。

　疑いもなく、反抗の理由の一つは地面においた鉄棒の山だった。紙帽子の男がそれらを指さし何かつぶやいていたが、その家の女主人のさらなる爆発を引き起こしたからだ。

　不意にビショップは、ロタの調子の新たなニュアンスに気づいた。彼女は冷静になり、その仕草はビショップを驚かせたが、ごく自然に愛情ある様子で男たちそれぞれの片腕をとった。三人は和気あいあいと談笑していた。ビショップは石工たちが明らかに満足気に、それぞれの持ち場に戻るのを見た。

　ロタがビショップに挨拶に来て説明した。

「あの人たち、自分たちの美的基準からは、この家はやりすぎだって文句言ったのよ。石が汚れてるうえに煉瓦は剥き出し、屋根は飾り立てすぎだって。どこまでも果てしない鉄棒とジグザグ形で、理由もなくこんなに装飾を施す仕事と心中する気はないって、ごねるわけ。そこで、あなたたちが建てているのはカーニヴァルの家なんだって言ったら、納得してくれたのよ」

その日、エヂレウザは朝食の時間に現れなかった。

ロタ・ヂ・マセード・ソアレスにとって、一日はベッドで供されるコーヒーで始まらなくてはならなかった。案の定、ロタはひどくイライラした。時間になると、挽きたての強いコーヒーを一杯だけ飲んで、罵りながら出て行った。性悪め、性悪め、と。

しばらくして、メアリーがビショップに懸念を伝えた——エヂレウザがまだ来ていないのだった。メアリーの驚いたことには、上流夫人(ミラディー)[1]は即座にランチの支度に取り掛かった。詩人は料理が大好きだったのだ。

パセリと玉葱で、勘を頼りにビショップは即席でパンケーキをこしらえた。

食事時になると、ロタは見るからに満足気な様子でテーブルにつき、リネンのナプキンをこれみよがしに首に挟んで揉み手した。いつもの習いで皿にたっぷり胡椒をふりまき、最初の一口を頬張ろうとしたが、いざその段になって手を止めた。

「ふむ。どうかしらね？　メアリー、本人が食べるのを待ちましょうよ。どんな感じかわかるから」

やがてついに、大きな過ちを犯す者のような風情で、ロタは食した。ビショップは慄(おのの)くばかりの思いだった。

「うーむ！　美味ナリ(デリスイユー)、美味ナリ(デリスイユー)」

パンケーキが尽きる頃には、称賛のあらしだった。ロタは感謝と誇りのつよい眼差しでビショップを射すくめた。メアリーは、ロタがあたかもビショップに胡椒をふりまき、たいらげるときが来ているのを目の当たりにしている気がした。

「あなたに料理の才能があるとは知らなかったわ。年中、星に耳を傾けているだけかと思ってた」

自分の職業に対するこの定義は疑問だったが、コックとして評価されたことは分った。クリスマスには本格的なアメリカ式七面鳥を焼くわ、とビショップは大胆にも約束した。

ということは、この人、クリスマスまでここにいるつもりなのかしら？ とメアリー・モースは自問した。

食事もとうに済んだ頃、エヂレウザが落ち込んだ様子で現れた。腹具合が悪かったのだ。

事情が明かされた。

二日間、エヂレウザは具合が悪かった。森で採った薬草で煮出したお茶を飲み、普段使われる薬を拒否した。ビショップが料理をする間、マリアさま死から私をお助けください、聖心なるイエスさまお救いください、と彼女は呻いた。棟上げ式にさえ行かなかった——そこではビールと見事なシュハスコが振る舞われ、ビショップは生まれて初めて、生（なま）のマンヂョーカ(2)を人が食するのを見た。

ビショップは何とかエヂレウザと言葉の関係を取り結ぼうと努力したが、困難だった。ロタでさえ病人の話を訳すのに難渋していた。エヂレウザの妹のことをあばずれと罵った隣人と喧嘩になっていたのだ。興奮したやりとりでエヂレウザは煮えくり返り、明らかにそれがつのって体にガタガタ震えがきた。正真正銘の癇癪（かんしゃく）に殺されかけたわけだった。

ビショップは、エヂレウザを前から知っているような気がした。ふいに思い出したのは——ワシントンで見たエラストゥス・ソールズベリ・フィールドの絵『スミス夫人とその双子』(3)で、あのスミス夫人とエヂレウザは妙に似ている、と。同じような隠し事の雰囲気があり、それはたぶんアーモンド型の目と、肉感的な唇の端にたくしこんだ笑いのせいだった。ただエヂレウザの方は、こちらでいう浅黒い女（モレーナ）だった。そして夫人の顔の両側でかっきり配分された行儀のいい小さなカールの代わりに、エヂレウザは本人が先住民の祖母譲りというふさふさ頭をしていた。

　一日の終わりはいつも、両者共になすべきことを終えると——つまり、ロタがカーニヴァル小屋の建設の次の段階にたどり着くため精魂使い果たした状態となり、ビショップが旅人の嘆きの詩にもう一行書き加えるため行き詰まって惨憺たる状態となったところで、二人は散歩に出かけるのだった。メアリーはあるときはつきあい、あるときは家に残っている方がいいわと口にした。

　敷地の辺りをひと回りするのだが、ビショップはそこに棲む生き物たちと顔なじみになっていった。巨大カタツムリは障害だらけの道のりを神秘的な信念で動いていた。淡水ガニは陶器のような甲羅をしょって、無愛想にシャカシャカ歩いていた[4]。ロタは森のことならなんでも知っていて歩きながら説明した。インバウーバ、ベゴニア、サマンバイア[5]——素敵な響き。枝や蔓植物（リアーナ）や垂れ下がる長いツルの造る迷路から、アナナスが姿を現していた。枯れた木の幹からは、珊瑚色のキノコが姿を現した。二人はランを集める探索に出た。ビショップは、サテンのようになめらかな葉やザラッと粗いその縁にふれて、まるで手刺繍のように丹精な図柄を賞賛しつつ[6]、すべてを記録していた。

　その地域は岩がちで、ビショップもロタも暗い岩肌を飾るコケを眺めるのが好きだった。ビショップにとって、それは月の炸裂[7]だった。

　帰り道、二人は地面に腰を下ろし話し込んだ。

　その晩、ロタは言った——「子供の頃、私はここのファゼンダ（農場）にいるのが好きだったの」

沈黙がたちこめた――それだけで溢れる思い出が目に押し寄せた。

ロタは自分が八歳の頃、父親がサマンバイア農園を買ったのだと言った。母親は熱烈なカトリックで、同じ信者仲間の厳格なドナ・エルミーニアを雇い、娘たちの家庭教師にした。[8] 透けるドレスは一切禁止、慎み深くしなくてはならなかった。ロタと妹のマリエータは従順と妥協を余儀なくされた。ロタにしてみれば逃げ出す十分な理由があった。彼女は同じ年頃の近所の子ゼッテと共謀し、自己流で行くことにした。近くで暮らすある老婆は元・女奴隷（エス・エスクラーヴァ）で、玉蜀黍（とうもろこし）の皮を割いた煙草を吸っていた。ロタとゼッテは黒人老婆（プレタ・ヴェーリャ）を困らせ、自分たち用にも玉蜀黍の皮のシガレットを巻かせた。ムレッキ（悪戯小僧）の愉しみだった。吸ってはふっと吐き、吸ってはふっと吐き。では司祭はどうしていたか。ロタの母親をちょくちょく訪ねて来る司祭がいた。ドナ・アデーリアは司祭を盛大にもてなした。ポートワインに薄荷のリキュール（クレーム・ド・マント）、葉巻。ある日ロタは、女友達と隠れて吸おうと、司祭の葉巻を一本盗んだ。二人はとことんゲーゲー吐いた。それから、容赦ないドナ・エルミーニアの目から嘔吐を隠そうと、惨めな隠蔽を試みた――さもなければ、ロタは自分から司祭に告白するよう仕向けられるからだった。

ロタは、子供時代のいたずらに満足の笑みを浮かべていた。

ビショップは居心地が悪くなった。人に語れるようなエピソードなど彼女にはなかった。子供時代にはここまたあそこと親戚のもと、いつもお客のように暮らした。宿をありがたく受け入れて文句は言わず、逆らったことがなかった。だが不幸せだったから、気管支炎になり喘息になり湿疹ができ、舞踏病の兆候まで示した。ビショップは習慣になった受身の態度、意志表明するさいの無能さを、子供時代の敵対者の不在に帰した。

それからベルギー時代はどうだったか、ですって？　ロタはビショップの沈黙の前で話し続けた。ロタの父親は彼女が十二歳のときに政治亡命していた。[9]　ロタとマリエータは女子修道院に寄宿した。哀れな修道女たちに対して、娘たちはとんでもないことをやらかした。ロタはおもちゃの弾を込める空気銃を持っていた。建物の外から、彼女はキッチンの卵めがけて狙いをつけ、発砲した。パンパン！　台所は鳥小屋と化した。そのあとは懺悔、懺悔のロザリオを爪繰る儀式ばかり。学校はヨーロッパ中から来た上流階級子女でいっぱいで、その子たちはブラジル人なんて野蛮人、と考えていた。とてもむかついた。ある日、修道女たちは様々な国からの理事の立ち会いのもと、大きな記念行事を行なった。各国から一人ずつ選ばれた少女がその国の国歌を歌うよう求められた。ロタはあっけにとられた。彼女は良家の子女にふさわしいとされたフランス語学校育ちだったから、そこではブラジル国歌を教えようという考えなどとは無縁だった。だがそういった状況に置かれて、ロタに迷いはなかった。愛国の熱い想いをこめて、彼女は歌った——

アイ、セウ メー
アイ、セウ メー
ラノ パラシオダズ アグイアス
オーレ
ナウンアズヂ ポール オ ペ
(あぁ　メーさんよ
あぁ　メーさんよ

あそこのワシの王宮で
それぇ
あんた　足が立たんのかね）[10]

それは一九二二年のマルシーニャ——カーニヴァルの行進の節で、大統領候補アルトゥール・ベルナルデス[11]の飲酒癖を遠回しに揶揄したと検閲で禁止された代物だった。だがロタは讃歌のみごとさに熱く酔いしれた。ブラジル領事が来られなかったのは、残念無念だったわ。


「で、あなたの方は？」

「私も一番いい子供時代は農場で過ごしたわ」

「想像できるわ。お父さんは農園主だったの？」

「いいえ。農場は祖父母のものだった。両親はとても小さい頃に亡くしたの」


ビショップは自分の幼年時代を話す心の準備ができているのか、確信はなかった。だが、ロタには非常な敬意を感じていたから、つい、思い出すまま明かしたのだ。彼女は母親の両親とカナダ・ノヴァスコシアの、通りも数えるほどしか無い小さな村里グレートヴィレッジで暮らしたことがあった。[12]祖父母はつつましく尊厳ある人たちだった。讃美歌をよく歌った。何より、愛情深かった。だがある日、アメリカの父方の祖父母が探しに来た。裕福だったが、グレートヴィレッジのような親戚や近所づきあいもない寂しい町外れに住んでいた。ビショップは居心地悪くドレスにも人形にも愛着が湧かなかったが、お祖母さまは気づかない振りをしていた。お祖父さまは不在がちで、祖母は彼女に抑制を教え込んだ。ビショップは罪悪感を知った。病気になった。母の一番上の姉が救いの手をのばし、夫と暮らす質素なアパートに引き取った。ビショップ家はモード伯母さんに養育料を払い始めた。伯母さんは彼女を詩へといざない、休みには大好きなノヴァスコシアの祖父母の下で過ごさせた。それから全寮制の学校に入った。学資は父方の家が払い続けた。休暇の季節の寂しさをビショップは思い出した。旧友たちはみな親元へ帰省したが、彼女は学校に残った。一九二九年ビショップはヴァッサー大学に入学した。文章を書くのは上手だった。

ロタは慰めるようにビショップを抱いた。

「ご両親はどんなふうに亡くなったの?」

ビショップは古い痛みを感じた。だがロタの優しさに励まされた。

「父は私が八ヵ月のときに死んだわ」

そして、突然口にした。

「母は私が五歳のとき、精神病院に入ったの。それきり、二度と会わなかった」

長いこと、二人はそのままでいた。ロタは黙ってビショップを抱いたまま。

その夜は二人とも眠れなかった。

深夜まで読んで、読みふけってすごした。

たれこめた沈黙はときおり、蛾の羽ばたきでしか破られることはなかった。ほかには、パサッというページを繰る音だけ。

ロタがランタンを取って来て時ならぬ散歩に誘ったのは、夜も明け始めた頃だった。

足元を照らす光の輪に集中して、二人は外に出た。

突然、稲妻が走り、強い風が立った。

「走って、雨が来る！」

二人は手をつなぎ、笑ったりはっとしたりしながら、息を切らしふらふらで家に戻った。

稲妻が部屋を照らした。

瞬間、目が合った。

ロタはそっとビショップの手を取った。

「行かないで。私と一緒にここにいて」

ビショップは、宙空で鳥籠がひとりでに粉々に砕け、幾千の鳥を放つのを感じた[13]。

輝く雨が解き放たれた。

ビショップは答えを待つ人の顔を見つめ、突然のキスを予感した。


朝になるとビショップは落ち着かなくなり、ロタが現場で進行中の家の完成を急がせ、早く二人で住めるようにする、と言うのを聞いて、不安はいっそう強まった。メアリーはすぐ脇に自分の家を建てると決めてるから、と言うのだった。

ロタはビショップが何もかも捨てて、自分と一緒にその国で暮らす、と決め込んでいた。

それはいかにもロタらしかった。実際的で、出来事を熟考する時間など要らなかった。自恃さえあれば十分だった。だがビショップの方は根深い自制が頭をもたげた。

サマンバイアのすばらしさに魅了されたことは認めていた。ロタのすばらしさに魅了されたことも。

だがそこは地の果てだった。ロタが住もうと差し出した家には、電気さえ通っていなかった。雨が降れば渡れなくなり、外界の一切から閉ざされてしまうのだった。二人の女主人たちのまわりには、わけの分らない言葉を話し、何も着ていないに等しい姿の混血の人々(メスティーソ)[14]ばかりだった。

ロタが特別だというのは本当だった。ロタの出身家系[15]や貴族的流儀は、ビショップを喜ばせた。説明はつかないながら、ビショップにとって、ロタの突風のような態度は知的洗練と相容れぬものではなかった。ロタの断固たる所にはいささか怖気づいた。だが世間の残りの誰彼に差配の指先を振りかざすロタも、ビショップには声を和らげた。そのため、仮面の追い剥ぎを前にしたように、ロタの前では心奪われ、かつ恐れ慄いた。

ロタのように教養と洗練に溢れていれば、奥地の田舎には場違いな感じがあったにちがいない。だが彼女は、四十歳にして、森のなかにウルトラモダン様式を持ち込むことで、文明と原始との相克を一気に解決したいと思ったようだ。自分の創り出した環境で、世界の凡庸さから自らを救い出すだろう。もしデンマーク製のナプキンが要るならば、あるいは大好きな表現主義の作家たちに会いたければ、ニューヨーク行きの飛行機に乗るまでだ。

だがしかし、山間の僻地での経済的収支はどうやってやりくりするのか。もしそれが職業と言えるなら、ビショップの職業は詩人であることだった。アメリカの大半の詩人は、大学で教えることで生活の糧を得ていた。ビショップはヴァッサー在学中から詩作に苦闘し、自分の文学の才能をほかの女子たちにとっての天職に当たるものとして見出していた。だが、たった一冊の本[16]を出版してから、もう五年も経っていた。ロタの場合、その職業は明らかに「由緒ある家系」のおかげだった。いつかサマンバイアに数々の美しいものを産み出し、多くの卓越した人々が用地を買って素晴らしい邸宅を建てるはずだと、広大な領地を歩き回っていた。

障害が浮かべば浮かぶほど、胸中の膨れる想いは逆らっていた。自分の望みはここに残ることだとビショップは認めた。最初から、二人のあいだに取り替えのきかない引力が成立しているのは明らかだった。視線は視線とふれあっていた。手はふれあう口実を探した。ビショップの鋭敏な感覚はそれらを——二人のあいだのお互いを挑発するそうした瞬間を見逃さなかった。だが、想いを口にする難しさの巨大な壁のため、結果的に、嵐の前ぶれの沈黙が膨れ上がることになった。

今や、ビショップは瀬戸際にいた。疑いつつも、約束してしまいそうだった。

だが、魂の底に予感をもたらす、執拗なこの畏れは何だろう。この瞬間、心を満足させるべきだという確信がありながらふと消え失せて、暗く陰鬱な思考に取って代わるのだ。

昼食時のこと。ロタはビショップにカジュー[17]を一つ差し出した。

赤い実のカジューで、汁気が多く香りが強かった。

ビショップは嗅いでみて、果物とカシューナッツが、こんなみだらな形で合体されているなんて、許されるべきじゃないわ、と冗談めかして言った。

「味見してみたら」とロタがそそのかした。

ほんの二口、かじってみた。酸っぱい、と思った。

その日の午後、旅人の詩に出てくる、石鹸の色を表す形容詞を探していたビショップは、目が開けづらくなっていることに気づいた——ひねり潰されるように、まぶたがくっついてしまうのだった。

バスルームに行って鏡を見た。

「おお！」完膚なきまでに変形した顔のなかで、腫れ上がった口が呻いた。両手も膨れ始めていた。息ができなくなる、おなじみの苦悶の感覚が体に這い上ってくる——空気が吸えなかった。頭は白熱するバラ色の球体と化していた。両目は二本の細い切れ込みにすぎなかった。

パニック状態で彼女は壁をつたい、ロタ！　ロタ！　と叫ぼうとしたが、声はしゃがれ切っていた。

ここで死ぬんだ、と彼女は思った。

ロタは即座に、、、ビショップを診る医師がリオからサマンバイアへ登って来るよう手配した。医者はビショップをポルトガル語で注意書きのある薬漬けにし、抗アレルギー薬として、カルシウム注射を処方した。ビショップは注射ばかりでなく一日おきに通院し、なんでも体の片側から採血し、もう片方の側に入れ直すとかいう治療を、受けなくてはならないのだった。そんな不安なやり方に怖気づいて、慣れた薬剤——喘息用のアドレナリン薬と、アレルギー用の抗ヒスタミン剤を自己判断で付け加えた。(18)

手厚いケアが受けられるよう、ロタはビショップをレーミのアパートに移し、自分で彼女の世話をしはじめた。

一週間経っても、ビショップの腫れは退かなかった。突然、彼女は全身に我慢ならない痒みを覚えた。皮膚に発疹が現れた。両手はズキズキ痛み、両耳は巨大な赤いキノコさながら膨れ上がった。ビショップは張り裂けそうだった。と同時にひどく落ち込んだ。ロタの気遣わしげな眼差しのもと、彼女は頭を垂れ、羞恥心と罪悪感でいっぱいだった。

だがロタはたちまち励ましと冗談で彼女を包み、こんなのはカジューにあたっただけで熱帯ではよくあることよ、とけむに巻き、説明した――カジューはね、アイデンティティ・クライシスに悩む植物でしょう？　だって世間でいうカジューの実って本当は果物（フルーツ）でなく花梗（ペドウンクロ）なんだから。カジューの木の実（カスターニャ・ヂ・カジュー）と俗に呼ばれている部分が種子（アーモンド）をはらむ堅果（ナッツ）に変わっていくの。[19] そんな混迷、想像できる？　かくして、似た者同士の法則に従い、カジューにやられる病気はアイデンティティ・クライシスを抱える人間に起こりがちなのよね。

　そのとき以降ビショップは、苦痛や痒みや不意に襲いかかる喘息の発作の苦しみや野蛮な治療にもかかわらず、ロタの騒々しい情熱に屈していった。

　あるときロタはビショップに、そのキノコ耳は有毒かしら、それとも食べられるかしらとからかった。彼女は植物の知識に照らして鑑定するのだった。さてね――大きさとピンクがかった色からして、これはどうやら、プレウロトゥス・オストレアトロセウスだわね。[20] 大きくて肉厚なの。ぐんぐん育つのよ。そうよ、あの絶品キノコでしかありえないわ。

　別のときはまた、ビショップにとって恐るべきことに、ロタはリオの女友達（アミーガ）たちを呼び集め、短いお見舞いの機会を設けた。愉しいお喋りに来てくれるわよ。ロタの口ぶりから、自分たちの経験に照らして治す方法を教えてくれるのだとビショップは類推した。ただし、誰もこんなキノコを食べたことがあるはずはないのだが。その場を支配する空気から察して、ビショップには、ブラジル人って病気のことを語り合うのが好きなのだと思えた。

　彼女らはロタがビショップを甘やかすのを手伝った。注射の時間になると、一斉に驚きの声を上げて。

「ええいいわ、あなた方の肩でどうぞ私を支えて、膝にのせ、母親が子供にするように、私を慰めて。可哀想（タヂーニャ）！」

るのだった。

十二月いっぱいビショップは治療を続け、日課の注射を打った。ロタはベッドの脇に椅子を寄せ、サマンバイアの状況を話して聞かせた。透明な家を造るの、見たい自然がそっくり見えるようにね。月の夜には外に座って、月明かりが谷間を照らすのを、黙って眺めるの。寒い夜には――冬[21]にはあそこもずいぶん寒くなるから――暖炉をこしらえて二人で毛布を被って本を読むのよ。ビショップは目を閉じたまま聞いていた。

治療を始めて三週間ほど経ち、体はまだ湿疹に覆われているものの、ようやくまともにものが見えるようになった頃のある日、ロタはベッドの端に腰掛けて宣言した――ビショップのためにエストゥヂオ（仕事場）を造ることにした、と。詩を書くための、自分だけの小さな隅っこ（カンチーニョ）。場所ももう、選んであるの――あなたにせせらぎが聞こえるように、小川に面しているのよ。母屋は背中側だから、そっちで起きていることで気を散らすこともないわ。

仰天して、ビショップはロタの魔法の手が仕事場のレイアウトを描いてみせるのを眺めた。部屋に渡した大きな水平窓、バスルーム、ストーブ、キッチン、居心地のよい肘掛け椅子。そこなら完全に一人になることができるわ。どう？　床はチジョロ・ヂ・バッホ（陶土レンガ）にするから、完璧でしょ。壁は低くするの、窓から外を見ると小川の流れも木々も見えるわ。どう思う？　書くための静けさが手に入るわ。

ビショップは黙って聞いていた。腫れた目が燃えるようだった。ロタの手が彼女の手を包み、いたわった。ロタのすべてが彼女を慰めていた。

旅を続けるのはやめる、と決心して、とロタは言った。

熱い涙が堰を切り、それと共に内に抑えた一切が流れ出した。残るわ、ええ。私、残りたい、と彼女は言った——ブラジルに、ロタと共に。

4章　昔シナの王さまがおったとさ

ロタとビショップはサマンバイアに戻って来た。ビショップは両手の腫れがひき始めると、二つのことをした。大量の注射を続けるのを中止し、かかりつけの分析医[1]にこのかんくぐり抜けてきた苦闘を書き送った。

ひと息に、彼女はあらゆる症状と治療について吐露した。かさぶたと痛みを見やり、それから周囲の世界を眺めて、自分はもう長いこと、こんなに幸福だったことはないと語った。

だがブラジルに残ると約束したことをバウマン医師に告げる勇気はなかった。健康問題がすべて解決したら、予定通り一月二十六日には旅の続きに出る予定だと告げたのみだった。

二月八日はビショップの誕生日で、彼女のためにロタは盛大なパーティーを開くことにした。ビショップは、最終的に、とどまったのだ。

ロタがリオから友人たちを呼んだところ、巨大なケーキのバランスをとりながら地獄の悪路をはるばる運転してきて、ケーキは奇跡的にも無傷で到着した。ロタの友人たちは、ビショップたちと同じく男女いずれも四十代だった。ロタが好きだったからこそ、みんな病気の内気なアメリカ人になじもうと努めていた。しかし健康への気遣いの表明の裏に、ビショップは敵意のちらつくのを感じていた。それでも彼女は、日頃かわいいなと思っていたブラジル人の習慣で語尾に縮小辞「イーニョ」(2)をつけた言い方を試しつつ、真心で応えようと努力した――「お元気かしら(エスタ・ボアズィーニャ)」「さよならさん(アデウズィーニョ)」。

ロタは動物園につてのあるお隣りさんと共謀して、ビショップに鮮やかな体色と光る目をしたオオハシ(3)を一羽連れて来てもらった。ビショップは贈り物に大喜びだった。鳥にチオ・サム(サムおじさん)(4)と洗礼名をほどこした。

パーティーは丸一日続いた。締め括りにみんなは「ハッピー・バースデイ」をポルトガル語で歌い、ロタはシャンパンを開けた。ビショップはコルク栓をサムにやった。

お客が全員引き上げたあと、ロタはビショップに指輪を手渡した。そこにはこう彫られていた――Lota—20.12.51――ロタより、五一年十二月二十日。それはロタが二人の運命を変えるべくとどまるようビショップに提案した日の日付だった。

ロタとビショップは、家のすでにできている三分の一の部分に入居した。メアリーは、レーミ地区のアパートに残った。

サマンバイアの暮らしは素朴だったが、ロタもビショップも、これを味わい深い生活とみなす理由を見出していた。

工事中の家に住むという懸念すべきことは一向気にならなかった。ベッドでの王侯貴族の朝食を済ませると、ロタは少人数を引き連れ、作業に赴いた。ロタにおいてはすべてが陽性で手早く力強い仕事ぶりだとビショップは認めたが、自分はのろのろと逡巡だらけだった。だが共同生活の最初の数ヵ月には、ビショップも多くの結果を生むことができた。仕事ができつつある、と友人たちに手紙した。こんなに書いてるのは久しぶり！　と。

ビショップがポルトガル語を練習した相手はエヂレウザで、この人は関わる事物に話しかける癖があった。おうちや、こんなに泥を溜めちゃあいけないよ。ホウキや、どうぞ掃いておくれね。お肉の奥さんや、うちの奥さまはどうして料理をしたがらないんだろうね。エヂレウザは声も大層よくて、口ずさむことが好きだった。ビショップにとって、これは大いなる喜びの源泉だった。というのも、家に電気がなくて唯一残念だったのは、音楽を聴けないことだったからだ。エヂレウザのレパートリーにはブラジルの民衆の歌や悲しいバラードがあったが、それらはウグイス顔負けの叔母さんから習ったのだと言った。そのお気に入りの一つが「ヴォヴォズィーニャ（おばあちゃん）」だった。

ねえ　してよ　お話を
ヴォヴォズィーニャ　ヴォヴォズィーニャ
巨人や王さまや　お妃さまのお話を
ヴォヴォズィーニャ　ヴォヴォズィーニャ
昔むかしのことさ
シナの王さまがおったとさ

お姫さまの　綺麗さに
王さまは　奴隷になったのさ
強くて勇ましい王さまだったのに

私の人生の　なんと哀しいことか
ヴォヴォズィーニャ　ヴォヴォズィーニャ
恋しいね　私にまだ　おばあちゃんのいた頃が――
ヴォヴォズィーニャ　ヴォヴォズィーニャ……[5]

この歌詞はビショップの胸を打ったが、彼女はエヂレウザが「テレズィーニャのお話」を歌っているのも好きだった――地面にレモンが転がって、心臓から血がほとばしる、なんて見事なイメージだろう、と。

午前と午後はこんな風だった――ロタはアレグロ・コン・ブリオの速度で仕事を進め、ビショップはアダージョ・カンタービレの速度で、読んで、書いて、エヂレウザに聴き入りつつ、詩で使おうと植物・動物・地理――フローラ、ファウナ、ジェオグラフィアを、細ごまノートしながら進んでいた。

日が暮れると、二人はそれが儀式となっているケロシン油のランプを灯した。昼から夜への移行という出来事は、荘重に注意深く、共に過ごした。コオロギ、コウモリ、フクロウが隠れ家から飛び出した。ヒキガエルが砧骨（きぬたこつ）をふるわせた。巨大な蛾（マリポーザ）は羽の背についた目玉模様をランプの炎にかざした。屋根の上のフクロウが獲物を狙って飛び立つのに耳をそばだて、ロタとビショップはフクロウが五つまで数をかぞえられるにちがいないと結論づけた。いつも決まって五回、足を踏み鳴らすのだった。[6]

夜には、昼間おさまっている喘息の発作が起きた。だがビショップは健やかな気がした。ちらつく光が空っぽの部屋を照らし出し、中央にロタの存在が燐光を放っていた。たぶん、孤立と不安からビショップを救っていたのは、ロタの愛だったろう。世界の住人はこれで十分なのだと気づき、家の安心な空間を無数の虫たちと喜んで分かち合っていた。

三月は森を紫に染めた。以前は背の高い木々に紛れていたクアレズメイラ[7]——四旬節(クアレズマ)の木々が花咲き、森の素晴らしく目立つ存在に姿を変えていた。

大雨の日々があった。土砂降りになると家を離れるすべはなかった。工事は中断された。道が泥だらけになると、誰もあえてやって来なかった。二人はただただ一緒に過ごすことに時間を費やした。ロタとビショップは打ち明け話をし合った。ビショップは二十一歳のときから強迫的に飲酒していたことを告白した。ロタは家族内のトラブルの詳細を明かした。二人は二人ながらに精力的だったから、楽しみ事にも大いに励んだ。ロタは、レシピ本を片手にサマンバイアに着いたばかりのアリス・B・トクラス[8]もかくやとばかり、滑稽な人真似を演じてみせた。エヂレウザはむろん姿を現さなかった。代わりにロタが手ずから薪ストーブを焚こうとモウモウ煙をたて、ビショップは美味しい手料理を焦がさないよう四苦八苦した。次第にビショップは、ロタの優しさに警戒心を解いていった。外で雨が降り続くあいだ、ロタの抱擁のなかで過ごせるほど、素晴らしいことは想像できなかった。二人の人生の秋に、突然、春の木の開花の喜びが訪れたのだった。[9]

午前五時五十分、バンデイラ広場とサン・クリストーヴァンのあいだに位置するバロン・ヂ・マウアー駅で、アルナウド・ヂ・オリヴェイラはミナス・ジェライス州ポンチ・ノーヴァ行きの汽車の汽笛を待っていた。月曜日はペトロポリスの顧客たちを訪問する日で、その汽車がアルナウドや、リオの卸売業者の代表者たちであるほかの旅客たちを、アジサイの都まで運んで行くのだった。汽車は客車四両と郵便貨車一両からなり、石炭を燃やす機関車で牽かれていた。汽車は郊外レオポルディーナを横切り、山の麓ハイス・ダ・セーハで停止した。そこで汽車は分離され、一両ごとに山頂の駅まで小型機関車で引っ張り上げられ、山上で再び連結される仕組みだった。二時間半の行程を経て、汽車はペトロポリスの中心ドトール・ポルスィウンクラ通りで停車した。アルナウドは駅近くのホテル・コメルシオへ直行した。部屋の鍵を受け取ると、彼は得意先の顧客回りに出かけた。

アルナウドはペトロポリスでの商売が気に入っていた。たんと歩き回ったから、街は知り尽くしていた。ピアバーニャ川とプラチナード川のアジサイに覆われた土手を眺めるのが好きだった。綺麗な館を眺めるのも好きだったし、イピランガ通りのジョアキン・ロラの家や、ルイ・バルボーザ広場のサントス・ドゥモンの家、シュテファン・ツヴァイクとその妻が自ら命を絶ったゴンサルヴェス・ヂアス通りの家も知っていた。むろんブラジル王朝の末裔をかくまった王の別邸も好きだった。ここの気候も、花咲くアカシアも人々も。リオ・ネグロ王宮の共和国大統領やイタボライ宮の州知事など、そうそうたる大物政治家たちが休暇を過ごす土地としてペトロポリスを選んだのは、ゆえなきことではなかった。[10]

ペトロポリスは大いに栄えていた。繊維産業は堅調だった。サン・ペドロ・ヂ・アルカンタラやアウローラ・ヴェルネール、サンタ・イザベウの工場のカシミアと上等な絹で名高かった。ビジネスもまた堅調だった。アルナウドは無数の工房を訪ねたが、ほとんどすべてポルトガル人の所有で、一日の終わりに足は棒のようだった。

十五番街のファルコーニかプリマヴェーラの店で同僚と食事をした。夕方になってアルナウドは、注文書の綺麗な写しと顧客訪問のルートを確認しながら、自分はプロの旅行者であり、普通の旅行者のように帝国博物館を訪れて床をスリッパでピカピカに磨くようなことに時間を費やしてなどいない、と考えていた。

帰りの汽車に乗り込む前に、アルナウドは、ペトロポリス名物のキャラメルを娘のために買おうと、アンジェロ兄弟の菓子店に立ち寄った。その日は三人の見知らぬ女たちがバタービスケットを買っていた。一人はとても背が低く、長ズボンと男物のシャツを着ていた。ほかの二人は背が高く金髪だった。外国語を話していた。

ペトロポリス地域でペドロ二世がバラウ侯爵夫人を寵愛していた時代から、長年働き、この街のことならなんでも知っていると自負しているベテラン・セールスマンのペレイラが、アルナウドにささやいた――「あそこにいる三人は、サマンバイア農園の辺りに住んでるアメリカ人たちですよ」

灼熱の太陽。トカゲは岩の隣で、頭をもたげ、口を開いてはのどかに光を呑み込むように太古の目を閉じていた。

エヂレウザは、小さなトカゲの尻尾を黒豆フェイジャゥンと炊けばどんなに美味か、と祝歌(ほぎうた)を歌い始めた。ビショップはすでに、黒豆と豚足や豚の耳を炊いたりする異国的なご馳走を供されていたが、豆とトカゲの取り合せは初めてだった。

　ロタが話しかけた。

「どんな味がするかしら？　アルマジロみたいな？」

　エヂレウザは請われるまでもなかった。トカゲだけではなかった、サビア鳥[11]や女王蜂タナジューラやフクロネズミなどの絶品について語った。ロタとビショップは妙な気分になった。もしエヂレウザにまかせたら、この惑星には野生動物がいなくなるにちがいなかった。エヂレウザは蛮族（ブグレ）[12]だもの、とロタは思いをめぐらせた。お腹を空かせていたのだから納得できるわ。でも仮に教養豊かな人々が浅薄にも種の絶滅に加担した場合には。王の博物館にある皇帝ペドロのガウンが胸の黄色いキツツキの羽だけでできてることを、知ってたかしら？

　ビショップはかわいがっていたオオハシのサムを想った。あの子は善き生を全うしたわ。一日あたりバナナ六本、庭のホースで水浴びし、ヴィヴィーニャがアメリカ屋（ロージャズ・アメリカーナス）の店舗から持ってきたイヤリングを遊び道具にしていた。でも別の日、ひどい嵐が来て、ビショップは鳥籠に覆いをかぶせるのを忘れた。思い出すや否や、慌てて、喘息やら肺炎やらなんやら病身の我が身をも顧みず、外に飛び出して見つけたのは、サムが直立して目を閉じ、クチバシを上げて身じろぎもしない——彫刻も同然の姿だった。

　ビショップを懲らしめるように喘息が襲い、夜半に何度も起きたので、ロタは彼女を車に乗せてリオの医者まで連れて行った。ビショップはコルチゾン治療[13]を始めることを承諾させられるにまかせた。当時、その薬効はまだ十分知られていなかったのだが。

コルチゾン投与の初期は多幸感を与え、慢性的うつのビショップは嬉しかった。ある晩、ジントニックに薬を一滴混ぜ、タイプライターに用紙をセットし、すらすらと書いた——「叫びが、叫び声の木霊がノヴァスコシアの村里に架かっている」(「村里にて」[14])

少女が母の叫び声を、恐ろしい叫びを上げるのを目撃する瞬間を、ビショップは散文に物語った。のちに母親は精神病院に送られ、少女は村の人々のあいだを歩き回りながら、叫び声の響きを忘れようと、様々なほかの物音に耳を澄ます。

ビショップは昼も夜も手を止めることなく終わりまで書きついだ。ロタは邪魔しなかった。ビショップがその過酷な瞬間を悪魔祓いしようとしていることを、理解していた。

とうとう「サントスに着く」が満足のいくものに仕上がり、ビショップはその詩を雑誌『ニューヨーカー』に送った。

着想が湧いて、ビショップはロタへの初めての詩行を書いた。

岩の上にコケがゆっくりと時間をかけて静かに生えるのを観察し、ビショップはロタの性急さをたしなめた。

友よ　あなたはせっかちで
現実にとらわれてたことになる。
見ててごらん　どうなるか。

ビショップはロタの頭髪に幾筋か最初の白いものの出現をみてコケの生育になぞらえた。中年期の愛を告白しながら、彼女は二人の女性のあいだの親しい官能の瞬間を喚起した――

流星が　あなたの黒髪のなかに
まばゆい銀に列（つら）なって　群がる
どこなの？　そんなにも
いっきに？　そんなにも　やすやすと？

――いらっしゃい、私に洗わせて
月のようにへこんで輝く　この
大きな　ブリキの盥（たらい）で。(15)

用心深く、彼女らしい遠まわしな身振りで、ビショップは友人たちに、病気のため旅を引き伸ばしていたのだと伝えた。今や、長く抱え込んでいた問題が、サマンバイアで消滅したことを公然と認めたのだ。幸せだわ、幸せだわと、彼女は誇らしく告げるのだった。ロタ・ヂ・マセード・ソアレスのおかげなの、四月には一緒に、レコードと本を取りにアメリカへ行きます、と。四十年来ではじめて、彼女に家庭ができたのだ。

5章　一九九四年、リオデジャネイロ

一九九四年七月二日土曜日の新聞『グロボ』を開いたナナーは、「彼女（Ela）」欄でロタに関する資料請求の記事を見た。「ロタはリオの景観を変えた人物で、目下、彼女を忘却から救い出す本の主題となっている」と。まあ驚いた！　こんなに何年も経って。

記事は丸々一ページを割いていた。途端にロタの写真が目についた――たぶん三十代初め頃のもので、髪は短髪、手には煙草、半ば悪ぶった眼。隣にはもちろん、エリザベス・ビショップの写真が並べてあった。あのアメリカ人が、ゆったりくつろいで、めずらしいことに微笑んでさえいた。写真はごく初期のもの、五十年代初め頃にちがいなかった。

ナナーが読み始めようとしたところで、電話が鳴った。いやだわね。八十四歳になって、電話の向こうで話されることが聞き取りにくくなっていた。いや、もっと悪いことに、電話をよこす同年輩の人々は皆、揃いも揃って、か細く切れ切れな声を出すのだった。

「ドローレス！　ドローレス！」と叫んでみたが、その声も糸のように細かった。第一、そうしてみたところで無駄じゃないの？　ドローレスは台所にいたが、電話が鳴ろうと玄関のベルがガンガン鳴ろうと台所から離れようとしなかった。年をとってドローレスはすっかり耳が聞こえなくなっていた。

諦めて、ナナーは自分で電話に出た。イズメーニアだった。なあに？　その記事に相手はひどく心をかき乱されていた。公開してはいけない内輪の事情が人にはあるのに。（そうよね、そうよね（ポイゼ、ポイゼ）[1]とナナーはいつもの相槌を打った。じゃあね、あなた、さよなら。接吻（ベイジーニョ）。

ナナーは新聞に戻り、読み始めた――「カジューがロタとビショップを結びつけた」

初めて会ったときのビショップを、彼女ははっきりと思い出した。ロタが北米の大作家のエリザベス・ビショップに会わせてあげると招待の電話をよこしたのだ。今レーミのアパートに滞在してるの。ナナーは北米の大作家エリザベス・ビショップなんて聞いたこともなかったが、ロタに対して断るなんてことは、一切できたためしがなかった。

着いてみると、ロタは光り輝いていた。いつもの抱擁と親愛の仕草のあと、ロタはナナーを寝室に連れて行った。ほかの友達がすでに来ていた。かわいいメアリー・モース、ヴィヴィーニャと当時の彼女の女友達（アミーガ）、それから誰？　クロチルド・ペーナだったわ、たぶん。ロタは得意そうに大作家殿を紹介した。ショッキングピンクの生き物が、ベッドに横たわっていた、トゥトゥ・マランバ[2]（鬼・悪霊）みたいに醜い女性が。高名な病人のいたたまれなさは明らかだった。内気なナナーには、すぐさま居心地の悪さが伝染した。だがロタは放っておかなかった。面白おかしいことを言っては悪霊小姐（ツッズィーニャ）に訳して聞かせ、すると一応笑っていたが、可哀想に（コイターダ）、ほかにどう振る舞えたというのだろう。

ロタ、ロタ、なんて懐かしい（キ・サウダーヂ）。ナナーは椅子の背にもたれ、もっと思い出そうとした。

ロタとナナーは、一九一〇年、同じ年に生まれた。ただ、ロタの方は父親がその頃国外追放の身だったため、パリで生まれたという点を除けば。
ナナーが会ったとき、ロタはラゴアのアパートに住んでいた。すべてにおいて時代に先駆けていたロタは、六〇年代ならばもっと普通に行われていたであろうコミューン生活を送っていた。それは地階に三階分のせたアパートで、各階バスルーム付きの寝室一つ、誰もが使える共有部屋がいくつかあった。コパカバーナ・パラス・ホテルで水泳を教えていたフッチ・ベレンスドフが一階に住んでいた。この人は修道女になり、出て行った。人騒がせな人だった。一体何があって？　二階にはラジェ兄弟が住んでいた――保守的なカトリック作家グスターヴォ・コルサウンの右腕だったアルフレードに、ビビーと結婚したカルロスの兄弟二人。ロタは三階に住んでいて、マリエータの言では、ロタこそブラジル最初のヒッピーだった。

初対面から、ナナーは魅了された。ロタは恐怖であり驚異だった。頭のいい人に会うと、すばらしい会話の才を発揮した。自分はかくべつ頭がよくない、と考えていたナナーは、輝けるロタ（ロタ・ルミノーザ）が存在感を示すあいだ、敬意のこもる沈黙を守った。知的活動の王国を約束されているつもりの男性陣に囲まれていたロタは、男たちに対し、偏見を乗り越えて女性も知的でありうることを認めさせた。彼らはロタを賛美し、愛した。ロタはその人生で、マリオ・ヂ・アンドラーヂ、ホドリーゴ・メロ・フランコ・ヂ・アンドラーヂ、ブルデンチ・ヂ・モライス・ネト、ジョゼ・オリンピオ、ペドロ・ナーヴァ、グスターヴォ・コルサウンら、数々の著名人を友人に持った[3]。

その上、ロタは悪戯者（いたずらもの）だったわね。ナナーは思い出して独り笑いした。たとえばラジェ公園でのパーティー。ロタは仮装パーティーだと言って、友人たちにキリストの同時代人の扮装をして行くのだと信じ込ませた。まったくどんちゃん騒ぎ、衣服はすべてシーツで即席にこしらえた――ある者は奴隷、ある者はローマ人、といった具合に。アントニオ・ラジェがスモーキング・ジャケット姿で迎えにやって来たとき皆は変だなと思った。だが一瞬のうちにロタは黒のブラック・タイで正装したラジェをトーガに着替えるよう説得した。豪邸に到着したときは胸がドキドキした。ラジェ家一同はこの上なくシックな装い。ドナ・バービはロングドレス姿だった。一方ロタはマーキュロクロムで血染めにした布ぐりぐり巻きのラザロに扮し、ホジーニャは悔悛前のマグダラのマリア。全員がシーツ姿だった。パーティーの締めには皆でプールに飛び込んだ。新聞ダネになり、こうあった——「公園の乱痴気騒ぎ」と。

ロタはいつだってナナーを驚かせてやまなかった。第二次大戦直後のある晩、ナナーはブラジルの聴衆に向けたCBS短波放送を聞いていた。「女性のページ」という番組だった。突然、誰がオン・エアしたか？　そう、誰かさん。「アメリカ人が私たちを助けたがってるですって？　結構じゃないですか。こちらの役に立つことは受け入れて、あとは放っておけばいいのですよ」。ニューヨークのスタジオからの実況放送だった。当時は何もかもがライヴ方式だった。その頃アメリカでは善隣外交[4]を押し売りしていた。ウォルト・ディズニーまでが、ゼー・カリオカ[5]を登場させたりした。ナナーに言わせれば、胡散臭い退屈な代物だった。ロタはMoMAの出版物でブラジル建築を論じた『ブラジルは建設する』を賞賛していた。そしてロタは、ネルソン・ロックフェラーがマリア・マルチンス作の『キリスト』を美術館に寄付したのを見て、機会あるごとにブラジル人芸術家を売り込んでいた[6]。

一つ、ナナーを激怒させたことは、ロタが米国びいき（アメリカノーフィラ）だ、という嘘っぱちだった。ロタがアメリカ文化のあれこれを多々賞賛していたのは本当だ。たとえば、公民権の行使。組織作りのセンス。ロタは芸術愛好者だったから、アメリカ人が美術を後援することにとりわけ魅了されていた。合衆国のどれだけの富豪が、文化的目的のために設立された団体に財を投じたか。美術館は単に芸術作品の保管場所であるだけでなく、芸術の推進者たちの活動の場なのだ。

ナナーはロタがあるときのニューヨーク旅行から戻ってきたとき、口を開けば巡回展の話ばかりしていたのを思い出した。もう、とロタは熱弁をふるった。一ヵ所から別の場所へと作品をいちいち搬送しなくていいのよ。写真に収め、展示講演の際はスライド・プロジェクターで見せればよいのだった。テレビや抗生物質のように、今日ならあたりまえだけれども、一九四五年当時には斬新なものだった。

ロタはこれらをブラジルに導入したかったのだ。造形芸術の分野ではアメリカとのあいだによい人脈がいくつもあった。アレグザンダー・カルダー級の芸術家たちの友人だったばかりか、時代の文化の推進者たち、たとえばあの人何て名前だったかしら、ＭｏＭＡの理事とも簡単に連絡できたのよね。その人、サマンバイアまでロタを訪ねて来たくらい。ああ、なんて忘れっぽい頭。イズメーニアなら分るはずだわ、人の名前は全部憶えてるんだから。

ここブラジルでもロタは芸術家のあいだを動いた。大の仲良しホジーニャ・レォンがロタをカンヂード・ポルチナーリに紹介したのだった。ロタは画家のアトリエに出入りしては、本人の言う「なぐり描きを少々」やっていた。ポルチナーリのほかにも、エンリコ・ビアンコ、カルロス・レォン、ホベルト・ブーレ・マルクスなど神童たちとロタは友人になった。[7]

マリオ・ヂ・アンドラーヂがリオに来たとき、ニューヨークに滞在中のポルチナーリの家で芸術講座を開くようロタは手配した。そして一連の講義を設定すると女性軍をかき集めた。ナナーも出かけて行ったが、モデルニズモの巨匠は聴講者をあて外れに感じたような印象を受けた。彼はきっと、部屋を埋めるロタたちを期待していたにちがいない。

今やロタの――こう言ってよければ――「独立」で不快感を抱いた一族は、ロタがアメリカナイズされたと触れ回り始めた。[8] これはおかど違いと言うべきだった。なぜならロタにおいて突出していたのは、むしろヨーロッパ体験だったからだ。だがメアリー・モースやエリザベス・ビショップとの関係のために、ロタにカンカンだったマセード・ソアレス家では、ことあるごとにサマンバイアの「アメリカ女たちが」と言い立てて反撃したのだった。だがハシェウ・ヂ・ケイロス[9]が名付けたところのこのサマンバイアの田舎貴婦人は、心底ブラジル人（ブラジレイリッシマ）だった。

ナナーは思い出に溺れていた。新聞を読むことも忘れてしまった。しばらく前からこんな風だった――今この最中にしていることを忘れてしまう。さもなければ眠り込んでいた。いいわ、なぜイズメーニアがあんなに動揺したのか、確かめよう、とナナーは決心した。どうなるか見当はついていた。


次の水曜のお茶の会には、心乱れた全員が集まった。

イズメーニアは美術館の男の名を確かめるため、スクラップブックを持参した。マリア・アメリアは、万一ナナーが置き場所を忘れたらと土曜日の新聞を。よかった、とナナーは認めた。ヴィヴィーニャは誰のコレステロール値も意に介さずバタークッキーを持参した。

イズメーニアはすぐにも自分の使命を果たすべく、スクラップブックから始めたかった。ナナーは不安になった。写真を見ても何も楽しくなかった。別の顔、別の体のたくさんの死者たちを連れ帰るようで、彼女たち自身にしても今現在の本人たちとは似ても似つかないものだったからだ。アルバムを囲む友らの顔を見回した。時間（とき）は容赦なく荒廃をもたらしていた。若い頃ヴィヴィーニャはとてイズメーニアはまあ可哀想に、ずっと器量が悪かった。マリア・アメリアは明らかに古典的な美を備えていた。イズメーニアはまあ可哀想に、ずっと器量が悪かった。サグイ猿[10]みたいだけど綺麗な手をしていて、いつも自慢気に見せびらかしていた。今はどう。みんな、老いぼれね。本人が否定するイズメーニアを除けばみんな八十代。誰も彼も体の不調を訴え、それがお決まりの会話の口火だった――変形関節、高血圧、白内障、関節固着、歯なんて話にならないわ。マリア・アメリアはなんでもかでも愚痴をこぼす、とりわけ我慢を強いられることの不便を言い立てる厄介な老婆になっていた。ヴィヴィーニャは不憫なマリア・アメリアに「お尻」ではなく「おケツ」などと嫌がる言い方でイライラさせては面白がった。マリア・アメリアは、大層お上品で、フランス語学校の生徒だった。亡くなった母親を「ママン」と呼んだりした。ヴィヴィーニャは、老年のもたらした唯一の恵みは、何を言おうが、しでかそうが、お行儀悪くいられることだわ、といった。真実は、とナナーは想った、年齢では誰も変わらない。年齢はそれぞれの個性を際立たせるだけ。マリア・アメリアはいつだって小うるさかった。そしてヴィヴィーニャはいつだって悪戯っ子だった。あの人の特技は話術。死ぬほど笑えた。だれもあんなふうにペキニーズの一件を語ったりしなかった。ブラジル沿岸海運公社の後継ぎエンヒッキ・ラジェが、イタリアのオペラ歌手ガブリエッラ・ベザンゾーニと恋に落ち、歌姫をブラジルに連れてきた[11]。彼は公園のなかに悪趣味の極みの豪邸を建てた。ベザンゾーニは贅沢三昧で、十九匹のペキニーズを飼っていた――ヒステリーの小型犬たちを。十九匹よ。彼女が歌うと一斉に吠え立てた。やめさせようと、白手袋の執事が必死に手を叩くのだった。これを語るヴィヴィーニャがまた、可笑しかった。あの人ったら、いちどきに全員の物真似をしたんだもの――震えるコントラルト、十九匹のヴォーカリスト、あわれな執事。大騒動よね。

「ナナー！　降りてきてったら、ナナー！」

イズメーニアが肝心の名前を見つけたのだ。モンロウ・ウィーラー。[12] それは雑誌『ヂレトリージス』一九四二年四月二十三日号のクシャクシャになった切り抜きだった。ナナーは広告に目をやった。彼女は広告が大好きだった。「マッピン&ウェッブ商会、オウヴィドール通り百番地、リオデジャネイロ――ロンドン・ブエノスアイレス・ヨハネスブルグ・ボンベイ」「ザ・ロンドン保険会社、メキシコ通り九十番地（エスプラナダ・ビル）一七二六年創業」「カーザ・ヌネス――家具、カーテン、絨毯、室内装飾――カリオカ通り六五〜六七番地」。どれもみんな今はない。「ルーヴル」や「エッフェル塔」みたいなシックを極めたお店は――みんな、失われてしまったわ。[13]

　ナナーは見出しを読んだ――「ブラジルの芸術家たちが結集」その下には、アウグスト・ホドリゲス[14] 描くところの漫画のロタが、脚を広げて座っている。

「ロタをこんな風に描くなんて、悪趣味」

「あらマリア・アメリア、あのひと、ああだったわよ」

「思い出してよ、ヴィヴィーニャ、あのひと、優雅だったじゃない、すごく上品で」

「そうだったわね」とナナーが同意した。「流行の格好って意味で優雅だったわけじゃないけど、自分を素敵に見せることにはすごく神経使ってたわ。洋服はいつも最高級の品質だったし。英国製ツイードのコート。モレイラの靴。お抱えの仕立て屋のエズメラウダは、いろんな上流階級の注文を請け負ってたのよ。シャツのアイロン掛けだって、完璧だった」

「それはあのひとの一面だわ」とヴィヴィーニャが割り込んだ。「一方じゃ、節度のない面があった。こいつが、あいつが、って罵って。ジーンズ履きでシャツの袖まくりあげて、とかね。袖をからげてのし歩く風俗の元祖はロタじゃないかとさえ思うわ」

「そういう人目をそばだてる面もあったわね」

「ともかく、新聞がロタとビショップに言及するやり方はショックだったわ」

マリア・アメリアが本題に入った。ナナーはため息をついた。

「ショックを受けたですって、マリア・アメリア、あんた何を期待してたわけ？」

「だってヴィヴィーニャ。二人のあいだにはともかくも精神的な愛があったわ」

「気の抜けたオウム聖女さまのご意見だわね」

「ロタは謹厳な人だったわ」

「ひょっとして〈去勢された謹厳な人〉とか」

ヴィヴィーニャはそこまで嫌味も言える人だった。

「ヴィヴィーニャ！」

「マリア・アメリア、あんたはロタを欲求不満の独身女（ソウテイローナ）に仕立て上げたいのね。ロタが結婚せず、あんたみたいにぞろぞろ子供を産まなかったから。頭に入れときなさいよ——あの人は世界中の誰よりチャーミングですばらしい人だったってことをね。ベッドを共にしたい相手は誰であれ、連れ込むすべを知ってたわ」

「ヴィヴィーニャったら!!」

危険水域だ。ヴィヴィーニャも結婚はしておらず、自分流の生活を送っていた。ナナーはそこで会話が終わればいいけど、と思った。

「ナナー、あんたはどう思うの？」

まあ、どうしよう。

「わからない、わからないわ。あの人たちはとても慎重だったもの。私がサマンバイアにいったときは、お客用の棟に泊まったし。あの人たちは自分たちの棟に行って、ドアを閉めてたわ。ドアの後ろで何があったかなんて、私にはわからない」

「そうよね、プライベートなことだったもの」

「冗談よしてよ。今は閉めたドアの向こうで何が起きたかを話してるわけじゃなくて、歴然と見えてる、実際に起きたことを話してるんだわ。もしもロタが慎重だったとしたら、とても純粋だったってことよ。いつも自分の真の姿を見せていたし、そうして敬意を払ってもらうようにしてたわ。そうじゃない？」

ロタの堂々たる存在感が部屋を満たした。その通りよ、と四人の老女は思い出をたぐり寄せながら、全員一致でそう思った。

みんなが去ると、ナナーはまた自分の思い出にふけった。ドイツ人酒場でチーズサンドを分けあった頃から、堂々たるドナ・ロタとなった頃まで、彼女はロタの来し方を辿った。

あの人は苦しい子供時代を送った。父親のジョゼ・エドゥアルド・ヂ・マセード・ソアレスは、海軍を退役してジャーナリズムと政治の道に入った。彼の人生は――したがって妻と二人の娘たちの人生も――悪意ある論議と迫害に揺さぶられた。彼はベルナルデス大統領によって国外追放となり、一九三〇年、逮捕された[15]。三二年、彼の率いた新聞『ヂアリオ・カリオカ（カリオカ日報）』は捜索を受けた。しかしロタの思春期を何より穏やかならざるものにしたのは、他紙『ア・ノイチ』の記者ジエラウド・ホーシャとの論争だった。この記者は、彼が妻のドナ・アデーリアと別れ、オラシーニョ・ヂ・カルヴァーリョと同棲したことを書き立てた。オラシーニョはハンサムな若者だった。ジェラウド・ホーシャは二人の関係について下劣なことを書いたのだ。忌まわしいことだった。ロタは苦しんだ――とても感受性が強かったし、自分自身も自己同一性（アイデンティティ）の問題を抱えていた。マリエータは、ロタが一度、自殺しかけたことがあったとまで言った。ロタの口からはそんなことは聞いたことがなかったから、ナナーはこの情報を留保付きで受け止めた。姉妹は仲が悪かった。

実際問題として、ロタは自立を決心し一人暮らしを始めた。その当時、若い娘がたった一人で暮らすというのはごく稀だった。ラゴアのアパートのあとは、フラメンゴ地区のブアルキ・ヂ・マセード通りに住んだ。そのあとコパカバーナ大通りの角のシャヴィエル・ダ・シルヴェイラ通りに住んだ。近所には「エル&リュイ」の店舗もあったが、建物は現存しない。ついで、彼女はサマンバイアに小さい家を建てることになった。カローカ[16]が設計してくれた。その頃には彼女はもう、誰もの心をひきつける強い人間になっていた。いいえ、ほとんど誰もの、というべきか。ロタの力を支配的で傲慢だ、と見る人もいた。ナナーはそんな風に思ったことはなかった。彼女にとって、ロタは光に満ちていたので、誰もロタが綺麗ではないなんて訂正できるはずがなかった。

小さな家で、ロタは彼女のトレードマークの一つともいえる活動に身を捧げた――人を楽しませることに。彼女は紛れもなく完璧なもてなし役（ホステス）で、特別な友人たちに大いに愉快なひとときを振舞った。カローカはこうした会のお祝いに、ロタの植物好きに引っ掛けて「小っぽけな日常の植物相」[17]という画を描いた。常連の客の一人一人が「科」付きの学名を進呈された。ロタでいえば、「あいまい科みだら属カルロタ種」（カルロティア・インプディカ・ドゥビアセアス）とあいなるわけだった。カローカって、すごく滑稽な人だった。

やがて、ロタは自分に特定の職業のないことに苛立った。ナナーに、私何もしていない、とこぼした。彼女には、読書と旅で培った深い博識を活かす場がなかっただけでなく、世界を変えてより美しいものにしたいという欲求を活かすこともできなかった。そこで、彼女は自らの身辺をよくしようと時間を費やしたのだ——家（カーザ）、庭（ジャルヂン）、菜園（オルタ）のことに。

ロタは尊大だったが、決心してことに当たれば、骨身を惜しまない人だった。たとえば、キウソのことだ。ロタは当時よくあった裏庭（キンタウ）の修理工場へ車を運んだ。機械工と話していると、犬を抱えて木箱に腰掛けている小さな男の子を見かけた。近づくと、子供の足が細い二本棒のように曲がっているのが見えた。その子はポリオに罹って歩けなかったので、地べたを這うしかできなかった。ロタは胸を突かれた。機械工は、金がないから息子には何もしてやれないと言った。衝動的にロタは、あたしがこの子を引き取って面倒見るわと言った。雑種のメスの小犬も一緒ならとの条件で、父親は即、承知した。そこでロタはメス犬のヘベッカを従えたキウソを乗せ、愛車のジャガーで立ち去った。ロタがキウソに二回か三回手術を受けさせると、少し足を引き杖が必要だったけれども、歩けるようになった。金銭的援助のみならずロタはその子に愛情をそそぎ、術後の治療の激痛に耐える手助けもしてやった。誰もがロタの献身に感服した。彼を学校に入れ、青年になって製図の才覚を見て取るとエンヒッキ・ミンドリン[18]の建築事務所に見習いとして送り込み、のちにセルジョ・ベルナルデスの手元に置かせた。キウソは優秀なプロジェクト・デザイナーになり高給取りとなった。それから事態がほころび始め、ロタの助言に逆らってキウソは若い身空で所帯を持ち、次々子供を作った。ロタはサマンバイアに小さな家を建ててやり、子孫全員をしじゅう歓待してやった。だがキウソは一向に満足しなかった。ロタとのあいだで金銭をめぐる不快なやりとりに発展したが、そのときロタは体調が悪かった。ロタは幻滅し、もう会いたくないと考えた。ともあれロタはあの少年を救ったのだし、ことがこんな結末を迎えたことは残念だった。少なくとも、ロタとしては、あの子を救ったと思っていたのだ。

ひょっとしてマリア・アメリアが正しかったのだろうか？　おそらくロタはビショップに傷ついた小さな女の子を見て、救いたいと願ったのだろう。ビショップが一切合財ひっくるめてサマンバイアに引っ越してくるとロタが宣言したとき、誰もがあっけにとられた、というのが真相だ。その時点では病身のアメリカ人にロタが何を見ていたのか、誰にも見当がつかなかった。ヴィヴィーニャがいささか憤慨をこめて言った通り、つまんない人で面白味もないくせに、ということだったろう。

6章　日々の暮らし

一九五二年六月の第一週。ロタとビショップはブラジルに戻って来ていた[1]。サマンバイアに着くや否や、ロタは再び工事の指揮を取った。ビショップにとって、わずか一ヵ月でもうロタと二人、新しい棟に入居することになろうというのは驚きだった――寝室二つとバスルーム、それに小さいリビングにはロタ設計の鉄の暖炉があり、それは地元の鋳掛屋のうまくいくはずがないという猛反対にかかわらず造られたものだった。

仕事場（エストゥヂオ）の建設に取り掛かったばかりか、ロタは勢いを増し、ビショップに水浴する場所があるようにと、滝から仕事場前を流れる水を堰止めることにした。菜園に植え付けを始めた。それからサマンバイアへの新しい通路を造ると決意した――ビショップの理解では、曲がりくねったアマルフィもどき街道の埃を防ぐ対策だった。

ロタの朝は早かった。ビショップが朝食も済ませないうちに、プールの建設を監督するため、バスローブ姿でロタは出ていくのだった。発破の轟音とハンマーを打つキンキンと耳障りな高い音は、サマンバイアにはそぐわなかった。静けさを切望するビショップのため、ロタはこの工程を早く終わらせたいと考えた。騒音にくらくらしつつも、ビショップは自分の静穏を気遣うロタに心打たれ、コーヒーを運びがてら頻繁に作業場に顔を出した。

その朝、ロタは水回りの現場にいた。

「ゼー君、あなたの造ってる排水管は、小水（シシー）ならば通るけど、大便（ココー）には無理よ」ロタの率直さはビショップを狼狽させた。「大丈夫？　愛するひと（メウ・アモール）」

ロタはやさしく笑った。ビショップは不条理なほどの幸福感でいっぱいになった。自分はそれに値しないのに、まるで天国に行ったみたい、と彼女は思った。

「さあ、あなたはもうなかに入った方がいいわよ。ダイナマイト業者が、次の発破をかけるって言っているから」

ビショップがなかに入ったか入らぬうちに聞こえてきた、ドカーンという猛烈な轟音！　キャンキャンと犬のヒステリックな声が続いた。怒り心頭に発したロタが、バスローブの腰ベルトを締め直しながら駆け込んで来た。業者のクソ野郎が計算を間違えて道具小屋をぶっ壊しかけたわけ。そして新入りの庭師はかろうじてふっ飛ばされずに済んだわよ。間抜けな庭師のやつ、発破現場のど真ん中以外、耕す場所が見つからなかったんだって。

日々はそんなふうに過ぎていった。ロタは労働者たちのまわりで、ビショップはロタのまわりで。こんな喧騒のなかでは、詩を書くのに必要な隠棲など無理だった。ビショップの世界はすなわちロタの世界だった。そこで彼女は友人たちに日日（にちにち）の出来事を綴り、ロタがどんなに有能であっぱれかを手紙で書き送った。ロタは有機農法を実践し、毒性のない肥料を使い、根の感作のイギリス人専門家とやりとりしていた。ロタは植林に通じていた。水の堰止めや道路造りのような複合プロジェクトを計画し、実施することができた。ロタとビショップは毎日詩を読み、詩がポルトガル語か英語かによって主導者の役割を交替で務めた。ロタとビショップは幸福感に慣れていった。よく眠った。ロタと二人、健やかな幸福を分かち合い、滅多なことでは降りて来ず、雲のなかの工事中の家に引きこもっていた。

ロタもまた、ビショップがどんなにすばらしく有能か、友人たちを説得したがっていた。天才だわ、大詩人なのよ。六月、「サントスに着く」が『ニューヨーカー』に掲載されたとき、ロタは詩を回覧した。イズメーニアはヴィヴィーニャにこれを訳してやったが、ヴィヴィーニャは、こんなの嫌いだと思った。

「わたしは子供を持たなかった。われわれの苦という遺産をどの被造物にも伝えることはなかった」

ビショップはマシャード・ヂ・アシス[2]の『ブラス・クーバスの死後の回想[3]』を読み終えた。とても難しい本だった。ロタに訊くべき多くの語彙が目についた。おそろしく博学なブラジル作家は、一瞬ごとに出典ある引用をちりばめ、ビショップは「バラムのロバ」に「シントラのカササギ」とは一体何だろうといぶかり、あとで調べなくては、と思った。ショーペンハウエル風の警句「快楽は苦痛の私生児だ」にアンダーラインを引いた。

だがビショップとしてはもう少し易しい読み物がよかった。グラシリアーノ・ハモス[4]の『子供時代』と『不安』は以前読んでいたが、どちらの本もロタ宛の愛ある献辞付きで、共に内容が重かった。そこでロタはエレナ・モルレーの『少女時代の私の生活（ミーニャ・ヴィーダ・ヂ・ミニーナ）[5]』を薦めた。

読む楽しさのみならず、この本はビショップには啓示だった。十九世紀末の炭鉱町ヂアマンチーナの日常生活に関する思春期の子の言い分は、愉快かつ感動的で面白い情報に満ちていた。たとえば、男たちだけが時計を使うのを許されたこと。女たちは教会の鐘や、兵舎からのラッパの音でときを知るのだった。これは昼間の話で、夜はオンドリの鳴き声が女たちの時計なのだった。事実以外に日記の書き手は若者らしいコメントを添えていた。オンドリ時計の場合、「鶏の声は合っていたためしがなく、誰も信用していなかった。鶏が九時を告げると結婚しなくちゃと娘が家を飛び出すと言われてる。オンドリが九時を告げるのなんか始終聞いてるけれども、家出する娘なんていやしない」と言い張るのだった。

とりわけ、ビショップは少女と両親や兄弟姉妹、祖母やいとこや叔父などの関係についての、こまごました記述が気に入った――えこひいき、当てこすり、痴話喧嘩、献身など、ビショップの知らなかった、どこにでもある大家族の世界を特徴づける事柄が。

ある日、ビショップはロタに、この本を英訳するつもりよ、たんに面白いからとかポルトガル語の練習のためにではなくて海外で出版するために、と告げた。ロタは大喜びした。

その晩、友人たちを集めて、ロタは最近改宗したアルフレード・ラジェ(6)のために、例によって出入り自由の会合を開いた。今回はロジェ・マルタン・デュ・ガール(7)の『ジャン・バロワ』についての会だった。アルフレードは神秘主義と理性に引き裂かれた男の葛藤に心を動かされていた。おやまあ、とロタは言い、女は治しようもなく下等な存在だと言ってる男なんか、まじめに相手にできない、と拒んだ。このささやかなディテールを神学者の弟子は見逃していたが、ロタは本を取って来て証拠を示した。ここ見てよ、と。ただちに不注意な読み手は、立腹した女たちに取り囲まれた。ビショップはまだリオっ子たちの激烈さに慣れていなかった——リンチが始まるのかしら、と彼女には思われた。するとその直後、ビショップにはことの移りゆきが掴めなかったが、彼女たちは生き生きと何か別のことを語り始めた。誰かがブラジルでは何事も、終わりを全うせず(ナウン・ベイン・アカバード)、信じるに足らずだ(ネイン・コンフィアーヴェウ)、と断言していた。ロタはこの機会をとらえ、まさにその朝のリオの新聞に、アメリカについて間違ったリポートが出ている、とビショップが注意を喚起したことを取り上げた。

　不吉な表情で、皆の頭がおごそかに他所者(よそもの)の方に向けられた。これはつまり、とっくにベランダに寝場所を作っておきながら毛布を忘れてきたような顔をし続けるばかりでなく、あのうんざりする女は、まだ外国人嫌いへの陰口を叩いている、という意味だった。ヴィヴィーニャは内心、拒絶感がつのるのを感じた。

　ビショップは日々、ロタの仲間たちとの関係がとげとげしくなりつつあるのを実感した。言葉の壁と内気さに妨げられるという足枷の上、彼女はロタの女友達(アミーガ)たち何人かの嫉妬と取り組まなくてはならなかった。本当を言うと、ロタの友人たちのほとんどは、男も女も威勢のいいお祭り気分を装う退屈で他愛ない人々に思えた。偉大な例外はサマンバイアに別荘を持つジャーナリストで、この人は並外れて教養があり、魅力的な話し相手だった。ヴィヴィーニャのような女たちとの騒がしい夜のパーティーのあとでは、土曜日の午後のカルロス・ラセルダ(8)とのランチは一服の清涼剤だった。

　ロタとビショップは、エヂレウザの芸術家肌に気づいていた。彼女はたとえば、皿への盛りつけに凝るのが好きだった。人参、赤かぶ、胡瓜でこしらえた気まぐれな花壇の真ん中に米飯(アホース)を盛り付けた。二人がたんに見かけのための花壇を食べたりすると嫌がった。

それにしても彼女がアール・ヌーヴォーにぞっこんだと知るのは驚きだった。旅から帰ると家の近くの暗い岩肌に巨大な白い鳥が描かれているのに出くわした――翼を広げ、苛立つガチョウのように嘴を開けて。アラベスク状の地衣類を鳥の体毛に見立てて使っていた。

芸術のパトロンたろうという飽くなき天職を持つロタは、エヂレウザを褒めちぎった。だがエヂレウザはふんふん、というだけだった。女主人たちの帰宅以来、どうも様子が変だった。もう、歌わなかった。くよくよ考え込んだ。味付けを間違えた。

何かまずいことが起きるとすぐ自分のせいだと思うビショップは、エヂレウザの変化への責任を確かめようとした。私が台所に口出ししたからかしら？　だが、じきにビショップは、真の原因を見つけ出した。百人目にもなろうかという新入り庭師のゼゼーが、台所に入り浸っていた。水だ、コーヒーだ、ホウキを借りたいだ――水だ、コーヒーだ。エヂレウザは腰に手をあてて、「またかい?!」と不興げに言った。若い男が女神にしげしげと青い目を向けては、そこで水やコーヒーを飲んでいて、料理の仕事は中断された。いったんそうなると、二人は好き放題に持ち場を離れた。ある日ロタは、チキンがなまだ、と苦情を言った。焼きすぎない方が美味しいんですよ、とエヂレウザは反撃したが、窓から恋人の姿をとらえる方に気が散っていた。

エヂレウザは味付けには生来のカンを備えていたものの、清潔さにはからきし無頓着だった。これはドイツ人の男が来てからというもの、いっそうひどくなった。じろじろ見るんですよ、というのだった。ある日ロタは、お願いだから、ゴミ缶を掃除して、と頼んだ。昼食に戻ると、ゴミ缶は赤と黒のユリで塗られていた。ロタを押しとどめようとビショップは、サマンバイアにあるポルチナーリの花瓶よりもいい出来栄えよ、と言った。

ロタはジープに飛び乗るとペトロポリスまで行った。そして大きな画用紙二束と、絵筆、水彩絵具、グアッシュを手に戻って来た。

「さ、どうぞ、エヂレウザ。描くのよ」と。

「やってけないです、やってけない」

ロタが現場からクタクタになって戻ると、家事が放ったらかしになっていた。ある日はランチが用意されていなかった。エヂレウザが落ち込んでいたためだ。ゼゼーが女たらしだって分ったんです。また別の日は路上で彼と喧嘩になったため、エヂレウザは来るのが遅れた。汚い考え以外持たない男なんですよ。

ロタはゼゼーと話をつけることにした。手で帽子をいじくりまわしながら、恥じ入ってゼゼーはついに説明に及んだ——問題は、エヂレウザが、ヴェールとブーケも整えて式を挙げたあとでなければ体を与えるわけにいかない、と言っていることなのだと。悪戯っぽいロタは、屈服しないよう彼を煽った。

「そんな嘘っぱちが一体何なの？　権利を主張しなさいよ、男でしょ！」

だがビショップに対してロタは、思い込みの強い三十路の女性エヂレウザの言う「両人の結婚式」を、執り行うつもりだとはっきり伝えた。

そしてロタは有言実行の人だった。エヂレウザはドレスの型を選び、注文でケーキを焼いてもらい、ハネムーンをしたいと望んだ。ロタはすべて面倒をみてやった。結婚式当日、ロタとビショップは許婚者二人と招待客が気楽なようにと、リオのアパートに移動した。

しかしながら結果は、望んだ通りにはいかなかった。第一に、ゼゼーより年上だったからかエヂレウザは大変な焼き餅やきだった。極道者の亭主のいそうな場所をここまたあそこと嗅ぎまわった。次いで、絵という天職にめぐりあった挙句、ロタの賞賛で、秀れたプリミティヴ派だという意識に目覚めてしまった。岩の上のガチョウとゴミ缶に描いた花々のあと、ロタがエヂレウザに画材を与えたことから、家を飾る仕事をやりたいと願うようになってしまった。だが作品を見せれば才能は明らかだった。ロタはカンバスとチューブ絵具を買ってやり、油絵に進むよう励ました。手つなぎ鬼する子供たち、リボンのついた棒を持って踊る娘たち、無為に時を過ごすパナマ帽の黒人男(プレット)たちが、カンバスを埋めた。ボールを蹴る悪童(ムレツキ)どもの絵をゼゼーの頭に叩きつけようとするのを、すんでのところで止めたロタは、エヂレウザと別れるときだ、と決心した。愛情こもる抱擁を一つして、ロタはエヂレウザに言った——あんたは台所じゃなくて画廊に行くべき人よ、と。

そんな形で、ロタとビショップは一日にしてコックと庭師を失った。いささかやりきれない思いで、ビショップは台所に戻った。ロタは四方八方に広告を出して、メイド一名、庭師一名を募集した——経験豊かで庭と果樹園と野菜畑のなんたるかに心得のある人材を。かくして四人のマリアたちがローテーションを組んで、いずれか一名はつねに居るようなシステムをロタが考えた。四人姉妹がやって来た。このようにして、マヌエルズィーニョもやって来たのだった。

ロタとビショップは、こまごました日常に生の恵みを見出す術をあみだした。

二人は共生の儀式のルーティンをこしらえた。隣り合わせで目覚める。朝の挨拶。ベッドでの朝食。工事現場への「見回り」。八百屋の買い物リスト、昼食のメニュー。夜の読書と会話。郵便物の到来。

手紙を開けるときは格別だった——ビショップの友人がサマンバイアに姿を現す時間だった。最初、ビショップは手紙を読み上げ、ロタに報告していた。時が経つにつれ、ロタはビショップ宛の手紙を自分で開封しはじめた。憂鬱な人たちはだめ——ビショップによくないから。ビショップがロタを通じて知り合った、アメリカのピアノ・デュオのゴールド&フィズデイル[9]への手紙には、ロタが追伸をしたためた。マリアン・ムーアにも、よろしく、と挨拶を送った。

　ロタとビショップが離れることは滅多になかった。ロタがリオに用事のあるときは一緒に行った。山越えは、運転できないビショップにはいつも大した冒険に思われた。好天の日には、小型のジャガーは彗星のように飛ばした。風景の魅惑に心を奪われつつも、ビショップが横目で見ると、煙草をはさんだまま完璧な角度でカーブを曲がるロタの器用な手さばきに注意が釘付けになった。山越えはしばしば濃い霧のなかを進んだ。ロタは恐れげなく飛ばし続けた。ビショップは靄（もや）に隠れた透明な崖に気づくたび、友人たちへの手紙の文面を考えたり、自分の人生での急展開を思い出しては気を紛らしていた。ストーブも何もかも揃った家庭ができたわ。料理にはピリッとした味付けをして。食糧で詩を作ってるわけよね——ジャブチカーバ[10]・ジャムのような逸品をこしらえた。キット・バーカーとイルゼ夫妻[11]に、ジャブチカーバの官能的な味わいを何と説明しようかしら。

　ロタとビショップは計画を立て、絆は強まっていった。二人で雌牛を育て、自家製バターを作るのだ。イタリアへ旅行しよう。海外旅行での問題は、ビショップが三等で旅して安宿に泊まるのに慣れていたのに対し、ロタはファーストクラスを譲らないことだった。そんな旅をするには、お金を貯めなければ。そして、工事の費用が天文学的にかさみ、ビショップが二冊目の本のための詩が書けなければ、どうやって貯めたらいいのかしら。

「ここじゃ動物には事欠かないわ」とロタは言った。ビショップが動物学は好きな学科だ、と明かしたときのことだ。

二人はよく夜の探索に出かけた。ランタンを手に、「再生産のための抱擁」のため闇雲に互いに馬乗りになるカエルたちを脅かした。また、地上の獲物を待ち受け、天のパルナッソスの一飛びで去るフクロウの、ルビーの赤の目に注目した。[12] 家にいると、コウモリたちのキーキー興奮した叫びが聞こえた。ロタはコウモリの生活を擁護したが、それはコウモリが、主食の発芽期を迎えた種を排便することによって、森を保全するからなのだった。

ビショップはロタの蓄える博物的知識を賞賛してやまなかった。協議事項がなんであれ、いつでも適切で情報豊かなコメントをするのだった。

心を奪われ、ビショップは、ロタについての一篇の詩「機知(ザ・ウイット)」[13] を書いた。

「待って。一分、考える」とあなた。
その一分間に　わたしたちは見た、
眉根を寄せたあなたの命令で、
林檎を手に手に　イヴがニュートンが、
律法をかかえた　モーセが、
もじゃもじゃ頭をかく　ソクラテスが、
さらに数多(あまた)の助っ人が　古代ギリシャから、

現代によみがえるのを。

と、あなたがとばす駄じゃれの妙技。
どっと　わたしたちは笑いの渦。
困った助っ人たちは　一人また一人　姿を消す。
そのあと、とぎれとぎれの会話のままに、
ちらっと見えたのだ——自由自在、時空も超える——
厄介な星（あなた）、やんちゃなスターの誕生が。

一つまた一つと石を積み上げ、ロタはビショップに約束した仕事場（エストゥヂオ）を、無から建てていった。十二月になり、ビショップは自分の場所の自分の椅子に座った。幸せのあまり一週間泣き明かすかとさえ思われた——「計り知れぬ規模だった、私のための準備は／心こもり親切だった、私を助ける腕は」(14)

今や彼女が負うべき返礼は、創作のためこのアトリエに籠り、目の前の竹林に着想を得て、今世紀一番の美しい詩を書くことだった。せめて誰かが買い上げてくれる、数篇を。

ビショップはもがいた。サマンバイアが与えてくれている豊かな素材と取り組んで午後を過ごした。だが、翌日になって書き上げたものを読むと、こんな馬鹿げたものが一体どうして書けたものか、と自問するのだった。

「カイン以来、最悪の庭作り」たるマヌエルズィーニョは、ビショップにブラジル式の店子事情を体現してみせた。ビショップは、ツギハギだらけのズボンを履いて緑に塗りたてた麦藁帽の小柄な男が、頭が変になるほどロタを追い込む有様を、感嘆の思いで眺めた。

らく。

ロタは輸入物の品質保証付きのよい種を何キロも買い与えたが、成果は三ツ股人参だけという体たらく。マヌエルズィーニョはケールと赤いカーネーションを同じ苗床に植えたりした。彼はロバの傍らにぼーっと立って何時間も過ごし、何を見るでもなく、いやビショップの目には、見るほどもないものを見つめているのだった。ペロラの砂糖袋[15]に頭を突っ込んだ彼の子供たちはロタが近づくと、おっかながって逃げ出した。ひと月に一度、彼は表紙にラクダの絵のついた帳面を持って「会計処理」をしにやって来た。彼の計算では、小数点を打ち忘れているので、ロタは何百万もの借りをつくることになるのだった。

店子のたくましい生命力に直面し、ロタは憤怒と寛容、激昂と慈愛とのあいだを、まるで分裂症なみに揺れ動いた。強圧的な命令に抵抗し、想像力を駆使して自由を確保する人間の姿をマヌエルズィーニョに見たビショップは、長い詩一篇を彼に捧げた。ビショップは、ロタを身元不詳の語り手に設定し、マヌエルズィーニョを魅力的な違反者として描いた。

あるとき大声をはりあげて
早くして、そのジャガイモをとって来て、と
あなたに怒鳴ったことがある。
すると帽子を吹っ飛ばし、
跳び上がって木靴も蹴っ飛ばし、

私の足元に帽子と靴とで三位一体、
三角(しるし)残して　すっ飛んでった。
あなたは　とうから
お伽話の庭作りだった風情
「ジャガイモ」のひとことで
お伽の王子のお使いよろしく
ふいと　姿をくらました次第。[16]

マリアたちは、ポルトガル語をつぶやきカレーにマンゴーを混ぜる北米女性(グリンガ)が台所にいることに慣れていった。多くの人たちがビショップの手料理を褒めた——ホジーニャとマグーの甥のマネーコから、挙句は詩人マヌエル・バンデイラまで[17]——この人は彼女が好んで作るジャムやジェリーの賛美者だった。ロタは一日の仕事の段取りが済むと、ビショップがティーテーブルに置いた焼きたてクッキーの山をことのほか喜んで味わった。ビショップを好んで「クッキー」と呼んだ。私の料理長(メストリ・クーカ)さん、と。[18]

あっという間に一年が過ぎた。ロタの名前を彫った指輪には、五一年十二月二十日の日付があった。再びクリスマスになり、ニューイングランドの最良の伝統にのっとって、ビショップは七面鳥のディナーを用意する約束を守りたいと願った。

その朝、担当のメイドの「パンのマリア」だか「岩のマリア」だかが——どっちがどっちかビショップには分らなかったが――七面鳥が届いたと知らせに来た。詰め物用のコーンブレッド・ミックスの代わりに何が使えるかしら、と考えながらビショップは建設中の仕事場から降りて行った。調味料にはセイボリーとタイムを使おう――あれは正確にはポルトガル語では何にあたるのかしら？　ちなみに七面鳥といえば、ロタの説明に従えば、「サンクスギヴィング・デイ――感謝祭」は直訳の「ギア・ヂ・ダール・オブリガードス――感謝する日」とはならないのだと聞いたのを、文通相手の一人に理解させたことがあった。いいわ、少なくとも鳥を炙(あぶ)りながら塗る肉汁は、アメリカから持ってきたグレイヴィ用の調味料(シーズニング)があるし。焼くのに六時間くらいかかるわね、とビショップは算段した。

　キッチンのドアのところでビショップの足は止まった。クリスマスの夕食が、目の前のテーブルの脚に一本の紐でつながれ、悲しげに立っていた。赤い食肉用(ペンダンティフ)の下げ札にもかかわらず、七面鳥としての、ありったけの威厳を保ちながら。

「まあ何てこと(オー・ディア)」何て困った状況かしら。鳥が生きたまま届くなんて、想定外だった。

「奥さままかせてください、殺すのは私らで。そしたら熱湯でゆでて羽をむしるんですよ」

「オー・ディア！」

「今日は一日中、唐黍酒(カシャッサ)を飲ませます。明日、殺しますから」

カシャッサは慈悲だろう、とビショップは思った、鳥が処刑を安らかに迎えられるようにという催眠作用の一種だろう。可哀想な子(コイタード)！

「ウェル、オーケイ」

　こうしてニューイングランドの最良の伝統にのっとって、料理人と刑を課された鳥とは、両者とも平静を保ったのだった。

巨大な青いボルボレータ——土産物用トレイに加工されるような蝶々が一匹、ひらり、かたわらをよぎった。プールのなかからビショップは蝶の飛翔を目で追って、その目はロタの目のところまで飛んでいった。二人は微笑を交わした。一月だった——日曜日だった。工事もなければ職人もいない、マヌエルズィーニョは鍬を肩に乗せてどこかへ行ったまま、ずいぶん時間がたっていた。真っ青な空の下、二人の全身に流れる水ほど心地よいものは考えられなかった。ロタがゆっくりと近づいた。私、四十だ、とビショップは思った。そんな不思議な恋など、信じられない気分で。

突然、カァカァという喧（やかま）しい声。誇らしげに通過するアケボノインコ[19]の一団だった。ロタとビショップは森のなかまで鳥の飛行を追いかけて行った。それから二人は再び微笑を交わすと、午後のゆるやかなハンモックに横たわり、たわみに身を寄せ合った。

「行く？　クッキー」

「行きましょ」

抱き合って、二人は家へ向かった。ビショップにとってはまるで、二人のスケーターがゆるりゆるりと旋回しているように感じられた。

夕暮れ、二人は満たされてベッドルームを出て、ベランダで冷えたマテ茶を飲んだ。

とうとう、ロタはビショップの夢の一つを叶える時間を作ってくれた。オウロプレト[20]を見るのだ。ブラジルを旅するとどうなるか——ニューヨークの常連（アビチュエ）たるロタは、旅が順調にいくようにと、それこそ何から何まで含めた長い持ち物リストをこしらえた。ランドローバーを整備させ、地図をいくつか調べた。現地から来たばかりの女友達と話し、新しい道路ができていることを知った。乗用車で行くなら旅はもっと、ずっと快適になるわよ。二人はジープから山のような荷物を降ろして古いジャガーに移し、出発した。

何キロか新しい道路を走ったところで、ミナスの爽快な青空の下、ロタとビショップは驚きの目を見張った。突然、新道が途切れていた。工事は始まっていたものの終わってはいなかったのだ！　その地点以降、二人は旧道を進まねばならなくなった。穴ぼこに後輪をとられつつ低い車体の旧型ジャガーで強行しなくてはならなかった。情報源の女友達をさんざん罵りつつ、六時間で五〇キロ進むのが精一杯だった。夜になり、窪みにやられた後部排気管をひきずりながら、二人はオウロプレトに入った。

ビショップにとって、車のパンクやコスタラット・ヂ・マセード・ソアレス家の人間にふさわしくない宿など、旅の難儀を勘案してもオウロプレトは行った甲斐があった。この町にビショップは恋していた。ここに何度も戻って来よう、と心に決めて町をあとにした。

哀れなジャガーはさんざんな有様となって家に帰りついた。「村里にて」[21]で支払われた千二百ドルにいくらか足して、ビショップは一九五二年型の黒のMGを買うことにした。ロタはこれに夢中になり、未来のアマルフィ街道を風のように飛ばしたので、ビショップの白髪になり始めた髪は文字通り逆立った。

だがある真っ暗な湿気た夜に、勇敢なMGはぬかるみにはまり、どんなに押しても抜け出せなくなった。ロタとビショップは泥を跳ね上げ、真っ黒い闇のなか、手に手をたずさえ、サマンバイアへの道を歩いて登らなくてはならなかった。家に着くとビショップは、まだ袖を通してもいない綺麗なセーターを車に置いてきてしまったとメソメソした。きっと盗まれちゃう。ロタは鼻息を荒くし、ランドローバーに飛び乗ると雨と泥をついて戻って行き、幸運なセーターを救出した。ロタは車の小物入れに収めた工事作業員たちへの賃銀を取って来ることは忘れていた。だが誰も盗んだりしなかった。

ロタは始終言っていた。

「クッキー、仕事しなさい」

ビショップは集中できず、取り乱していた。言葉と格闘し、解きほぐすことに手間取っていた。言葉はしばしば抵抗した。別のときには、ビショップは言葉を従わせはしたけれど、今度は興味をなくしてほかの語彙を探しに行った。売るための詩は完成できなかった。友人のシオドア・レトキ(22)のように、ロバート・ローウェルのように、三ページも四ページもある詩が書けたら、と願った。そうした詩は高く支払われた。それらを集めれば、詩群はたちまち本になった。ビショップが苦闘している詩は短かった。出版社が求め続ける新しい本を作るには、十篇、二十篇ほども詩が必要だった。版元に向けてビショップは、長い作品が数篇仕上がりかけている、できそうなので待ってほしいと返書した。

その週、ロタは二日続けてリオに滞在しなくてはならなかった。毎月一定の収入を得られるようレーミのアパートを人に貸していたし、決済すべき書類もあった。サマンバイアに戻ると、マリアが駐車場まで走って出迎えた。ドナ・エリザベッチが寝室から出ようとしないんです、二日間、何も食べていないんです。

ロタは飛んでいった。クッキー!

寝室のドアはロックされていた。

ロタはノブを回し、ドンドンとドアを叩き、ビショップに向かって叫んだ。

部屋から動物のような物音がした。

ロタがまさにぶち破ろうとした瞬間、ドアが動いた。ロタは力いっぱい開けた。

ベッドのそばに空き瓶が何本か転がっていた。

ビショップは無気力に、抱きしめられるにまかせた。すすり泣き始めた。

「助けて」――哀願した――「私を助けて」


さらに深酒がこれに続いた。ビショップは飲み始めると止めどがなかった。正体がなくなるまで飲んだ。我に返れば気分が悪く、罪悪感に襲われ自己嫌悪に陥った。そうなれば飲まない日々を過ごすのだった。

ロタは断酒の期間をできるだけ引き伸ばそうと骨折った。友人たちの集まりでは酒類を出すのをやめた。人の家に二人で行くときは、ビショップに酒を出さないように頼んだ。

愛情深い保護管理にビショップは感謝していた。だが飲み始めればまた、以前にもまして罪悪感に苛(さいな)まれ、謝意は示さず、責任能力を失くした。手のつけられないアルコール中毒だったディラン・トーマス[23]が一九五三年十一月に死んだとき、ビショップは不名誉を蒙った詩人たちのため盛大に痛飲した。ほかの折には、堕落への逆戻りを引き起こすような事件は格別、特定できなかった。しかし、ロタには一つだけ確信があった――ビショップを飲酒から解放するのに、自分の愛だけでは足りないと。

ロタは母親もかくやと思われる辛抱強さで、依存に対処する医療を受けるよう、ビショップを諭した。ビショップは抗酒薬アンタビュース(24)を服用することに同意したが、それは飲む人がほんのわずかアルコールを啜(すす)っただけでも、とことん吐き出させる吐剤だった。


かくして生活は続いた、ささやかで静かな暮しが。露おく朝、星月夜、アンタビュース。

言葉の壁にも支援がなされた。ビショップは手近な人は誰彼かまわず捕まえて苦闘中のポルトガル語を稽古しようとした。だがいつもうまく行くわけではなかった。ある朝、プールの近くで若者がモルタルをこてで掻き落としていたので、岩の上のカニの美しさについて話しかけてみた。途端に若者は道具を振り上げ、バシン！　と美を叩き落としてしまった。

ビショップはエヂレウザを懐かしんだが、今ではせっせと絵を描き、ロタの友人たちに売っていた。ある日、ビショップは、エヂレウザというのがよくある名前なのかどうか知りたくなった。ちがうわね、とロタは説明し、きっと半分は母の名からで、父の名の半分と組み合わせたものよ、ブラジルの習慣で、フベナルダスとか、クレイドニレスなどはそうした例なのだと言った。だが、両親はなぜこういう名前をつけたの？　とロタが訊ねたとき、エヂレウザは秘密めかして、イザベル王女への献身を示すものですと宣(のたま)ったのだった。

サマンバイアが子供たちで大騒ぎになる日曜日があった。ロタの養子キウソは、ロチーニャはじめ四人の子持ちだった。それに加え、料理人とその妹の子供やマヌエルジーニョの子供たちがいた。閉口したビショップは仕事場に引きこもり、『ブラジルの博物学者』(25)を読んだ。ロタは実際的だったから、スポック博士の育児書(26)をポルトガル語に訳したらどうかと考えた。

純粋に楽しいときもあった——ロタが甥のフラヴィオに友達を連れて来てプールで遊んでいいわ、と言ったときだ。仕事場の窓からビショップは、十二、三人の裸の子供たち——岩から飛び込んだり水のなかではしゃいだり笑い転げたりする、小っちゃな腕白どもの姿を眺めた。無邪気な子供時代のなかったビショップは感動した。母屋に入って行き、一連隊のためにココアを作るロタを手伝った。ロタとビショップのサマンバイア暮らしはそんな何でもない瞬間で成り立っていた。

一九五四年初め、名声が訪れた。ロタの家が建築として大きな賞[27]を受賞し、友人たちがパーティーにやって来た。レーミの関係者何人かは、ビショップがひどく混乱していると言った。あらま、気の毒なクッキー、とロタは笑い飛ばした。アパートは別のエリザベスという名のアメリカ人に貸していて、人々が同名の別人に話しかけているつもりでいることにビショップは面食らっていたのだ。恐ろしく紛らわしい話だった。

経済的トラブルは、二人の栄光を曇らせていた。パンタグリュエルさながら、家はロタの資産をむさぼっていた。巨大な窓ガラスはベルギーから輸入していて、価格はビショップには空恐ろしく思われた。インフレが工賃の支払いを左右した。ビショップとロタは、快い寝室で入念に計画した海外旅行の計画をキャンセルせざるを得なかった。

経理の面で、最初の食い違いが起きた。ロタはビショップをけちだと思い、ビショップはロタを贅沢だと。それもそうだろう、その年のビエンナーレでロタが高価なブロンズ彫刻を何としても買いたがったとき、ビショップは憤慨した。優先項目でもないのに、そんなものを購入したら、当分のあいだ旅の計画は立ち往生だわ。

賞を得た家のカビっぽさは蒲柳の質のアメリカ人の気管支に障り、ビショップの喘息の発作は長引いた。そのため新しい本の仕上げはますます遅れた。九年間待った挙句、出版社は、前作『北と南』の中身に『冷たい春』のタイトルでまとめた近年の収穫を足して、一冊にしようと提案してきた。ビショップは強く反発したが、まるまる十日間寝込むことになった発作のあと、ロタは提案を受けるようビショップを説得した。ヴィヴィーニャが言うには、ビショップの幸運は喘息持ち（アズマチカ）たることにあり、ロタの場合は原則持ち（アショマチカ）たることにあったのだ。

ブラジル政局のニュースは明晰な隣人によってサマンバイアに伝わった。ビショップは初めて会った日から、ラセルダが自分の新聞『トリブーナ・ダ・インプレンサ』を通じてジェトゥリオ・ヴァルガス大統領(28)と激しい対立関係にあることを知っていた。どの週末だったか、ラセルダは民主主義のリーダーとしての活動を雄弁に語り、二人と乾杯する時間を持った。ロタはラセルダをついて刺激し楽しんでいた。ビショップはこうした凶暴さにはいささか閉口していた。話題が文学のときはずっとましだった。

ある朝、ラセルダは自宅のドアの前で狙撃された(29)。それを知ってロタは心配し、ラセルダの妻レチシアに電話した。彼は無事だった。しかしヴァアス将校は殺された。

そのときから、ラセルダは襲撃の責任をヴァルガスに帰し、大統領解任の公言を強めた。ビショップは北米人にありがちなクーデタ嫌悪を抱いたが、世論も、大多数の政治家と軍部も、ラセルダの側についていることは理解した。

と突然、形勢は逆転した。ヴァルガスの自殺(30)で世間はラセルダに背を向け、彼は身を隠さざるをえなくなった。とはいえその年の選挙で、彼は驚くべき票数を獲得したのだが。

「おおこの信じがたい国(ディス・インクレディブル・カントリー)」とビショップは友に手紙した。声高にいうのは憚られたので。

ヴィヴィーニャは甥たちを連れ『カルナヴァル・アトランチーダ』[31]に出かけた。映画はよかった。ブレカウチがローマ人の衣装で「ドナ・セゴーニャ」を高唱するあいだ、マリア・アントニエータ・ポンスがサンバに合わせルンバを踊ってるなんて、キッチュの真髄、と。ロタに、ビショップを連れてったら、と勧めた。あの人、ブラジルを知る必要があるわよ。

道化師のオスカリートがトロイアのヘレネに扮する映画など見ようとも思わないロタは、ヴィヴィーニャの考えを伝えなかった。ビショップはすでにブラジルを服用しており、『少女時代の私の生活』の翻訳に熱心に取り組んでいたからだ。新しい本のための詩作の中断はビショップに大いなる安堵をもたらし、今は翻訳の仕上げに没頭していた。一日の終わりに、ロタは毎日ビショップの疑問に答えた。訳はよくできている、とロタは思っていた。

一九五五年八月、ようやく『詩集――「北と南」「冷たい春」[32]』がアメリカで刊行された。本の最後は「シャンプー」で締めくくられた。ロタをうたう詩だった。

7章　八百屋が幸運を運んでくる

その明け方、二人は雷鳴と稲妻で起こされた。家の近くで光が炸裂した。バリッ！　トバイアスが毛を逆立てて部屋に駆け込みベッドに飛び乗った。金属製の屋根を打つ地獄まがいの音は霰（あられ）だった。ロタとビショップは抱擁を解き、起き出した。配線がやられ停電していたのでロタはロウソクをつけざるをえなかった。ビショップは電話も不通になっていることを発見した。日が昇ると嵐はやんだ。ロタとビショップは被害を調べに表へ出た。

猫はシーツの温もりのなか。
四旬節の木々の花びらは散り、
しっとり真紅にふり積む　死せるパールの目のなかに。(1)

ビショップは「雷雨」にこのエピソードを書き込み、トバイアスを世に知らしめた。つまらないことで褒められるものねとロタは意見を口にしたが、食べたいわけでもないネズミの残骸を台所の床に放置するトバイアスの習性にイライラしていたのだ。

最新の詩篇に登場するほかの動物は、仕事場で生み出されたものだ。気球[2]で燃えついた森を逃れるアルマジロ。邪(よこしま)な尻尾をピンと縦(たて)にするメスを、カッと熱くとりまくトカゲたち。何かを何かを探して浜辺を走る、妄念にとりつかれたサンドパイパー[3]。完璧主義者のビショップは、修正、修正また修正を重ね、詩行の洗練に苦闘した。

それでもビショップが最終的に詩を手放すときは、北米の批評家たちは絶賛するのが習いだった――『冷たい春』のときのような事態が起きるのだった。

だがブラジル人のあいだでは、ビショップはうやうやしく無視された。ロタはこれが気に入らず、影響力を行使して、ビショップの未発表の詩一篇を、パウロ・ドゥアルテ[4]が編集する雑誌『アニエンビ』に読者に向けた詩人の解説つきで掲載させた。一九五六年四月号には「不法入居者の子供たち(スクオッターズ・チルドレン)」[5]が英語のまま載ったが、同じ号には「パルマレスのキロンボとは何か」という逃亡奴隷の隠れ家についての、バンジャマン・ペレ[6]の記事と、雑誌編集部によるソ連共産党第二十回大会の分析が併載されていた。

紹介記事にはビショップが山頂の詩的な隠棲所に、ロタ・ヂ・マセード・ソアレスの美しい田舎家に住んでいること、そして詩人の感性がとらえたブラジルの自然が、『冷たい春』の詩篇のいくつかに見られたことが示唆されていた。同時に、高名な客人は自国でさえあまり大衆に読まれていない、と記事は続け、その理由を「この詩人が（作品）を押し付けるのではなく巧妙に浸透させる、一芸の女主人(ドナ・ヂ・ウマ・アルチ)だからだ」、とした。

ナナーは『アニェンビ』の記事の書き手が示す留保にほっとした。「スクォッターズ・チルドレン」についての意見をロタが聞きたがっているのは知っていたが、どうかしらね、とためらっていたからだ。ビショップの政治的な見方は分らなかったが、その詩はブラジルの社会的不公平に対する辛辣な批判に思えた——暴風雨に驚いた子供たちには、たとえ土地なき者であれ、天のお屋敷[7]への雨宿りという、奪うことのできない権利があると、皮肉な観察で描いていた。ビショップの芸術は、ナナーが持ち合わせない英語の習熟を要求するものだった。『タイムズ』紙を読むのとはわけがちがった。たとえば『冷たい春』の本で掉尾を飾る「シャンプー」は、ロタについての詩らしかった。コケについて、月の輪について、流れ星と辛抱強い天について語っていた。ロタはせっかちで髪を洗わなくちゃならないのだった。正直に言うとねえ。ナナーには詩の主題が推測できなかった。イズメーニアが国外にいるのが残念だった。彼女なら、全部解読できるだろうに——『ニューヨーカー』に載ったビショップの子供時代の分りにくい物語を解明してくれたように。

ナナーはロタがビショップを天才とみなしていることを知っていた。友人の誰かがロタの生活にビショップがもたらした、何というべきか、数々の不都合——健康不安、風変わりな気質、とりわけ酒癖について持ち出すと、ロタはいつも言うのだった、ビショップは天才だわ、と。まるで天才だったら何でも我慢しなくちゃいけないかのように。

天分、酒癖、その他その他のせいで、ロタは次第に友人と過ごす週末の愉快な一団から身を引きつつあったというのが真相だ。自然さが失われていった。会話がポルトガル語でなされれば、ビショップは事実上、仲間に加わらなかった。英語の場合は、参加者の英語の流暢さの度合いに応じて、会話は調整された。話はごちゃごちゃになって、ビショップがいんぎんに首を振ると、ロタが脇から取りなすのだった。ビショップはすごく内気なの、とロタはいつも言ったっけ。メアリー・モースだって内気なボストンっ子だったけど、メアリーのときはもっとずっと気軽だったわ。カードゲームだとか夜のパーティーだとか、カローカと仲間たちもいた。そうね、ブラジルに来て五年になるのに、ビショップは相変わらずポルトガル語を話さないし、どうすればいいのよ。

可哀想な人(コイタードス)だらけなのね。『ヘレナ・モーリーの日記』の第一稿へのパール・ケイジン[8]の感想は、例によってエリザベスを危機感に追いこんだことだろう。カビや連鎖球菌に対するように、不評や留保付きの批評には過敏だった。一方でビショップは、アメリカでの新しい文学エージェントを持つことを勧める、友人の但し書きはよいものとして受け止めた。エリザベスは、芸術の規則などお構いなしの連中がのさばる愚昧な集団のなかにいて、エドウィン・ホーニグ[9]何某の『冷たい春』に関する否定的な批評を投げつけられていたから、それは勇気ある対応だった。

ロタはヴェラ・パシェッコ・ジョルダゥンに話を通していた。ヴェラは、本の序文を書くためヂアマンチーナ[10]を見に行きたがっているビショップに、同行する用意ができていた。ロタはミナスの本にビショップがかける思いの深さを理解していた。翻訳に何年も費やした上——著者の夫の、なんとビショップの英語を「校閲」させろとの要求の能天気(ノンシャランス)さえも受け入れて本の版元を見つける決意だった。新しいエージェントに次の詩集の原稿を渡す際には『少女時代の私の生活』の英語版『ヘレナ・モーリーの日記』を先に出すと版元が同意するならば、という条件をつけるよう指示したほどだった。序文が出来れば終わるばかりのこの仕事はロタ自身も巻き込んでいた。ヂアマンチーナ独特の言い回し、たとえば「カヴァーロ・ヂ・ジュデウ（大道具係）」だのダイヤモンドの「カルデイラゥン（大釜）」だの[11]を英語にするビショップの措置が、妥当かどうか判断する役割で。さらにメアリーも巻き込まれ、しゃかりきでタイプするのは気が変になりそうだった。親切なヴェラがエリザベスと行ってくれるのはありがたいわ。家の工事は最終段階で、ロタはサマンバイアを留守にするわけにはいかなかった。


　それから、事態は一変した。

　ビショップに電話がかかってきた。取材リポーターだった。

「ピュリッツァー賞を受賞されました[12]」

「え、何？（プリーズ）」

「ピュリッツァー賞ですよ。あなたの本が、ピュリッツァー賞をとったんです」

　それ以後はもう、神様お助けを、のレベルだった。アメリカ大使館の館員たち、カメラマン、記者、映画製作者たちまでが群れをなして山の上まで参上した。ビショップって本当に詩人？　と疑っていたブラジルの友人たちまでもが引きも切らず電話をよこした。

　翌日マーロン・ブランドの踊る姿を見たくて『野郎どもと女たち（エリス・イ・エラス）』[13]の上映館を調べようと新聞を開いたヴィヴィーニャは、例のカルダーのモビールを背にしたビショップが見つめているのに出くわした。あらまあ、ご覧なさいな。ヴィヴィーニャは読み始めた。

「後見役セニョーラ・カルロタ・ヂ・マセード・ソアレスのもと、ミス・ビショップは書物と美術品と犬と猫のみに囲まれ、厳格な規律正しい生活を送る。ラジオさえ置かない」

冗談でしょう。記者は例によって、「寒村の誘惑」「詩作は無限」というビショップの言葉を大いに持ち上げ、文化に貢献している素振りだった。ビショップは、今日書いた詩一篇はしばらく寝かせ、何年も経って読み返すのが常だ、と告白した。好きな作家を挙げれば、チョーサー、シェイクスピア、ホメロス、アイスキュロス、エウリピデス、アリストファネス、ヴェルギリウス、ダンテ、セルバンテス、それにカモンイス、ですって。じゃあソフォクレスには文句でも？　とヴィヴィーニャは食いついた。ミス・ビショップはこの栄誉に驚いていると言い、賞金五千ドルを授与されるらしいと算段した。賞金はきっと旅に使うことになろう。「しかしブラジルに戻ってくるつもりでいる。どんな他の国もこれほど彼女の魂をそそる国はないからだ」と、記者はさらに付け加えた。

記事は：記号（コロン）で、まだ続くかのような形で終わっていた。たぶん・（ピリオド）の誤植でしょう、でなけりゃ記者が、文章の最先端をいく人物への敬意から気取ったための措置なのかしら。ヴィヴィーニャはため息をついた。ブラジルに戻る気だって。魂をそそるだって。じゃあなぜあのアメリカ人が私には、虫が好かないのかしら。

八百屋も新聞にビショップの写真をみとめた。嬉しいっすね、と彼はロタに言った。つい先週、別の顧客が宝くじで賞にあたっていたのだ。今度はアメリカ人の番だね。あきらかに彼はお得意さんに幸運をもたらす人物なのだった。

それは驚異の夜だった。親愛なる読者よ、そう、若いときだけにめぐりあえる、ああした夜々（よよ）の一つだった。空は深く澄み渡り、見つめていると、こんな空の下にだって悪魔や怪物が存在するなんて本当だろうかという私たちの無意識の問い[14]さえ、かけがえのない特効薬で一掃されてしまうのだった。

ロタとビショップは膝に毛布をかけてソファに座っていた。少し冷えた。壁には小さなランプが散漫な光を投げていた。

ビショップはひとときのやわらかな静寂に浸った。幸福だった。四年にわたる書くことの苦悶の末に、一九五六年の静穏が訪れたのだ——一冊の本を出版し、最高に価値ある賞を獲得した。賞金が期待していた五千ドルではなく五百ドルばかりだったのは事実だ。だが代償に、彼女は『パーティザン・リヴュー』誌から、予期せぬ助成金も得たのだ。『少女時代の私の生活』の翻訳は完成して、ファラー・シュトラウス・ジルー社から刊行されることになった。新しい詩篇も書き出していた。

ロタは陽気に話し続けた。「私のクッキー」が誇らしかった。彼女の側ではこんな約束をした——輸入やら急場を凌ぐやらでてんてこ舞するだろうけれども、年内に家は完成する。そうしたら二人でニューヨークへ行ける、ビショップが居たいだけ、滞在できる、と。

もう五年ほども、ビショップはロタと手を重ね、静けさに聴き入っていた。薄闇越しにロタの声が降りてきた。二人のその親密さ、ふれあう甘美さを詩にうたいたいと思っていた——森のなかの、ささやかな暮らしの、本当の意味を。

聖歌がかたちを取り始めていた。続く日々でビショップは、この家を讃えこの愛を歌う詩を書き始めた。記念碑的な建築としてではなく、悠久の自然に開かれた家——オープンハウス、窓に霧がたちこめ、会話を交わすその間にも、ゆるゆると部屋に漂いくるような家として。その詩を「雨季のうた」と呼んだ。

霧のとばり深く
わたしたちの結んだいおり
磁気をはなつ岩のましたに
雨が虹の帯を織り、
血のように黒ずんだ
ブロメリアと　地衣類と
フクロウと　降りそそぐ滝とが
うちとけた図柄をひろげる
いちまいのつづれ織り。

〔……〕蒸気は
密生した茂みから苦もなく
たちのぼり、うつろい、
ひそやかな雲のうちに
家と　岩を
ささえる。
〔……〕
家よ　ひらかれた家よ
白露にひらかれ

やわらかく目になじむ
乳白色の日の出に　ひらかれた家、
銀の魚や　鼠や
紙魚(しみ)、そして
大きな蛾などの　仲間たちに
ひらかれた家。　壁には
結露が　みさかいもない
地図を描く　家。[15]

一九五七年、ロタとビショップはニューヨークで六ヵ月暮らした。

二人はあり余る社交の機会とショッピングに明け暮れた。忘れ果てたと思っていた暮しだった。友人たちは誰も、ビショップがどんなに変わったかに気づいていた——幸福で健康で身綺麗で髪も整っていた。誰もまた気づいていた——変化の理由が彼女の傍らにあることに。浅黒(モレーナ)で背が低く(バイシーニャ)、知的洗練(ソフィスチカーダ)に才気煥発(ヂヴェルチーダ)、刺激的(エレトリカ)かつ献身的(デヴォタータ)な女性が、理由だった。[16]

昔の友人と旧交を温めるほか、ビショップは会議や講演に参加したが、それらにはひどく自信がなかった。太刀持ちとしてロタはどこへでも同行した。

戻りたい、と思ったのはビショップの方だった。富めるアメリカは疎ましく居心地悪かった。二十に余るスーツケースにトランク七つ、木箱と樽をすべて荷造りし、船便で送った。

十八日間の帰路は、旅好きなビショップには十分癒しの効果があった。到着を遅らせることをビシヨップはいつくしんだ。可能なときにはいつも彼女は船旅を選ぶのだった。

ロタにとっては十八日間の飽き飽きする苦痛以外の何物でもなかった。ロタは、ニューヨークで自分を非物質に解体し自分の家の玄関で再物質化する、そんな機械を発明できるものなら発明したい、という人だったから。

一大事業が片付いてしまうと、ロタはサマンバイアですることが無くなってしまったと嘆いた。経済的状況は不安定なままだった。そして月経になると不眠症が悪化し、不快な歯肉炎などの新たな不定愁訴をもたらした。おそらくこのために、ビショップがもう一羽オオハシを飼いたいと言ったとき、イラッと来たのだった。哀れなサムは、ビショップがDDTをケージに噴霧したあと、中毒して死んでしまっていた——殺虫剤は動物には無害だと業者は請け合ったのに！　だめよセニョーラ、もうオオハシはだめ。だがその直後には慰めるべく、ロタはビショップが合衆国から持ち帰ったハイファイのために、すばらしい音響キャビネットをデザインし組み立てた。ビショップは飽かずロザリン・テユーレック[17]の弾くバッハのパルティータを、ゴールド&フィズデイルの演奏するプーランクの二台ピアノのための協奏曲を聞いて、何時間も過ごした。

「クッキー、書いたらどう？」とロタは繰り返した。

二人は一緒に本を読み合う習慣を続けた。ビショップはロタに『ヘレナ・モーリーの日記』へのマリアン・ムーアの賛辞を読んでやり、ロタはビショップに、画家フラヴィオ・ヂ・カルヴァーリョが着てサンパウロの中心をパレードした、男性用のコスチュームの描写[18]を読んで聞かせた。それはブラジルの気候にぴったり合った、単なる実用性を超えた衣装で、動きの自由を保証するプリーツ入りのショートスカートと、静脈瘤を隠すバレリーナのタイツ、通気性をよくするため両方の腋の下を開き、アイロン不要の生地でできていた。それから二人は、ニュースについての議論で何時間も過ごし、笑いに笑った。

そういう折に歓待されたお客は、ロタの甥フラヴィオ[19]だった。フラヴィオとロタは伯母と甥のあいだで望める限り、最高にウマが合った。さいわい彼はアメリカ文学の大ファンで、ビショップにとっても貴重な話し相手となった。両者とも喘息持ちで、ときに、はぁはぁ吸入に喘ぎながら、二人で詩を議論した。

8章　美しきピンドラーマ[1]

サッカーワールドカップ・スウェーデン大会[2]でブラジルが優勝した熱狂も冷めやらぬ頃、サマンバイアはオルダス・ハクスリー[3]の来訪という光栄に浴した。最初はロタでさえ少々臆した。だがすべては大層うまく行き、ハクスリー夫妻はこの家の女あるじ二人を、ブラジリア[4]へ、アマゾンへと旅に誘った。ロタは謝絶したが、ビショップは即座に同意した。

奥地の専門家(セルタニスタ)クラウヂオ・ヴィラス・ボアス[5]が、トゥアトゥアーリ沼岸の先住民(インディオ)保護区で出迎えることが決まったとき、ビショップは狂喜した。この喜びようにロタは心を動かされた。心配を装ってロタはビショップに、あそこでは素っ裸かも知れないけれど大丈夫？　と訊ねた。代書人カミーニャ[6]の手紙を引用した――

「若い娘たちはとても親切で、恥部ははちきれて締まり、恥毛は一切ありませんでした」

ビショップは笑った。ロタ、そんなこと言っても無駄よ……。ロタはカミーニャの記述したインディオについての様々な事柄を話した。ポルトガル人たちが味見させたものは、何であれ彼らは吐き出したこと。連中は古びた帽子などで彼らの美しい弓をせしめたこと。隊長は国王のため、洗礼前の試験のためインディオ二人を力づくで連れて行こうと考えたこと。だが、それから彼は岸に二人の国外追放者を残して先住民のなかに潜入させ、次回の探検のために報告するよう命じ、かくして諜報機関を創始したことを。

ビショップは日頃の習慣通りメモを取り始めた。また、旅の報告を美化や歪曲抜きで書こうと決心した。帝王たる『ニューヨーカー』だってきっとお喜びになるだろうと。

アントニオ・カッラード[7]がハクスリーとビショップの旅を『コヘイオ・ダ・マニャン』のため取材した。「蛮人（ブグレ）どものなかの賢人」というルポは、五八年八月二十一日に掲載された。

アングロサクソンの二人組はノヴァカップ——新首都ブラジリアの未来都市からシングー川の先住民住居（マローカ）に直行し、カルチャーショックを体験した。カヤポ、チュカハマンイ、ウィラピティ、カマイウラ、メイナク[8]の人々が、毛にウルクンを塗り、胸にジュニパポを施した装い[9]で、微笑みながらやって来て、彼らに挨拶した。

カッラードはそのかん、素敵な一瞬を記事にとらえた——『すばらしい新世界』の著者が小さな蝶の群雲に取り巻かれたシーン——ビショップの方はチュカハマンイ語で口説かれていた。少なくとも、彼女の説明されたところでは、戦士がビショップの白い肌にふれ、何がしかエキゾチックな申し込みをしたとのことだった。

ビショップは感嘆の面持ちで帰って来た。森の人々と交わったハクスリーとの冒険譚を一篇ビショップは書き上げたが、残念ながら『ニューヨーカー』は出版に動かなかった[10]。

リオの市会議員センセイだった嫌われ者のサンドラ・カヴァルカンチ(11)が、ラセルダの所で週末を過ごしにやって来た。当時国会議員ラセルダは新しい教育法案の方針と基盤を公約し、サンドラは自身を含め、アロンソ神父、ドン・ロウレンソ、フレクサ・ヒベイロ、グラドストーニ・シャーヴィス・ヂ・メロら有志のラセルダ支持グループを統括していた。

ラセルダは、新種のバラの潅木を植え替えている素敵な隣人女性を訪ねようと誘った。

サンドラが会ったのは背の低い立派な顔立ちの女性で、頭に麦わら帽を括りつけ、ボロ服にボロ靴を履いていた。非常に気が強く非常に脆い人、という不穏な印象を残した。

紹介が済むと、バラの栽培者は連れて来られた若い娘(モソイラ)には目もくれず、ラセルダとガーデニングについて熱中して話しこみはじめた。

しばらくして、ラセルダは二度目の紹介を試みた。

「ねえロタ、サンドラですごく面白いのは、この人、ハチドリ(12)を育てているんだよ」

ロタは振り向き、サンドラを眺めた。

「ハチドリを育てるって、どういうこと?」

「育てるわけじゃありませんわ。小瓶を置くと、ハチドリが寄って来るんです」

家の近所にたくさん来るんです、と彼女は説明した。コーラ瓶には穴を開けられる箇所が作ってあると知ったのですが、それはコカコーラ社のオーナーがハチドリ好きだからで、特別なドリルを使ってその箇所に穴を開け、紙の花か小さなストローを挿すんですよ、と。

ロタは庭師を呼んだ。

「コカ・コーラの瓶をとって来て」

試してみるつもりなんだわ、とサンドラは思った。

そしてロタは試した。

ハチドリと清涼飲料に関わる知識でかちえた信頼をもってしても、会話の仲間入りはできなかった。帰り道、ラセルダは友人を慰めようと試みた。ロタはねえ、サンドラ、植物の知識にかけちゃブラジル一の人材の一人なんだ、いつか、あの人ともっと知り合いになれるよ、と。

九月にアントニオ・カッラードがサマンバイアにやって来た。愉快なひとときだった。ロタとビショップはしごく特別な二人連れだった。ロタは屈託なく、ビショップは引込み思案だったが、知的で元気で素晴しい仲間同士だった。

二人は優雅かつ慎重に振舞っていた。だが作家の慧眼は、ある揺るぎない関係の機微を、久しきよき愛を示す馴れ馴れしさをとらえていた。関係の絶頂にある夫婦（カザウ）、とカッラードは自らの言葉で定義し、出来事を証言した[13]。

ビショップが何年もかけた『ヘレナ・モーリーの日記』は好意的な書評をいくつも得たものの売れなかった。喘息の発作がひどくなり、医者は治療をコルチゾン療法に戻した。ロタはサマンバイアの地所を売りあぐみ、ビショップは引き続き言葉を売りあぐんでいた。

ブラジルの新聞各紙のニュースも元気の出るものではなかった。不運なアイーダ・クーリ[14]は輪姦の脅しを受け、アパートのバルコニーから自ら身を投げたか、投げ落とされたかしたのだった。ラセルダは「国民のトラック（カミニャン・ド・ポーヴォ）」[15]に乗っていて投石を受けた。市会議員選挙では、なんとリオ動物園のサイ、カカレーコが最多得票した[16]。二冊の本を出した四十七歳の繊細な詩人ビショップが、ものが見えすぎないよう酒に走ったのも無理はなかった。

年末の最大の成果は図書室が完成したことだった。ロタとビショップはゆうに三千冊を超える本を整理した。ビショップは、ロタの集めた植物、芸術史、農業、心理学、ことに建築と都市計画に関する蔵書の数々に圧倒された。ビショップはそれらを棚に並べるのを手伝った。ロラン・マルタン『古代ギリシアの都市計画』、ノーバート・ウィーナー『人間の人間的な使い途』、エリック・ララビーとロルフ・マイヤーソンの『大衆的レジャー』、ウィリアム・トーマス『地球の顔を変える人間の役割』等々[17]。七年一緒に暮らして、ロタに対するビショップの讃嘆は限りなかった。

『ブラジル、一九五九年』が掲載を拒絶され、ビショップは書いて収入を得るということに絶望を感じた。インフレが三十パーセントにも達したせいで、ロタの困難は増した。ビショップは自分の投資信託を持つアメリカの銀行の頭取に対し、ピッツフィールド農業ナショナル銀行の資金を、徐々にブラジルに移せないかと相談した。だが、ローレンス・コナーからの返事は、ビショップの考えはとんでもない間違いだ、大反対だという決定的なものだった。ビショップは従ったが、がっかりして、ロタと私の暮らしは豪勢に破産しかけているの、と友人に手紙を書いた。

一九六〇年二月、ホジーニャとその甥のマノエルと共にアマゾンを旅する[18]機会が訪れたのは天の恵みだった。混み合ったガイオラ蒸気船の旅にロタはもともと乗り気でなかったが、たとえ行きたかったとしても行けなかったはずだ。アレグザンダー・カルダーがブラジルに来ていて、ロタは作品を売ることに関わっていた。彼女は今度こそ、キウソとのこじれた関係にケリをつけようと決意してもいた。彼が自分のものだと主張する法的権利をめぐって、不快な状況になっていた。

　悪い時機にロタを置いていくのは申し訳ないと思いつつも、ビショップはアマゾン体験に興奮して赴いた。辛辣な叙情詩ができそうなシーンをいくつも記録した。雨が降り出すや否や即座にカヌーの上に開く傘屋根。ボート上に止まって、つながれも怖がりもせず、風に羽を逆立ながら航海するメンドリたち。「神の思し召しのままに（セージャ・オ・キ・デウス・キゼール）」と上部に大書した、屋形船にもなる遊覧船。

　ホジーニャやマネーコとの暮らしは快適だった。ときにはクプアスーやグラヴィオラなど土地の果物[19]を口にする以外、クラッカーにバナナの粗食で通した。ビショップとホジーニャは、こんな簡易な手さげ袋にサンダル履きの私たちを見たら、ロタは何て思うかしら、と言い合った。ニュースはとても遅れて届いた。エリザベス女王が男の子を産んだ[20]、ブラジル新聞界の大立者シャトーブリアン[21]が死にかけている、云々。

　一行は偶然、リオへ帰る造形家アンナ・レチシアと劇作家マリア・クララ・マシャード[22]に出会い、そのつてで詩人はロタに手紙を送った――「突っ走らないで」と請う手紙を。


　ロタは五十歳になった。パーティーのあと、友人たちは話し合っていた。誕生日に残るためだけに休暇を引き伸ばしていたイズメーニアは、ロタが少し疲れているように思った。

「あっちゃこっちゃ振り回されるアホらしさを続けていれば、あんただって疲れるわよ」と言ったのは、ほかでもないヴィヴィーニャ。

「あんたはビショップに意地悪だわね。ずいぶんと消耗した人みたいなのに。だけど詩は、あの人がピカ一だってことを示してるわ」

「そうでしょうよ。でなきゃロタがぞっこんのはずがないもの」とマリア・アメリアが合いの手を入れたが、その彼女にして、「シャンプー」を理解するのは骨が折れた。日頃、ノアイユ伯爵夫人[23]の『無数の心』を原文で読んだ唯一のブラジル人を自負していたのだが。

「だって、英語でしか、あの人の天分は測れないってことでしょ。私、英語はできないもの。ポルトガル語じゃ、あの人はただのうすのろ（パタショーカ）」

「ニューイングランドのピューリタンだから、あの人には難しいのよ、こういう、皆が路上に出て太鼓叩いたり踊ったり、女神イエマンジャ[24]に花を投げたり、ものぐさに過ごすことを愛する国に暮らすのはね」イズメーニアは合衆国で働いていた。

「嘘ばっかり（ピノイア）。ビショップくらいものぐさが好きな人なんていないわよ。だってね、あの人の言ってたような、パタゴニアに行くつもりだったのに船がサントスで停まったからちょっと降りてみた、だなんて話、信じないわ。カブラルが偶然、ブラジルを発見したっていう風説[25]と同じたぐいよ。私が思うに、ビショップはロタを追って意図的にブラジルへ来たんだわ。でなけりゃ、メアリーをか。あ、ちょっと待って、今行きます！」ヴィヴィーニャのパートナーの女友達が、玄関から合図していた。

　マリア・アメリアとイズメーニアは、彼女を目で追った。なあに、また新しいアミーガ？

「じゃ行くわね。チャウズィーニョ」

「チャウ」

「チャウ」

ロタはいささか意気消沈していた。身を献げるべきことが明確にはなにも無いのだった。むろん、ビショップの世話を別にすればだが。ロタは五十歳で有り余る知識を持っていたが、使い途が分らないのよね、リッリとニニータの薪ストーブを設計し終わったらもう、とロタは考えた。サマンバイアの日常ルーティンは単調だった。大量の雨降りで道路は渡れず、電話は通じないし、メイドは変わってばかりで、ひっきりなしに新しい人を仕込まなくてはならなかった。今だってビショップが、また別のマリアに料理を教えていた。

ビショップも不安に陥っていた。旅がしたかった——旅が必要だった。イタリア旅行は毎度延期になり、今のところ来年度の予定ということになっていた。ビショップとしてはせめて、讃えてやまない珠玉の町オウロプレトには行かなければ、と思っていた。

ビショップは詩「雨季のうた」を仕上げ、『ニューヨーカー』が買い上げた。時は事柄を変える。自分たちの雲に包まれた家の日常を祝（ことほ）ぐ詩句に、ビショップはある予感を付け加えた。時は事柄を変える。新しい時代には、かつての充ちたりて惜しみなく与える自然が不毛になるのだ、と。

（そう、ちがい、互いの些細な
疑いの暮らしの　大半を
殺す、脅かす
ちがい！）

〔……〕

滝は萎（な）えていく

いくたりか
力みちた　日の下に。

ロタは国の行方に不満をつのらせていた。十月三日の大統領選でジャニオ・クアドロスとジャンゴ・ゴウラールの二人が組むジャン＝ジャン・カード[26]が勝利したときは活気づいた。ラセルダは新生グアナバラ州知事に立候補していた。いい時代が来ようとしてるのかも知れないじゃない。寒い夜がどんなに長かろうと、必ず日はまた昇るのだから。

9章　ドナ・ロタ

ラセルダは六〇年十二月五日、初のグアナバラ州州知事（ゴヴェルナドール）(1)として就任した。フラメンゴ浜の自宅で盛大なパーティーが開かれ、当然ロタとビショップも招かれた。サンドラ・カヴァルカンチは、ロタがあまりにエレガントで分らなかったほどだった。

ラセルダは意気揚々だった。セルジョ・マガリャンイスに勝ったのは、テノリオ・カヴァルカンチが下層階級の票を——セルジョに入るはずの票を食ったからだというのも知っていた。だがこのことはラセルダが行政官としての能力を示せば、たちまち忘れ去られるだろう。今や彼は客人に取り囲まれ、友人たちにこれを見せつけていた。

ロタはベランダでヴェラ・パシェッコ・ジョルダゥンと話していた。ラセルダが愛想よく近づいた。彼はロタに政府の一員になるべきだと繰り返した。君が必要だ、と言った。この機会に、やりたい仕事を言ってくれ、と。私には大学の学位がないから、任命なんて無理よ、とロタはラセルダに返した。ラセルダは、つまらんことだと手を振り、主張した。

「望むものを、言いなさい」
ロタは知事公邸の真ん前の瓦礫を指さした。グロリア土壌に続く一角だった。
「このアテッホ（埋立地）をくださいな。あそこをセントラルパークにしてみせるわ」
一九六一年一月二十日、ロタは任命された――「交通土木事業局公園部および都市衛生監督庁（略称スルサン）」の管轄下、とくにフラメンゴ及びボタフォゴ埋立地の都市化研究のため、州を無償補佐する(2)」という名目で。

知事はロタの状況に見合う補佐機関(アセソーリア)を創出すべく、画策しなくてはならなかった。交通土木事業局は本来その性格上、エンジニアや建築家のたまり場だったから、これほど大規模な都市計画の場で彼らを補佐するためには、ロタが何らかの専門技術と知識を備えた人物だと彼らに認められる必要があった。職員たちは憤慨し、この行政命令はひとえに、裕福ゆえタダ働きが可能な知事の女友達(アミーガ)を入れるために捻り出された政令、とみなした。

しかしロタの方は明らかに、アテッホ(3)が自分に任されたものととらえ、行政命令の曖昧さを利して積極的にイニシアティヴを取った。ジャウマ・ランヂン博士に埋立て工事に関する進捗状況を報告してくれるよう、ロタは公式に求めた。ランヂンはＰＡ七一七五号なる文書の複写をロタに送った。ＰＡとは「認可計画(プロジェト・アプロヴァード)」の略だから、それで十分明らかだったように、文書は、石を海中に投下し車道と歩道を作る作業が、すでに始まっていたことを示していると共に、海洋クラブ(4)の状況に関する情報も示していた。ロタは注意深く書類を読み、いくつも注記をつけた。

ロタはまた、友人の多くの著名な建築・都市計画や景観デザインの実践家たちに連絡し、知事の認証を体現する立場で、計画への参加を促した。

任命から一ヵ月後の一九六一年二月二十日、ロタはラセルダ宛の最初の書簡を書いた。


親愛なる(メウ・カーロ)ゴヴェルナドール

フラメンゴの海から救出され、サント・アントニオの丘(モッホ)を崩した結果できたこの土地は、閣下の政府にとって公共の一大用地であるのみならず、偉大な美観の創出を可能にする、市中心部に残された最後の大規模な二大地域であります。

アテッホ地域は特権的な景観と潮風の保全がとりわけ要請される土地であり、単なる自動車道路の回廊を広大な樹木区域に変更すれば、パン・ヂ・アスカルやコパカバーナほどにも有名な市のシンボルになると存じます。


公務員制度の厳格な階級原理を打ち破り、ロタはスルサンの官僚(テキニコ)たちと公式会議を持ち、工事を進める議論を始めた。嘆き節や歯ぎしりも聞こえたが、ともかく彼らは集まった。

サマンバイアに住み続けることは無理になった。あちこち動かなくてはならなくなり、ロタはレーミに住むと決めて、ビショップが「魅惑の都市(シダーヂ・マラヴィリョーザ)」(5)を嫌がっていることは重々承知の上、一緒に来てと頼んだ。週末はサマンバイアで過ごせるから、とロタは約束した。

ビショップには、サマンバイアの最初の日々のようなボスの再来が目に浮かんだ。主導権を握り、まくし立て、決定権をふるう昔のロタがいた。今や彼女は石工や管理人たちのような下層の民を率いているのではなく、偉いドトールたちを率いているのだった。ロタが再び意欲を取り戻したのを見るのは嬉しかった。ビショップは、今後は自分が夕飯をつくってロタの帰りを待ち、一日の出来事を私なりに面白く話してきかせるんだわと考えた。

だが火曜日はだめだった。火曜はスルサンの会合のある日だった。ロタはそもそも疲れて起きて来て、屈辱の様子で帰宅した。

ビショップは気にさわらないと心得ている慰めで、ロタをなだめようとした。

「まだ始まったばかりだもの」

「結構な始まりだわね、結構な終わりも見えてるわ」と無難な慰めにロタがやり返した。

「カルロスは」

「カルロスですって？　カルロスにものが言えると思うの？」

「公園はほしいって、カルロスが言ったんじゃなかった？」

「カルロスはほしいと言ったわよ、クッキー。問題はこのロバどもの群れが公園なんか欲（ほ）っしちゃいないってこと。連中は庭園だろうが、人々がどこで日曜日を過ごそうが、知ったこっちゃないわ。あの人たちがほしいのは、車がビュンビュン飛ばす道路（ピスタ）また道路（ピスタ）だけ。で、疑問が湧くわけ。一体なぜなの？　って」

十年一緒に暮らしてビショップは、今、ロタと議論すべきではないと分っていた。

「さあさあ（カム・オーン）。ちょっとお風呂にして、くつろぎましょ」

火曜の会合を行うようになって早くも四ヵ月が過ぎた。

都市衛生監督庁「スルサン」の理事たちは、ロタが著名人たちの委員会（コミサウン）を組織して自ら委員長におさまり悦に入っている、とみなした。[6] ロタはどこへでも委員会を引き連れて、対話相手の地位を示すためにロタが造語したところの「スルサニコ——スルサン族」との討論に参加した。面食らった州の高官たちは、任命された補佐役（アセソーラ）の勢いを削ごうと躍起になった。

ロタはもう飽和状態に達していた。彼女はメーデーの休日を利用して、イズメーニアに手紙を書いた。イズメーニアなら公務員だし、ロタの状況が理解できるだろうから。

最初に重要なことはもちろん、協力者を招請することだったわ。ホベルト・ブーレ・マルクスは、庭園事業にはこの人をおいて適任者はいない。ヘイヂは、公会堂と都市造りに三十年の経験があるから、都市計画者に。ジョルジ・モレイラとセルジョ・ベルナルデスは建築家の役割でね。ヘイヂとジョルジは——二人とも懐疑的だから——協力を取り付けるのは骨が折れました。旧友のよしみでサインしてくれただけ。

それから、私たちはプロジェクトが四年間で実施可能かを検証しなくてはなりませんでした。相当な難事業だけれど、可能ではある、という結論に達したわけ。

ならばよし。そこで私たちは地域のどの程度の面積が庭園（ジャルヂン）に使えるか、問題を検討しました。車道二本（ドイス・ピスタス）と考えたわけ。ところがスルサンの面々は、アテッホには車道四本（クアトロ・ピスタス）だ、という案に固執するのです。マメーヂに言わせれば道路狂なのよね。

一九五四年以来、スルサンは海岸通りの水力調査を命じてあったはずでしょう。なぜ今に至るまでやっていなかったわけ？　謎です。スルサンの弁では——君らがアテッホに関してビーチや海辺のレストランその他を含めた全体計画を出したから、調査を命じたのだ、と。馬鹿な、それじゃ図面が二つになっちゃうじゃないの。だって水力調査をすれば、我々の検討しているビーチが海の自然な形状を生かすべきかあるいは人工的に成形すべきか、分るはずよ。火曜日ごとに異なる情報が降ってくるの。調査の期間は六ヵ月から二年かかるって。これって、根拠があやふやなのか、さもなくば故意に邪魔をしてるのか。

そして学生食堂については？　こんなふうよ。

ある火曜日のこと――

委員会　既に作られている二本の車道を維持するためには、今ある学生食堂を移転しなくてはならんでしょう。

スルサン側　いや食堂は移動させられませんよ！　さもないと工事は終わらず、庭園その他にかかれません。学生は抗議を叫ぶし、政府としちゃ彼らの反対を押し切る勇気はないですな。

ドナ・ロタ氏　政府は食堂を移さざるを得なくなります。一時的なものだし、学生だって騒ぎゃしませんよ、別のもっといい食堂が、もっと中心部寄りにできるんですから。

スルサン側　いや、いや！

次の週のこと――

委員会は、独自に食堂を視察した上で、あれは質素ながら一日九千食出している、と主張。別の大型倉庫を検討、と。

その次の火曜日は――

ドナ・ロタ氏　チリ通りの新しい倉庫ではどうでしょう。

スルサン側　あれは使えませんねえ。空き倉庫ですが、我々としては、現状で直線に外れてて路面に高低のバラつきがあるいびつなチリ通りを真っ直ぐにする予定だから。

（スルサン側が整備するっていうの？）

そして今度は？　考えてみましょうって……

スルサン側　学生たちと協議しましょう。

委員会　まさか！　この件は口外しないようお願いしたはずです。まず状況を調査した上で、解決の方途を探りましょう。

また次の火曜日――

水力調査云々の問題がぶり返し、ランヂン博士が唯一の大いなる貢献をなす。

ランヂン博士　大型倉庫がありますわよ、イーミ鋳物工場。

委員会　すばらしい、すばらしい、おめでとうございます！

さらに次の火曜日――

イーミ鋳物工場の床の図面です。五千平方メートルあります。

完璧です、と**委員会**。

学生たちと協議しなくては。

それはない、と**委員会**。

だが私としちゃ、この工場はスルサンの駐車場にしたいね、と**ハポーゾ博士**。

ええっ！　と**委員会**。五千平米をガレージに⁇

いいですかドナ・ロタ、と**ドナ・デア**が言う。ここを食堂に改修工事するとした場合、三千五百万かかりますのよ。

何ですって？　と**委員会**。壁と屋根は完璧です。床にセメントを塗ればいいだけですよ。

壁は厚さ一メートルありますけれども、工場の床の図面を持ってきた建築家によれば、水道管を通すには取り壊した方がいいんだそうです。

何ですと？　室内に管を通すですと？　水は調理場にだけ回ればいいわけだし、第一、管は外に通せば済む話じゃないか。トイレだってすでにあるんだし、と**ジョルジ**。

そこへドナ・デアが戻って来る。

ドナ・デア　ね、三千五百万といったら大層な額ですわよ、ほら皆さんご覧になって——一平米あたり七千クルゼイロとして、それが五千平米！——息を呑んで、電話で友人に五千×七千ドルの私の試算が正しいかどうか検算してもらったところですね、（エンジニアの話し方って、ね、こんな風よ。）もしも一平米七コントが高いとお考えなら、いくらをおのぞみですの？　一平米あたり一コントでは……

ジョルジ　ドナ・デア、問題は七か一ってことじゃない。今ある物に代わりうる倉庫の改善を経済的にあげる方策があるかどうか、なんだ。

パウラ・ソアレス　あたくしの意見は、学生たちと協議するってことですわ。

　こんなセリフ、もう二十回も聞いたわよ、とドナ・ロタ氏は煮えくりかえりましたね。もくもくと煙草をふかし、だんまりを決め込んだ次第です。

　ロタは思った——アフォンソ・ヘイヂとジョルジ・モレイラは、スルサニコたちに対して我慢強いわ、と。ある火曜日、スルサンの技師たちは、飛行機の翼が降下してくる場合に備えて空港近くの車道に高架橋を造る、と言い出した。別のときにはまた、車道がいくつ必要かの計算の根拠になるという交通量の細かい予想を持ち出したが、これは交通量を図るには不適切な場所での査定だった。ジョルジとヘイヂは何時間も禁欲的な平静さで、際限ない乱戦に耐えた。

「この国の知性と効率のレベルには、ボーゼンとするわ」とロタはこぼした。

　官僚制への新参者としては、どんなときにもカルロスが、この当然の不満に耳を傾け、時宜を得た助言で介入してくれるものとロタは考えていた。だが、そういう事態は起きなかった。閣下殿（エッセレンスイア）はそこにいたためしがなかった。ロタは苛立っていた。政府関係者たちとのＭＡＭ（近代美術館（ムゼウ・ヂ・アルチ・モデルナ））の夕食会で、胡散臭い連中だと彼女の見下す人々にカルロスが囲まれているのを見て、ロタはふさぎ込み、浮かない顔でその夕べを過ごした。翌日、手紙というルートが警鐘を送るのに最も有効と考えたロタは、ラセルダに宛てて一通したためた。

親愛なるカルロス（メウ・ケリード）

美術館の夕べでは親切なお言葉恐れ入ります――私は怯（ひる）んじゃいませんが、アテッホの件をめぐる難題ではいささか頭にきています――結構よ、あなたにクビにされない限り、つかえた骨を放置しておく私じゃありませんから。うちのグループの人々には大満足です――ジョルジもヘイヂもホベルトも、多忙ななか、一度も欠席することなく遅くまで動いていますし、スルサン相手に超人的態度で耐えております。

スルサンに関する限り、ランヂンとハポーゾを代表及び理事に据え置くべきだとは思えません――正直で善意の方々ではあれ、ご両人の無能とあなたの行政府への悪意は明らかです。会合のたび同じ問題ばかり取り上げ一向進まない――ひどいですよ。

できない部下を彼は外すべきなのだった。ロタはすでに、スルサンのなかで信頼がおけると見なしたベルタ・レイチッキ他、代行しうる人々も挙げていた。ロタは細部まで目配りしていることを伝えるべく、車道は二本にすべきこと、盛土はサント・アントニオの丘以外の土地から採取すべきこと、庭園の計画が立つためには市の建設工事は急がれることを主張する詳細な報告書を書き上げた。

報告書を読み返すと、まだ不満が残った。これでは不十分だ、と彼女は思った。作業の進捗にカルロスの介入が不可欠だと示さなくては。もう一ページ、案を書き継いだ――

――グアナバラ州知事は、以下の情報をスルサンに対して要請する。

――未亡人の丘（モッホ・ダ・ヴィウーヴァ）の盛土の使用――残るサント・アントニオの丘の切り崩しは取りやめ――都市計画

の法的措置によりカリオカ鉄道会社などからの土地の払い下げは打ち切る。ヴィウーヴァの丘の地面からの全面的採取を提案する——回答は八日以内に。

車道（ピスタ）、インターチェンジ、歩道（パサージエン）——認可済みの都市計画プロジェクト通り、実施のための期限と予算——この調査への回答期限は十五日以内。

学生食堂——この件は、学生側に一切通知は無用。イーミ工場の最終的調査を行い、旧食堂から移転する最低必要経費及び移転の最低所要時間——期限は十五日以内。

ロタは書き終えたばかりの知事への通達を読み返した。これでいい。そうよ、みなさん、これでカヌーを造るのに何本の材木がいるか、ようやく分かる、というわけよ。

ビショップにとって、生活は悪化していた。

リオの暑さはこたえた。アパートは空調されていなかった。

ロタは完全に仕事にのめり込んでいた。最初は昼食を終えてから出て行くだけだった。今ではベッドから飛び出すや否や電話に飛びつき、一日の大騒ぎを始める。と、すぐ続いて、明らかに活気づいて出かけていくのだった。ひどい一日になるわ、と言いつつ。

ビショップは一人ぼっちだと感じた。孤独だったというのは必ずしもあたらない、遺棄された気分だった。無人のアパートを歩き回り、書かなくては、書かなくてはと繰り返していた。手紙を書いていた。ロタがとうとう認められ、溢れる才能を生かす場を得てどんなに嬉しいことか、と友人たちに語っていた。

昼食の用意ができたテーブルにいざ着こうとしたまさにその瞬間、残念だけど家で食べることができなくなった、とロタが二回目に電話してきたとき、ビショップの心は折れた。私、結局、ここで何をしているのかしら？　ロタに起きていることを喜べない自分を情けないと思ったが、できないというのが本音だった。では彼女は？　あの人の方はどうなの？

ロタは帰宅すると、ビショップが酔っぱらっているのを見つけた。

「エリザベス、この時期にまさか、私を巻き込むつもりじゃないわよね」

ビショップは口が利けなかった。だがロタはビショップの目つきを読み、かつての難破の一部始終を見て取った。ロタは冷静になった。

「私にまかせて。明日、私が何とかするから」

ロタは新聞広告を出し、昼間働いてくれるメイドを探した。ジョアナ・ドス・サントスが現れ、ロタは即、気に入った。家計費のことは考えず、ビショップの安定と自身の心の平安のため、ジョアナにアパートに住み込みフルタイムで働いてくれるよう申し出た。

ふーむ……ジョアナは思案した。午後は仕事の約束を入れていたのだが。この女主人は上流の人だった。広告に応募したのは仕事が午前だったからだし、収入を増やしたくもあったからだ。息子を一人育てていた。ジョアナは白髪の、感じのよい女性に目をやった。その人はジョアナの出身を問わず、独身（ソウテイラ）か既婚（カザーダ）かも訊かなかった。決めていることが目で分った。ジョアナは心を決めた。

「お引き受けしますわ、ドナ・――？」

「ドナ・ロタよ」そして部屋の隅っこに座っている、ひどく疲れた様子のもう一人の婦人を指さした

――「あっちの人が、ドナ・エリザベス」

ほどなく、ジョアナはレーミのアパートでの生活のリズムにすっかり溶け込んでいった。ドナ・エリザベッチはドナ・ロタのように毎日出かける必要はなかった。物書きだったからだ。家で仕事するのだった。ずっと家のなかで、読んでは書き、読んでは書きしていた。ジョアナの考えでは作家みたいな人たちが来るにはふさわしくない場所と思っていたのに、台所にときおりやって来るのだった。だがドナ・エリザベッチは、ハシェウ・ヂ・ケイロスやブーレ・マルクス、オスカル・シモン、ドナ・ホジーニャなどの友人たちが来るときには、とびきり美味しいアメリカ式カクテルを作って出す心得があった。実を言うとドナ・エリザベッチはアメリカ料理であれブラジル料理であれ、とても上手にこしらえた。ときどき、二人は台所で鉢合わせしたが、そんなときドナ・エリザベッチはそわそわし、英語になった。

「ののしりは言わないでください(ナウン・ミ・シンガ・ナウン)」(7)と、ジョアナはポルトガル語で言った。

「OK、ヂュアナ、(8) OK」

今ではドナ・ロタは、いっさい料理というものはしなかった。ジョアニーカがいるのに、何でまた料理するはずがあるの？　と。情が深いのだった、この上なく、情が深かった。

私のお花(ミーニャ・フロール)やここへ、私のお花(ミーニャ・フロール)やあちらへ、と。それにとても親切だった。小型ラジオをくれた。ジョアナはサンバが大好きだったからだ。そしてドナ・ロタとドナ・エリザベッチが喫茶店コペンハーゲン(9)へココアを飲みに行く折は、いつも一緒に連れて行ってくれた。

二人は面白い人たちだった。ドナ・ロタは男物のシャツとズボン姿だった。風変わりだこと。ドナ・エリザベッチは、お国の歌をよく歌った。いい声をしていた。二人はとても仲良く暮らしていた。ドナ・エリザベッチは仕事場にいて、ドアで鍵の回る音がすると駆け込んできた。ロタ、帰ったの？もう、クタクタよ！　二人は連れ立って散歩に出かけ、語り合い、やがて笑い合った。何がそんなに面白いのかジョアナに分らなかったのは、二人が英語で笑い合っていたからだった。

ビショップは飲むまいと敢然と努力した。ジョアナが頑としてそこにいることは大いに助けになった。ジョアナは賢く協力的で、もうずっと前から居たみたいだった。週末には三人で、ジョアナの言う「イタリア車」[10]に乗り込み、サマンバイアへ行った。

ロタとビショップの家にはメアリーが住んでいた。並びの自分の家の建築が完成するまでは、だ。新しいこともあった。メアリーが養子にした赤ん坊のモニカ[11]だ。ロタはモニカを溺愛した。子供にはあまり関わらないビショップでさえ、ベッドのかたわらに笑顔の赤ん坊を見るのっていいわね、と認めていた。

仕事部屋で一人になるとビショップは、ロタにはアテッホが、メアリーには娘ができて、二人とも人生に新しいモチベーションを見つけたのね、と考えていた。自分も何か新しいモチベーションを見出す必要があった。このタイム社からの申し出を受けよう、「ライフ・ワールド・ライブラリー」シリーズのブラジル篇の執筆を引き受けよう、と決心した。

これは挑戦だった。ジャーナリズム系の本を書くのは初体験だったし、締切までの期間は、のろのろペースのビショップにとって途方もなく短かった。今は六月で、八月までに百ページ必要、十一月までには全部の原稿を上げなくちゃならない。ふう。だがこの契約は、具体的な仕事の機会のみならずビショップに二つの基本的なオファーを出していた。費用はタイムの社費持ちで、ブラジル国内を旅して回れる可能性。加えて、報酬一万ドルだった。

10章　ウアーイ——なぜ？

ロタが唖然としたことには、戦況に何ら変化のないままに、またもや一ヵ月が過ぎた。ランヂンとハポーゾの地位は、まるきり安泰なままだった。スルサン側は作業を妨害し続けた。カルロスは、ロタが公然と要求を出したにもかかわらず、介入も要請も馘首も行わなかった。

ジョアナが運んできたインスタントコーヒーを飲み干すと、ロタは電話をつかみ知事の執務室を呼び出した。

「知事につないでください！」

「……」

「こちらロタ・ヂ・マセード・ソアレスです!!」

「……」

「じゃ結構です」

ロタは電話を切った。カルロスはひどい風邪を引き、ベッドから出られないとのことだった。紙とペンをとり「親愛なる（メウ・ケリード）」も「かの敬愛なる（メウ・ケリード・アキーロ）」と記す手間さえも抜きで、単刀直入ずばり用件に入った。

あなたが風邪で自宅にこもっておられるのを好機と利して、アテッホの車道についてさらに私の考えを述べたいと思います。……

そして四本の道路を二本にするという夢の案を記した新たな書状で知事に迫った。曰く、スルサンは四本の道路という愚かな案でなおも揺さぶりをかけていて、委員会としては四本を二本にすべく、マメーギにプロジェクトのやり直しを依頼したが、マメーギはそれでは過重任務だ、十日や十五日でプロジェクトを終らせては疲弊してしまう、知事の面前でブリガデイロ(1)、マメーギ及び委員会（コミサウン）を招集し、向こうの立場も主張できるようスルサン側も呼んで道路の件を話し合おうではないか、委員会はスルサンに対し不毛な疑問をぶつけるのは無駄だと思っており、知事が委員会を公認するべきである、さもなければ委員たちはもはやうんざりなのだ、と。

ロタはフラメンゴのラセルダのアパートへ直接出向き、妻のレチシアに手紙を託した。

ついに、ロタは事態が動くのを感じた。熱っぽい目つきで、カルロスは抵抗勢力にロタと合意するよう命じ、応じなければ犬の群れに投げ込みハゲタカの餌にしてしまう、と言った。ロタの敵方は一時的に退却したが、ハポーゾだけは固執して、失脚した。ロタの意見では、「空気が一掃された」のだ。ロタは勇気百倍となり、友人たる知事閣下を、講釈と助言でさらに悩ませ続けることになった。

行政に関する小文

（在野の提言の花束に華麗なタイトルをつけるのは私の趣味です。）

ベルリンの壁の片側に民主勢力がいて、逆側に共産主義勢力がいるごとく、行政においてもよく思う者がいれば悪く勘ぐる者がいて、両者の立場は政治的立場と同様、冷厳で協力不能のものですわね……

あなたの問題は、こういうことだと思います——鍵となる決定的なポストに人をつけるに際して、候補者の思想を知らなければ、一つのグループがほかのグループの仕事を混乱させ、挙句は無にしかねないリスクを犯すことになる、ということ。命令を出し、決断を下すのはあなたですけれども、それを実行するという不確かなことは、そばについていない限り、対立する二つの派の相互の助け合いが不能になることまでは、見通せません。

ブラジリアの建設があれほど快調、迅速になされたのは、小さいグループが計画を立て、ブラジルの一大泥棒集団が断行したからです[2]。矛盾は全くなかったわけです。

ビショップはタイムスケジュールに遅れていた。七月ももう半ばというのに、ブラジルについての本はまだ書き始めてさえいなかった。タイム社のカメラマンたちはとうにリオに来ていた。彼らは「発展途上国」らしい写真を撮るよう指示されていた。ビショップとしては、蘭やハチドリの写真を撮ってほしかった。トラックのバンパーの上に大書し表現されたブラジル人のユーモア[3]のセンスについて書きたかった。竹の鳥籠（ガイオラ）のかもす詩や、陽の当たる窓辺に置いた鉢植えを描きたいと思った。この国にはパラチやカーボフリオ、オウロプレトなどの珠玉の町があり、その前ではブラジリアなどピ

カピカの安っぽい都市であることを示したかった。ブラジルでは、主人と使用人とのあいだにある喜ばしい親密さが存在していること、建物の管理人たちが抱擁で迎え、元気(コモ・ヴァイ)？ かわいい娘や(ミーニャ・フィーリャ)、と聞いてくれることを伝えたかった。ブラジルの民衆音楽の歌詞に現れる洞察力と意地悪についても、ひとこと言いたかった。

つい騙されたくもなるんだよ(ゴシュト・キ・ミ・エンホシュコ)
女のほうが弱い、とか
言うじゃあないか
だって男は
血道をあげて
尊大ぶるのもどこへやら
女(あのこ)の思い通りにするもんさ(4)

スィニョー、ノエル、モンスエート。(5) ビショップは小男の彫刻家アレイジャヂーニョ(6)について、画家アタイーヂ(7)について、またサンフランシスコ教会の天井を見上げて混血(ムラート)のイエスを晴れやかに披露する混血(ムラータ)の聖母を眺めるときの、あるいはまたコンゴーニャスの、迫害され体を痛めつけられ神の審判を盲いた目で待ちうける預言者たちを眺めたときの、興奮について語りたかった。

ビショップはアマゾンを旅した折の日記(8)を生かしたいと思った。奴隷貿易船のように臭うガイオラ船。波止場ごとに豚だとか揚げたエビや果物や家具を売ろうと村中がどっと押しかけた。母親たちは見事な赤ん坊を腰に乗せ運んでいた。船内の人々は降りて行きたがり、船外の人々は昇って来たがった。サンタレンの完璧な静けさ、家々の屋根に這い上る大シダ類（サマンバイア）。そして水の邂逅、二つの大河の合流――どちらもおのれの色をゆずらず、一方は茶色、一方は青のまま、並んで流れてゆく河の弁証法。(9)

もしビショップとロタがこんなふうに合流できるなら――ビショップの気持ちがロタに溶かされず、ロタの奔流に呑まれることなしに行けるのなら。

さあどうかしら、ビショップが自分の集めた事柄をまとめあげられなくても、何か新しいものを書けなくてもロタのせいじゃないし、当時ロタはエンジニアや准将たちと真向勝負して瓦礫の山を庭園に造り変えるべく奮戦中だったというのに、ビショップの方は素敵に報酬のよい自分の本をどう書き始めていいかさえ、分からないのだった。

ヂュアナの小型ラジオは雑音が入って、調子はずれのきわみで鳴っていた。ビショップは苦悶した。決心し、起き出した。

ブリージッーチ・バルードー。バルドー！(10) と小型ラジオは歌った。ジョアナが部屋を掃き清めていたときで、リビングを済ませると書斎に移った。変だわ。ドナ・エリザベッチがいなかった。バスルームを覗いた。空っぽだった。ジョアナは悪い予感がした。ドナ・エリザベッチは日頃、一人で外出する習慣はなかった。

そろそろ昼食という頃合に電話が鳴った。ドナ・ロタだった。ドナ・ロタ、ドナ・ロタ、あのう、ドナ・エリザベッチがいなくなったんです！　ドナ・ロタはジョアナに、近所を探すようにと頼んだ、とくに酒場をね。

すぐ実行に移された。ジョアナはドナ・エリザベッチがドル札を握りしめ、とあるバーの衝立の向こうに隠れているのを見つけた。頬をはたいて、言った。「奥さまったら！　こんなことなさっていいとでも？　今すぐ家へ帰りましょう！」

ドナ・エリザベッチは立てなかった。ジョアナは女主人を肩にかつぎ、肝油瓶エムルザゥン・ヂ・スコッチ[11]のラベルに描かれた鱈(タラ)の絵柄みたいに、通りを引きずっていった。

「なんで(ウアーイ)？　なんで(ウアーイ)？[12]」と酔っぱらいは呻こうとしたが、恐ろしく重たかった。

「泣き言は聞きたくありませんよ、わかりましたか？　泣き言はなし！」

ジョアナはクタクタになってアパートへ戻った。大きな図体のアメリカ人をソファに横たえ、風呂を溜めに行った。バス・ソルトを、輸入物の石鹸を入れた。それから浴槽までビショップを担いでいった。バシャ！　ジョアナの顔は泡まみれになった。

そのときからジョアナの悲哀(トリステーザ)は始まった——ドナ・エリザベッチが飲んでいた、と。


ロタにとって、公邸(パラスイオ)[13]で知事と会談するのは相変わらず困難だった。ラセルダと共和国大統領ジャニオ・クアドロスとの軋轢が年の初めから目立ちはじめ、両人の意見の食い違いは、当時キューバの通産大臣だったチェ・ゲバラをクアドロスがブラジルへ招待するに及んで拡大された。畜生め、とラセルダは反共産主義・反カストロの論陣を張り、失敗に終わった四月のアメリカのキューバ侵攻を支持した[14]。ラセルダはクアドロスに議論を挑もうとアウヴォラーダ宮に出向いたが、官邸で夜明かししようという目論見を知った大統領が、ラセルダの手荷物を突き返すよう命じたことに激怒した。

一九六一年八月十九日、クアドロスがブラジリアでゲバラを叙勲するあいだに[15]、ラセルダは在リオのキューバ民主革命戦線指導者マヌエル・アントニオ・デ・ヴェローナを叙勲した。

一触即発の時機だった。ラセルダは、連邦政府がクーデタを企てていると警鐘を鳴らした[16]。首都の動向には警戒の目が離せなかった。彼の政治的命運が瀬戸際にきていたからだ。彼は国民民主連合UDNの重要メンバーだった。そして合衆国大統領J・F・ケネディは「進歩のための同盟」[17]の取り分としてのブラジル政府援助金の差し止めを命じたにもかかわらず、グアナバラ州政府への直接援助は送って来ていた。気の毒なブーレ・マルクスが契約もなしにアテッホのため働いていることも、パウラ・ソアレスが悪名高い車道四本案を維持するため画策していることも、ラセルダの頭をよぎりさえしなかったのは明白だった。

だが、ロタには一つの案件しか頭になかった——アテッホだ。彼女はホジーニャの腕を取り、カルロスの家へ出かけた。その日、彼は政治集会を行っていて、業務終了後の訪問には気乗りしていなかった。ロタは体中の穴から煙草の煙を吹いていた。二日間頭を冷やし、例によってほんのささやかなメモを彼に書き送った。

一九六一年八月二十四日

わが親愛なる知事殿

サンパウロでの成功をお祝い申し上げます。ヒルダ・フォーブスから、あなたの姿をテレビで見て彼女でさえ興奮したとの電話をもらいました。

お宅での私たちの最後の面会について、いわばホジーニャと私は、フランス人の言うように、スープに髪の毛一本落とした——間の悪い時に来た[18]も同然なのでしょうが、次のことはお伝えしておきたいです。公衆の面前で私を罵倒するのはやめて下さらない？　五ヵ月間にわたってスルサンと仕事をしてきたからこそランヂンが、こちらもさんざん打つ手を間違えた「哀れな小人物（コイタヂーニャ）」なのかどうか、私だけは知っているのですからね。
今日の四時半、われらがブリガデイロはあなたに三つの重要案件をお持ちします——（一）ホベルトとの契約の件、（二）学生たちの移動許可の件、（三）学生たちの書面への回答。どれも「喰らい尽くした」議論済みのもの。ご署名いただくだけでよいです。

翌八月二十五日、「恐るべき勢力」の圧力によると明かし、クアドロスが大統領を辞任した。ラセルダは仕事が山積していた。知事室の緑の紙に書いた短いメモで彼はロタに返事した。

ドナ・ロタ・ヂ・マセード・ソアレス

八月二十四日付の手紙を読みました。我々は冗談言い合ってるんだ、と分りませんかね。ご依頼の優先事項ならすべて、ランヂンからもらってます。抱擁（アブラッソ）を。

着替えの支度をするあいだロタは、なぜカルロスが委員会（コミサウン）を公認することが肝心なのかを、ビショップに説明しようとした。
ビショップはなぜ彼が直ちに事態を収拾し、ロタの悩みを除かないのか分らなかった。
「クッキー、政治状況は一触即発なの」ロタは長い髪を後ろへ梳かしてまげに結うと、カルダー作の髪留め[19]を注意深く優雅な仕草でとめた。「カルロスはずっと多忙をきわめているんだわ。新聞の『トリブーナ・ダ・インプレンサ』でさえ売り飛ばそうというんだから、わかるでしょ。そしてジョアン・ゴウラールがこの議会の事業を大人しく引き継ぐなんて、あなた思わないわよね。[20]明らかに……」

だがビショップは耳を閉ざした。政治は嫌いだった。ロタが汚濁にまみれた世界に縛りつけられるのは見たくなかった。そしてロタのカルロスとの関係で言えば、ロタはいわば亭主にいいようにあしらわれる女房どものように振舞っていた。身の不運を嘆きつつ生きているが、そこには亭主に非難の一言をあえて口にする者の不運もあった。抑制的な流儀で行くビショップの観点からすると、カルロスはやりすぎだった。彼はいつでも物ごとを「非難」し、果てもなく演説し続けるのだった。あの人の視線は好きになれない、と思っていた。彼は底意地の悪いカモメのような目つきで旋回し、狡猾に突如、突いてくるのだ。

「あの人を信頼してるんならいいけれど」とビショップは曖昧に返事をした。

ロタは言い返そうとしたけれども、もう出かける時間だった。

手綱は自分の手中にある、とロタは思っていた。任命の行政命令のメモは書き上げてあった。「委員会（コミサウン）」は早晩「グルポ・ヂ・トラバーリョ（作業グループ）」となるだろう。構成員は七人、全員エキスパートで、私ドナ・ロタもその一員、学位がない点は無給で働くことで埋め合わせできるはずだ。スルサン側への依存はグルポ・ヂ・トラバーリョによるプロジェクトの実施に際してのみと限定されるのは明らかだった。ふーむ、彼らは歯ぎしりするにちがいない。アテッホと浜辺に関する決定はすべて「グルポ[21]」が行うのだ。つまり、いかなる土地の貸出しも分譲も、グルポによる都市計画との合意抜きの建設も、否決されることになろう。その上いずれは地域での芸術作品の獲得や設置に関してもグルポの助言を必要とするようになる。そうすればアテッホを胸像ランド(ブストランヂア)にすることは避けられる、とロタは思っていた。

「グルポ・ヂ・トラバーリョ」を立ち上げる一九六一年十月四日の政令六〇七号は、翌日の『官報』に掲載された。ロタが要求した特権はすべて政令に明記されていたのだ。

だから十月六日付『グロボ』紙上で、アテッホ工事を担うスルサン傘下第十二区の主任エンジニアたるジウベルト・モランド・パイシャウンの公言した次の言葉を読んで、どれほどロタが衝撃を受けたことか――「アテッホ地域については、車両のための車道四本(クアトロ・ピスタス)を通す以外、用途は明らかになっていない」とあったからだ。

ロタは頭に血がのぼった。エンジニアの奴は、これでも足りず、学生食堂は廃止になるかもしれないと暴露していた。何ヵ月にもわたって、口外は制してきたというのに！

ビショップはロタが肘掛け椅子から跳ね下り電話に飛びつくのを見た。カルロスはどこなの！　カルロスは不在だった。じゃあ副知事[22]と話しますから。

「ハーファ、どんなに緊急事態かわかるなら、この部門であなたが取る方策はこれよ！　もちろん私たちはこのインタビューに対して、行動を起こすからね！」

その日、ロタは一日中電話していた。夜の九時になって、とうとうブリガデイロをつかまえ、認めるのは車道二本(ドウアス・ピスタス)のみだというスルサン宛メモを送る、と約束させた。

嵐の種をまいた歓喜のロタはお祝い気分だった。

ビショップは白紙のページを見やった。ブラジル、ね。

ラセルダの留守中、ロタは副知事ハファエル・ヂ・アルメイダ・マガリャンイスに勧告と内密の情報を伝え始めた。書類の余白に「親展」とした。反対側の余白には自宅でお読みくださいと書いた。グアナバラ州の代理人たちの抽斗に手紙と覚書が積み重なっていった。

行政問題の解決を探り、ロタは委員会をあてにした。だが自ら委員会に急ぎ任命した人々が政治的任務を負うのは困難と見るや、特定の質問についてはロタが自分で案出した。カルロスは馬耳東風を決め込んでいたが、ロタは脈ありと見た道筋を諦めなかった。

ルイス・エミーヂオ・ヂ・メロ・フィーリョ[23]の場合がそうだった。ロタはアテッホにこの人を登用するようカルロスの合意を求めた。

何千本もの大木を見つけ、移植する必要があります。これは大仕事になるとお分かりでしょう。残念ながらホベルト・ブーレ・マルクスはこの仕事をする態勢にないですし、やるとなれば天文学的対価を要求するでしょう。ホベルトには設計と監査のみ依頼する予定です。これならあなたへの批判も避けられますし、あとは行政で既存の手段のみ、ほかの負担は無しにすれば、ずっと安く上がります。ルイス・エミーヂオは、公園庭園部の仕事に任名されなくとも文句は言わない寛大な人物ですし、何ごとであれ協力したいと言ってくれました。そこで提案はこうです――ルイス・エミーヂオをDERの責任者として、ハイウェイ部門の代表一名（トラックやウィンチや人員は必要ですから）、森林局からどなたか一名、ほかにこの案件で有用な人材一、二名の委員会を任命するの

です。

　これは内密にお願いします。ホベルトは度量ある人ですが、共同経営者たち同僚たちは何百万を期待しますし、この件はこのように解決する旨、提示したいのです。賛同いただければ、ドナ・フッチにお話しください。


　ではごきげんよう、親愛なる知事殿、あなたの口からいろいろお話が聞けなくて残念です。最悪なのは、ご自宅であなたをつかまえられないことです。抱擁を。

抱擁を、たくさんの抱擁を、親愛なる私の知事さん。


　ロタはビショップがやたらに煙草を吸い、神経質になっていることに気づいた。

「どうしたの？　クッキー」

　ビショップは、自分の不安の動機をロタが察しもしないことに腹を立てた。実を言えばこの数ヵ月、両者とも相手の毎日の話を聞くことにうんざりしていたのだった。ロタはたいがい電話と書類の検討にかかりきりで、ビショップがやっとのことで絞り出した数行を読み直すあいだ、苛立ちを隠すこともできなかった。

　二人の仕事の性格のちがいはビショップを傷つけた。ビショップは意に染まない仕事を、お金のために、やっているのだった。ロタは自分をそそる困難な仕事をやり遂げるために、タダ働きしていた。ビショップが本を仕上げ、手直しのためニューヨークへ行くまでもう数週間もないことをロタは分ってないのかしら？　そんなに遠ざかってしまっているの？

「本のせいね、ちがう？　心配しないで愛する人、ぜんぶうまく行くわ。あなたのできるやり方で終わらせなさいな。一緒にニューヨークに行けば、必要なことは私がそっちで、どうにか手伝うから」

ビショップは懐柔された。アテッホに忙殺されるロタに同行を求める勇気はなかった。でも今、向こうから……

「でもそんな旅は、あなたの邪魔にならない？　この時期に抜け出せる？」

「エリザベス、あなたのことは私の人生で最重要なの。失望させることは絶対ないと、信じて」


ビショップに同行すればロタは年末まで現場を離れなくてはならなかったから、八ヵ月半に及ぶアテッホの仕事を評価する詳しいレポートを知事に残して行きたかった。いくつか下書きを書いた。とうとう六ページのタイプ打ち最終案を秘書に渡した。

書類にサインする前に、ロタは文章を読み返した。まず水力調査だ。軽い溜息が漏れた。ロタはスルサン側と知事に、カンヌの浜辺のテトラポッドの写真を見せた、波止場の縁に達する手前でそこに砕け散る波を。腹立たしいことにスルサンはもっと遅れたやり方を主張した。十九世紀の方法でやるなら、二万五千コントもお金をかける意味があるとは思えない、と彼女は反論した。愚劣だとロタは思った。愛国主義のふりをするため、みすみす莫大な損を出してまで、国際レベルのやり方を否定するなんて。

次いで、照明と、カリオカ川の水路と、車道に関するセクションを読んだ。よく書けていた。ロタは自分の示す方法が最上の方法であることを、ラセルダに確信してほしかった。目隠ししたって信用できるはずだわ。

その次は、学生食堂移転をめぐる騒動の「無分別」についての詳細な説明だった。知事側の計画は大胆不敵にも無視され、スルサン側が学生たちと何度も協議するに至った点だ。パウラ・ソアレス博士の考えでは、学生側に五百万から六百万与え、レストランをブルドーザーで潰すというのだった。ロタの見立てでは、こんな戦法だとお金は反政府キャンペーンに転用され、食事を奪われた九千人による結構な怒りのデモが発生し、ラセルダは早晩、飢えたる人々に別のレストランを与えなくてはならなくなるだろう。

ロタはもう一本、ラッキーストライクに火を点けた。さてここが最重要の箇所――作業グループは、パウラ・ソアレス博士がスルサンの都市計画を統括する限り、仕事にならないとみなしていた。問題を引き起こして申し訳ありませんね、しかし、選択と支援――これが行政の取るべき態度です。我々は九ヵ月も耐えてきたのですよ。

ロタとビショップはニューヨークで五週間過ごした。節約のため、二人はグリニッチ・ヴィレッジのローレン・マカイヴァー[24]のアパートに滞在した。

毎日二人は出版社に出かけ、朝七時から夜七時まで、監修者の介入したテクストを検討して過ごしていた。ビショップは憮然としていた。シウヴァ氏なんてありえない、この名前はaで終わってるじゃないですか、aで終わるのは女性形なんでしょ、などという語学への無知丸出しのクレームをはじめ、馬鹿げた介入は問題に入れずとも、『タイム』の編集者たちは、ビショップの文章だとは分からないほど、手を入れてしまっていた。何もかもが考えられないほど変えられてるの、と慰めようもなくビショップは、ロタに説明した。

ついにビショップは、一万ドルのために自分は名前を売り渡したのだと結論した。本は共著ということになった――エリザベス・ビショップと『タイム』編集部との。

埋め合わせとなるわずか二、三日のニューヨークの休日を過ごすことも二人はできなかった。ビショップは収入に課税される千五百ドルの支払いを逃れるため、直ちにブラジルへ戻ることを勧められた。

ビショップは部屋を見回した。なんて暑いのかしら。二人はニューヨークの真冬から、リオの焼き釜へと直行した。この同じ部屋だ、途方にくれ、誰にも愛されない気分で初めて座りこんだときから、まる十年が経っていた。それからなんともたくさんのことがあった。ロタと出会い、彼女と共に生きる喜びを見出した。幸福だった。ロタはこの気違いじみた国で彼女を支え、生涯で初めての唯一の家庭を与えてくれ、守ってくれた。くり返し苦杯をなめたにもかかわらず、ロタは圧倒的な快活さと猛然たる決意のバランスをとっていた。ロタと共にビショップは、規律ある日常生活の慰めを知った。自分を認めてくれる他者と日々を分かち合う純粋な満足を知ったのだ。今、雲行きは怪しくなっていた。幸福な気分は湧かなかった。一方、ロタは幸せそうだった。ビショップとしては、ニューヨークから戻り次第、サマンバイアに直行すると思っていた。『ブラジル』を出したあと、ビショップは冒瀆されたような気分に襲われ、冒瀆された人々がきまって陥る、絆が切れたような気持ちがしていた。また雲が見たい、水が、サマンバイアの静けさが恋しかった。だがロタは、留守中どうなったか確かめなくては、と言った。サマンバイアへはそのあとで行けばいいわ、と。

ビショップは渇きを覚えた。

「奥さま、どこへ行きなさるんです？」

「ヂュアナ……」

「だめですよ。ロタ奥さまにここで待つよう言われたでしょう。そこに座っててらしたらいかがです？すぐ私たちを迎えに来るって、おっしゃったんですから」

11章　大型倉庫

ニューヨークで、ロタは国際的なレクリエーション団体に、専門家の推薦を求めて相談していた。驚いたことに、推薦されてきたのはブラジル人のエテウ・バウゼール・メデイロス[1]だった。しかし、エテウはアテッホのチームへのロタの参加招請によい返事はよこさなかった。公共事業への無償労働には職業生活をすでにずいぶん費やしてきた。それでも一月十日に会見することに決めた。

ロタはニューヨークから持ち帰った手帳に日付を記入した。手帳は大好きなのだった。十日は予定が詰まっていた。九時はヘイヂと共に出かけて作業事務官エナウド・クラーヴォ・ペイショット[2]と面談、十時はエテウと面接、十八時にはグアナバラ宮でカルロスと面会の予定になっていた。

エテウは、ロタが仕事に使っているアテッホ敷地内の危なっかしいバラックもどきの大型倉庫（バハカウン）を見て納得した。ロタはこの廃用の埋立地で、皆を朝から晩まで働かせていた。まるでここが世界一の作業環境だとでも言うように。この人々は理想に突き動かされた第一級の専門家たちだった。エテウは、公園計画の当初から教育家を呼び入れる、国のパイオニアとしてのロタの振舞いにとりわけ魅きつけられた。

　ロタが明かしたところでは、この公園は、噴水やベンチや彫像や児童用遊具のある従来の公園とは別物なのだった。公園の前提になるのは、人生の質を向上させ、生涯学習の基盤とするという考え方だった。エテウはアテッホの「遊び場（プレイグラウンド）」造りの計画を引き受けてくれた。報酬は心ばかりの額だったが。

　その日の終わり、ロタはラセルダに会いに行った。知事が会おうと言ったブロコイオ島[3]までは快速ランチに乗るようにと指示された。カルロスはその晩十時にやって来て、二人は午前四時まで話しこんだ。翌日は木曜日で、ロタは朝九時半にリオに戻って来た。

　十日後、同じルーティンが繰返された。日曜の朝、グルポ・ヂ・トラバーリョ全員がブロコイオ島へ行き、ブーレ・マルクスの草案と二十ページの報告書を渡した。

　そして再び二月一日、ロタはブロコイオ島で一夜を過ごした。グルポの長が知事に会うのにこれが唯一の方法だなんて、とうてい理解できない、とビショップは思った。

　二月二十日。エテウはグルポの建築家たち及び景観デザイナーのホベルト・ブーレ・マルクスに生ける公園（パルキ・ヴィイーヴァ）のプランを発表した。

　乳児用、児童用、青少年用、そして高齢者用にそれぞれ特定区域をあてる、というものだった。公園のデザインは人々が戸外でくつろぎ、車に囲まれた環境を忘れられるように設計すべきなのだった。公園をレクリエーション用具で埋めるのではなく、逆に広い空間を開放して、人々とりわけ子供たちがのびのびできるようにという考えだった。

遊び場[4]は車道を挟む形で予定されていたので、エテウは建築家たちに様々な安全措置を求めた——全体を緩やかなスロープ型の土手で囲み、施設の周囲に排水溝を巡らすのだ。

草サッカー用のペラーダ競技場については——エテウの気に入ったロタのアイデアだったが——わざと規定の寸法にせず、プロ・チームの使用に回されないようにするのがいい。駐車場は遊び場の外側に設置し、人々が必ず公園内を歩くように仕向けるのだ。

何ヵ月にもわたる難解な提案ばかりに苦しんできたが、エテウの明快率直なプランはロタには癒しだった。彼女は出席者たちに、完成日限を設定するよう課題を出した。ついに、ロタの構想した公園が出現しようとしていた。

ビショップがいやだったのは、神聖なはずの週末の約束が反故(ほご)にされはじめたことだった。ロタの補佐役(アセソーリス)たちがサマンバイアにやって来るようになり、ロタは土曜日も日曜日も議論の暴風のなかで過ごした。

三月十六日金曜日はロタの誕生日だった。その日ビショップは大型倉庫でロタと落ち合って、そこから一路ペトロポリスへ二人で向かうことになっていた。ビショップは土曜日には特別なランチをこしらえてお祝いしたいと思っていた——何か親密なことを、と。二人きりで過ごすことは、もう長いことなくなっていた。

「ランチはそれがいいわね、夕食にはハーファと奥さんと、もう二、三人、招いてあるの。くつろいだ雰囲気にするにはあとどうすればいいかしら。あなたのブラジルの本をこの機会にみんなに見せるっていうのは、どう？」

その午後ビショップは泥酔状態でアテッホに現れた。従業員の前でだらしなく振舞った。ロタはばつが悪くなり、ビショップを車に連れて行った。ビショップは乗り込むのに抵抗し、ロタはちょっとした鬼ごっこをさせられた。マウアー広場(5)で、ビショップは通りの真ん中に飛び出すと、リオに戻ると言い張った。ロタはまた説得しなくてはならなかった。なんとも悲惨なサマンバイア行きだった。「×最悪(ペッスイマ)」とロタは手帳に書き込んだ。

土曜日には結局、ハーファご臨席のディナーが行なわれた。ロタは結局、ビショップが嫌悪してやまない本を見せた。そして結局、午前一時半まで、アテッホについて皆は議論したのだ、残念ながら当初の予定には何らの変更もなしに。ハーファはパウラ・ソアレス更迭の考えのないことを認めた。ビショップはいつもの自分の隅っこに引っこんでいた。

翌日、ビショップから自分を引き離している距離が埋められそうにないとみたロタは、一人でリオに戻ることに決めた。その晩は、ベルタとマルク共々、ル・マゾで夕食を摂ることになっていた。

その週いっぱい、ロタは日夜忙しくして、帰宅してもそこにはビショップがいない、ということを心から消そうとした。手帳にはこう書いていた——ペドロ、ヴェリーニャと夕食/午前一時までオスカル・シモンとおしゃべり/カーペット用掃除機を購入/ルイス・エミーヂオ、新しく入ったマグー・レォンと園芸養殖場を見学/ドミニースィにランプ注文/午前三時までアルフレード・ラジェと会談。それでもだめだった。「私のクッキー」が恋しかった。週末が来てビショップを迎えに行くのは嬉しかった。

エテウの参入が、すでにロタのグループと認識されていたエリート集団(ブータンタン)(6)に最初の動揺をもたらした。都市計画全体プランの責任者ヘイヂは、パヴィリオンと遊び場の図面担当だった。エテウは直接ヘイヂと仕事して、その豊かな創造性を印象づけた。シダーヂ・ダ・クリアンサ（子供の町）の計画は、建築家マリア・ハナ・スィエドリコウスキの担当だった。カルロス・ウェルネッキ・ヂ・カルヴァーリョは人形劇場を造ることになっていた。問題は、ブーレ・マルクスが、レクリエーションの専門家に遊び場をまかせることをよしとしないことだった。そいつは俺がやるはずだったんじゃないのか？　ジョルジはホベルトの肩をもった。ロタとジョルジは口論になった。ロタ、そうするってあんたは、ああしたいってあんたは――ジョルジは神経質になると我を張った。何か手を打たなくては、とロタは決心した。そこで端的に遊び場は建築家たちとエテウが、庭園(ジャルヂン)はホベルトがやるのだ、と念押しした。ジョルジは長いこと、不機嫌だった。

　ロタは疲労しはじめていた。職業生活のわざとらしさに不慣れだったばかりでなく、一群の怒りっぽい人々の卒倒とつきあわざるをえなかった。ジョルジはしかめ面をし続け、ホベルトはロタの計画を守りたがらず、ルイス・エミーヂオの場合は、いつだってどこか他所でクレーンを使っているというフォンテネッレ(7)と、対決しようとしないのだった――ふん、つまりは糞(メルダ)ったれ。

　夜、家に帰っても慰安はなかった。ビショップはブラジルの本に打ちのめされていた。友人たちに送る寄贈本に、日がな手書きで訂正を入れていた。電気は灯火管制されていた。しばしばロウソクで過ごす羽目になった。つまりは、大いに糞(メルダ)ったれ。

　だが、その日曜日はちがった――「ベッドから起きて。今日は一緒に出かけましょうよ！」ビショップはのけぞった――「ドナ・ロタが消えたわ、情が深くて軽妙なロタが出てきた――私を魅了した、生き生きしたロタが」

二人はマグーを途中で拾い、ドナ・マルタ展望台(8)までドライブした。素敵な天気の日だった。マグーは穏やかな存在だった。それがビショップにはありがたかった、最近はアテッホでロタの周囲の人々と働いていたけれど、マグーは苗木だの肥料だのタンクローリーだのと口にすることは一切なかった。三人はその日はずる休みを決めこんで遊んだ。帰宅すると、ジョアナの鋭い目は何ごとかを読み取った。

「まあまあ。何があったんですの?」

ドアを開けるとロタがいる、というのがナナーは好きだった。アテッホの試練が始まって以来、ロタはエンジニアや建築家やせいぜい園芸家など、ナナーには縁のない専門家たちとばかり一緒にいて、それ以外の人々と過ごす時間がどんどんなくなっていった。チャーミングで粋な服装をして、笑顔溢れるロタとまた会えるのはいい、と思った。

ロタはコーヒーを受け取ると、鼈甲(べっこう)のシガレットホルダーをバッグから取り出し、一本火をつけた。その姿を見てナナーは、ある種の人々には加齢が似合うと思った。銀髪とマテ茶色の肌のコントラストは粋(いき)だった。ロタには北米インディアンの高貴さがあった。

「ねえ、セルジョにはすごくイライラする。ううん心配しないで、この手のゴタゴタにあなたを巻き込むつもりで来たわけじゃないから。ただあの人、遅かれ早かれ、しつこく訴えにここへ来るから、何があったかだけ話すわね。ご存知の通り私、告げ口は嫌いなのよ」

ナナーは溜息をついた。直面せざるをえない問題だった。グルポ・ヂ・トラバーリョとは旧友の一団にほかならなかった。ロタ・ヂ・マセード・ソアレス、ホベルト・ブーレ・マルクス、セルジョ・

ベルナルデス、ルイス・エミーヂオ・ヂ・メロ・フィーリョ。みんな切れ者（ブリリャンチ）。みんな少し変り者（デトラッケ）。みんなが自己主張を始めれば倉庫の屋根を吹っ飛ばす騒ぎになるだろう。そしてナナーはこれがさぁ、あれがさぁ、とたっぷり聞かされる羽目になるだろう。

「問題はアテッホのレストランのことなの。そうよ、もう何ヵ月も検討して、グルポとしては、まともな形態は席数も最大三百くらいのシュハスコ店が適当だ、という結論に達してた。敷地六百平米ほどで一階だけの小さい建物にする。勿論ね、当然よ、シュハスコを焼くかまどは外から見えるようにして、調理場はずっと小さく造るように考えたのよね。言うまでもなく――でも言っとく必要あったけど！――賃貸契約がしやすいように設備もシンプルにして、保守管理しやすくしたプランなの」

ロタはナナーが情報を呑み込めるよう一呼吸おいた。ナナーは次を待ちうけた。まげをとめるカルダーの髪留め同様、この言い方はロタのしるしだった。勿論ね、当然よ、と。

「そこでね、私がセルジョに提案を持って行ったわけ、ヘイヂとジョルジはもう別件で忙しいから。そうしたらどう、ナナー、セルジョったら二階建てで各階三千六百平米もあるレストランを提案してきたの、上に一五メートルの塔だか何だかついたやつを！　調理場だけでも八百平米！　おまけに、展示スペースとかいう追加の千五百平米まで想定してあって。あれはぜったい、近代美術館の向こうを張ってるんだわ[9]」

「でも、まあねえ」ナナーは内心、ロタがシュハスコ店の設計をよりによってセルジョにまかせておきながら、結果が法外だと考えるなんて、信じられないと思った。

「今や、頭に来ているのは、そのプランへの請求額なの。いくらだかわかる？　たかが千四百万クルゼイロぽっちだ、って」

「まさかね」

「ナナー、アテッホの種々の計画では、建築家三人合わせて月額七万クルゼイロで了承してるのよ。ヘイヂやセルジョやジョルジ級の建築家だったら、最小限の額でよ」

冗談でしょ、とナナーは思った。

「だけどカルロスの政府への支援だし、かつ取りかかってる素晴らしい仕事だから、とみんな合意したわけよね。グルポのメンバーを動機づけてる気持をセルジョがシェアしていないことは明らかよ。残念だわ」

「ロタ、無償で働くことを人に強制するのは難しいと思うよ」とあえてナナーは言ってみた。「みんながみんな、その——」ナナーはふさわしい言葉を探した——「あなたがカルロスに抱いているような献身の思いを持ってるわけじゃないでしょ」

「献身ですって？　献身どころか！　千四百万出せって、ナナー！　仕事の経費のほかによ！　あの人ってば、糞ったれ（メルダ）」

ロタ、ロタったら。

限界だった！　ロタは信じられなかった。まさかの仕打ちと言うべきか、カルロスが都市政策補佐官（アセソール）として軽々にもセルジョ・ベルナルデスを指名したなんて。そしてセルジョは早くも、すべてをぶち壊しはじめていた。

以前ブーレ・マルクスのオフィスで、セルジョはロタとアテッホの車道の出口についてグルポとしての結論を検討してあったのだ——これは説明不能の彼の昇進前のこと。セルジョは結論、ことに空港に向かう立体交差を絶賛していた。それがどう、カルロスから私的に伝え聞いたところによると、セルジョは立体交差を取りやめるつもりだというのだ！　知事の面前で、セルジョという軽率な人間がグルポ・ヂ・トラバーリョの意気をそいだ。そうよ、アテッホに流入する交通量の問題はグルポで何ヵ月も研究してきたのだから、今さらセルジョがゲームに割り込んできて五分かそこらの即断で結構な結論出したって。だめだわ、お花さん（ミーニャ・フロール）、事態は悪くなる。結局命令出すのは誰なのよ？

ドナ・ロタは知事と話をしに行った。輸送機関を求めて四方八方から大挙して人が集まるリオの交通にセルジョが介入した結果起きてくる大混乱をマメーヂが解説した。セルジョは計画を台無しにしかねない、とロタは知事に伝えた。カルロスには気に入らなかった。ほかの連中は口じゃ言えても、何もしてやしないじゃないか、と知事は言った。ロタは言い返した。別の予定が入っているんでね、とカルロスは言い、二人はドライに別れた。

一日の終わりが来ていた。ビショップは他者（ひと）の詩を読んでいた——そう、ジョアン・カブラル(10)、ドゥルモン(11)、セシリア・メイレーリス(12)の詩を。この当時は、ブラジル詩人多産の時代で、生まれ育った土地との生ける絆に霊感を与えられていた。一方、ビショップ自身は書けずにいた。リオ、ロタ、エリザベス、公園、貧民窟（ファヴェーラ）——すべてが、間違いのかたまりだった。

勤勉はやめにして笑おうと、ブラジルの詩人ジョゼ・パウロ・モレイラ・ダ・フォンセカ(13)はすすめていた。ビショップは海を眺め、決心した——翻訳者に戻ろう、と。自分で自分をばかげたメランコリーの状態に追い込むわけにいかない以上、翻訳は自分を創作へと向かわせる一つの方法だった。手はじめに、家族の絆を語るカルロス・ドゥルモン・ヂ・アンドラーヂの「家族で旅する」と「テーブル」を選んだ。父親、母親、兄弟、肺病やみのいとこたち、狂人の叔母、これらをこの詩人から借りることができるだろう。そのときからビショップは毎日、ポルトガル語の多様な音韻を、とかく統合する傾向を持つ英語へと、置き換える作業に自分をふり向けた。

別の午後はクラリッセ・リスペクトール[14]の番だった。ビショップはリスペクトールの物語に自分にはない語り口と声のトーンを見出した。メンドリが昼食に料理されるのを逃れて屋根に飛び上がり、追われた挙句「狼狽して突然卵を一つ産み落とす」なんて物語を書ける作家になってみたい、とどんなに思ったことか！　ビショップはレーミの隣人の、鋭く反逆的なユーモアに歓喜した。クラリッセも訳すと決めた。「メンドリ」のほかに「世界最小の女」も選んだ。体長四五センチで、仮借なく狩りたてられ、森の奥へ、奥へ、と退いていく部族の女性の物語だ。ビショップは自分の詩「ブラジル、一五〇二年一月一日」を書いたとき、白人の侵略者に追われる先住民（インディア）の女を描く、これと似たイメージを使った。

かれらは生い茂る織地（ファブリック）を引き裂いて　分け入り　各々
己れのインディアを捕えに繰り出したのだ――
忌々しい小柄な女たち、互いに絶えず呼び交わし
呼び交わし（それとも鳥たちが目覚めたのか）
奥へ、奥へと退（ひ）いていく
いよいよ退いていく　女たちを。[15]

ロバート・ローウェルの来訪が差し迫って、ロタとビショップは一層ナーバスになった。

ビショップは誰かしら話し相手がほしくてジョアナのまわりをうろうろしていた。ビショップは葡英ちゃんぽん（ポルチングレス）で、目の前の浜辺の巨大な排水管は友好のしるしにアメリカ合衆国政府（ゴヴェルノ・ノルテ・アメリカーノ）から寄贈されたものなのだと説明した。一九六二年のサッカー・ワールドカップに夢中だったジョアナは、ブラジル人はアンクル・サム（アメリカ合衆国）よりも自国チームのセンターフォワード、アマリウド(16)の方を信用する、と反論した。これをビショップは自分の目で目撃することになった——ブラジルの試合のある日には、建物中の使用人たちが、大きな排水管には目もくれずビルの中庭に身をのり出して、ラジオの雑音まじりの実況に耳を傾けていた。突如、まるで一つの喉から吠え出るような気違いじみた叫びが通路に反響し、女たちがとびはね、抱き合い、笑って泣いて、神に感謝をささげた。ジョアナはビショップに抱きついた——

「勝ったんですよ、ドナ・エリザベッチ！　勝った、ブラジルが！　ブラジルが！」

ロタは北米の重要詩人の到着が過重な負担になると分っていた。しかも奥さんと娘を連れてくるのだった。まあ大変（ボン・デュー）！　たぶん、あちこち案内してまわらなくちゃならず、アテッホの仕事は先延ばしになる。すべてが遅れていた——計画と実施が噛み合わなかった。マグーだけが猛然と働いていた。そのほかはうすのろペースだった。

ロタを励まそうと、作業事務官エナウド・クラーヴォ・ペイショットは、ロタが来場者を乗せたがっていた旧式機関車の導入に関心を示した。これは功を奏さなかった。男爵夫人号（バロネーザ）(17)は博物館行きのシロモノよ、と失望のロタは説明した。屋根つきで固定して子供に見せるだけね。人々を乗せる乗物はトラクターで引く周遊電車――トレンズィーニョとなってしまった。

「神にも世界にも不満でいっぱい」と、驚き顔のペイショット相手にロタはしめくくった。

そしてとうとう、親友たちにはキャルと呼ばれるロバート・ローウェルと、妻のエリザベス・ハードウィック、幼い娘のハリエット（フィリョータ）がやって来た[18]。ロタは、ローウェル一族を連れてカーボフリオへと親善使節をつとめてきます、とグルポにメモを残した。パウラ・ソアレスが招集した、アテッホの照明に関する検討会議に出られないことを気にかけつつ、ロタは出かけた。この会議は時間の無駄だから、ペイショットには出席無用と細かい指示を残した。予定されていた別の会議もそのままにロタは出発した。

ビショップを訪ねて来たロバート・ローウェルのような有名人を紹介することで、ロタはラセルダに対して点数を稼いだ。だが、二人の関係はなお不穏なままだった。苛立ちを抑えこもうとロタはカルロスから声のかかる社交イベントへの招待、たとえばグアナバラ宮での映画会などに次々と応じたが、またこんなくだらない映画で時間を無駄にしちゃった、とわめきちらしながらアパートに帰宅するのだった。ある折りには、リオの交通改革案を出して批判を浴びたフォンテネッレをなだめるための昼食会に出てくれ、とラセルダに頼まれた。ロタは批判にはまったく同感だったが、時間つぶしに出席し、ホベルト・ブーレ・マルクスを引っぱって行った。滔々たる演説にじっと我慢して座っていると、フォンテネッレ自身が発言した。この仕事でなしたことはすべて自らの男子の面目を証明するためだった、とのたまった。

ロタは今にも机に跳びのり「私たちの関心は、あんたへの疑惑のみ」と叫びそうだった。家ではカルロスとの電話での口論が日常化していた。イライラさせないでよカルロス！　とガチャンと電話を切った。省庁の事務官たちほかの顔役らも電話で一喝した。ジョアナは背後で昼食を出すタイミングの指示を待っていた。

「ドナ・ロタ、そんなに神経たかぶらせんと」

「ジョアニーカ、私は庭園をよくしたい一心。命令出しても、やらないんだったら」

ビショップもロタの巻き添えになることを怖れていた。話をするのがどんどん難しくなっていった。何か話題をもちたいと、西欧都市の進化を分析したルイス・マンフォード[19]を読むことにした。彼は、都市の大きな区域をハイウェイや駐車場のためにつぶすことの愚を強調していた。豪華な建物の役割については、都市の中心に見晴しのきく公園の延長としての建物になるなら都市生活に資する、と論じた。彼にとって、出会いと混交と流動をはらむ都市の本質的機能は、活動の大きな多様性が同時に起こりうる空間を求めるものだった。まあこれは、ロタのアイデアそのものじゃないの。きっと読みたがるわ。

ロタはマンフォードの考えならとうに知っていたが、今は社会学をやっているときではなかった。頭は心配ごとでいっぱいだった。第一サマンバイアの地所はさっぱり売れずにいた。

「フランシスコ会は、アルコバサ[20]を買わないことに決めたの。リオに住むことにしてから私たちはこのアパートの家賃収入がなくなったし。状況は深刻よ、クッキー。アテッホでも一切が悲惨に悪化してる。言っとくけど、カルロスの政府内部での私への抵抗から判断して、私たちの作業に次の政府がどんなに意固地になるか見当がつくでしょ。アテッホ運営には、州から独立した財団（ファンダサウン）を構想する必要があるの。でないとあそこに胸像ランドを造っちゃうにちがいないわ。考えてみて、ペイショット[21]はぬかによると、もしトレヴィの泉をアテッホに造るなら自分が金を出す、とアドルフォ・ブロックしたそうよ！　いっそ、ビアンコの装飾[22]による人形芝居の劇場に出してくれたらね。そうなれば人形劇場の検討にはナポレオン・ムニスィ・フレイレ[23]を呼ばなくちゃ。ビアンコは来週末サマンバイアに来るわ。それからあの汚水溜めだけど、未だに同じ問題で汚物が四散してるんだから」

ビショップはあれほど敬愛した女性を見つめた。たぶんペイショットは、庭園に噴水や彫像を置くことへのロタの毛嫌いを知っていて、泉うんぬんにどんな反応を起こすやら、とからかってみたのだろう。だが、ロタは豊かに持つ美点の一つ、ユーモアのセンスを失いつつあった。何もかもが深刻で、危険で、憤慨の種になっていた。ロタは闘争の渦中にあった。英雄的に？　それとも気違いじみて？

ロタの運転で、ビアンコがサマンバイアへ昼食にやって来た。運転にかけては、ロタは男並みの確かな腕前だ、とビアンコは賛嘆の思いだった。彼はまた、ロタの会話の魅力と知性の力を称賛した。家につくと、二人は、ビショップがエプロン姿で台所にいるのを見た。ビアンコはビショップをまだ知らなかった。家庭的な人なんだな、何より調理台がなきゃ、なんだ、と思った。

ロタとビショップは、健全で自然な関係にあった。しかし、ビアンコは二人に対して、とても強い男の人格に従う女の状況と似たものが感じられる、と思った。ビショップには女性的な弱々しさがあった。ロタには、あの野性的な何かが。知的には二人は同等だった。だが人格としては、ロタの方がはるかに魅力的だった。

ロタのことは若い頃から知っていた。日々働いていたポルチナーリのアトリエに彼女が入り浸っていた頃からだ。こんなに歳月をへたあとでロタがアテッホの仕事に誘ってくれたのは嬉しかった。白髪の女性（ムリエール）のなかに、男性（オーメイン）の短髪と情熱煌（きらめ）く目をした遠い昔の短気な娘（モッサ）が、カッカと仕事に打ち込み、今なおモデルニズモの旗を振っているのが見て取れた。ロタはアテッホの美学の番犬を自負していた。官僚主義を祭り上げることに憤慨し、己れの夢を妨げるものには一切譲歩しようとしなかった。見るだに壮観だった。

さて今、洗練されたあの家でコーヒーを味わいながら、ビアンコはロタとビショップのことを考えた。ロタは祝福されてしかるべきだ——南米土着の女（インディア・スウアメリカーナ）である彼女が、第一世界の偉大な詩人を熱く魅了したのだから。だがビショップの水っぽい目は熱っぽい事業家とのこれからを吟味しているようだった。詩人の今後には何が待っているだろう。低開発国で造園に励む指図がましい女主人に仕える腕っこきのコック？　犬の世話をしつつサマンバイアに骨を埋めるのか？　ロタはビショップの水のような目に注意を払っていない、とビアンコは思った。でも結局、知りようがない、女というのは謎だから、と思うのだった。

「なんてつかまりにくい人なの、あんたは？　もう何日も連絡つけようとしてたのよ」

「そうだわね、メリーゴーランド状態でね」

「でもドナ・ロタ氏は大型倉庫にいないばかりじゃない。ジョアナは私からの伝言、伝えなかった？」

「伝えたってば、ヴィヴィーニャ。ほら手帳にあるでしょ——ヴィヴィーニャに電話って。ただ今月が……　ちょっと待って……　あったわ。またあの糞クレーンの件で。そしたらそのあと……」

「電話したのは、あなたが勲章(24)もらったって聞いたからよ。すごい名誉じゃない、ねえ？　この国で女性がメダルもらうなんて、ふつう無いことだわ」

「まあね。でも、この女のほしかったメダルにはあらず、だわね。私はただカルロスに、もっとアテッホに関心を持ってほしいだけ。こういう風に仕事するのって疲れるんだわ、些細なことでいちいちケンカして」

「ちょっと、不屈のロタはどうしたのよ？　結婚でもしてお引越し[25]ってわけ？」

「だったらよかったけどねえ。ローウェル一家がここに来てたの知ってる？　ひと騒動だったわよ。七月からあの人たちとあちこち行ったり来たりしてたの。それから、ニコラス・ナボコフ[26]が来て、すぐあとにレイモン・アロン[27]とそのワイフが来て、まだ足りないと言わんばかりに、ジョン・ドス・パソス[28]が来たわけ。どの人もこの人も、ディナー込みで、知事にご紹介の権利付きで、等々の人ばかり。」

「全員、九月に一どきに?!」

「全員。キャルはすごく神経過敏になってて、リオ出発後、ブエノスアイレスで神経症に陥って。奥さんは娘を連れて先にアメリカへ帰ったあとだったから、合衆国への帰国の手続きは、あの人この人と、ここから私が連絡して手配せざるをえなくてね。彼を一人にしちゃったと言って、エリザベスは心痛しきってたし[29]。言い換えれば、修羅場だったわよ」

「わかった。でもいい話って、何かないわけ？」ヴィヴィーニャはくいさがった。

「いい話？　そうねえモニカはすごくかわいい。落ちろ落ちろ風船（カイ、カイ、バラウン）よ、って、ご機嫌な歌いっぷりを見てほしい。あの子はあたしの人生のいとし子ね、大歓迎のちっちゃい人」

「では、おばあちゃま（ドナ・ヴォヴォー）殿、あなたの時間をこれ以上無駄にさせちゃいけないわね」

「ヴィヴィーニャったら、あんたと話すのがどんなに楽しいか、知ってるでしょ。私の時間を無駄にさせない人といえば、あんたをおいてほかにないわよ」

そして、彼女はアテッホについて、どっと話しはじめた。

電話を切ったあと、ヴィヴィーニャは座って女友達(アミーガ)について考えはじめた。別のときなら、ロタはこうした有名人たちとつきあうのをどんなにか楽しんだことだろうに。今、あの人は公園のことしか目に入らないみたいだ。ロタがアテッホと自分を混同し、一身同体とみなすのは危険だわ。これは災いじゃないだろうか？　公共生活では、仕事は誰の所有物でもないんだから。全能なるゼウスの娘よ、何の力もない女たちを誘惑するだけで、もう十分なんじゃないの(30)？

12章　赤裸の犬

「カルロス、馬鹿なことはやめて、カルロス！」

カルロス・ラセルダの補助官である将校オゾリオは、誰かが知事に向かってこんな口をきくのは聞いたことがなかった。

「カルロス、二億もかけて庭園を砂利で造るのは、お金を捨てるようなものよ。雨が降れば砂利は転げて土と混ざってしまうし、アテッホには染み込みやすい地点があるから、あちこち水溜まりができてしまう。伸びてくる自生の草に沿ってね。お金を捨てたいの？　木と泥と野草の庭に二億も投じるなんて、私の趣味ではエキセントリックもはなはだしい。土はそのままにして、二億を浮かせる方がずっとマシだわ」

「ロタ、芝生はすごく金を食うんだ」

「いいえ、先生。一番安上がりで一番長持ちするのが芝の上張りよ。抜く必要はなくて、大型草刈機で刈ればいいいんですから。維持管理の必要もずっと少ないのよ」

「それでも、まだ高いね」

「私たちが自分で植えれば、人に頼む費用を半分にできるわ」

「ロタ、ことがそんな簡単に行くと思うのかね？」

「カルロス、芝で地面を覆うのは贅沢じゃないわ。必要なことなの。世界の公園や庭園がすべて芝生なのは、ゆえなきことじゃないのよ」

「ロタ！　アテッホは芝生にはしない、と私は言ってるんだ！」

「いいえ、アテッホは芝生にする、と私が言ってるのよ」

「ロタ！　知事は私だ」

「カルロス！　アテッホのグルポの長は私です」

「なんだと？　ボイ（オカマ牛）め」とオゾリオ将校は吐き出した。


夫ロバート・ローウェルと一緒にブラジルに来たエリザベス・ハードウィックは、最近創刊された『ニューヨーク・リヴュー・オブ・ブックス』[1]にブラジルに関する文章を寄稿してはどうかとビショップに進言した。この協力の身振りの目的は、ビショップが何かしらは刊行できるように（それで原稿料が入るように）させることであった。ビショップは書いていなかった。フォード財団は、もし何か書くというなら資金援助すると約束した。ビショップは断った。「やるつもりがない、ってわけじゃないの。すべきでない、っていうわけでは。ええむろん、できなかった、ってわけじゃないんですけれども。理由はただたんに（シンプリー・ビコーズ）……」

ビショップの生活は、同じことの退屈な繰り返しのうちに過ぎていった。また二月八日がきて、ビショップは五十二歳になった。苦しんでいた。ときに苦痛は絶望に達し、飲まずにはいられなくなった。だが忠実なジョアナが、ウィスキーの中身を流しに捨てて、かわりに水を入れておいた。ビショップは香りを嗅ぐだけだった。

北米女性（グリンガ）が一人、日に焼け、皮がむけ、レーミ地区の通りをよろよろ歩いていた。

　こんなむき出しの犬は見たことがない！
　裸も赤はだか、毛一本とてない……
　通る人はぎょっとして　身をひき　目をむく
〔……〕
　知らなかった？　どの新聞にも出てるって
　乞食を始末して　ケリをつける方法が。
　つかまえて潮流に投げ込むんですって。
〔……〕
　カーニヴァルはいつだって素敵だって！
　毛一本ない犬じゃ似合わないわ。
　着飾って！　着飾って、カーニヴァルで踊って[2]！

ビショップはローウェルに、おぞましい詩を作っていると手紙した。ブラジル人がするようにサンバとマルシーニャのノリでおぞましさを乗り越えようとしたが、できなかった。ユーモアに死の影が踊った。「赤裸の犬（ピンク・ドッグ）」はほかの詩篇ともども抽出行きとなった。

　都市はそこに住む人々には利便性と満足を、他所者には大いなる驚きを与えるために建設されなくてはならない。

　十六世紀イタリアの建築家サンソヴィーノのこの省察を、ロタは『グアナバラ州工学雑誌』に掲載された埋立地フラメンゴ＝グロリアに関する論考[3]の結びに選んだ。ロタは記事を次のように始めていた――「大都市の美と慰めの最大の敵は自動車である」と。

　ロタは自分の見解が多くの人を怒らせることを百も承知で、この埋立地は歩行者のために提供されるべきだと書いた――歩行者は現代の賤民（パーリア）すなわち疎外された人々であり、平安と娯楽を分け持つ権利がある、と。

　さて、ロタは『工学雑誌』のなかでは闖入者だった。ほかの記事はどれも、エンジニアたちの署名入りだった。怒りの非難が降りかかった。

　最も深刻な非難はカルヴァーリョ・ネト議員から来た。六三年五月二十二日の会期中、立法府の演壇での発言の機に乗じて、アテッホの都市開発計画やグルポ・ヂ・トラバーリョ、ことに知事に最悪の影響を及ぼすと彼が烙印を押したグルポの長に鉄槌を振り下ろしたのだ。

　例によってロタは怒り心頭に発し、自分が無休で働いていることを強調しつつ、何ページも費やして反論を試みた。最終的に、ロタは記事に表された思想は、英米の著名な景観デザイナーの思想と響きあうことを明示する短い原稿を選んだ。そして議員がご親切にも彼女に帰したグルポの長とやらには重要性などないとした。自分の唯一の取り柄は、ブラジルで最も有能で誠実で、最良の作業チームを選んだことだ、と。

ロタが忙殺されている頃、ビショップはベランダからバビロニアの丘の貧民窟を双眼鏡で眺めていた。ある日盗賊の追跡を目撃し、珍しく、座して四十連を一気に書いた。

ビショップがバラード「バビロンの盗賊」をフラヴィオに見せると、ロタの甥は狂喜した。その詩は紐（コルデル）文学のように流れがよく浸透力があり、ファヴェーラを正確に観察したものだった。そこでは盗賊・軍警・貧民と金持が、精巧な構造のなかで辛辣に描かれていた。詩人とたえず協議しつつフラヴィオはその詩を訳し、雑誌『ブラジル・ノート』掲載に漕ぎつけた。

緑なす　綺麗なリオの丘
おっかない染みがはびこるのさ、
貧しい人々にゃ　リオのほか
帰る家など　ありゃしないのさ。
〔……〕
ミクースゥは盗っ人で人殺し
恐るべき　社会の敵なのさ。
特級監獄にぶちこまれ
脱走三度びの　札つきさ。

ビショップは軍警の動きを語った――

兵士が一面　辺りをうずめ、
四方八方から　丘を囲む、
空の一直線を背に　点々と立つ
静かな　ちっぽけな人の列。
〔……〕
だが兵士どもの方はといえば
機関銃を手に　気もそぞろだった。
とうとう一人が恐慌をきたし
率いる将校を撃っちまった。

ミクースゥの最後の場面まで――

早朝、八時か八時半だった。
奴を見据えて登ってくる
一人の兵士を見とがめた。
発泡し、ついの一発をしくじった。

間近に来たわけでもなかったが、
兵士の喘ぎが耳に届いた。
ミクースゥは物陰に走ったが、
耳の後ろに　とどめをくらった。

翌日、警察は戻ってきた――

バビロンの丘の上に　今朝も
点々と　兵士の群れがはびこる。
やわらかな雨に濡れ
銃床とヘルメットが光る。

ミクースゥはとうに埋められた。
今度は二人組が追われてる。だが
あわれミクースゥの譚(はなし)に比べりゃ
とるに足らない敵だとか。(4)

七月、突如ロタは入院する羽目になった。サル・デ・ウヴァス・ピコト(5)も効かなかった。腸閉塞で緊急手術を要した。二週間入院した。ロタが意識不明で運び込まれると、死んでしまったかのようにビショップは恐怖した。恐怖は水面ぎりぎりまでせり上がった。ロタのいない人生を考えたことはなかった。何年も何の憂いもなく暮らしたあとで、彼女は自分の立場の危うさに気づいた。一切が変わりうる、一切が終わりうるのだった。またしても。

メアリーも病院へ向かった。実際的なあれこれの世話とロタを落ち着かせるために。

ロタの目が開くや否や、見舞い客はやって来た。人々は、来れば日がな喋り、大声で笑い、病室で大掛かりなパーティーでもしているようだった。看護婦が処置にくれば居合わせた者たちは通路に出たが、帰りはしなかった。ビショップとメアリーが交替で客の相手をした。それから彼らはロタの脇に戻って、病気や外科手術で死にかけた人々のことやアテッホのことを話した。ビショップは腹が立ったが追い出す勇気はなかった。メアリーの方は平気なようだった。そしてロタはいつも通り道化者(ブリンカリヨーナ)をきどった。

退院すると、ロタは回復期を無視し、すぐさま仕事に復帰した。数週間後、ロタは高熱を発した。ビショップはすっかり怖気づいた。ロタの熱は上がり続け、頭痛はひどかった。腸チフスですね、と医者は診断した。ネズミですな。ロタがこんな病気になるなんて、とビショップは考えた。病人は、私のほうだったのに。とめどなく酒を飲むようになった。

ジョアナは二人のあいだを必死で行き来した。医者はドナ・ロタには絶対安静を命じ、食物はすべて手作りとした。そしてドナ・エリザベッチはジョアナの忙しさに乗じて魚のように飲み続け、叫んだり歌ったり泣いたりして床につき、ドナ・ロタをいよいよ悩ませた。

外出が可能になると、ドナ・ロタはジョアナとサマンバイアに行った。そこなら幾分安まるからだった。ドナ・エリザベッチはクリニックに入り、少し休むという伝言を送った。

俺はさまよう（アイ・ゴット・ランブリン）
俺はさまよう（アイ・ゴット・ランブリン）
心のすみずみを。
ベイビー離れたくはないけど
お前は俺に冷たいから

ロバート・ジョンソン[6]の鼻声が、ビショップのハイ＝ファイから、ピーンと突き抜けた。ビショップはブルースの露骨な情感が気に入っていた。

「誰？　それ」急にロタが入って来た。

「ロバート・ジョンソン。その人、いいわよ。二十歳そこそこで死んだの、ライバルに毒もられて」

ロタはさして関心もなく、座った。グルコース点滴の針の跡だらけの手を伸ばし、雑誌を取り上げた。溜息をつきながら、パラパラとめくった。二人はサマンバイアで何日か、何をするでもなく過ごして、双方、自分の不定愁訴からの回復の様子を見ていた。ビショップは「養生クリニック」からまっすぐ戻って、とても嬉しそうだった。ロタと二人、雲の漂う家に帰って、何もかもが平常通りの生活に戻ることを願った。だが、見ての通り、それは簡単ではなさそうだった。ロタは病気になったことに激怒していた――病気になったことなど絶えてなかったからだ。大急ぎで復帰してカルロスや政府の上層部とやり合い、クタクタになって帰宅すれば、そこには自分との闘いで疲れ果てたビショップがいた。

さて、わからんな、わからんな
お前の愛が　からっぽのときにゃ
俺の愛も　からっぽさ
おお　おお　おお　おお　おお　おお

六三年九月の終わり。カルロス・ラセルダは合衆国にいて、『ロサンゼルス・タイムズ』紙の取材に答え、軍部がジョアン・ゴウラールの政府に介入するか、あるいは大統領の追放を目論んでいるのかもしれないと話した。

エリザベス・ビショップはレーミのアパートにいて、ヴァッサー女子大の元・同窓生（エス・コレーガ）、メアリー・マカーシー作の『グループ』[7]を読んでいた。

ジョアナ・ドス・サントスは同じアパートの台所にいて、ロウソクの取り置きを確認していた。毎晩、電力統制されていたからだった。

アルナウド・ヂ・オリヴェイラは日曜版の広告でフラメンゴのアパートを探していた。市北部（ゾナ・ノルチ）から引っ越そうかと考えていたからだ。

エイドリアン・コリンズはシアトルの自室で、ウォルト・ホイットマンを読んでいた。

ヴィヴィーニャはボタフォゴの自宅アパートで、姪のド・カルモから、世界中の若者がこの星の運命の変革をめざしているのだと聞いた。ド・カルモは学生運動に加わり、ブラジルからは文盲もコロネリズモ[8]も貧困もなくなるのだと、信念に燃える目で請け合った。
ロタ・ヂ・マセード・ソアレスはアテッホの木造倉庫にいて、またもや遅れているヘイヂへの六十コントを支払うよう、スルサン側をせかしていた。

エリザベス・ビショップは『グループ』刊行を聞いて凍りついた。メアリー・マカーシーがヴァッサーの同時代人として描いたらしい登場人物の一人に自分を含めたのでは？　と恐怖した。読み終えてビショップは確信した――主人公レイキー、長くヨーロッパで暮らし、短髪でがっしりした男爵夫人（バロネーザ）と共に皆の前に現れるレイキーが自分だと。男爵夫人はもちろんロタだ。メアリー・マカーシーとは、二人が五七年ニューヨークに滞在した折、二、三度一緒に外出した。ブラジル人の頭脳とユーモアのセンスに魅了されたハンナ・アーレントがロタを褒めた。[9]このためビショップは、男爵夫人が男勝りの頭もよくない女で、知的で謎めいたレイキーに近づく者には誰彼かまわず短銃を向ける女、と造型されたことに憤然とした。同時に、『グループ』が、二人を異常な関係とみなしていることに心を乱された。作中、ほかの女友達連中が女性同士の肉体関係を想像する卑しさに、ビショップの神経は逆立った。彼女が嫌悪感を直接マカーシーに表明することはなかった。ただ交友関係を絶ったのだ。やがてビショップが自分と距離を置いたことを間接的に聞いたメアリー・マカーシーは、ロタとビショップから作中人物の霊感を得たのではないと即座に否定した。

その晩、「下の家（カーザ・ヂ・バイシヨ）」と呼ばれる自分の家で、メアリー・モースは丘を登ってくる車の音を聞いた。週の半ばなのにロタがサマンバイアに来たのかしら？　また具合悪いのかな？　あの頑固者は限度を超えて働いているから。でもモニカに会いに寄らなかったのは変ね。

何が起きているのか、メアリーは様子を見に行くことにした。泥棒だったらどうしよう？　援軍を頼んだ方がいいかもしれない。彼女は自分の小型フォルクスワーゲン[10]に乗って、マヌエルズィーニョの家に行った。


「マヌエルズィーニョ、ドナ・ロタの家に誰かいるの。一緒に来て」

下着姿のマヌエルズィーニョはただちに麦わら帽をかぶり、棍棒を持った。

ロタの家に近づくと、テラスで灯火がちらつき台所に明かりがついているのが見えた。

「行くわよ、マヌエルズィーニョ」と冒しているかもしれない危険を顧みずメアリーは言った。

暗闇に紛れて、二人は家のなかに入った。

「誰がいるの？　誰が？」メアリーがわめいた。

たちまち二人は武装した男たちに取り囲まれた。マヌエルズィーニョはどうするか、とメアリーが考えていると、誰かがささやいた。

「モースィ、頭が変になったのかい？」

暗闇から現れたのは、誰あろう、メガネの奥の目を丸くした州知事その人だった。

「カルロス！　ここで一体何してるの？」

「ロタには話してあるんだ、モースィ。今晩、ここで一夜過ごしていいと言ってくれた」

「でもなんで、うちに電話しなかったのよ？　こんなことして怖いじゃないの？」

ラセルダは合図して、護衛官を人払いした。

「モースィ、私は身を隠してるんだ。奴らがひっ捕らえようとしてるんでね[11]」

「そういうこと？　じゃあ、客間が整っているかどうか、見てくるわ」と、隠れんぼとは何なのか、とんと御存じないメアリー。

部屋が整っていないことをメアリーは熟知していた。最初の部屋を開けた途端、ベッドの上に機関銃が見えた。メアリーは回れ右した。

「カルロス、枕とベッドクロスをあげるから、自分でやって。ほかに何か要るかしら？」

「ウィスキーがもらえたら」

メアリーはビショップのためここには酒がないと知っていた。自宅から一瓶とって来た。

「すまんね、モースィ。ここにいることは誰にも知られちゃならん。命に関わるんでね。奴らは私を拉致するつもりだ。姿を見たとは言わないでくれよ」

「誰に話すっていうのよ？　ご心配なく」

翌朝、庭師は屈託なくメアリーに話しかけた。

「ラセルダさんがここにいるんだね。ボディガードの連中が近所にいるのを見ましたぜ。きっと花でも買ってるんだろうね？」


「ジョアニーニャ、ロウソクつけましょうよ」

灯火管制に対して、ロタは文句を言わず受け入れた。おそらくつねに疲れきって帰宅し、ベッドに倒れ込みたい気分だったたから、明かりの質など大差はなかった。

ジョアナはロウソクを灯した。ジョアナの方は怒っていた。電気が遮断されるのは、いつだって、唯一の気晴らしのノヴェッラ（連続ドラマ）の放送時間とかち合ったからだ。画面に波打つ横縞が走り、目が疲れた。私も寝ることにしましょう。

ビショップも電気の欠乏には怒っていた。夜のひとときだけが、二人でいくらか話のできる時間だった。ブラジルの政治状況全般が、ビショップには不安だった。今度は右から、今度は左から、と打ちかかるクーデタの脅しは怖かった。その上ロタは帰宅するとまるで、その年のカーニヴァルの歌詞を地で行くように「コン・ア・マカカ——苛立って」いた。ビショップは手をつかねておろおろした。

「クッキー、パン屋に寄る時間がなかったわ。いい人ね、お願い、パンズィーニョ[12]をいくつか、うち用に買って来てくれない？」

戻ったとき、ロタはすでに眠っていた。ビショップは眠くなかった。書き始めた。

……この
管制下の電灯のもと

甘いパンは気絶しそうに見まわす
砂糖がけの白目をむいて。
べたべたのタルトは痛々しく赤い。
買うって、買うって、どれを買ったら[13]？

夜明け、ビショップはずっと寝つけなかった。レーミ地区に電力があれば、ビリー・ホリデイ[14]を聞きながら朝を迎えるのに。

寝ることにするよ
お祈りしながら
あんたがあたしと寝てくれたらって
奇妙（ストレインジ）、だよね、そんなのきっと

ヴィヴィーニャは嬉しさいっぱいだった。まあ、めずらしいこと（プーテガ・キ・パルチウ）(15)——久々にロタが電話をくれた。ヴィヴィーニャが、電話をするのはもうよそう、と決めていたのは、ロタはいつでも緊急事態があって電話を切りたがっている気配がしたからだ。ロタが懐かしかった。何か思いがけないことをやらかす愉快なロタが。ユーモアを通して、知性の力を発揮する究極の人間のタイプ、それがロタだった。だがアテッホが始まってから、ロタは気難しくなり、すぐイライラするので、ヴィヴィーニャは引いてしまった。それでもなお、ロタにはカリスマ的な影響力があったわ、とヴィヴィーニャは認めざるをえなかった。ロタだけが、ハシェウやホジーニャ、マグーその他たくさんの人間を不潔な倉庫に集め、この猛暑のなか、報酬もなしに働かせることができる人格の持ち主なのだった。ホジーニャは、一瓶の水とサンドイッチに小さな扇風機で、暴君のごときチーフの支配に従う奴隷みたいに働くの、それでも犠牲に見合う大義があると、みんな思ってるのよ、と言っていた。

「ロタ、愛しい人（メウ・アモール）、声が聞けて嬉しいわ」

「かわいい奴（クリアトウーラ・ケリーダ）、外に出て話さない？」

ボブの店でミルクセーキを飲みながら、ロタは自分の困難を多々数え上げた。ヴィヴィーニャは元

気づけようと試みた。

「そりゃあんたが共謀しようとしないからだわ。それに女だから。男らは慣れてないの、居心地悪いわけよ。今年のパリ・ビエンナーレで銅版画の受賞者がアンナ・レチシアだったの見なかった？　メキシコのビエンナーレではエディッチ・ベーリングが銅版画で一位入賞したのよ。[16] そういうことが男たちを狼狽させるの、哀れな連中」

ロタはもう行かなくちゃならない時間だった。

「あたしは解決すべき厄介ごとだらけ。電話して」

「するわ。だけど、厄介ごとといえばクッカ（インテリさん）[17]はどうしてる？」

時間を引き伸ばした。ヴィヴィーニャは社交的でお茶目だったが、エリザベスについては片意地だった。クッキーを苛立たしい風俗壊乱者と決めつけた。ロタが愚痴をこぼすと、そりゃ間違いなくあの人がものすごーく知的でいらっしゃるからよ、と言うのだった。

「ヴィヴィーニャったら、糞くらえだわ（ヴァ・ア・メルダ）」

「ご同様さま」

畜生（ドローガ）！

13章　メルドー

一九六三年十一月十三日、カルロス・ラセルダは早い時間に執務室に着いた。軍部とサンパウロ州知事アデマール・ヂ・バッホス及びラセルダ自身との会談のため米軍将官四人を迎える交渉の進展具合をチェックするためだった。先月は包囲の脅しとラセルダ逮捕の試みで状況はひどく切迫していた。この手の主題と取り組むのには一日で一番いい時間だ……ラセルダは机の真ん中に積まれた手紙に目をとめた。スルサンの認印のある書類がひと山。「知事閣下（ゴヴエルナドール）」。悪いしるしだ――「親愛なる（メウ・カーロ）」も「敬愛する（メウ・ケリード）」も、「カルロス」さえついていない。ラセルダはページをめくった。五枚あり、五・五枚目なる付録まであった。ラセルダは深く溜息をついた。厄介ごとが来たぞ。読むか、と決意した。

私には忍耐心がないし、時間がないし、使命もないし、電話にぶら下がっていないでグアナバラを飛び出してあなたの家へメッセージを届けようとしたからといって、微塵もおかしいことはないと思います。

お願いなんかする気はありません、権力は嫌い、避けられるのは嫌い、リオに暮らすのは嫌い。効率よく働く一つの方法が、あいにく、あなたと話すことであるだけ。

あなたに踊り場のことを話したり、カシアス[1]の最高気温と最低気温を知らせるためにあなたの時間を無駄にさせた覚えはないわ。我慢できないの、あなたのその〈銀行に信用がある（クレヂト・エイン・バンコ）〉みたいな態度、要求が少なければ少ないほど出し渋るやり方が。

我慢できません、セルジョ・ベルナルデスが不道徳にもパズマード[2]の上に怪物を置いたり、コパカバーナ一の繁華街の角に三十階建ての無用なホテルを建てる許可を引き出すやり方が。リオの美観を台無しにして彼には何百万か行くってわけよね。

〔……〕それなのにヘイヂの方は、月々六十コントをスルサンから得るのがあまりに大変だからといって、返礼がわりに辞めてやると脅すとか、この政府から何のプロジェクトにも招かれたわけじゃないとか、口にしたことすらない。〔……〕

〔……〕それにあなた、ベルタにも何の仕事もさせたことがないでしょ。衆目の見るところ、あの人はスルサンの人間のなかでは、誠実さ、知性とも秀でた人の一人なのに〔……〕

〔……〕それに何といっても、マメーヂのコパカバーナの仕事については散々話したでしょ、あの人をぼんくらと交替させるなんて。こっちの人は今に至るまで、歩道に停めた車に罰金を課すなんて無意味だってことが理解できないの、対抗手段がないからって（クレーンもないし、車を置いておく場所もないし、守衛もいないとかで）。唯一の解決法は、車を海に投げ込むか、ですって。ま、一案かもしれませんけれども。

〔……〕その上このマメーヂを、忠実で頭が切れて能動的にもかかわらず、遊ばせておくわけね、彼が始終イブライン・スエーヂ[3]のコラムに登場するからという理由で。しかもグルポ・ヂ・トラバーリョには今までつねに貢献してきたにもかかわらず〔……〕

このグルポのメンバーは、ゼロレベルに相当するっていうのね――権威ゼロ、依頼ゼロ、っていう――もう涙ですよ――そしてお笑いだわ！

五・五枚目に、ロタは付け加えた――

ホベルト・ブーレ・マルクスがパリやウイーンや、目下滞在中のアルジェリアに庭園を造っている最中に、こっちではうぶな人々が岩山にノアの方舟を造っているが如し（このパウリーノ某[4]の案ときたら、樹木各種三本ずつ植えよ、ってんですから）〔……〕

〔……〕そしてこの同じホベルトが、リオじゃ何の仕事も課されないため、資金切れで事務所をたたむところまで来ている……（スルサン側はかれこれ一年も前のオウテイロ公園の支払いさえ、ホベルトにしていないんですから！）

告発は山とあった。ラセルダは苛立って、五・五枚目の裏になぐり書きした。

ロタ、自分の手紙を読み返して、現実の不正と君の怒りの不当さについて、考えてくれるように願うね。一点一点についての検討は控えておく。最大の問題は、手紙全体のトーンだ。何かがおかしい。僕の友情と君の仕事への敬意が問題なんじゃない。どういうことか考えて、言ってくれよ、今度――

ここで紙幅が尽きた。ラセルダは紙の向きを変え、既に書いた文面の周囲に横書きした。

――話すときには――手紙でなく、主題を外して細かい点ばかりで喧嘩するんじゃなくやりたい。君は、エリオ・マメーヂだけが僕の心配ごとだと思ってるのかい？　抱擁を。

日付が正確に思い出せなかったので、ラセルダは10.11.63――六三年十一月十日、と書いた。そして、この手紙をロタに送り返せと命じた。

年末の休暇のあと、ロタとジョアナはリオに帰り、ビショップ一人をサマンバイアに残していった。二人のためにはこの方がいい、とロタは認めた。

ロタはカルロスとの関係で、二人の関係を特徴づける網羅的な図式の内部で同じことを繰り返していた。十一月の非難の手紙の裏面で、カルロスはことさら巧みに、彼女の方からいつ会えるか言ってくるのを待つ、という微妙な書き方をした。そしてロタがそのようにして会ったところ、カルロスはこうほのめかした――僕はブラジルの共産主義国際運動のスパイと闘っている、そして大統領選レースの渦中にあり、悩める救世主から逃れた一時的な不足を知らせるために、ロタと話をしているのだ、と。

ロタはそれ以上、トラブルは起こさなかった。六四年一月早々、ロタは州の相談役（コンセリエイラ）の資格で、その年の最初の手紙を綺麗な薄紙の青い便箋にしたためた。

親愛なるゴヴェルナドール

新年おめでとう、そしてレース最終局面の幸運を祈ります。ブラジリアがここからはとても遠いことだけが残念です。

ところで二、三、問題を話し合いませんか。

サント・アントニオにもう何棟かビルを建てたいと敷地を求めて躍起になっているカトリック教会にご注目ください。粗略に書かれた法律の第十四条条文は、(あの悪趣味な)カテドラルの敷地の保有と並んで「補助的建造物用エリア」を要求する機会を与えてしまっています。あの空き地が存在する限り、要求は際限がなくなります。何十億もの出費となり、その結果、プランの不在による同じ過ちを犯し、街の中心部の欠陥を直すのに決定的に大事な区域をバラバラの断片にしてしまうなんて話、ありえるでしょうか? 知事におかれましては、用地の売却を差し止め、エリアをより有効な用途に付すべく、プランを作成する時間はまだ残されています。

私が思うにパリ広場(プラサ・パリス)からイチジクの木々を抜いて椰子に替えるなんて醜悪です。動物や椅子の形をした中庭をクラシックに変更するなら賛成です。都市の美観とはある部分、異なる時代の力強いエレメントから成り立つものでしょ——十八世紀からパセイオ・プブリコ、十九世紀からパリ広場、そして二十世紀からはアテッホ——パリ広場は二十世紀初頭の作ですがデザインは十九世紀の庭園で、それを尊重すべきなのです[5]。

都市計画部の実状はますます怪しくなっています。今いる人々を全部はずして一からやり直す必要があります。誰も仕事をしちゃいません。働こうとしないのですから。〔……〕円卓会議を開いて、この袋小路を打開しましょう。

ラジェ公園の墓地とパズマードのホテルについて、恐るべき噂を耳にしました。すでにできている美しい庭園を取り壊し、簡単で安上がりなものに造り替えるなんて蛮行です。公園墓地にするという論争ですが、実行不可能です。死体は樹木の下に植えるべきものではないし（いい肥料ではありません！）、アメリカの公園墓地の方式では、死体の間隙に木を植えるのであって、逆ではないのです。

都市計画部が正しく機能していたならば、とっくに大規模区域を二ヵ所――北と南に――選んでおいたはずですし、十年もすれば遺体で満杯になってしまう小さなエリア（ラジェ公園）など考慮に入れないことでしょう。問題にあたる作業グループを結成すべきですし、それはごくシンプルです――（一）庭園のリニューアルと整備。（二）児童用と成人用の区域を設け（樹木に手をつけずともスペースはあります）、活用度を上げる。（三）ベザンゾーニ邸[6]を文化センターに使う――人口密集地で映画館がないのはここだけ！――この邸宅にはコンサートや会議の開ける講堂を造る、などなど。住人たちは、クラブや貸出図書館や卓球などの遊戯室にもできるでしょう。外部にはバスケットコートなど造る余地もあります。この庭園は生活空間となり、とりわけ夜にも入れるようにします、植物園（ジャルヂン・ボタニコ）の地域には、そういう場所はないのですから。〔……〕

ラセルダは手紙を読むのを中断した。ロタの言う通りだ！　計画を作る時間は、まだある！　住宅計画がすでに一つできているが、サンドラ・カヴァルカンチはファヴェーラの住人たちを新しくできた共同住宅に移す仕事を担当している。ゴミ処理システムは拡充された。給水は水道の建設で制御されるようになるはずだ。ヘボウサスとサンタ・バルバラのトンネル[7]及び道路計画は、交通量をさばくはずだ。だが、それでもまだ足りなかった。グアナバラ州の秩序のとれた発展を保証する指導やプランを確立しなくてはならなかった。コンスタンティノス・ドキシアーデス[8]を国際首都計画の設計者として登用する案にラセルダが言及すると、騒動が起きた。エンジニア団体やCREAは憤慨した。だがラセルダは決断した。たとえ彼らに強要することになっても、このギリシャ人は登用する、と。

同様にラセルダは、ラジェ公園への墓地の造営に拒否権を投じた場合、恐ろしい結果になるとの政策アドバイザーらの警告を無視しようと決意した。強力な利害関係が押し寄せ、ラセルダは相当な資金源を失うことになるだろう。しかしロタの議論には反論の余地がなかった。脈うつ公園（パルキ・プウサンチ）へのロタの夢は、利用者となる地域住民との協力で維持されるならば、革新的で独創的な夢だと言えた。ドナ・ロタその人のように。

ビショップは書斎に座って二、三分、目を閉じ、下を流れる小川のせせらぎを聞いていた。静けさがどんなに恋しかったか。ここでのみ、ビショップは我が家を感じることができた。

クリスマスに書き始めた一篇の詩[9]を仕上げようとしていた。何年もロタとビショップは、手つかずの自然の美しさで詩人を魅了したカーボフリオ[10]のマノエウ・レォンの家でクリスマスを過ごしていた。だがこの年はカーボフリオの海辺が「発見」され、押し寄せる人々が早くも台無しにしつつあることに詩人は気づき、嫌になった。

では、オウロプレトは？　いまだ牧歌的な小さな町のまま、ラバが薪の束を積んだ荷馬車を引き、女たちは噴水のまわりでお喋りをしているのかしら。ビショップはオウロプレトの空をもう一度見たいと思った。またリッツリに会いたいと思った。

ビショップは受け取った手紙の住所を確かめていった。そのうちの一通が注意を引いた。それはシアトルのワシントン州立大学からだった。開けてみた。大学当局は、亡くなったテッド・レトキ[11]のポストを埋めて詩の講義をしてほしいと、招聘してきたのだ。

まあ！　ビショップは驚いた。近年、自分をひどくみすぼらしく感じていたので、母国の大学への格付けを検討されて感謝と安堵が押し寄せた。ブラジルでは彼女は単にロタ・ヂ・マセード・ソアレスの友人だった。たぶんジャム作りの名手として尊敬される程度の人物だろう。だが合衆国では名声があった——詩人エリザベス・ビショップなのだった。

もし招聘が三年ほど前に来ていたら、ビショップは受諾など考えもしなかっただろう。第一に、詩人を育てるべく人を教えられるなどと信じていなかった。第二に、内気すぎて、未知の事柄を話してもらおうと待ち構えるハイブラウな二十歳の集団を前にした自分など想像できなかった。第三に、ロタはシアトルで一体何をするのか？　という疑問だった。

だが、当面、彼女の目にシアトルは代案として映った。来年ラセルダの任期が終わると、ロタの権限も終わる。大統領選が行われ、おそらくラセルダは当選する。彼が共に働くようロタを誘う確率はかなり高い。となれば、状況は自ずから決まる。ビショップは、もし今のロタとの歪んだ生活が長引くのなら、もうブラジルにはいたくない。だが一方では、ロタの方が出たがるかもしれない、結果的に陥った狂乱状態から自分を解きほぐそうとして。ビショップは、今すぐ決めはしないだろう。ときが、取るべき道を指図するだろう。

ＤＯＰＳ（政治警察）が、農民に読み書きを教えるためＣＮＢＢ（教育長）に認可を受けＭＥＣ

（カトリック教会）によって編纂された教本『生きることは闘うこと[12]』を差し押さえるよう陰で画策したあと、ラセルダはロタの手紙を読み終えた。

今度はパズマード山上のホテル建設反対の猛攻撃[13]だった。ロタにとって景観は、市民の生得の権利、街の文化遺産であって、奪うことのできないものなのだとラセルダは承知していた。だが、パズマード山頂の国際ホテルの利益は、それこそ何百万ドルにものぼり、州にとって必要だった。これは考慮の余地がある。

手紙のなかでロタは、リオの景観の美しさと多様性を考えれば、何があっても山々を「飾り立てる」ことは蛮行、愚行、罪悪だと主張した。大多数の文化遺産を少数者の優遇のために破壊することは民主的でないと、ラセルダに思い出させた。そしてロタは、これこそウィリアム・ピットの言った「必要だ、とは、人間の自由を侵害する際の口実だ。暴君の論法である[14]」という言葉の「必要だ」にあたることだと確信していた。

ラセルダは手紙を机に投げ出した。ロタは、彼の一日をぶち壊す術を知っていた。

ヴィヴィーニャの姪で法学生のド・カルモは、六四年三月十三日のジャンゴのデモ[15]に集まった二万人の人々のなかにいた。ブラジル人口の大半を占める貧しい人々の問題を解決せよと迫るデモだったが、叫びすぎで声が嗄れてしまった。

将軍の娘でカトリックを信望し実践するマリア・アメリアは、三月十九日の「自由のための神の家族」行進[16]に参加するためサンパウロに行き、サンパウロ首都聖堂の前で演説するアマリア・フッチ・シュミッチ・オリヴェイラがジャンゴのデモの参加者を雇われ暴徒呼ばわりしたのを、額面通りに受けとめた。
ジョアナは両陣営の競う権利の保証には無関心に、TVドラマで「生まれる権利」、生まれる側の優先権という報いに苦しむ男アルベルチーニョ・リモンタの不運に、滂沱（ぼうだ）の涙を流していた。[17]
ビショップはブラジルではスタンダード石油が右翼のクーデターを組織しているという『ル・モンド』の報道は間違いだ、と友人たちに手紙した。百万人が土砂降りのなか共産主義反対のデモをしたのよ——皆が皆、この国の裕福な反動右翼ってわけじゃないわ。
ロタは市の四百周年祭（クアルト・センテナリオ）[18]について懸念していた。六五年には公園は完成していなくてはならなかった。彼女の頭は周遊電車（ボンヂーニョ）や野外ステージ、劇場、ビーチ、庭園、遊び場、電柱、トイレのことでいっぱいだった。ロタは、パウラ・ソアレスを屈服させることには成功したが、代わりに自分がアテッホを統括すると言ったマルコス・タモヨ[19]には距離をおいた。そんなことを言う権利を誰が彼に与えたのか？あなたでしょ、カルロス、勿体ぶるのはよして。原点に返りましょうよ、そこから明らかに私たちは出発したはずじゃないの？

ロタはほっとしていた。ジャンゴは打倒された。軍部の介入で経済の健全さは保たれ、政府の腐敗は制限されると、おめでたくもロタは軽信した。すぐ選挙となってカルロスが勝利し、千載一遇のチャンスが訪れるだろう、カルロスはきっと開明的な大統領となって、屈辱の第三世界根性の外に、この国を導き出すことだろう、と。
カルロスもそう考えた。抱擁と賛辞の午後、知事はドナ・ロタが休暇を取る権利がある、と決めた。ビショップにとって嬉しいことに、ロタは賢明にもこれを受け入れた。ビショップは『ニューヨーカー』から「バビロンの盗賊」の原稿料として小切手を受け取っていた。これで夢に見たイタリア旅行に行こう、と決め、五月十三日の切符を買った。

ラセルダも旅の予定を立てていた。欧米への公的出張で、各国の友好政府に、ブラジルで起きているいわゆる革命について説明に行くつもりだった。

実のところロタは、アテッホの仕事を離れるには適切な時期ではないと考えていた。行くことに決めたのはエリザベスのためだった。二人は互いに距離ができてしまっていたし、パートナーにとってこの旅がどんなに重要か、ロタは理解していた。愛に仕える人は裸足で雪に踏み出す、とカモンイスは言った。[20] ロタは不安なまま出発した。なぜなら百の眼で見張っていようとも、スルサン族たちがロボットの如く振る舞えば、疑いもなく、彼女の不在を最大限に利用するだろうからだった。

そのため、ラセルダはこんな時期でさえ、常に変わらぬロタの攻撃を逃れられなかった。演説と家族への礼賛に始まり、数々の勧告と警告へと向かう別の長大な手紙が来た。


――重病の身でありながら紳士であって、しかも可能な限りの貢献をしているヘイヂになにがしかの心遣いを見せてくださいな。庭園にあてるべき駐車場をホテル・グロリアに譲渡するような愚行を冒さないでくださいな

そしていつもながらの酷評へと、口調はすべっていった。

――誰だって交通と都市計画の予想くらいつくわよ。まだご相談してないのは修道女たちと小便小僧(マネキン・ピス)

だけ[21]。命令を下す連中の一人が、道路四本派の小僧ジウソンだ、と言えば十分でしょ。私たちが何ヵ月も闘ってるのは、こいつ相手なの。ばっかばかしい！

ビショップは旅を満喫していた[22]。二人はミラノからフィレンツェへ、さらにウルビーノへ行くのだった。車を借り、例によってロタは腕まかせに飛ばした。完璧な天気だった。ウルビーノへの途中で、二人はアレッツォを通りかかった。中央広場で、二人はとびきり美味しいパン一斤と生ハムを買ってサンドイッチを作り、ティーンエイジャーのようにかぶりついた。山道に戻ると、二人は急な豪雨に襲われた。ビショップが窓の外を眺めると、点々と白い物が目に映った。そんなことってあるかしら？　ロタは車を停め、ビショップが確かめに外へ出た。そう、雪だった。雪よ、ロタ、雪！

その後、中世都市アンギアーレで止まり、静かな裏通りを歩いて散策した。いくつか綺麗な渓谷をすぎ、午後に二人はウルビーノの城壁へ行き着いた。何かの会議が行われているのか、宿を取るのは難航した。ようやく二人は、ロタの好まない貧相なホテルに落ち着くことになった。

近くの鐘楼は十五分おきにチャイムを鳴らした。ベッドのマットレスはスプリングが悲惨な状態だった。明け方頃だったか――音楽を鳴らす鐘の数からビショップは見当をつけたのだが――ロタはその日一日の素晴しい出来事をみんな忘れてしまって、私、ここで何しているのかしら、と考えていた。

朝になると寝不足のまま、二人はドゥカーレ宮殿を訪れた。はじめて、ビショップは聖母の胸を心地よく吸う幼児キリストを見た。壮麗な芸術を前にして、ロタの機嫌はよくなった。それでもビショップは、ロタの落ち着きのなさを読み取った。

　私たちがじっと家に居るのにとどまらず
　想った場所へ来るわけは　想像力の欠如だろうか[23]？

「あらまあ、ドナ・ロタ、もうお帰りで？　ドナ・エリザベッチはどこです？」

　ロタはアテッホのことが気がかりでたまらず、ビショップとの旅を続けなかった。ビショップの方は予定通りロンドンへ回り、ロタはリオに戻って来た。

　ジョアナにおみやげを渡すのももどかしく、ロタは大型倉庫へ飛んでいった。

「よう（オイ）、私の蝶々（ミーニャ・ボルボレータ）さん、元気？」

「ドナ・ロタ！」フェルナンダ[24]が思い切り抱きついた。「みんな、誰が来たと思う？」

　みんながロタに挨拶に寄ってきた。

「で、ヘイヂは？」

「今日は来なかったんです、ドナ・ロタ」

　ロタは心配になった。セルジョ・ベルナルデスは大衆食堂への金満プランの失敗で職を解かれており、ジョルジ・モレイラは事故に遭って撤退していたから、建築の三頭政治はアフォンソ・エドゥアルド・ヘイヂ一人になっていた。ロタはヘイヂを非の打ちどころのない専門家とみなし、その実直さと繊細な思いやりを敬愛していた。彼が電話してきて肺ガンであることを告げたとき、ロタは打ちのめされた。だがヘイヂの方は、彼らしく、やれるあいだは自分の指示で働いてくれる若い建築家たちを雇えばいいとロタに示唆した。

ロタがヘイヂに電話すると彼自ら電話口に出て、ロタをなだめた。明日は行くからと。

ロタはただちに最新情報を教えられた。新展開は何もないことを。芝の植え付けは依然、海辺の汚水処理システムの設置待ちで、中断していた。汚水処理システムの設置のためのトンネル工事は依然、アメリカからのラセルダの帰国待ちで、中断していた。


ロタは下水道パイプをメルドー[25]と呼ぶことにした。このメルドーをめぐって、ロタはラセルダと激論を交わした。エンジニアたちが財政上の理由でアテッホを頭のてっぺんから爪先まで、メルドーを通さねばならないと主張したのだ。問題を見渡して、ロタは芝の植え付けの開始を拒んだが、それは、後日庭園を全面的にやり直す羽目になるかもしれないと睨んだからだった。この麻痺状態は四百周年祭（クアルト・センテナリオ）を台無しにする遅れを意味した。

ロタは作業事務官に話をしに行った。

「ペイショット、このメルドーは庭園を横断しないことになるわ。ボタフォゴにひとつビーチを造ろうじゃないの、メルドーは浜辺に通すのよ」

ペイショットは眉をひそめ、カッと目を開き、あんぐり口を開けた。

「ロタ！　メルドーを……どうして？……ビーチを造るだって?!」

「もう造ってるわよ。そう決まったの」

「ロタ！　しかし……で、知事は何と？」

「知事は私ですから」

二週間後、ペイショットはロタに話しに行った。

「ロタ、カルロスは、ボタフォゴにビーチが造られつつあることを新聞で知ったのだと。ありゃあ、オンサ(26)ですな。猛列に怒って電話してきましたよ」

「あらペイショッチーニョくん、あなたを侮辱したわけ？」

「ロタ、知事は猛り狂ってますよ。言ったでしょう、この話はまずい状況になるって」

「カルロスが獰猛なのは百も承知よ。カルロスは私にまかせなさい」

とうとうラセルダが外交行脚から帰国した。彼はペイショットを伴いロタの騙し討ちを視察した。ボタフォゴに着くと、手に手にポスターや旗をかざす一群の人々に出くわした。知事ありがとう！ ボタフォゴ住民は州知事カルロス・ラセルダに感謝します！ ビーチをありがとう！ ラセルダ、万歳！ 拍手喝采されて、ラセルダは小集団に合図を送り、自然発生的デモの組織者ロタに降参した。

のちに彼は、アテッホに銅像を一つ建てよう、と約束した。ロタが手をベルトにあて、足を開いて仁王立ちする像だ。標識の文言はロタお得意の科白「煩わせないでよ（ナウン・ミ・アポヒーニエン）」だと。

大成功に気をよくしたロタは、グルポの計画した工事がすべて完全に実施されるよう要求を公式化しようと決めた。資金不足を理由にスルサン族はあれやこれやと制限をかけ、審美的レベルでロタの吐き気を誘った。なんて煩わしいの！（キ・アポヒニヤサウン） 連中の認識の欠如による無駄な議論は沢山だった。パヴィリオンが大理石造りだとか装飾過多になるんなら！ 金輪際、説明はこれきり、とロタはスルサンに「建築計画のエレメントは相互につながり合うものであり、アテッホは野外ステージ、ダンスフロア、図書室、レストラン、マリーナその他、プラン通りのものすべてを備えることになります。（マル） 敬礼」

▲ 1935 年，リオ連邦大学の絵画教室生たち。一列目シャボ襟飾りの服で座るロタ（20 代）。ポルチナーリ（中央）の右側にブーレ・マルクス，その後ろに立つマリオ・ヂ・アンドラーヂ。
Copyright: João Candido Portinari

▶ 1942 年，アメリカ合衆国から帰ったロタは，ブラジル芸術家協会の結成に奔走した。漫画：アウグスト・ホドリゲス

"Chez LOTA"
GRANDE TORNEIO EM
HOMENAGEM
A MISTER BURROWES
NOTAVEL ESTRATEGISTA
IMOBILIARIO
PELAS SUAS GRANDES & RECENTES
CONQUISTAS
SOBRE O INIMIGO ALEMÃO & PORTUGUEZ
CAMPEONATO DE
BURACO
ENTRE AS CELEBRES DUPLAS
LOTA, A PENSADORA, RAINHA DAS CANASTRAS
& RUTH, A SONAMBULA, CAMPEÃ DE BOCEJOS
DERROTADOS
&
MARY, A BOSTONIANA, IMPECAVEL & INVENCIVEL
& CALOCA, O VICIADO, FANATICO DE BURACO
CAMPEÕES
DOMINGO, 29 DE AGOSTO DE 1949
SAMAMBAIA

▲40年代の末,友人カルロス・レォンの描いたロタとメアリーの暮らし(飾り文字と右頁の画)

▲メアリーとロタ。「メアリー，早く歩きなさいったら。お昼を食べる時間だわよ！」

◀建設中のサマンバイアの家(工事初期)
Courtesy of Zuleika Torrealba

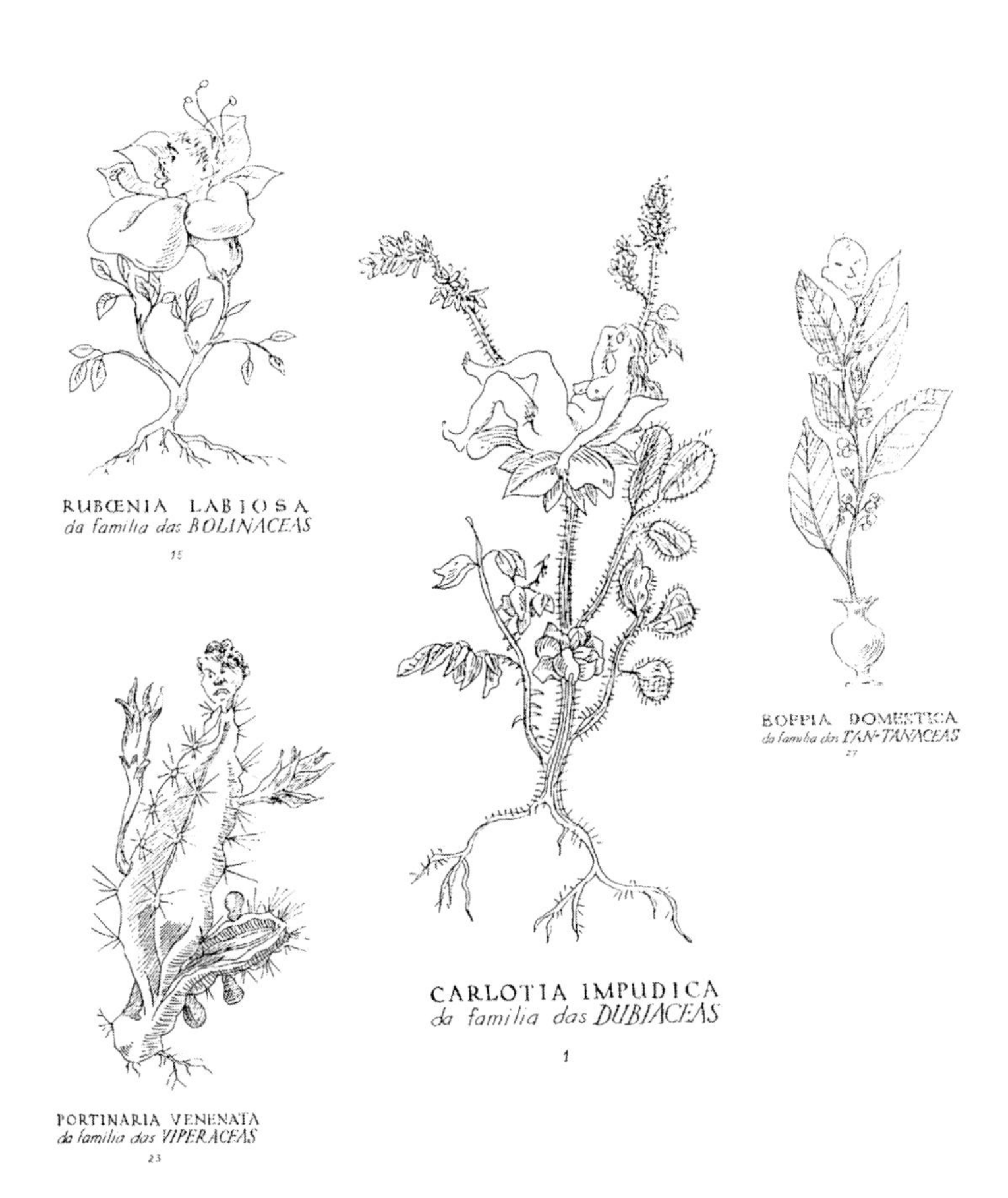

▲めずらしい花々とありふれた花々（カルロス・レオンからロタへ，1949年）

▲絹のブラウス姿，ボタン留めした袖口（30代のロタ）

▲粗布のシャツ姿，まくり上げた袖口（40代のロタ）

Special Collections, Vassar College Libraries

▲エリザベス・ビショップ（43歳），サマンバイアにて。「自分はそれに値しないのに，まるで天国に行ったみたい」（6章）　Special Collections, Vassar College Libraries

▲ビショップにはじめて「家庭」ができた。猫をつれ，車を得て……

▼……そして林の中の仕事部屋ができた。
Special Collections, Vassar College Libraries

▲「ひらかれた家」。外を闊歩する颯爽としたロタと屋内のビショップ。
「ひそやかな雲と（…）結露が壁にみさかいのない地図を描く」家（7章）

▲ Courtesy of Zuleika Torrealba

▲サマンバイアの家の内部
（上）寝室。外にみえる植物とたのしいジグザグ・トラスの三角模様。
（右上）部屋の一隅。ストーブ・絵画・カルダーのモビールも見えている。
（右下）食堂の小部屋。岩肌の壁には地衣類

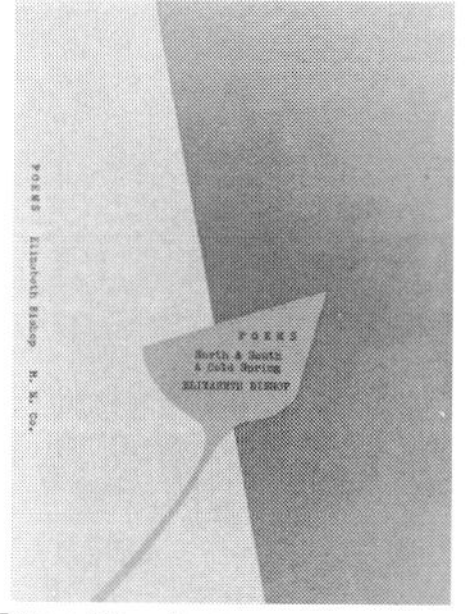

▲ブラジル時代のビショップの詩集二冊。（左）『旅の問い』*Questions of Travel*, 1965
（右）『詩集——「北と南」「冷たい春」』*Poems: North & South—A Cold Spring*, 1946

▲サマンバイアを訪れた作家オールダス・ハクスリーとロタ（8章）

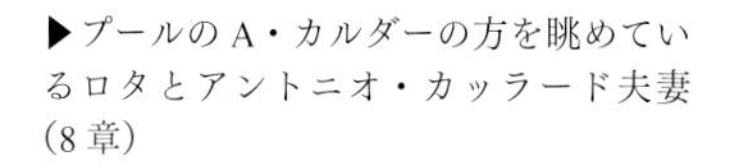

▶プールのA・カルダーの方を眺めているロタとアントニオ・カッラード夫妻（8章）

▲1956年，ピュリッツァー賞受賞後のビショップ（7章）

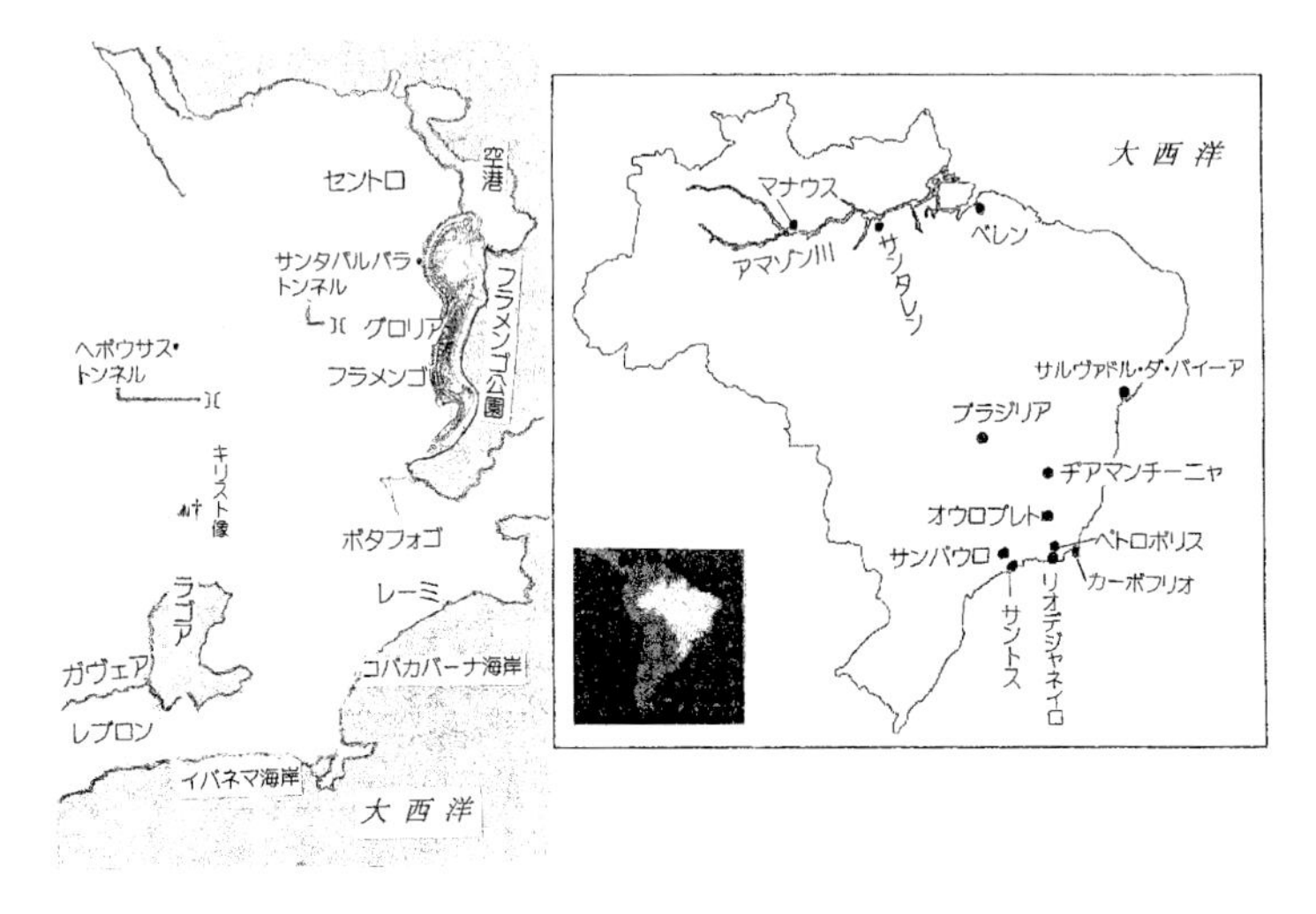

▲リオ・フラメンゴ公園の規模と位置

▼「ブラジルが私の詩をどれだけ豊かにしたかはわかりません。しかし，どんなに私の生活を豊かにしてくれたかは疑うべくもありません」 Photo: Darcy Trigo / *O Cruzeiro*

▲ 1961 年，ロタは 1200 万㎡の低地を「人が足で歩くすべを取り戻せるような」フリー・スペースに変えたいと望んだ（9 章）。造園家ブーレ・マルクスは 240 種の植物を配した。

▲アフォンソ・ヘイヂとロタ　Photo: Marcel Gautherot　近代美術館（MAM）の建築家ヘイヂがフラメンゴ公園計画で図面を引き，パヴィリオンや歩道橋など，注目すべき建造物を生み出した。

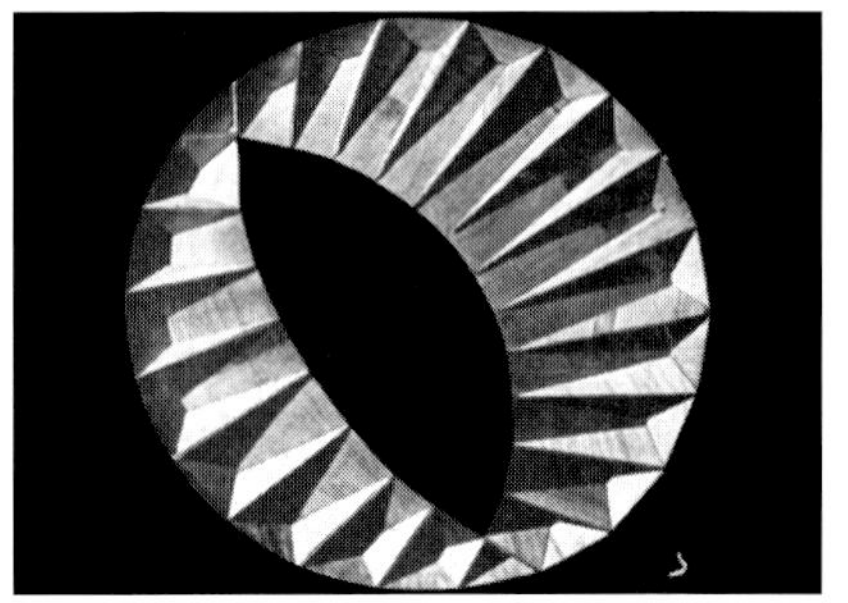

▲未亡人の丘（モッホ・ダ・ヴィウーヴァ）のパヴィリオン

▼優雅な曲線を描く歩道橋（パウロ・ビッテンコート橋）

◀大型倉庫の職員：（前列左から）建築家ダ・モッタ，庭師ペレイラ，秘書フェルナンダ，（後列）建築家オルテガ，同ペッソラーニ・ザヴァーラ，ドナ・ロタ，給仕係オリヴィオ，建築家ホドリゲス・イ・シウヴァ，秘書スワニー，トレンズィーニョの運転手ダヴィド

▲ラセルダ（左）とドキシアーデス（13 章）

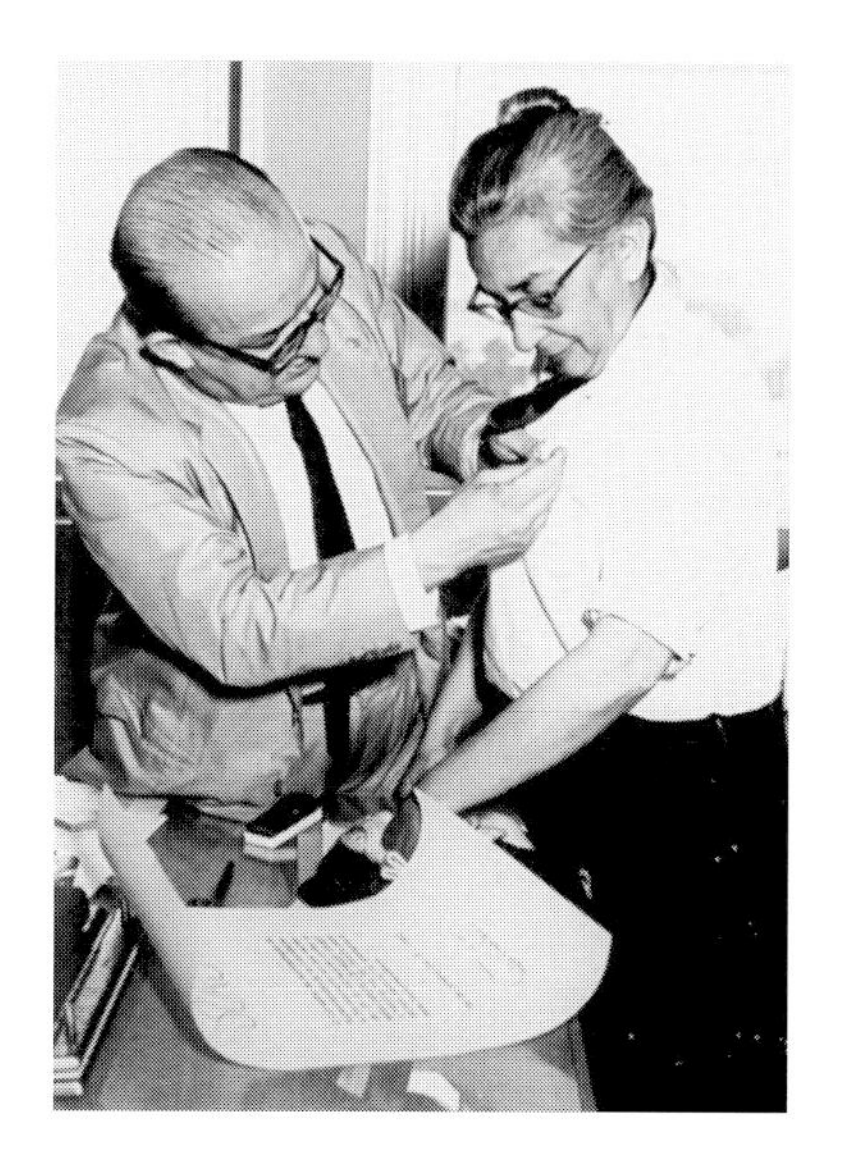

▶スルサンへの貢献により受章したロタ（11 章）。メダルをつけるエナウド・クラーヴォ・ペイショット

▼財団設立を主張して記者発表に臨むロタ（右）
同席した緊張の面持のマグー・レォン，ブーレ・マルクス（16 章）

▲ケリーの照明。高い電柱（14章）。「冷たいセメントの椰子の林」（カエターノ・ヴェローゾの歌詞），「パオロ・ウッチェッロ描く戦争画の槍のよう」（ルーショ・コスタ），「考えられない醜悪さ」（ブーレ・マルクス，20章）

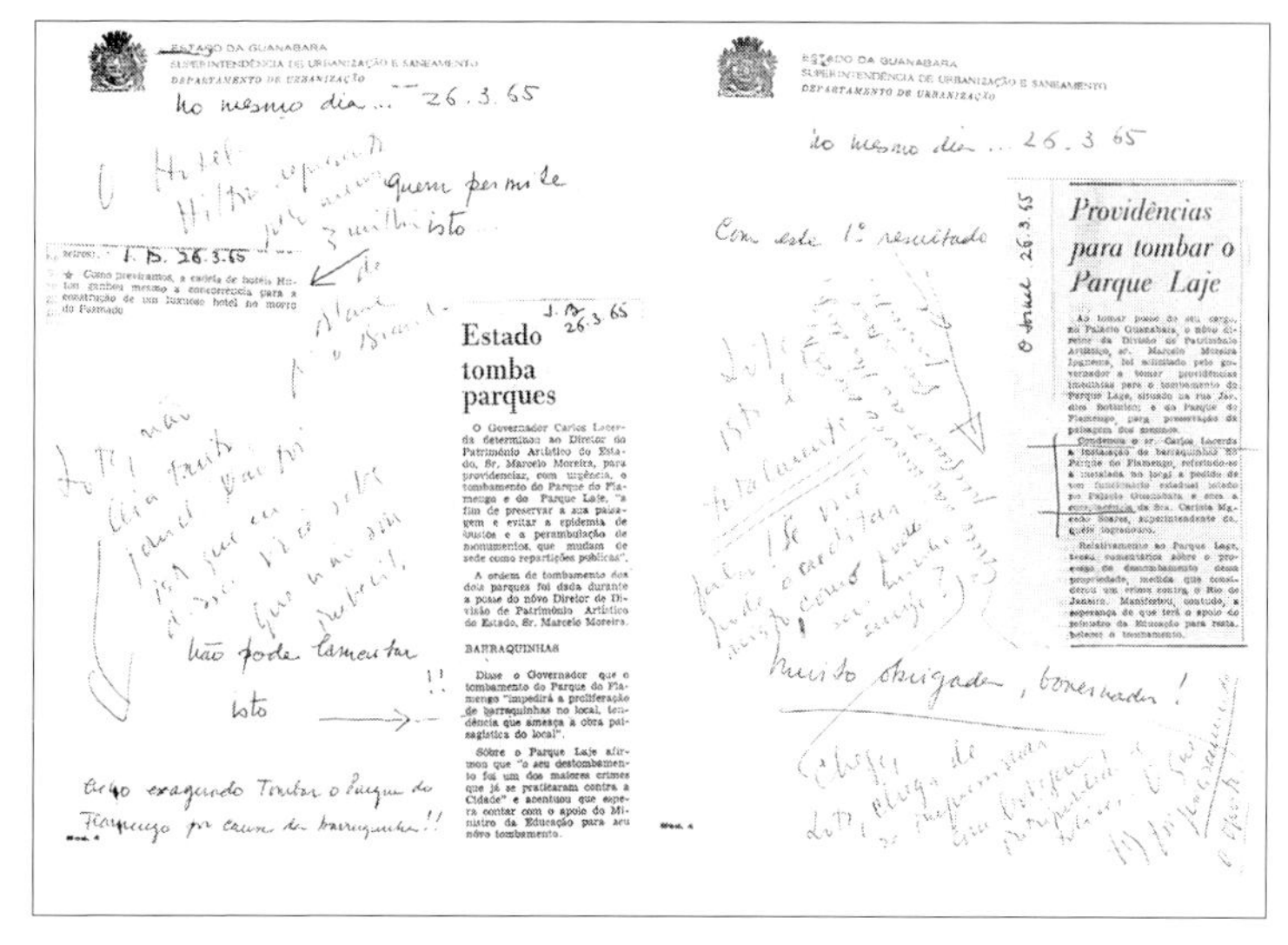

ESTADO DA GUANABARA
SUPERINTENDÊNCIA DE URBANIZAÇÃO E SANEAMENTO
DEPARTAMENTO DE URBANIZAÇÃO

no mesmo dia … 26.3.65

Quem permite isto

J. B. 26.3.65

Como previramos, a cadeia de hotéis Hilton ganhou mesmo a concorrência para a construção de um luxuoso hotel no morro do Pasmado

não pode lamentar isto

Acho exagerando Tombar o Parque do Flamengo por causa de barraquinhas!!

J. B. 26.3.65

Estado tomba parques

O Governador Carlos Lacerda determinou ao Diretor do Patrimônio Artístico do Estado, Sr. Marcelo Moreira, para providenciar, com urgência, o tombamento do Parque do Flamengo e do Parque Laje, "a fim de preservar a sua paisagem e evitar a epidemia de bustos e a perambulação de monumentos, que mudam de sede como repartições públicas".

A ordem de tombamento dos dois parques foi dada durante a posse do nôvo Diretor de Divisão de Patrimônio Artístico do Estado, Sr. Marcelo Moreira.

BARRAQUINHAS

Disse o Governador que o tombamento do Parque do Flamengo "impedirá a proliferação de barraquinhas no local, tendência que ameaça a obra paisagística do local".

Sôbre o Parque Laje afirmou que "o seu destombamento foi um dos maiores crimes que já se praticaram contra a Cidade" e acentuou que espera contar com o apoio do Ministro da Educação para seu nôvo tombamento.

ESTADO DA GUANABARA
SUPERINTENDÊNCIA DE URBANIZAÇÃO E SANEAMENTO
DEPARTAMENTO DE URBANIZAÇÃO

no mesmo dia … 26.3.65

Com este 1º resultado

O Jornal 26.3.65

Providências para tombar o Parque Laje

Muito obrigada, Governador!

▲著者取材ノートより：公園事業をめぐるロタとラセルダの激しい応酬，走り書き——「たくさんだ！ ロタ，たくさんだ！」© Carmen L. Oliveira

▲ブラジルは家郷なのか。ビショップの後ろ姿。Photo: Darcy Trigo / *O Cruzeiro*

▲大魚とロタ。カーボフリオへはもう行かない。

と通告した。

ペイショットはラセルダに電話した。

「ロタは私にまかせてくれ」とラセルダは言った。

六四年七月二十二日、選挙は時期尚早と軍事政府は判断し、元帥(マレシヤウ)カステロ・ブランコ[27]の権能を六七年まで延長すると決定した。ラセルダの明らかな野望にとってこれは打撃だった。ロタにとってそれは、ブラジルの政治状況が詩人ファグンデス・ヴァレーラ[28]にとっての幸福――朦朧たる夢のごときものだ、という警告だった。

公園が国のパトリモニオ――文化遺産に指定されること[29]、それがロタの優先項目リストの筆頭に繰り上がった。計画された公園が遺産局に登録されることをロタは要求した。完成されていないので、これは特殊な事例だったが、ロタにとってはそれが、計り知れない不動産価値ある地区に引き起こされた欲望から、また同時に公権力の軽薄さと彼女の呼ぶものから、公園を守る唯一の方法だった。ロタは正式な要望書を局長である友人ホドリーゴ・メロ・フランコ・ヂ・アンドラーヂに送った。

ロタの優先リストの二番目は、照明の問題だった。アテッホに取りつけるものとしては通常の電柱にして千八百本が必要、という調査結果が出た。しかし景観への吟味をあれほど重ねたあとでは、公園がまるで楊枝入れ(パリテイロ)まがいの棒だらけと化す姿など、ロタには受け入れがたかった。ブラジル国内ではましな結論は出ないと幻滅したロタは、ヘイヂに彼の北米の友人フィリップ・ジョンソン[30]に相談してくれるよう頼んだ。衰弱してはいたが、八月五日ヘイヂは適任者の名前を挙げてくれるよう、ジョンソンに手紙を書いた。

ジョンソンはすぐに返事をよこし、自国で照明について最も知見あるのはリチャード・ケリー[31]だと言ってきた。ヘイヂは返信の届く前に亡くなった。

予感は――あの長い影だ――芝生に
日が沈むことを示している
おののく芝草への知らせ
あの暗さが――よぎろうとしている[32]

ビショップはエミリー・ディキンソンを読んだ。予感――感じ続けている執拗なものはこれだろうか？　家へ帰るべきか？　リオは自分の家郷（カーザ）なのか？　熱帯にもう何年も住んで、また雪を、ラズベリーを樫の木を、もう一度見たいと思った自分をビショップは認めた。

本を閉じた。船で旅するよさの一つは、こんな風に甲板で読書できることだった。ビショップは船で帰還しつつあった、ゆっくりと、彼女の好きな方式で。ロタの嫌いな方式で。

二人はなんとちがっていたことだろう！　ビショップはほとんどつねに途方に暮れ、自分の過ちを咎（とが）めていた。ロタはつねに確固としていた。何をなすべきか把握し、果たしていた。ロタの魂のなかに迷路は、暗がりは存在しないのかしら？

ビショップはロタの懐（ふところ）に帰りつつあった。イタリアの旅で二人は共に笑い、共に一日の終わりの快いけだるさを分かちあった――もう長いこととしていなかったことを。ロタが旅の終わりまでいなかったのは本当だ。だが二人が、サマンバイアでのような二人だけの時間を持つ日々の習慣を再び築きうるかどうか、このとき誰に分っただろう?

リオの港に船が錨を下ろしたとき、ビショップははやる気持ちで梯子段を降りた。ロタは絶対に待っててくれる。二人で一緒にうちへ帰るんだわ、終わらせよう、待ち焦がれるこの気持ちを——恋しさを殺す（マタール・アス・サウダーヂス）[33]ってポルトガル語でいう、あの気持ちを。

ロタは確かに待っていた。メアリー・モースと乳臭いモニカを傍らに従えて。

14章　まばゆい月明かりの夜

六四年八月のある晩、リオデジャネイロ市立劇場のボックス席でアシュリー・ブラウン[1]はアメリカン・バレエ・シアターの公演を観ていた。彼はフルブライト研究員としてブラジルに来たばかりで、その晩は米国文化担当官ジョージ・ボーラー夫妻の招待客だった。

アシュリーは、豪華な舞台の緞帳や居並ぶ著名人から、場内中央の巨大なクリスタルのシャンデリアまで、華麗な内装に目を走らせた。不意に、目は反対側のボックス席に釘付けになった。一人の女性が横顔を向けて座っているのが見えた。堂々たる姿で、その高貴なたたずまいにアシュリーは我を忘れた。不意に一人の若者が優雅な気遣いで体を傾け、彼女に話しかけた。さながら十九世紀小説の魅力的な一場面ではあった。

八月の終わりに、アシュリー・ブラウンはエリザベス・ビショップに電話した。二人はお互いを知らなかったが、彼はフラナリー・オコナー[2]からの紹介状を持って来ていた。二人は翌日の晩、ビシヨップのいるアパートで会う約束をした。着くと早々にビショップは、彼をボックス席にいたあの貴婦人(ダーマ)に紹介した。

ロタはエレガントで簡素な装いをしていた。髪は夜会巻きのまげにまとめ、珍しい髪留めでとめていた。とても感じのよい物腰で彼に接し、早めに失礼するけれどごめんなさい、と言った。翌朝七時には仕事に行かなくてはならないからだった。

ビショップはフラナリーについて多々質問した。この南部人を――病身でもクジャクを飼って驚くべき物語を書く女性作家を、ビショップは個人的にとても知りたがっていた。五七年ロタとブラジルへ帰る際、ビショップはサヴァンナからフラナリーに電話して、会いに行きたいけれど時間がなくてと言った。もはや永久に時間はありえなかった――アシュリーがブラジルに向かっているまさにその最中に、フラナリーは亡くなったのだから。

ビショップはフラナリーと時折ではあれ得がたい文通をしていたことをアシュリーに話した。五八年に『少女時代の私の生活』の訳書を送ったところ、フラナリーは、カトリックの国では白人(ブランコ)と黒人(ネグロ)の共生がもう少し容易かもしれないという感想をくれた。

別の機会には聖地ルルドの話になり、フラナリーは聖所の偉大な奇跡とは、病者が同じ瓶から水を飲み同じ着衣で入浴しながら、疫病が発生しなかったことだと結論づけた。

ビショップはアマゾン地域の写真のほか、上にニワトリを載せたガラス瓶――なかに祭壇と聖杯とミサ典書、燭台、梯子のついた木の十字架、それに磔刑(はりつけ)の道具を詰めこんだ瓶を一本、オコナーに送った。ビショップはこれをクルスィフィクスと呼んだ。オコナーは贈り物に大喜びしたが、実践カトリック信者としては、ビショップがクルスィフィクス――キリスト像のついた磔刑像というものをあまり理解していないのではないか、と思った。

紹介が済むと、ビショップとアシュリーは定期的に会うようになった。ビショップは、テイト、オーデン、ローウェルといった現代詩人たちについて話し相手ができたので大喜びだった。アシュリーはビショップが主要文芸誌を購読しているばかりでなく、北米の知的世界の著名人たちとせっせと文通して時代に追いついていることに驚いた。

会うときにロタが同席することは稀だった。身も心も公園造成にかかわっていたからだ。それでもときどき週末に、ロタの超小型車で街なかをぶっ飛ばすのに肝を冷やしつつ山頂へ登った。ロタにはとても好感を持つようになった。緊張のさなかにあっても、信じがたいほどのユーモアのセンスを発揮した。

あるとき、レーミのアパートにロタが現れたことがあった。ビショップとアシュリーは語り合い、彼はアルコール飲料を手にしていた。ロタは苛立って、ビショップは飲めないのだから、誘ってはならないと厳しくアシュリーを咎めた。彼はひどく居心地が悪くなった。ビショップはただ押し黙っていた。


アテッホの照明方法の問題を解決しようと、ロタは自ら乗り出した。用意できる情報はすべてフィリップ・ジョンソンに送った。九月になると、ジョンソンはこうした公園の照明を造れるのは世界中でリチャード・ケリーだけだと断言した。ロタは必死になって、査定に来てくれるようケリーを招き、ケリーは承諾した。ロタはスルサン会長に公文書を送り、ケリーにヴァリグ航空のファーストクラスのニューヨーク往復航空券、十二月四日から十日までのグロリア・ホテルの部屋の予約、および専門業務への報酬二千ドルの支払いという措置を取るよう依頼した。

ビショップの酒癖の程度について、アシュリー・ブラウンはある晩アパートを訪れた際、ディナー中止をロタから聞いて初めて知った。ビショップが完全に酔い潰れていたからだ。

次はハシェウの番だった。料理上手同士、エビを使った料理の腕比べにハシェウは挑戦するはずだった。予定の日になり、エビと調味料を手にしたところへ電話がかかってきた。

「できなくなったわ、ハシェウ」

「なぜなの、ロタ?」

「飲みすぎ」

ビショップが常態に戻ったとき、ロタはビショップの酒瓶への執着にどんなに失望しているか、はっきり伝えた。ある日、なぜ厳しくするのか、主張したのだ——「エリザベス、あなたは私に甘やかしてほしいと思ってるでしょ。するつもりはないわ。甘やかすことは私にとっては尊厳の欠如、軽蔑のしるしだもの」

ロタが出て行ったあと、ビショップは考えこんだ。ヴェランダに行って、目の前に広がるレーミの海を長いこと見つめた。その後、腰を下ろして、ワシントン大学に宛てて職を受ける旨、返事を書いた。

事態を知ると、ロタは取り乱した。

ビショップには教授になる資格はこれっぽっちもないから、こんなのは過ちだ! とんでもない愚行だ！　とロタは主張した。ビショップは、今すぐ始めるわけではなくて、六六年の新学期からにすぎないのだから、とロタをなだめようとした。まだ一年以上も先のことよ。その前に、いろんなことが起きうるし。

　ロタとしてはもう、何が起きうるか、分ったものではなかった。事態は耐え難い形で、コントロールの範囲を外れてしまっていた。たとえば、アテッホを運営する財団化の話は宙に浮いていた。ラセルダが今やグアナバラを留守にしてばかりだったからだ。大統領候補としてブラジル中を飛び回り、軍事政府への異議申し立てを公表していた。彼は「革命」をなした人間の一人なのだった。時間は果てもなく不毛な競争のうちに消えていった――このインフレで、価格は弾き出しても、官僚筋に指令が回って承認を得るはるか以前に数値が古び、すべてやり直すはめになった。作業については、あらゆる方向から妨害が来た。今や海軍が、バホーゾ提督[3]の銅像をアテッホに移せ、今の位置は海から遠すぎるから、と言ってきていた。バホーゾがなんで海を恋しがるっていうのよ、とロタはのけぞった。あの人の名声は川の合戦で得たものでしょうに。

心が冷えちゃったんだよ
そして僕たちの愛の巣はからっぽだ
まだ君を愛しているふりができたとしても
ああ、もしも僕にできたなら……
でもしたくないし、すべきじゃない
そんなことは起こらない（ナウン・アコンテスィ）

ビショップはカルトーラ[4]が常連のざわめきのなかで歌うのを聞いた。アシュリーの友情は素晴しいドアを開けてくれていた。ロタはポピュラー音楽の愛好家ではなかったし、アテッホ以来、夜はいつもつきあえなかった。反対にアシュリーはいつでも出かけられる態勢だった。二人はしばしばカリオカ通りの店ズィカルトーラへ行った。コパカバーナのズムズムにもヴィニシウス・ヂ・モライス[5]を聴きに行った。ビショップは酒はいっさい飲んでいなかった。本当に音楽そのものを聴きに行っていたのだ。

だが一度、ロタも二人に加わった。当時やや反体制的とされた「オピニオン[6]」というショーを三人で見に行った。ビショップにすればファヴェーラ出身の作曲家ゼー・ケチが役者をやるのを見るのも一興かと思えたが、それは失望に終わった。彼女の目にはケンタッキーから出てきた鉱夫が抗議の拳を振り上げる三〇年代アメリカの学芸会の焼き直しに映った。ロタは演目をつまんないと一蹴し、ナラ・レォンの声はキーキーしてる、と言った。ビショップもクレメンチーナ・ヂ・ジェズス[7]の太い声の方が千倍も好きだと思った。

「なんて退屈なの」と家に帰るとロタは不平を言った。「二度と行かないわ」

リチャード・ケリーが到着した。

ビショップにとってこれは、当地在住アメリカ人の身分で会議に奉仕する、という新種の事態を意味した。英語の聞き取れる人間として、電柱の高さとか電球の耐用限度とか視覚的満足などについての退屈な議論を聞くはめになった。よく知らない専門用語をその場で通訳せざるをえないのだった。

嫌だわ、電流安定器(バラースト)ってポルトガル語で何て言ったかしら。

ケリーにとって、これは信じがたいことだった。まばゆさの極みの海岸通りに照明を施すなどという仕事は、専門家の人生でもただ一度限りの事柄だった。グロリア・ホテルの部屋の窓から彼は公園に射しこむ光を眺めた。それは光源を明かさずに、植生のアウトラインをレリーフのように浮き出させていた。即座に彼は、まばゆい月明かりの夜に公園を照らし出すような照明システムのスケッチを始めた。

ロタにとって、これは壮観なアイデアを持つ情熱的技術者との出会いを促進することを意味した。可能な限り背の高い電柱を、可能な限り数少なく設置し、最高電圧のランプの支えにする。つまり、高さ四五メートルの柱わずか百十二本で、各六個の投光器を持つフレームを支える——これが前案の千八百本の電柱に取って代わるのだ。投光器は千ワットの水銀灯につや消しシリンダーを被せた物になるだろう。そう、そのプロジェクトのため、彼女は死に物狂いで闘おうとしていた。アテッホでは何一つ陳腐であってはいけなかった。

攻撃の弾は四方八方から飛んできた。

ブラジルの会社にはケリーの電柱の用意などなかった。どこもそんな水銀灯は生産していない以上、アメリカから天文学的値段で輸入しなくてはならないだろう。一方、出来合い(プレタ・ポルテ)でそんな形状の電柱はなく、特注で生産しなくてはなるまい。車道びいきの人々の言い分では、月光に照らされたような微光なんぞ、ドライバーには何ともはや見づらいことだろう。保守管理の分かる人々は、このランプ一灯取り替えるのに国家安全保安部まで出動するくらいの作戦が必要になるぞ、と言った。つまりロタの結論は、おそろしく高くついてややこしい上、国内の供給元にはひどく不利だと彼らは言い、普通の電柱に普通の電球を使う千八百本案を支持して、ガンガン声高に一致団結していた。

ロタは検討さえしたくなかった。今、アテッホが生まれ変わろうとしている公園は、最先端の仕事なのだった。照明だって、最先端のものになるのよ。

一切のごまかしなしに、ロタは報道陣に向かって、ブラジルには照明技術を専門とする建築家はいない、と宣言した。リチャード・ケリーは頂点をなす人物であり、数々の作品リストはワシントン国際空港、リンカーン・センターはじめほかの都市生活の様々な場所を含むのだと。ブラジル産業の遅れた技術が凡庸な照明を選んで、光の拡散と柔らかな明るさの雰囲気を備えたコンセプトを使う機会をみすみす逃すなら、無駄遣いの極みである、と。

最悪の部分は費用だった――十四億八百四万三千四百四十クルゼイロ、別にケリーへの報酬として一万三千ドルかかるのだ。十五億ものクルゼイロの出費！　だがプロジェクト防衛のためロタは、公園の規模を考えればどんな結論も高額になる、と確信をこめて説得した。雑駁で恐るべき爪楊枝を立てたって、同じくらいの費用は必ずかかる、と。

ロタはまた、照明の造形的センスについても詳述した。照明とはたんに明るくすることではないと、驚くスルサニコの前で説明した。技術は芸術家の感性ゆたかで創造性ある眼差しに応えなければならないと。ロタは、この主題について本で読んだのみならず世界の大都市で実地に目にした、最新の仕事について報告したのだった。

ロタがアメリカ帝国主義のお先棒だとする主張には、声を大にして反応した。結構よ、他国でとうに手に入る技術資源ならば国内でだって入手したいじゃないですか！　と。くやしいのは、国外に拠点を持つ当のブラジル企業がトゥピニキン（国内）市場では旧式の遅れた産品を横行させていること——才能あるブラジルの芸術家にはこれしか選択肢がないんです。

熱弁と確固たる裏付けに基づくロタの毅然とした態度は、テキニキン[8]（技術官僚）たちをも黙らせた。プロジェクトは二段階で行うという条件のもとに承認された。六五年度内に六十本の支柱が設置され、残りは六六年に施工ということになろう。

歓喜してロタは計画実現へとがむしゃらに突き進んだ。四百周年に向けてなのだからと、水銀灯を関税なしで輸入することへのゴーサインを連邦政府に求めた。タワー部分の土台については——稠密構造がいいか、リブ構造がいいか——エミリオ・バウッガート[9]に問い合わせた。計画を実施する国家エネルギー委員会に技術的詳細を届けた。ブラジルの会社フィシェ&シュワルツ＝オーモン社と、スウェーデンの会社ウッデホルムズ＝アクティエボラグ社に、タワー建設の見積もりを要請した。[10]どんな些事も熟慮した。専門家のように説明した。軌道に乗りつつあります（イティーズ・ゴーイング・トゥー・ワーク）、とロタはケリーに手紙を書いた。

ビショップは、間近に迫った自分の移動が、ロタには一向、考慮すべき案件として届いている気配のないことに気づいた。ロタは新しい情熱一筋で、今や公園となったアテッホに住んでいるも同然だった。二人の関係に変化の兆しの見えないことに落胆して、ビショップはアシュリー・ブラウンと共にオウロプレトへ向かった。

15章　ブブブ・ノ・ボボボ

六五年一月の第一週、ラセルダはカーボフリオへ行った。頭を冷やす予定だったのに、ロタの手紙が来た。分厚いそれに目を通し、直ちに要点の一つ一つに返事をした。

第一に、文学関係の施設。サー・トマス・モアに関する映画（銅像を――大きい奴を――アテッホに建ててはどうだろう？　妥当な額なら予算は取るがね……）。シェイクスピア（『ジュリアス・シーザー』の翻訳[1]は下書きを終えつつある――手書きでな！）。エリザベス・ビショップ（バラード[2]は気に入った、返事はまだしていなかったが。戦闘疲労症（コンバット・ファティーグ）でね）。エリオット（私の名前で、公邸（パラスイオ）持ちで電報を打ってくれ）。

さて、君の許しを得て、だが――

ロタ、その件は君の言うような話じゃない。カーボフリオに君が手紙をよこして、模型飛行機の発着場について文句を言うのは不当だよ、それについては私だってさんざん文句を言ってるんだからね。期日はいつだ？　契約は？　タモヨとペイショットに君から要求すべきだし、彼らの言い分を私に連絡してくれ――さもなければ私に連絡するよう彼らに言ってくれ。文句のための文句はしんどいし、何も産まない。

話を変えれば、結局、君は騒ぎに首をつっこむことになるよ。ロタ、君がそっちで困難に見舞われているというなら、わかってくれよ、後生だから、私はそこも含めてどこでも困難と闘っているんだからね。

レストランを建てる資金があるというのは誤りだ。アテッホには片をつけたい、壮大と栄光の君の仕事に。私はレストランも図書館も造りたくない。造る金も時間もないのだ。レストランの賃貸の話はもう沢山だ、いろんなことが起きるだろうさ。だが支払いは誰がする？　私には、出来ること出来ないことは分っているつもりだ。

今すぐペイショットに電話してアテッホの仕事をまかせる。月曜には自分で話をつける。

この件で、君が私をここまで襲って来ても、事態を前進させられたとは思えないね。だが君の苦情から察するに、我々が奇跡を成し遂げたことが君には分っていないらしいな、資金が尽きてきているのだよ。今現在私は、スルサンから六五年度分の金を引き出している、すでに始めた病院事業を終わらせるためにだ。取り決めたことに腰を据え、集中して終わらせるつもりだ。レストランの敷地は整備されているから、六六年には私よりも有能で献身的でエネルギッシュな知事が、君の望むことをしてくれるさ。

こういう攻勢はやめてくれ、ロタ。辛抱できるよう協力してくれ。私には我慢が欠けている。辛抱できない気質を過分に持っているんでね。抱擁を。

オウロプレトから戻ってみると、ビショップはロタがストライキ中なのに気づいた。カルロスが「壮大と栄光（ポンパス・イ・グロリアス）」等々と嘲り気味に言及した、彼女の仕事への信用失墜に抗議して、一週間サマンバイアに立てこもることにしたのだ。抗議は財団への知事の無関心に対するものだった。

ビショップは驚いたが、報復がまる一週間もつか、少々あやしんだ。彼女は正しかった。期限の切れる前に、ストライキの当人は大型倉庫に戻って行った。

ビショップはサマンバイアに残った。快適な旅から戻ったところで、この旅では完璧に整った小さな町チラデンテス[3]を知った。気分がよかった。何もかも置いてリオへ戻る危険を冒す気はなかった。サマンバイアの静けさの恩恵に浴して、滝のシャワーを浴び、『ニューヨーク・タイムズ・マガジン』に依頼された記事を一本書くつもりだった。テーマはリオデジャネイロ。そうね。静かな書斎にいれば、魅惑の都市（シダーヂ・マラヴィリョーザ）がかきたてていた反感から自由な文章が、書けないとも限らないわ。

ビショップはサンバやマルシーニャから記事を膨らませる構想を練っていた。音楽を通して社会を批評する能力——これこそビショップがリオっ子たちに敬服していたものだった。フラメンゴの浜の埋立地について不満をぶつけたサンバを、ビショップは憶えていた。

アイ、アイ、せんせい（ドトール）
私の水着をどうすりゃいい？
フラメンゴの浜辺（プライヤ・ド・フラメンゴ）がなくなったわい。
（なんてひどい話だい[4]？）

その年のマルシーニャの標的は、フォンテネッレの悪業だった。

ヘイ貴男(ネゴ)、ぴーぴー泣くな
ヘイ貴女(ネガ)、ぐちぐち言うな
誰もうんざり(トド・ムンド・エンシ)
フォンテネッレが空気を抜きやがる(5)

歌詞が「炸裂したのは爆弾だった」のくだりにくると、誰も彼もが「ブン！」と叫び、喜色満面、腕を振り上げた。このように人々はラセルダの交通局長が先導する都市の恐怖政治を祓い浄めていた。フォンテネッレは腹黒くも、リオデジャネイロで唯一、誰もが駐車出来る場所——歩道——に停めた車のタイヤを四輪とも、こっそりパンクさせていたのだから。

『ニューヨーク・タイムズ・マガジン』の依頼仕事を果たそうと決心したビショップは、自ら書斎に立てこもった。問題はトバイアスも一緒に閉じこもったことだ。

トバイアスはご主人が双眼鏡でグアナバラ湾を仔細に調べているあいだ、サマンバイアで放ったらかしにされたので、権利を主張することに決めた。この猫はもう十三歳で、齢のためいくら猫でもと思うほど不活発で怒りっぽくなっていた。ビショップが空白の紙と格闘しているあいだ、トバイアスは足をなまめかしく擦り、撫でてよとビショップを叩いた。ビショップは屈んで耳の後ろを掻いてやった。ほれ、ほれ、ほれ。お前はポルトガル語で言う「愛玩動物(アニマウ・ヂ・エスチマサウン)」なのね、とビショップは考え、この表現が可笑しくて、もっと可笑しい表現はないかと、早くも本筋から逸れていた。もっと撫でて――とトバイアスは言い張った。

「トバイアス！　私、仕事しなくちゃ」

へえ、そう？　トバイアスは帝王マント[6]を引きずりつつ下がったが、その際、ガブリとひと噛みするのを忘れなかった。

「悪い子！」

ロタが電話してきたとき、ビショップはその話をした。

「そんな猫、溺れさせたらいい。毒を盛ったら。絞め殺したら」と、去勢されたあの飼い猫をつねづね嫌っていたロタは進言した。

戴冠式の夜は灯がさんさんと
ダンス会場を照らしていた
そこで　喜びに輝いて
中流市民（ブルゲーズイア）は歓声をあげた
感情に揺さぶられ、
光輝（ひかり）が、豪華（とみ）が、
荘厳にその場を支配した
まばゆい美女があらわれ
独立に栄誉をさずけた[7]

サンバの団体インペリオ・セッハーノは、「リオの歴史を物語る五つの伝統的舞踏会」という自分たちのサンバ・エンヘード(8)を歌いながら通りをやって来た。六五年度のサンバの公式テーマは「四百周年」で、作者たちは歌詞に四世紀分の歴史を盛り込もうと、頭を叩き捻り出していた。結果はシュールだった。何もかもがあのサテン、あの輝き、威厳、抗いがたいリズム——ロタでさえ二、三歩、ステップを踏んだ——叙情の、天真爛漫な仕上げ。

ビショップはエスコーラ・ヂ・サンバのパレードへ行かずにリオについて書くわけにはいかないと思った。アシュリー・ブラウンと共にロタを説得した。ロタと初めて行ったときは途方もない遅れが生じ、大通り(9)への最初の団体の入場まで四、五時間もかかった。ロックフォールチーズ・サンドと魔法瓶のコーヒーが尽きると、ロタは立ち上がり、どの「偉大な」エスコーラも見ず、わめきつつ帰ってしまった。ビショップはむろん一緒に帰った。

今やアメリカ人は、アヴェニーダをやって来る狂乱に感染するにまかせた。白いかつらを付けた黒人の夫婦が、ヨーロッパ貴族の服装をして見事なパ・ド・ドゥーを踊っていた。インディオたちと侯爵夫人たち、伯爵たちとバイーア衣装の女たち、イザベル王女に聖セバスティアヌスが歴史物語に合わせて腰を振った。ラ・ラ・イア・ハ・ラ・イア・ハと、群衆は恍惚状態で歌った。

イエス! イエス! ビショップの心はぎこちなく拍を打った。

リオについての記事は、すでに前払いで稿料を受け取っていたので、文芸誌のあらゆる注文の言いなりで進んだ。うまくいかずつかえると途中で投げ出したくなったが、覚醒剤デキセドリンと濃いコーヒーの力を借りつつ、きっかり期限通りに送った。記事は六五年三月七日の『ニューヨーク・タイムズ・マガジン』に掲載された。

掲載誌を手にしたとき、ビショップはむっとした。写真の選択に納得がいかなかった。さらに題名が自分の付けたものではなかったのだ！　編集者たちは記事のためにビショップが訳したカーニヴァルの歌のテーマの一つをあてがった。アンジェリータ・マルチネスの歌ったサンバ「ジュヴェナウ」[10]だった。

名高い元帥（イルーストリ・マレシャウ）さま
元帥（マレシャウ）さま
セントラル駅郊外の
問題を見ておくれよ
ジュヴェナウには胸がいたむよ
一年中セントラル鉄道の
車体にぶら下がり
レブロンで働いているけど
住んでるのはエンカンタード
いつだって
仕事にゃ遅刻なのさ
元帥（マレシャウ）[11]さまよ

ビショップはブラジルのセントラル鉄道で日々起きているドラマを文脈に取り込み、貧しいリオっ子が生活苦をどう感じているか、音楽に歌い込んだサンバを引用していた。地区名のエンカンタードは「ディライト――喜び」と英訳されていた。もしこの一語のみを取り出して、記事全体が編集者たちの発案した「喜びという名の電車[12]」と題されていなかったとしたら、そこまで問題にはならなかっただろう。その題名はあたかもブラジル・セントラル鉄道が、歓喜の、快楽と満足の場所に乗客を運んでいくような情景を与えた。歌詞が言おうとしたこととは正反対に。ビショップは、これはゆるせない、と思った。

ロタもまた、ゆるせない、と思った。彼女はＭＡＭ（近代美術館）におけるケリーの講演にプレス関係者を呼んだ。新聞を開くと、記事はこう始まっていた。

「リチャード・ケラーは、フラメンゴ公園の照明を設計するべく契約され、……」

糞ったれめ（キ・メルダ）。キ・メルダ！

ビショップは人々がどこか自分によそよそしいと思った。ロタのいささか遅ればせの誕生パーティーで、いつもながらの旧友たちが集まっていた。ホジーニャ、マグー、ナナー、イズメーニア、やたら何についての何やらさっぱり（ナウン・セイ・オ・ケ・チ・ナウン・セイ・オ・ケ）、を連発するうっとうしいマリア・アメリア、それにああ、ヴィヴィーニャも。ジョアナがオードヴルを回していた。気のせいかしら？　ビショップは一服しにヴェランダへ出て行った。部屋に戻るとき、会話が耳を不意打ちした――

「……ごたまぜなのよ。あの人、何でもでしゃばって口を出す——インフレからJK(ジョタ・カー)政府のこと、ジャンゴ政府のこと、革命のこと、カーニヴァルのこと、出版のこと、ファヴェーラの住人や〈カステリーニョの共産主義者[13]〉のこと、『オピニオン』ショーのこと、ブラジル・セントラル鉄道のこと、はては靴下をはかないリンドルフ・ベル[14]のことまで出しゃばっていいと思ってるのよ」。ビショップは部屋の反対側に、ロタを探しに行った。

「ロタ、どうなってるの？」

「実はね、あなたの記事について、無礼な論評が昨日の『コヘイア・ダ・マニャン』紙に出たの。私が何も言わなかったのは、うろたえる価値もない記事だと思ったから。取るに足らない小物ジャーナリストの駄文よ。放っとけばいいわよ」

ビショップは放っとく気にはなれなかった。ひどい、と思った。寡作ではあれ、アメリカでは重要な詩人として賞賛されることに慣れていたから、ビショップは矢継ぎ早やに侮辱されたように感じた。フェルナンド・ヂ・カストロによる全面記事「パテルナリズモと反アメリカニズモ[15]」は、屈辱的だった。ビショップは勝ち誇った人種差別主義者で、宿を貸してくれた国に恩知らずだ、というわけだった。ニセモノの友人(アミーガ・ダ・オンサ)。ブラジルの読者はビショップの原文に手が届かないだろうと見くびり、カストロはブラジルの人々に、この外国人の否定的かつ共感のなさを訴えるべく、過剰なまでに引用してみせた。市立劇場での仮装パレードの趣味の低俗さや、朝も十時まで街角のバーの入口でたむろするブラジル男たちが、行き交う娘たちを眺める悪しき習慣などに関するビショップのコメントに憤慨の反応をした。北米の劇作家たちの作品が多数翻訳される一方、ブラジル人の劇作家たちの生産物は少ない、という寸見には、愛国的過敏さでカストロ自身が傷ついていた。選んだ写真はカストロの目には、ブラジルを黒人（ニガー）どもの国と見せかける二次的意図がある、と映った。そしてビショップの差別感は、奥様が新しいストーブを買ってくれたのが嬉しくて白人女のボスにキスするメイドの黒人少女をとらえた屋外広告を取り上げるやり方にまさに表れているとした。ラテンアメリカの民主主義者の魂について、ビショップが一体何を知っているというのか？　こんな文章は平均的アメリカ人読者に、自国の外には巨大な低開発国の砂漠地帯が広がっており合衆国政府の家父長的な援助を待っている、という確信を強めさせる効果があるだけだ、と。ふん、ミセス・ビショップ殿は「進歩のための同盟[16]」が人類愛の探求どころか財政投資にすぎないという事実への自覚さえない同郷人の、情報音痴を広げる必要などなかろうに。リオのバラックの家々について言うならば、彼女はニューヨークのど真ん中に位置するハーレムの住宅事情がどんなものか、お忘れだろうか？　そしてビショップへの最大の攻撃、四百周年の攻撃は、彼女がリオの別名に加えた修正のコメントだった。

「リオは魅惑の都市（シダーヂ・マラヴィリョーザ）なのではない。一都市の魅惑の風景にすぎない」

　カストロはミセス・ビショップに「優越感に立つ差別主義の松葉杖からほざく悪口だ」と、ぶっきらぼうで野卑な伝言を送っていた――猿（マカク）め、自分の尻でも眺めてろ、と。

　ビショップは胸が悪くなった。こんなふうに公然と侮辱されるなんて！　偏見に満ちた、植民地主義者の小人物、ロバ同然の愚か者、という烙印を押されるとは！　ビショップの絶望は、ブラジル人読者が、アイロニー（皮肉）とアンダーステイトメント（緩徐法）に満ちた自分の原文を知ることなく、ただこんなカストロごときの悪意ある解釈しか読まない、という点だった。ああ、確かに――『テイン・ブブブ・ノ・ボボボ？』（ナントカにはカントカありや）なる作品くらいは褒めておけばよかった。それに写真の選択には彼女自身、異議があった。『ニューヨーク・タイムズ・マガジン』には自分から抗議の手紙を出した。

はてさて、善き隣人を名乗ってリオの識字率、無知、悲惨については論じるなとでも？　まあそんなこと、言うものではない。何よりもあの断罪すべき題名は、彼女が自分で付けたものではなかったのだから。

　ロタはビショップの抗弁をポルトガル語に翻訳した。『コヘイオ・ダ・マニャン』紙は、一ヵ月後に「編集者への手紙」欄でそれを掲載した。

「エリザベスは最悪の状態（ペッスイマ）なの。あなたのところに送り込むつもりなんだけど、いい？　ここではとても困ったことになってる。だけど私はどうにもあの人の面倒を見る状況じゃないのよ」とロタは電話でリッリに話した。『コヘイオ』に載った呪わしい記事のせいで、すごく傷ついてるの……そう、いまだに。すっかり意気消沈していて、そうすると何が起きるか、あなたわかるでしょ……ありがとう、いい人ね。何日かオウロプレトで過ごすのは、きっとあの人にはいいはずよ」
「ロタは最悪の状態（ペッスイマ）です」ビショップはバウマン医師に手紙を書いていた。「カルロス・ラセルダはすべての点であの人を落胆させました。疲れきっていて、公園を完成しようと雌ライオンみたいに闘っています。激怒の極みです。夕べ、アシュリーと私がリビングで話していると、ロタは部屋の壁をガンガン叩くのです、私、寝たいのに！　と叫びながら。お手紙でブラジルのことを批判しないでくださいね。ロタは私宛の通信を読みますから」

16章　財団

人々の賞讃は尽きなかった。こんなにも短期間にロタが成し遂げたことは壮観だった。瓦礫から芝生が、樹木が、散策路が現れた。草サッカー用競技場、ダンスフロア、屋外ステージ、模型飛行機用の発着場、歩道橋、地下道、モデルシップ用の溜池、パヴィリオン、人形劇場、はたまたビーチまで。

ロタはすでに、公園を国のパトリモニオ――文化遺産に指定させることには成功していた。だが、権力の移ろいやすさを察して、公園が政治の気まぐれな要請を免れるようにすることが肝心だ、と腹をくくった。作業を完成させ、外観を変えられることのないよう保証しなくてはならない。うまくやる得策は一つしかない――財団にすることだ、とロタは確信した。

財団は工事を完成させる予算を備え永続的に公園を管理運営する独立組織となるだろう。

「問題は、財団となるには議会の承認を得なくちゃならないことなの」とロタはヴィヴィーニャに説明した。「なのにカルロスときたら、間に入ってくれないのよ」

ロタは財団を立ち上げるために人々を説得した。

「まず官僚の支配を減らすことね」とロタはハシェウ・ヂ・ケイロスに言った。「最近は、こんな風なの。大型倉庫に行くでしょ、すると秘書が癇癪を起してるの。〈一体どうしたの、お嬢さん(フィーリャ)?〉と言うと、〈ドナ・ロタ、まずいんです、カーボン紙が切れました〉。わかるでしょ、カーボン紙なしじゃ仕事にならない、何もかも無数のコピーが要るのよ。秘書の誰某に一通、どこそこの部局に別のコピー一通、誰とも知れない理事のためにまた一通、文書局のためにまたまた一通、こん畜生の誰かさん(ブタ・キ・パリウ)にさらに一通。で、〈人をやって真ん前の店から忌々しいカーボン紙を買ってこさせたらどう?〉と聞けば、〈ドナ・ロタ、正気ですか? 憶えてないんですか、私たちがスルサンに公式書類を出してカーボン紙を請求し、あちこち走り回ったあげく要請は所轄の課に上がり、決定が『官報』に記載されるまで待たなくちゃならない、そうしてやっと、カーボン紙が手に入るんだってことを。おお、おお、なんだってまた、カーボン紙を切らしたりしちゃったのかしら〉って」

「簡素化しなくちゃならないのは、カーボン紙の購入だけじゃないわ」とロタは言葉を続けた。「実際、カーボン紙の必要性自体がそうよ。今、公園業務を円滑にするためには、一ダース以上の機関を通さなくちゃならない。公園庭園部だ、都市清掃部だ、水道及びゴミ処理部だ、それに警察、土木事業部、教育部、と大騒ぎ。どの部局もいっそう面倒臭いの。財団を作れば、そういうのはみんなおしまい。財団だけが管理するのだから」

「だけど、財団はそういう機能をこなすだけの人員を抱えるつもりなの?」

「まさか、あなた。第三者機関に仕事をさせるのよ。財団は仕事の実行を監督するだけ。この方式はすでに私たち、庭園に関してセーリス[1]にまかせてみて、すごくうまくいったわ。今後は、これをすべてのセクターに適用するの。財団そのものは、厳格に職員の人数を絞るのよ」

頑張り通してロタは、フラメンゴ公園財団を設置するためのアイデアに対し多数の知識人や芸術家から公式の支持を取りつけるのに成功した[2]――パスコアウ・カルロス・マグノ、フーベン・ブラーガ、ルーショ・コスタ、マヌエル・バンデイラ、トーニャ・カッヘーロ、ポンゲッチ、ネウソン・ホドリゲス。辛抱強いキャンペーンを張って、財団に好意的な様々な社説をかち取った。立法府に一万二千四百名分の署名入り請願書を送った。

今欠けているのは、カルロスが前面に出てきて、議員たちの了承を取りつけるべく議会に法案を送ることだけだった。

マルコス・チト・タモヨ・ダ・シウヴァ[3]は公共事業担当の任期制事務官だったが、ここにある事業総体は「世紀の公園」と呼ぶにふさわしいのではないかと問いかけた。

技師のヴァルテル・ピント・ダ・コスタはスルサンの事業部長だったが、この照明は世界一完成度が高く、それはこの分野の世界的権威と契約を結んだからだと述べた。

州高等裁判所判事で知事代行のガルセス・ネトは、目の前に繰り広げられるシーンを我が目で見られるほど長生きできてよかった、と神に感謝した。

何百人もの人々が拍手喝采した。

ロタは歯ぎしりしていた。この期に及んでカルロスが、もっと火急の用件があると考え、公園の起工式に代理のそのまた代理を派遣してきたなんて信じ難かった。カルロス、あなたは私に全くそぐわないやり方で私を傷つけている。私に屈辱を味あわせてるんだわ。

その晩、カルロスが電話してきた。親愛なるロタ、私はニテロイ[4]にいたんだ。国民民主連合UDN

の会長選挙があってね。アリオマル・バリエイロを負かして、エルナニ・サチロを勝たせる必要があったんだ、なっ、ロタ、わかるだろ[5]?

六月が来ていたのに、UDNの州知事候補は未定だった。選挙は十月になるだろうな！　ロタは不安になった。公園の工事はラセルダの在職期限までには終わらない、それは確かだった。ラセルダが自分の後継を決めるなら、この仕事も救われようというものだけれど。

この未決状態の結果は黙示録的だという警告を、カルロスに手紙で書こうかとロタは考えた。しかし、その朝ジョアナの言った言葉が──(ドナ・ロタあなたが知事になるべきですよ)──別のトーンの書き方をもたらした。昼食後、倉庫事務所に座って、ロタはじっと考えた。そして衝動的に、書いた──

セニョール・ゴヴェルナドール──知事殿

州政府における貴下の後継として立候補の名乗りをあげたく、願い出る次第です。

いささか遅まきかどうかは存じませんが、閣下には多くの選択肢があり、基準も広く、自選候補はあまたあるゆえ、数ヵ月の内には私の出番もめぐって来るかと考えます。

この〈自己犠牲の職務〉云々を熱望するゆえんの資格を開陳することをお許し下さい。私はハファエウに比肩する家柄に生まれ(いえ、むしろ彼以上の──この時点で謙遜を先送りしても始まりません)、彼と同様、大衆を恐れ〔……〕彼と同様、誰の意見も聞き入れません。

サンドラが女性ならば〔……〕私もまた女性です。残念ながら、私は彼女のような想像力を持ち合わせません。サンドラとはちがって、フラメンゴ公園を連邦の仕事とは見ていませんし、周遊電車が交通問題を解決するとは考えておりません。

私はエリオ・ベルトラウンと同等の気質を持っております。知事に成り上がろうなどという野心は毛頭なく〔……〕残念ながら、ギターを弾くことはできません。

フレクサに対しては二つ有利な点があります。教授になるなど恐れ多い限りですが、私の美術品のコレクションは彼のよりも優れています（彼の息子たちは私の羨むところでありますが、これは議論のうちに入らないと存じます〔……〕）。

作業プロジェクトについては、ペイショットほどの心得はありません。そのかわり、私は頭髪にははるかに恵まれております。

私の統治のやり方を開陳させていただきたく存じます。むろん私は貴下のごとき政府を作ることはないでしょう。もっとよい政府を作り上げます。これはむろん、私ども候補者なら誰しも考えることですが。

私は厳正な政府を作り上げます。年に数回、州のためにヨーロッパ及び合衆国（ステイツ）に赴くこととといたします。研究、視察、輸入の資金を調達し、かの国からわが後継を引き抜くためであります。しかし私は閣下のなさったように、ある者には追随しある者とは決裂するというやり方はしません。それは我々に混乱をもたらすからです。

私はまた、議会と係争しないことを約束いたします。政治は口説き落としの技術です。政府に五年勤めて、私は下院議員すべてを把握していると存じます。私の側につかないならば、口出しせず傍観していると思います。

私は貴下のプロジェクトのうち、意にそわない幾つかを除き、すべて実現することをお約束します。この主題は、客観的かつ掘り下げた形で究明し、後日、報告書をお送りするつもりであります。

私は閣下の設置された痩せた女性像はすべて、太った女性の銅像と置き換えることを命令します(ジャコメッティ流のものから、マリノ・マリーニ流のもの（アレン・ド・ケ）へと)。痩せた女性のミューズたちは低開発国としての我が国を暗示して非愛国的ですし、その上、太った女性ならば、不肖私めに似ているからであります。

貴下の地位を引き継ぐにあたり、私は貴下の公邸と家臣たちを合わせて引き継ぐことといたします。白ペンキは公邸を巨大でばかげたウェディングケーキと化した観がありますから、水玉柄か縞柄に塗り直させるべく、文化遺産局に諮ります……(その際、管理局が滞る場合は、私の後継が支払うはずですからもっと安く上がります)。

貴下の家臣たちに関しては、陰口を減らすべく、全員、優雅な絆創膏を口に貼ります。

以上、私の深甚なる敬意をお受けくださいますようお願い申し上げます。

新参候補者　一筆啓上

ビショップはバイーア[6]から気分よく帰還した。旅は大好きなのだった。ロタにも同行してほしかったが、アシュリーが誘ったとき、ロタはこう答えた。

「私、第一世界（プリメイロ・ムンド）の国々にしか旅行はしないのよ、あなた」

その頃、エレベーターのなかで、ビショップはロタと再会すること以外何も考えてはいなかった。家にいてくれるといいな。あの頑固者がどんなに恋しかったことだろう!　ビショップは、ドアを開けて抱擁のなかへ飛び込みたかった。それから、ジョアナの言っていたように、乾杯また乾杯（チンチン・ポル・チンチン）、旅のことを一つまた一つと話したかった。ジョルジ・アマード[7]と、この上なく感じのよい女性ゼリアと知り合った経緯、といって文学の話は全く出なかったことを。彼女とアシュリーはカンドンブレ[8]の儀式の真最中にアマードの家を訪れたのだ。

　ビショップはドアを開けた。

「ただいま、ロタ！」

　ロタは電話をかけていた。煙草を挟んだままの手で、強く、待っててとビショップに合図した。ビショップはスーツケースを床に置き、待った。ロタは電話で話し続けた。行ったり来たりしつつロタは猛然と煙をひと吹きし、手を二度ずつ動かして単語を音節に区切る仕草をしたが、それはビショップのよくよく見知った仕草だった。ビショップの方に向き直ることも、そんな素振りさえもしなかった。ロタが煙草を灰皿でもみ消し次の一本を点けようとしたとき、ビショップはスーツケースを取り上げ、自分の部屋へ引き上げた。

　翌月は八月だったが、ビショップはリッリの車に乗せてもらいオウロプレトへ行った。


　十月五日、ラセルダの敵対者ネグラウン・ヂ・リマ[9]が、グアナバラ州知事に選ばれた。

　ロタは絶望していた。ラセルダは議員たちに財団の構想を働きかけておらず、そして今や議会の財務委員会議長のレヴィ・ネーヴィス議員が、プロジェクトへの反対を意見表明してしまっていた。プロジェクトにおける愚策と彼が断言したのは、任命された理事たちの任期が六年あることで、それではネグラウン・ヂ・リマ知事がこのポストに自分のつけたい人物をつける指示を出す特権を奪うことになる、というのだった。

ロタの友人グスターヴォ・コルサゥンは『ヂアリオ・ヂ・ノチシアス』の自筆欄で読者の気持ちを動かそうとした――「必要なのは度量と愛国心であり、ドナ・ロタ・ヂ・マセード・ソアレスが賞賛すべき作業チームと共にあり、仕事を継続されることを乞い願う」[10]

だが異議を唱える声も聞こえてきた。たとえばポモナ・ポリチスなど――「財団の創設は、重税を支払った人民の努力で海から勝ち得た埋立地を奪うことであり、このプロジェクトを温存する明らかな利益の下に、実は、今の幹部たちが自らの地位を永続化しようという意図が潜んでいる」と。

選挙に敗れていたラセルダは、財務委員会議長の反対意見で新たな敗北を喫することも知っていた。彼は踏ん張らなかった。

選挙の十日後、ロタは子供週間に合わせて、アテッホで一大パーティーを開いた。公園の様々なセクションでは各々、完成のつど小規模な式典を行なってきたが、今回のものこそは正式なオープンを告げるものだった。ロタは屋外ステージに道化師カレキーニャ、ダンスフロアにフルート奏者アルタミロ・カッヒーリョを配し、偉大なコメディアンのグランヂ・オテーロには、役者も取揃えた伝統舞踊ブンバ・メウ・ボイの進行を頼んだ[11]。因みにビショップのアイディアで凧揚げ大会も行なわれた。清涼飲料と綿あめが皆に振舞われた。子供たちには飛行機からおもちゃを投げて配った。新聞各紙はこぞってパーティーを記事にし、『ジョルナウ・ド・ブラジル』はセクションBの第一ページ目をまるまる割いて、ミニチュア都市を我がものにして輝く子供たちの写真入りで載せた。ロタは幸福感に涙した。ビショップは栄光の瞬間を分かち合えなかった。ずっとオウロプレトにいたから。

ナナーは衝撃を受けた。十月二十日朝、毎朝の習慣通り朝食を終えると新聞を読んだ。突然、ホベルト・ブーレ・マルクスからロタに宛てた長文の書簡に出くわした。掲載の手紙には「**アテッホの庭園における独裁、景観デザイナーのブーレ・マルクスがロタ・ヂ・マセード・ソアレスと決裂**」というタイトル見出しがついていた。決裂！ ナナーはロタとホベルトがかねて剣を交えていることは知っていたが、情熱的な二人の人間同士のこと、驚くことはないと思っていた。ロタは手がつけられない、ナナー、ジョルジに様子を聞いてみろよ、と言ってホベルトは電話してきた。だが旧友二人が公開の場で、新聞紙上で決裂する、というのは何とも空恐ろしかった。

恐る恐るナナーはホベルトの手紙を読んだ。

君は、景観プロジェクトの責任を負う専門家(テキニコ)たる私に、一切の敬意、一切の相談もなく決めてしまう。まるで君がプロジェクトの創出者でもあるかのようだ。スプーンやフィンランド製の鍋を選ぶセンスがどんなによくても、それで君にクリエイティヴな才能があることは意味しない、と君に思い出させるときが来たのだと思う。

これは痛いところをついていた。あいつ、意地悪のツボを心得ていたんだわ。ロタが、照明だとか遊び場だとか能力外の専門領域のことにまで介入し、独断専行した結果、アテッホのプラン全体を捻じ曲げている、と正面攻撃していた。特に、と彼は述べていた――

――結果が出ている……ここの空間は強制収容所を思わせる印象だ……フラメンゴの壁は、卑俗で悪しき了解のもとに使われた。遊び場は魅力や夢を欠いて統一感がない。君ともう一人、君のアドバイザーである別の女性、四歳児の性的な生態に関心を示し……凄い教師にはなりえても、おぞましい趣味の持ち主である女性の指示に従っている(12)。大型倉庫で見た植物、水族館、鳥籠のプロジェクトは、処理が下手くそでお粗末だ

彼はロタの努力と献身以外、公園の具体化の面では一切認めなかった。

――アテッホはカルロス・ラセルダ知事の絶大な支持を得て私と私の技術オフィス、及び君の率いていた元(エス)・グルポの貴重なお手伝いで実現したのだ。

貴重なお手伝い！　元(エス)・グルポ・ヂ・トラバーリョ！　ナナーはロタを思い、屈辱を感じた。手紙は財団をめぐって未だ結論が出ず権力が骨抜きにされた、微妙きわまりないタイミングで突きつけられた。それはまた、広く行き渡ったドナ・ロタの肯定的イメージの虚を暴き、専制的で高慢なマセード・ソアレス家の一員の人間像と置き換えようとするものだった。

――事ここに至ったことは残念至極だが、私はこの街への自分の最大の貢献を意味するプロジェクトの破綻を見て、深甚なる失望を述べぬわけにはいかない。財団は成るだろう、ただし、君が望んで

―いる君の指揮は仰がずに、だ。あいにくだがロタ、私は君の専制が大嫌いなのだ。

ナナーは愕然とした。思いもかけぬことが起きてしまった。誰あろうほかでもないブーレ・マルクスが、ロタを外して、財団を立ち上げるべく声を上げたのだ。たぶん手紙にみなぎる敵意のなかでもロタについて一番嫌な部分はあそこだったろう――スプーンやフィンランド製の鍋！　ロタをこんな風に言うのは不当だわ、まるで見境もなく執拗に自分の趣向を押し付ける未熟な人間であるかのように。もしこれが景観デザインの天才から来た非難だとしてもだ。なんでまたロタみたいな人に、大学の学位がなかったんだろう。

ブーレ・マルクスの批判及び『グロボ』紙に寄せたロタ・ヂ・マセード・ソアレス氏の手紙

編集長殿

私は法で認められた反論の権利を行使し、先ごろ権威ある貴紙一九六五年十月二十日付の紙面でホベルト・ブーレ・マルクス氏が公開された意見に対し、いくつか説明を公表させていただきます。ホベルト・ブーレ・マルクス氏は、アテッホ都市開発のグルポ・ヂ・トラバーリョに所属したわけではありません。氏は私が指名し、知事の承認のもと、フラメンゴ公園造園プロジェクトにあたるため、スルサンと契約を結んだのです。造園プロジェクトは公園に関わるその他のプロジェクトとは関係しておりません。過去五年間、ホベルト・ブーレ・マルクス氏の北米、アルジェリア、イギリス、ベネズエラへの多様かつ広範な旅は、当然、氏がほかのプロジェクトに関与することを許さなかったと存じます。

GT（グルポ）の長こと私の〈専制〉に関しては、むろん選挙後に言い出されたものであり、それは以下の事実すなわち、公園の芝生化について、本年初めスルサンから問い合わせのあった折、ホベルト・ブーレ・マルクス社が一平米あたり大変高額な費用の見積もりを出していたため、他社に依頼するよう私が公式に意見を述べた、という事実から出てきたものです。この〈専制〉により、州は一億クルゼイロ以上倹約したのでありますが、まさしくこれにより、ホベルト・ブーレ・マルクス氏は、かつて評価していた私の気質に関して、意見を変えることになったのです。


イズメーニアはアルバムを取って来た。そこには何枚か糊付けするばかりの切り抜きがあり、不幸なことにそのどれにも、ブーレ・マルクスとロタの交わしたとげとげしいやりとりが載っていた。切り抜きを貼り付けながら、イズメーニアは小さな字体で右端の角に日付を書き込んだ。まず一九六五年十月二十日ブーレ・マルクスの手紙。次に一九六五年十月二十一日、ロタの返事。それに続く一九六五年十月二十三日のブーレ・マルクスの逆襲。イズメーニアは最後のを読み直した。

ブーレ・マルクスは、ロタが自分の書状の確固たる論議に反論できないため、あたかも物的かつ政治的利益が彼を動かしているかのように、悪意を持って世論の前で自分を不快な状況に立たせた、と述べていた。芝生の件に関しては、公開入札はなかったのだから、指摘されたような価格の比較はできない、と断言した。従って、実施に当たった別会社の仕事が倹約になったかどうか証明することは困難だ、と。

自分の同意できない形でなされたアテッホの仕事に異議を唱えるのは、ブーレ・マルクスが専門家としての名を守りたいという唯一当然の意図だと、手紙は何度も言い続けた。

「自分の同意できない」ってどういうことよ。ホベルトは自分を公園の所有者だとして名乗ろうとしていたのだろうか？　じゃあ、ヘイヂやジョルジやエテウらのみんなが、彼に従わねばならないと考えていたわけ？　もちろん、公園の美的統一が庭園で決まるのは事実だ――さもなければ公園ではない。しかしブーレ・マルクスがロタの監督下で仕事をした専門家たちの一人であることもまた事実だったのだから、アテッホの著作権を返せと彼が要求することだってふさわしくない。ロタはさぞ腹が立ったにちがいない。根拠のないものであっても、こんな非難は心を蝕み崩折れさせるものだ。

ブーレ・マルクスの攻撃の矛先が、財団の理事長候補に向けられていたにもかかわらず、アテッホのプロジェクトに従事する専門職たちは、景観デザイナーから「凡庸で無能」と、十把一絡げに評されたことで、自分たちにも反論する権利があると考えた。

エテウ・バウザー・メデイロスは、ブーレ・マルクスが、四歳児の性生活に過剰な関心を持っていると非難した「もう一人の女性」だった。あるインタヴューでメデイロスは、子供や大人向けのレクリエーション用公園を計画することは、庭園造りとは全く別物です、なぜなら趣味のよさだけでできることではなく、専門知識がいるのです、と強調した。一を聞いて十を知るエテウ教授は、性の問題は幼年期だけでなく、生涯にわたって関心を払うべき事柄であることを知らない人はいないでしょう、と付け加えた。

建築家ジュリオ・セザール・ペッソラーニ・ザヴァラは、植物育成のための「処理が下手くそでお粗末なプロジェクト」は、ブーレ・マルクス自身の事務所でひかれたスケッチを発展させたものだと回想した。「卑俗で悪しき了解のもとに使われた」とされる遊び場の子供たちのための保護壁は、ブーレ・マルクスも承知の上で、アフォンソ・ヘイヂがプランを作ったものだった。

カルロス・ラセルダでさえ、自身は景観デザイナーの不機嫌のとばっちりを免れたものの、たとえ地位ある専門家であっても礼儀正しく振る舞う必要性を免除されることはない、とブーレ・マルクスに手紙を書いた。

ロタはもはや、この主題について語りたがらなかった。

十月二十七日、軍事政府は法案AI－2[13]を制定し、大統領の直接選挙を廃止した。翌日、ラセルダはフラメンゴ公園財団を行政命令で創設した。彼は顧問役を一人、そしてロタを執行役員に指名した。彼は任命実行の責務を副知事ハファエウ・ヂ・アルメイダ・マガリャンイスに託した。副知事は自らの権限を満了しないまま、降格されようとしていた。

17章　大きな期待は大きな落胆に通じる

オウロプレトの高い窓から、ビショップは人々や動物が泉で水を飲むのを見ていた。

……女たちは赤い服に
ビニールサンダルをつっかけ、抱え歩く
赤ん坊は　この暑いのに　目までくるんだ
隠れん坊、脱がしてやって　降ろしてやって

愛おしそうに水をやる、
埃まみれの手から。昔　泉があったこの場所、
今も　世界中から人の訪う場所で。[1]

ビショップは再び詩が書けると感じていた。それ以上によかったのは書いているものが好きになれたことだ。この同じ時期に一篇を仕上げ『ニューヨーカー』に送ったが、リオで書いた厭うべき詩の場合とはちがい、あちこち持ち歩いて其処此処と直す必要を感じなかった。

その詩はリッリ・コヘイア・ヂ・アラウージョ[2]に献じられていたが、この人は最初はただ頼まれてビショップを引き受けた宿の女主人だったのが、今では心の寛い友人となっていた。リッリはビショップに母のような世話は焼かなかった。反対に、ビショップがくよくよしてつかのまの安らぎを求めて酒場へ出かけても、氷のように冷んやりとスカンジナビア風の態度を取った。ビショップがしらふに戻ると、いつもしらふのリッリは素晴しい仲間となった。二人は笑い合い、芸術について語り、お互いを理解し合った。

たぶんリッリの家のどっしりとした壁のため、たぶんリッリの静かな声のため、たぶん空の青さのため、たぶん山々とその実在のゆるぎなさのため、たぶん別の世紀からのように悠揚と往ける丘の町が物憂い感興を心にもたらしたため、たぶんそれらすべてが一度に押し寄せたため、ビショップは柄にもなく大胆になり、衝動に負けた。ほとんど崩壊しかけた大きな十八世紀の家[3]を買ったのだった。

不意にビショップは子供のように興奮していた。その家からの眺めにアボカドの木に、棒杭を泥で固めたパウ・ア・ピッキ工法の壁のたわみに、屋根のデザインに苔むした石垣に、胸が踊った。家が崩壊寸前でも構わなかった。ビショップはアメリカに六ヵ月滞在することになっており、そのあいだリッリが修復の面倒を見てくれるはずだった。自分自身をどうしてよいか分らず茫然と過ごした長い時期のあと、ビショップは予定というものを立てつつあった。修復の費用をまかなうためには、計画を立てる必要があった。未来があった——オウロプレトに家ができたのだ。

ビショップはいつも通り二週間ほど暮らす予定でオウロプレトへ行った。でももう十一月だった！　ロタがひどく懐かしかった。サマンバイアでのロタが。だがオウロプレトの静けさに、リオでのロタのもとへ戻るのを恐れる気分がつのり、ビショップは帰りを一日延ばした。

その日、午後のさかりに散歩から戻ると、はっと心が動きを止めた。ロタの車がドアのところに停まっていた。

「ロタ！」

ビショップは走って家に入った。

「今着いたところよ」とリッリが言った。「上にいるわ」

ビショップは階段を上り始めた。近づいてくるのを察して、ロタが寝室を出て降りてきた。踊り場で二人は出会い、抱き合った。

「迎えに来たのよ」

ビショップはうなずき、二人は寝室に向かった。

夜、二人はリッリとお茶を飲みに降りてきた。そこには画家のカルロス・シリアー[4]がいた。リッリは民宿（ポウゾ）シコ・ヘイの地下を改装して、この町を作品の主題とするシリアーの仕事場にしてやっていた。シリアーはブーレ・マルクスのせいで起きたロタの苦境の情報はつかんでおり、状況を理解する資格があった。彼自身も、気難しい景観デザイナーと衝突したことがあって、修復不可能な喧嘩をしてしまっていた。だがしかし、ロタはその話題にはふれなかった。

ロタはシリアーの置かれた政治的立場を知っていた。シリアーはロタの置かれた社会的立場を知っていた。しかしながら、出会いは気分のよいものとなった。ロタはシリアーが芸術にかける情熱を賞賛した。シリアーはまた、やるべきことが見えるといつまでも人を待ってはいられず短気になるこの女性の覚悟を見抜いた。リッリは二人の議論に満足してつきあった。二人の知性に感嘆していたのだ。

ロタ・ヂ・マセード・ソアレスに
……持てる限り　能う限り　汝に与えん、
与うれば一層　汝が恩に我は浴さん。
——カモンイス(5)

ロタは帰るとビショップの新しい本の扉ページを読んだ。この率直な献辞は予想していなかった。近頃ずっと二人の会話は行き違い、ときにビショップは返事をせずえんえん沈黙に陥っていた。広い世間へのごまかしのない宣言はロタを完全に武装解除させた。

『旅の問い』だって。私のかわいい水兵（ミーニャ・マリニエイリーニャ）……

長い期間のあと、初めて、二人はサマンバイアで二人だけになった。リビングのソファにくつろいで語り合った。

自分のいない間に何とたくさんのことが起こったものかと、ビショップは驚いていた。ロタはオウロプレトでは口数が少なかったが、今はすべてを報告してくれた。何もかもがくつがえっていた。ラセルダはリオの選挙で敗北を喫した。法案AI－2制定ののち、彼は国の前途洋々たるリーダーから政治的裏切者となった。(6)名高いグルポ・ヂ・トラバーリョは解体された。ベルタとジョルジは今やロタと相容れなくなった。ブーレ・マルクスは何十年にもわたる友情を残酷な仕方で断ち切った。財団はついに成ったが、まさに最悪の形で成ったのだった、というのも、政令は議会で承認されなかったのだから。今や財団の予算は次の知事の善意にすがるしかなくなった。

糞ったれ（キ・メルダ）が！

「ロタ。状況は悪いわ。あなたも少し距離をおいて、私と一緒にシアトルに来たら……」

「クッキー、わかるかしら、私はネグラウンが就任するのを待つことにする。もしも、交渉をうまく運べなければ、辞任してあなたと一緒にこの国を離れる。そう決めてる」

ビショップの安堵はすばやく潰（つい）えた。十二月五日、ネグラウンはグアナバラ州知事に就任し、十日には議会が、財団を制定したラセルダの政令を無効とした。財団はもはや無いも同然だった。公園を運営する独立採算の国家企業をネグラウンが新たに用意するべきだ、と議会のお歴々が決定を下した。カルロス・ラセルダ氏だけが仕切ることのできる果てしない紛糾を、金輪際終わらせる時期だ、というわけだった。議員のレヴィ・ネーヴィスは、ラセルダがなした以上のことを我々は公園のためになしうると示そうではないか、と宣言した。ロタは怒り心頭に発していた。

半狂乱の行動がぶり返したが、今回は法律家たちの近辺においてだった。意見は割れた。しかしロタは、立法権による行政権の政令取り消しは職権の侵害だ、という論理に固執した。友人たちの助言を押し切って、ロタはまた新たな不快のもろもろを生むだけなのに、差止請求権を模索した。ロタは報道関係者を集め、すでに国際的に認められている公園の重要性に比べれば、こんな争いは些細なことだと述べた。ロタは『タイム』の最新号に載った、ヘリコプターからフラメンゴ公園に集う十万人の群衆のなかへ降り立つサンタクロースを見せた。財団は実在している、とロタは報道陣に述べたのだった。

六五年十二月十三日、財団を仮処分判定とする措置の承認がなされた。その日一日、昼も夜も、光輝くロタ（ロタ・ハジアンチ）を熱烈に支持する人々が、引きも切らず慰問に訪れた。ビショップは心痛を隠せなかった。

ビショップの目に、状況は明々白々だった。明白かつ絶望的だった。ロタが戦闘状態なしに暮らすことはもはや無いであろう。

ビショップは何がしかの変化を求めた。この前の誕生日、ビショップはロタに、ガートルード・ジーキル著『ガーデニング』[7]を贈った。ビショップはロタにジーキルと共通するものを見ていた。優れた美的センス、植物学への深い造詣、熱烈な気質。ジーキルは晩年の献身が実った事例だった。ジーキルは五十六歳で初めての本を出版し、その成功は数多くの本を次々と生み、何百という造園計画に関わった。ビショップはこのようにして、ロタが自らアテッホ以外のほかの機会に目を向けるよう、励ませるかと考えたのだ。

とんでもない、ロタは相手にしなかった。たぶん心の奥底で、ロタはこの完敗を噛みしめ尽くしていたのだろう。

その晩の食卓で一緒に過ごした短い時間、ロタは自制心を失くした。また疲れ切った状態で帰宅し、わずかな慰めのみを求めていたロタは、ビショップが嘆かわしい状態にあるのを発見した。ロタは浴室へ行って、抗酒薬（アンタビュース）の箱を取った。薬はほとんど手付かずだった。エリザベスは飲酒を抑えるための薬を飲んでいなかったんだわ！　ロタは丸薬を一錠手に、リビングへ戻って来た。

「これ飲んで！」

ビショップは拒んだ。

「飲みなさいったら！」

ロタは怒りにまかせてビショップの顔をつかむと、強引に呑み込ませた。


ミス・ビショップ先生はよろめきながら教壇に向かって行きました。純ブラジル産ワニ革[8]でできた新品の美しい書類カバンを胸に抱いていました。先生は教壇につまずいて、新品の美しい書類カバンを床に落としてしまいました。きちんと閉めてなかったので、カバンが開いて、書類が床に散らばりました。ビショップ先生はひざまずき、震える手で紙を集めました。学生たちは目を白黒させました。これが桂冠詩人のエリザベス・ビショップ？　先生はやっとこさ立ち上がり、教壇の向こう側へ行きました。

「ぐぃー、うぃー」愛用のカバンをおし抱き、ビショップ先生は挨拶しました。


ビショップはロタのこの仕打ちを憎んだ。

シアトルでの教授職任命をビショップが明かして以来、ロタは一貫してビショップの意気をくじこうとし続けてきた。第一に、ビショップにとって、人前で気楽に話すことを求められる教師は天職ではない、と断じた。ついで、ビショップは実際、重症の酒癖があるのだから、とアルコール中毒の件にこだわった。今度はおぞましい風刺をビショップにあてこすった。ビショップが買ったブリーフケースを取り、意地悪な一人芝居の一幕を演じたのだった。

「それ、やめてよ！」ビショップはロタから書類カバンを奪い返そうとした。

「ぐぃー、うぃー」

「やめて！　やめて！」

「やめるのはそっち！　こうなることがわからない？　教室への誇らしき入場の場面が」

「私のカバンを返して」

「エリザベス、行っちゃだめ。行けばひどく後悔することになるわ」

「カバンをちょうだい」

「取れば！　糞（メルダ）！」――ロタはビショップの手に書類カバンを投げつけた――「エリザベス、考えてみてごらん」

「あなた、あたしをひどく傷つけてる、ロタ」

「行かないで」ロタは哀願していた。

「なんであなたが一緒に来てくれないの」ビショップも哀願していた。

「だからもう、何百万回も言ったでしょ、今このときに、私は行かれやしないんだって。裁判所で訴訟があるの、結果を待ってるの！　あなたは約束をキャンセルできるじゃない、まだ何も始まってないんだもの。自分のちっぽけな世界から出て、今あたしに起きてることを見たらどうなの、たった一度でいいから」

「じゃあたしに起きてることを、あなたが見たらどうなのよ？」

怨嗟に二人は声を荒らげ、互いに禁句を浴びせた。ジョアナがリビングに入ってきた。

「落ち着いて、この怒鳴り声はいったい何なんです？」長年勤めた召使の威厳をもってジョアナは話しかけた。

「介入しないで、ジョアナ」

「介入しますとも、セニョーラ。一体何が起きてるのか、知りたいですよ」

「ジョアナ！」とロタは歯を剥き出した――「ドナ・エリザベッチと私は話してるの、それだけよ」

「じゃ私は、メアリー奥さま（ドナ・メエリ）を呼んで、何を言い合ってるのか訳してもらいます」

「ジョアナ、お願いだから（ポル・ファヴォール）」

ジョアナは引き下がり、台所へ戻った。だが彼女の介入は喧嘩の勢いを変えた。二人は同じところに立ち尽くしたままだった――ロタは片手を腰にあて、ビショップは無意味なカバンを抱きしめたまま。ビショップは部屋へ引き上げようとした。

「エリザベス」

ビショップはロタを見た。その眼差しはとても悲しげだった。ロタの眼差しもまた同じくらい悲しげだった。

「なに？」

「よく考えて」

ビショップは頭を振って、あてにならない同意（スイン）をうなずいた。それ以上の言葉があれば、おそらくビショップは考えたことだろう。だがロタは適切な言葉を言わなかった。

十二月二十七日、ビショップはシアトル行きの飛行機に乗った。別れは辛かった。

ロタは冷淡だった。組んだ腕を両手できつく締め、暗い沈黙にこもり床を見つめていた。

ビショップは心が壊れそうだった。どんなに離れ難いか、恐れと疑いいっぱいで行こうとしているか、ロタに分ってほしかった。

最初の出発アナウンスが流れた。ビショップは苦痛を長引かせるのは無意味だと思った。

「もう行くわ」

ロタは同調しない仕草をした。

「ロタ、あなただってすぐ来ないとも限らないわ。私、待ってる」

ロタは腕を広げて、絶望的な出発の抱擁をした。

「よい旅を（ボア・ヴィアージェン）、いとしい人。着いたらすぐに電話して」

道中、何度もストップがあり、疲れ果てる旅路のあいだ、ビショップは去り際の絶望的な思いをくよくよ反芻していた。不安が一度に吹き出して、今しも喘息の発作が起きそうだった。シアトル空港で、手荷物引き渡しコンベアーから荷物の到着を待ち受けていたとき、一瞬、強い後悔の念を覚えた。まっしぐらにカウンターへ走って、当日の帰路便チケットを買いたい衝動を辛うじてこらえた。だがしかし、荷造りしながら自分に言い聞かせた理屈を自分自身に思い出させた――リオを離れなくてはならない、何かに打ち込まなくてはならない、オウロプレトの家の修復費用を払うため、収入を得なくてはならない、と。

ホテルの部屋のドアを閉めると、ビショップは腰を下ろして泣いた。泣きに泣いた、聖ペトロのように。こんな窮迫した時期にロタを置き去りにしてきたことへの悔いを感じていた。引きちぎるような、こんなやり方よりもっとましな形で、状況を解決できなかったことに怒りを感じていた。自分自身をあわれに感じていた。こんなに何年も経ってから、彼女はたった一人、ホテルの部屋に戻ってきていた。じきにオンドリが鳴いて、驚愕が彼女を襲うだろう、過去にも何度もあったように――夜明けのすすり泣きが[9]。

18章　カモンイスの棍棒

ホテルの一室でのビショップの孤独は不条理だった。クラスを持って教えるという考えにはぞっとした。あなた後悔するわ、とロタは言っていた。正しかった。向こうでロタはどうしているだろう？何ものもその部屋の孤独ほど恐ろしくはなかった。

無為に日が過ぎていった。

大晦日の晩、ビショップのために歓迎会が催された。彼女は気が進まなかった。新しいキャリアの門出を台無しにするだろうから、酒を飲むわけにはいかなかった。知り合いは誰一人いなかった。苦行になりそうだった。

何よりその上に新年はロタへの恋しさ（サウダーヂ）をつのらせた。十四年間毎年、彼女はパートナーと共に年の変わり目を過ごしてきたのだ。儀礼の白い服の装いで、二人は裸足でカーボフリオの綺麗な砂浜を歩いて、来たるべき年のプランを立てた。ロタの不在は一切を押しやり、近年の過去をはるか遠いものにし、新しい年をつんと鼻をつくものにした。ビショップは恋しさで死ぬ思いだった。祝うべきことなど、何一つなかった。

だが最後の瞬間に、もはや口実もつきて、エズメラウダが仕立ててくれた黒のドレスを着込み、ハイヒールをはいて、尊敬すべきミス・ビショップの仮面をかぶり、出て行った。

最初の瞬間から、引きも切らさぬ敬意でビショップは迎えられた。ぶしつけな男たちと押しの強い女たちが、代わるがわる退屈な博識ショーを呈した。この人たちは私がどんな人間か少しも知らないんだわ、と苦い思いがした。誠実なご婦人の作り声を、相手は安心して受け止めていた。

「それとも私たち　家にいて、
ここを想った方がよかったかしら？[1]」

ビショップは驚いてふりむいた。不敵な笑みを浮かべた若い女が傍らにいた。「『旅の問い』ですよ」と若い女は言った。「ご本、もう読みましたわ。この部屋の誰より、あれは存じてますのよ」

「あらら。私自身よりも、でしょうね、疑いなく」

「疑い込みで、ですわ」。若い女は笑みを広げた。ぱっと大きな笑みだった。ビショップは気に入った。「でも晴らせない疑いじゃないですけど」と生意気な女は言葉をついだ。

二十歳をさほど越えてはいまい、予想される学生たちくらいの年頃だった。綺麗な目を臆面なく注いだ。ビショップは教室で面と向かう幾人もの目を想像してぞっとした。

「たとえば、キャモンイースの引用です」と若い女は明言したが、詩聖の名前は、ひどい発音で口にした。だが女主催者が賢しら嬢（ミス・サピエンシア）を軽く制して、ビショップに魅惑的な笑みを浮かべて近づいて来ると、新任の先生がほかの人々と知り合えるよう引きずっていった。

その夜の残りは、やたらと手へのキスで飾られた同工異曲の式辞が続いた。ビショップは疲れきっていた。靴を脱ぎたかった。ジンの一瓶で安らぎたかった。車で送ってくれるよう今すぐ頼んだら無作法かしら？

ようやくビショップは出口のドアに向かって歩いていた。

「じきにまた、よいお年を、じきにまた、よいお年を！」とビショップは言った――この人たちと二度と会わないで済めばいいのに、と願いながら。

すると、綺麗な一対の目に再会した。

「おやすみなさい、ミス・ビショップ」

「おやすみなさい、……？」若い女の名前は知らなかった。

「エイドリアン。エイドリアン・コリンズです」

思いがけず、かわいい名前だった。

「おやすみなさい、エイドリアン」

ホテルの部屋に戻って、ビショップはコートとドレス、靴、そして仮面を脱いだ。ベッドに身を投げ出すと、瓶を開けた。

一九六六年にロタが書いた最初の手紙は、ホベルト・マリーニョ[2]宛だった。『グロボ』紙でカルロス・スワンが自筆コラムに次の論評を出していたのだ。

理由（ポルケ）

ドナ・ロタ・ヂ・マセード・ソアレスのアテッホ財団への執着と献身については、多くの人々が自問しつつも、今日に至るまで説明がつかずにいる。ある人々の目にはこの婦人が報酬なしに働いていると映っている。実際は二年近くスルサンと契約し、最低賃金の給与八回分に相当する給与を得ていた。このかん彼女は経費スルサン持ちで四回ヨーロッパに旅行し、うち一度は四ヵ月に渡り、全期間通してドル払いの日当つきだった。アテッホの事業に関わるにあたり、ドナ・ロタがかくまで固執しかくまでエネルギーを注ぐ理由が、これで十分理解できようというものだ。

ロタは未だに元・友人（エス・アミーゴ）ブーレ・マルクスの中傷から立ち直れずにいた。財団が仮処分での運営を余儀なくされた衝撃のもとで働いていた。そして今、公金を濫費したという誇り（そしり）についても抗弁しなくてはならないのだろうか。

ロタはさながらジョルダーノ・ブルーノの心境だった――「しかるに、自然の野の設計者として、魂の飼育をこととし、能才の栽培をめざし、知性の衣を織る熟練工なのであります、その故に、人々は威嚇の目差しを私に送り、ある者は凝視して跳びかかろうとし。ある者は来り捕えて咬みつき、本性を顕し喰い殺そうとするのです。それも一人、いや少人数の者に限らず、大勢の、むしろほとんどすべての人々だと言ってもよろしい[3]」

報道法に則り、ロタは反論の権利を主張し、手紙の掲載にこぎつけた。

――私は四回もヨーロッパに行ってはおりません。職務で行ったのは一度です。

一九六二年十一月に四十日間ニューヨークへ行きましたが、それはE・ビショップの書いたブラジルについての本の校正刷りを校閲するためでした。スルサンはこの旅行にはいっさい出資しておらず、当時私は給与を得てはいませんでした。

アテッホで罹患したチフスにより十五日間病欠しました。私が五年間にとった休暇とは、二度の仕事上の旅行と、十五日間の病欠だけです。

私はほぼ三年間無給で、いえむしろ……自弁で働いておりました。一九六三年八月から、月十五万八千という結構な額を受給しはじめ、今は規定の控除を受けて四十六万三千五百を受給しております。私はこれまで、そして現在も引き続き、（指摘されたような）公園業務への〈執着〉のため自ら最大限の財政債務を負っています。私はサマンバイアでの家と事業を諦め、リオ滞在のために自ら住むようになってからはアトランチカ大通りのアパート収入も放棄しています。こうした犠牲のうち最大のものは、十三年前に自ら選択した平穏な暮らしです——その暮らしに戻りたいと私は切に望んでおります。

今回の解説に対する私の反論は、フラメンゴ公園財団の執行役員として世間の納得を請う必要を感じ、また前・州知事（エス・ゴヴェルナドール）カルロス・ラセルダが特定の友人たちを利するために公金を使ったという明らかな虚偽記載に対して、前知事を擁護するために行うものです。

ナナーはロタのほかの友人たち同様、新聞各紙が絶え間なく載せるこうした婉曲な非難をみて心配していた。生涯のこの時期にロタが自分の評判を守るのに厄介で無駄な努力を費やすなど、考えられないことだった。アテッホと共に失ったものをロタが数え上げるのをナナーは初めて見たのだった。

これらすべてに加えて、疑いもなく、ビショップの撤退があった。ロタはビショップに対して、サマンバイアの静かな暮らしを取り戻したいのだと、伝えたことがあっただろうか？　ナナーはロタの宣言を見て、友が異論や攻撃に食傷し、公人としての生活に終止符を打ちたいと思っているのだと受け止めた。

一月八日にはもう、ロタはカステロ・ブランコ大統領[4]との会見を取りつけることができた。旅の途上でロタはハシェウに言った。

「わかる？　ハシェウ、大統領はきっと私たちに必要な援助を差しのべるわよ」ロタはすっかりやる気になっていた。「数字データは揃えてきたから、関心を持ってくれるわ。考えてもみて――去年、周遊電車は四十五万人近い人を運んだのよ、三万八千人の貧しい子供が無料で乗ったほかに。ビーチと庭園の常連を足せば、のべ百万人が公園を訪れたんだもの。大した数だと、私たち思うべきだわ」

「具体的に大統領に何をしてほしいと期待してるの？」

「ただもう大統領が、ネグラゥンに警告してくれればと思うのよ、財団に資金をつける法律の制定を議会に求めるメッセージを出せ、とね。そうすればネグラゥンは、たとえばスルサンの収入の二パーセントを財団に渡すようにと指示するかもしれない。そうなれば私たちの問題は一件落着するわ」

「でも、そう簡単に行くかしら？」

「この場合は、行くわよ、だって大統領がいるもの。スルサンの収入の一パーセントは地下鉄に回ってる。ちょうどそれと同じ仕組みだわ」

ハシェウは、会見に臨んでロタがどれだけ周到に準備していたかをみて賞賛の思いだった。制度的支援へのロタの要請は、詳細な事実がしっかり盛り込まれていた。だがしかし、流れがラセルダ派の方向を向いていないこともまた確かな事実だった。ロタの輝かしさが政治の暗黒の屋根裏を射しつらぬきますように、とハシェウは願った。

もはや疑うべくもなかった。ロタは完全に正しかった。ビショップには教職への適性は毛ほどもなかった。最初の週の終わりには、こんなことより、豚を育てにヒマラヤへ行った方が、まだしもましな選択だったろうとビショップは確信していた。学生たちは他愛なく、生意気だった。詩への感性など持ち合わせなかった。何より態度がひどかった。彼女に話しかける調子といったらお話にならなかった。白髪マジリってすごくカッコイイ、と言ったり、ビショップ本人の詩について愚鈍でえらそうな口を利いた。授業は長すぎて、ビショップは何も言うべきことがなかったから、詩作させようとテーマを幾つか提案した。夜になるとホテルで、とことん悔いた。これらをみんな「直す」っていうの？　何てこと、この山を一体、どう直すのよ？　ビショップは我と我が身を呪った。だがしかし、ロタはずっと冷淡なままで、電話をしても気のない様子で押し通していたから、稼ぐために苦労していることを、ロタには認めないままでいた。

作業の事務長（セクレタリオ・デ・オブラ）ジョアン・アウグスト・マイア・ペニード[5]はロタの書簡を読み終わった。あの婦人は疑いもなく自分を甘く見て、無駄口やお追従で丸め込めると考えていたろうな。マイア・ペニードはＪ　Ｋ（ジョタ・カー）の民政内閣では副首相を務めたから、狡猾な態度を嗅ぎ取るのはお手の物だと自負していた。
「菜園の倉庫にお越しください、貴殿の実現しうる様々なプロジェクトのあるのをどうぞご承知おきください」だと。利他主義の小集団がマイア・ペニードさまに注目されるよう働いていますよ、だなんてやわな文句は無駄話だ。真相は、ドナ・ロタが、財団という自分のつくりだした紛糾を免れようとしているのだ。ドナ・ロタは、企画者としての財団と実施者としてのスルサンのあいだの「継嗣相続」と「緊密な協力」について語っていた。だが、彼女が提案していたのは奇妙な関係だった、どの作業が実施されるべきか決められるのは財団であって、事務長はフラメンゴ公園財団とかいう独立組織に従属するものになろうってんだからな。こんなアイデアは、ドナ・ロタ・ヂ・マセード・ソアレスの頭のなかでしか承認されないものだった。

ドナ・ロタは悪弊に慣れ切っていたのさ。信託された仕事は贈り物として受けたのだ、自分で登り詰める必要もなかった地位だ、同様に家名が保証する社会的地位だって闘って勝ち取る必要などなかった。スルサンの専門職（テキニコ）たちのことは常に見下していた。ラセルダという後ろ盾を今や失くしたから、こちらにすり寄って誘惑しようとしているのだ。

そうともドナ・ロタ、イブライン[6]の言う通り、人間社会では何でもお見通しなのだよ。カステロ・ブランコ大統領が私と敵対するよう、彼の周辺を動き回ろうとしていることはわかるのさ。私を警戒しろよ。あんたの財団の金は価値無しだ。一切の技術設備と職員はスルサンで賄われている。お決まりの手で皆に再配分し、あんたの馬鹿げた財団を即座に空っぽにすることだって朝飯前だ。そうすりゃ一切のうまい汁も一巻の終わりさ。

その日、ビショップは教室のある会館（ホール）を出ようとしていた。ワニ革の書類カバンと、役立たずのカバンに入らなかった付箋だらけの二冊の本、学生の練習課題のいっぱい詰まった封筒二つを持ちにくそうに抱えていた。

「ハイ！」

「ハイ！」ビショップは答え、膝を曲げ尻を後ろに突き出した格好で、バトントワラーのように手を振った。

そのかいもなく、バタン！　ボシャッ！――開いた二冊の本が落ち、目印に挟んだ紙が床中に散らばった。やだわ、これでまた、ページをみんな調べ直さなくちゃならない。

エイドリアンが紙と本を拾い、自然な仕草でビショップの左の脇の下にそれらを挟んだ。ビショップはごめん、ありがとうと言おうとしたが、エイドリアンの申し出の方が早かった。

「書類カバンをお持ちしましょう」

そして優しくカバンを受け取った。

「どこへ行きましょうか？」

その問いがビショップの頭のなかで回った。私たち、どこへ行くのかしら？

「どこにお住まいですか？」エイドリアンが食い下がった。

「ホテル住まいがお好きなんですか？」

ああ、そうそう。ビショップはホテルの名前を行った。二人は歩き始めた。

ビショップは、その逆よ、大嫌いなの、と言った。だが、仲介された家々はどれも大学から遠かったし、ビショップには車がなかった。

「ああ、わかりました。それでもまだ、この寒いなかを歩くには距離がありますね」

そうだわね、と自分でも寒さに気づいてビショップは考えた。

二人はしばらく黙って歩いた。

「そうだわ、熱いココアを一杯、どうかしら？」

ビショップは自分の部屋へ行って、メトレカル[7]の缶から飲むことを考えていたのだが、気づくといつのまにやら静かな場所でエイドリアンを前に美味しいココアを飲んでおり、若い女（モシーニャ）の方はパンケーキにたっぷりシロップを回しかけていた。

エイドリアンは利口で饒舌だった。二十六歳で結婚しており、目下失業中だった。執拗な視線を送り続けるので、ビショップは狼狽したが、見透かされないよう努めた。

別れ際、エイドリアンはシアトルならもう知り尽くしてお手の物だから、ビショップの生活がスムーズにいくよう、できるだけのことはさせていただく、と申し出た。ビショップはありがとう、どうもありがとうと言い、上がって行った。自室に入ると、酒に駆け寄りはしなかった。口のなかには美味しいココアの味が残っていた。

ネグラウンとの最初の会見で話されたのは、フラメンゴ公園のことでなくラジェ公園のことだった。ロタとホドリーゴ・メロ・フランコ・ヂ・アンドラージ[8]はリナ・ボ・バルディ[9]と共に、知事側がラジェ・マンションの部屋を三つの個別団体にリースしていることに抗議しに行った。なんとまあ、ラジェ公園もすでに財団化されており、リナがその執行役員だったから、ロタはネグラウンの介入を侮辱行為と感じていた。

たまたまマイア・ペニード事務長も会合に来ていた。しばらくしてロタと事務長とは、補助役を選ぶことは知事の特権ではない、というロタの前提をめぐって意見を違え始めた。やがてロタはマイア・ペニードに、あなたは私を困らせていると怒鳴り、知事に公園へ行ってもらって彼女の告発の真実を見てもらいたい、と要求した。マイア・ペニードもまた叫び声を上げた。両者のあいだに強い軋轢が生じた。ネグラゥンは外交能力を発揮して敵同士を懐柔せざるを得なくなった。ラジェ公園の問題は延期された。代償に、ロタはアテッホへの知事の視察の予定日のみを決めて、その場を退出した。

ロタとマイア・ペニードの口論(バチ・ボカ)が全新聞の見出しに踊った。事務長はいくつかの取材で、ロタの不興はアテッホから給水タンカーが三台引き揚げられていたせいだと言った。事務長は、芝生より人間の方が大事だと思うから一月の洪水で被害を受けた病院にタンカーを移したのだと説いた。彼はこの機会を捉えて、財団は違法でありスルサンなしに存続できないと宣言した。ロタが彼を怒鳴りつけた話については、マイア・ペニードは力を込めて否定し、そんなことは起こりえたはずがない、ロタは自分の部下なのだから、と言った。

長距離電話はイライラさせた。たいてい接続が悪く、通話者はどちらの側も、聴こえなかったこと聞きたかったことを確かめるため、ええ?(エイン) とか、何?(オ・ケ) とかに大量の時間をとられた。だが、通話が戻るとロタは財団についての話になだれ込むので、ビショップは傷つき、教育のやりにくさについて語った。

「……ハーバートとかダンとかブレイクとか、読んだこともないなんてありえる? ……かと思えば、人生でこんなにハイカイを見たことはないわ……俳諧(ハイカイ)……ハイカイ[10]!」

両者電話を切ると、あるのは失望。

カビっぽい部屋で、ビショップは外に雪が降っているのを眺めた。彼女は独りごちた。ロタ、ロタ、私たちどうなるの？　彼女はバーボンの瓶を取ると、痛飲した。

　ロタは部屋を見回した。サイドテーブルには、ビショップが彼女に献じた『旅の問い』が載っていた。ジョアナが心配してそばに来た。どうなさったんですか、ドナ・ロタ？　神様、しょうもないドナ・エリザベッチは一体どこにおいでやら。ジョアナはロタを寝室まで連れて行き、黙って暗がりに座って、ロタが寝つくまでそこにいた。ドナ・ロタは睡眠薬なしには眠れなくなっていた。


　ネグラウンのアテッホ訪問を報じるべく、新聞各紙が招集された。ドナ・ロタは視察にジャーナリストが同行するよう念を押した。そうやって知事の動静が逐一報じられるようにした。一連の興奮のあと、知事と随行員、執行役員（ロタ）、カメラマン、リポーターたちはようやく周遊電車（トレンズイーニョ）に乗り込むことができた。と、意地悪な事態！　人気の乗り物が途中で不調をきたし、えんこしてしまったのだ！　全員、降りてくださーい！　落胆したドナ・ロタは、去年は何十万もの人を乗せて故障は一度も無かったんですが、と言った。ネグラウンさんは悪運の持ち主ですかね、とリポーターがからかった。記者連中という種族を熟知していたネグラウンは、睨みつけるホステス役とは逆に、冷静そのものの態度を貫いた。ようやく機関士（ジェイチーニョ）がなんとかうまい策を講じ、のろのろながら、前進しはじめた。

「かまいません、これで閣下は一層よくおわかりになりますから」

　周遊電車が公園をのそのそまわるあいだ、ドナ・ロタは新しい事務官たちの背信の結果を指摘した。知事は顔面を直撃する陽射しに悩まされたが、片手を目の上にかざして眺めていた。ゴミと瓦礫、芝生にのびる雑草、枯れた木々、マヒした工事、問題ごとにネグラウンは顔をしかめて、早急に改善措置を施す旨、約束した。知事は、聞きなれない脱官僚化だとか第三者機関だとかについての、ロタのアイデアに紳士らしく耳を傾け、全容についての報告を彼に送るよう、ロタに依頼した。両者は快く別れた。

　ロタは展望ありと見て活気づいた。共和国大統領に州知事という最高権力者二人が自分の側についていると思った。だがまだ一層大きな力が欠けていた——人々だ。大量の人が公園に何度も通うようにせねばならなかった。何か大きなこと、イベントが必要だった。

　ある午後ロタはマグーと苗木を植え替えていた。マグーはマラヤ産キワタとメキシコ産の偽キワタ[11]のことで頭がいっぱいだった。大型倉庫に戻ろうとして、ロタに考えが閃いた。

「マグー！　だってそうよ！　そうよ！　草サッカー用競技場！　馬鹿だったな、ペラーダ競技場よ！　行きましょ、マグー、あそこへ行きましょ！」

　そしてマグーは、エウリカ（わかった）[12]！　と意気込むロタの後ろをよろよろついて行った。大型倉庫に着くと、ロタは叫んだ——

「フェルナンダ、今すぐ『日刊スポーツ新聞（ジョルナウ・ドス・スポルツ）』のマリオ・フィーリョ[13]につないで！」

　エイドリアンは授業のあと、決まってビショップを待つようになった。これは慎重を旨とするビショップの厳格な行動規範からは外れていたが、エイドリアンの気遣いとエネルギーは一日のその時間の心理からすれば大歓迎で、つい譲歩していたのだ。ビショップの部屋でお茶を一杯、というルーティンが始まった。

　その午後、エイドリアンはいつにもまして有無を言わせぬ笑みを浮かべ、挨拶した。

「新しい家ができましたよ」

「どういうこと?」

エイドリアンはビショップを大学至近のアパートへ連れていった。寝室兼リビングにバスルームと台所がついているだけだったが、ビショップは惚れ込んだ。ホテルの部屋では一刻も過ごしたくない人間にとって、しっくり合った大きさだった。

「あなたのために予約してあるんですよ」

「最高だわ、でも……」

「でも、は無し。みんなと話をつけてあるんですから。各人が何かしら古い物を家から持ち寄って、備え付けるんです。私にまかせてくだされればいいわ、全部やりますから」

ビショップはワラ一本動かす必要はなかった。エイドリアンは契約の世話をし、引越しの日は好きに過ごせるようビショップを遠くへやった。新しいアパートに誇らしく入城したとき、ビショップはベッド、ソファ、鍋釜に、絵画まであるのを発見した。エイドリアンは引越しにビショップの学生たち何人かを巻き込んでいて、彼らもビショップの検閲を受けるべく、笑顔で誇らしく整列して待っていた。ビショップは、かつて学生たちの気持ちを悪く解釈した自分を恥じ、心からの感謝をこめて一人一人と握手した。

そのあと新しい家での最初の晩に、ビショップはわずかながら幸福を感じ始めていた。近頃暮らしていた不幸な気分に比べ、ずっと心地よかった。彼女はバラバラな家具と怪しげな趣味を見渡した。手狭な環境だった――サイズに合った椅子もなければ、スタイリッシュな線で造形されてもいなかった。だがそれは、自分のものだった。その上、寛容と献身で成ったのだ。ビショップはブラジルで尊敬されたことはなかった。アメリカ人学生たちに温かく歓迎されるのは素敵だった――たとえ、まあ、来たての先生だったからにしろ。

リオでは来る夜(よ)も来る夜(よ)も「南極」[14]にいる気分に襲われた。今、真冬のシアトルでは避難所に守られている気持ちがした。エイドリアンの生気溢れる目が浮かび、ビショップに温もりを与えた。やさしい、想定外のエイドリアン。

愛が私に打ち勝った、否(ナウン)、私は
拒まない、相手は力で遥かに勝る。
なぜなら、愛は盲目の若者だから、
闇雲な棒の一撃が私を打ちのめす。[15]

19章　ロレーナ産の風狂木

ドナ・ロタはいつも時間に正確だった。だが最近は就業時間前に来たので、門に着いた時点でフェルナンダがベルを鳴らし皆に知らせていた。戸外の新鮮な空気のなかでサッカー談義に興じている者は室内に駆け込んで、図面ボードの前に腰を下ろすことになっていた。ドナ・ロタはいつも快活にやって来て、みんなに挨拶し、もっと大きい部屋の自分の机に着いたが、そこには会合用のテーブルもあった。彼女の机にはいつも繊細なクリスタルの花瓶が置かれ、新鮮なバラのつぼみが活けてあった。

チームの人々は皆、ドナ・ロタが緊迫した状況に置かれていることを知っていた。二月のネグラゥン・ヂ・リマ知事の訪問も公園のぶざまな状態を一向好転させてはいなかった。事務官たちはボイコットを続け、明らかな脅しの行為も起きた。州のトラックがサントアマーロ通りで崩れた崖の残骸を公園に投棄しはじめると、そこから生き埋めになった人間の腕が点々と雲の浮かぶ空を指さしながら現れた。都市の清掃と銘打ち、すでに整地済みの地域に瓦礫の計画的散布を始めた。報道ではアテッホを「新(ノヴァ)サプカイア[1]」と呼び始めた。

一方ドナ・ロタは弱った気配など一向に見せなかった。逆に驚くべき活動性を維持した。ペラーダ・トーナメントを行うために新聞『ジョルナウ・ドス・スポルツ』と連絡を続けた。人形劇場の開館日を設定した。ヨットセンターの進水記念のカクテルパーティーに向けて、フェルナンダの準備をチェックした。その上、相変わらず押しかける記者たちに対応していた――掘立小屋（バラック）の出現はアテッホのファヴェーラ化の始まりか、とか、リオっ子（カリオカ）たちには明かるさが足りないというのでアテッホの電柱がウドの大木の意味をこめて、マルチェロ・マストロヤンニ映画の主役[2]「ベロ・アントニオ」と綽名されたことを知っているか、等々の質問への対応を。これが苛立たずにいられようか。

だが、六六年三月十日のその朝、ロタは『グロボ』紙の「リオ――街角から街角へ」取材班からの、修道女のように礼儀正しく振舞う記者と会った。――ドナ・ロタはフラメンゴの住人たちに同盟の前線にいてほしいと思っています、なぜなら公園の隣人として、公園の保全はその人たちの一番の関心事だからです、ドナ・ロタの戦略は、知事の善意を強調し、公園の遺棄については少数の事務官たちと立法議会の責任に帰すことだ、と。読者の皆さんはきっと驚きます、マイア・ペニードが給水タンカーを引き揚げて以来、公園には二十八日間も注水がなかったことに。芝生の六十パーセントが干上がり、何百本もの希少で高価な樹木が、サンパウロのロレーナ産メラレウカ[3]の十五本の木まで含め、枯れてしまいました。破壊行為とホームレスの人々の流入で監視の全面的欠如という結果を招きました。都市清掃部長の非常識で、ゴミは公園中に堆積しています。こうした分別の欠如はもうやめるべき時期だ、とドナ・ロタは宣言し、フラメンゴの住人たちに財団への支持を促しています――。

このインタビューにドナ・ロタは満足した。ただし、「メラレウカ（melaleuca）」を、報道はまちがって「メラロウカ（melalouca――狂ったメラ）」と誤記していた。誰が苛立たずにいられようか？

「知事、こちらへお座りなさいな！」ドナ・ロタは昔のように、ネグラウン先生の腕を引っ張って命令した。彼は遅く到着したにも拘わらず、あの人この人と挨拶に時間を食い、彼の着席を待つ海軍提督の前に立ったままだった。

ようやく提督サルダーニャ・ダ・ガマ[4]がスピーチに及び、ヨットスクールの創設を称賛した。最後は何世紀にもわたる都市文明ののち、ついに海に関心が向けられた、と結んだ。提督自ら、この仕事には十億クルゼイロの費用が要る、と詳述した。大きな拍手が沸いた。

ネグラウン先生も短いスピーチをしたが、アテッホの埋立事業は自分が連邦自治区の市長時代に始めたものだと回想した。何日も前、事務長マイア・ペニードがインタビューで、アテッホ事業は自分がスルサン会長時代に始めたものだと回想していた[5]。

ニュース欄を占めただけでなく、カクテルパーティーの場でにわかに別の事態も生じた。ドナ・ロタが公園を無視してきた州政府のやり方に憤慨し、居並ぶ海軍を置き去りに、その場を出て行ったのだ。アテッホは浮浪者と物乞いの溜り場と化していた。モデルシップの溜池で、彼らが入浴したりするのは醜聞ではないのか？　パーティーのさなか、軍の権威者たちが厳粛な面持ちでネグラウンと話しているのに誰もが気づいていた。

翌日、ＦＡＢ（ブラジル空軍）の警察官八十人が、大統領専用機を警護するタヌーシャはじめ警察犬の群れを引き連れ、アテッホの一斉手入れを行なった。五十人が逮捕された。

ドナ・ロタは提督に手紙を書くときだと思った。財団は承認と正当な予算を得る必要があるとロタは注意を喚起した。この争いに一刻も早く勝利するには措置を講ずることが不可欠だった。提督及び海軍クラブの方々が共和国大統領に聴聞の機会を得てプロジェクトを説明し、今度は大統領から知事に促すようにしていただきたいのだとはっきり言った。

何かがうまく行かなかった。提督は争いよりも帆船の方に関心があったらしい。事実は、提督のスピーチで船のマラカナン競技場[6]になるとのヨットセンターの話が、ニュース記事ではすっぽり抜け落ちてしまった。


小マンションでは、エイドリアンがビショップの生活に侵入しつつあった。スーパーで買い物をしていた。授業計画をタイプしていた。銀行へ行っていた。

その午後、ビショップのアパートで、食後のテーブルに二人は座っていた。ビショップはひき割りモロコシ粉をまぶしたフライドチキンを作っておいたが、それはブラジル人たちに大好評の料理だった。赤ワインで二人は出来上がっていた。エイドリアンは例のまといつく眼差しをビショップにじっと注いでいた、ビショップはテーブルの上のコルク栓を機械的に叩いて、見て見ぬふりをしていた。

沈黙を突然、エイドリアンが破った。

「愛してます」

なんと。

「ええ?」とビショップはコルク栓でテーブルを叩き続けた。

エイドリアンはコルクを持つ手を抑え、動きを止めた。

「わかってるでしょう?」

「エイドリアン」

ビショップは言葉をとぎらしたが、何も付け加えなかった。

「あなたがほしい」

薄い刃が皮膚をかすめた。ビショップの体に異様な火花が走った。

「待って――」ビショップは聞き流そうとしていることを示し、私はだめよ、と伝えようとしたが、くらくらして、辛うじて言った――「私はすごくややこしい人間なの」

「私には特別な人」

無礼さはいつも、ビショップを眩惑した。しかし、なお、言おうと試みた。

「でもね……」

「でも、は無し」

エイドリアンは反論させなかった。立ち上がり、近づいた。ビショップは次にどうなるか知っていた。なるがままにまかせた。


そして、「未亡人の丘（モッホ・ダ・ヴィウーヴァ）」の遊び場用地の近くに遊具が出現した日のことは？

ドナ・ロタはインテルラゴス(7)から飛び降りた（今や一台持っていたのだ）。鉄砲玉みたいに。

「このガラクタを今すぐそこから撤去しましょう！」

ドナ・ロタは母親たち子供たちを家に帰し、遊具がすべて取り払われるまで踏ん張った。抗議も起きた。大勢の人が見物に集まった。記者たちも来た。

ドナ・ロタにとっては、やらかしたのが誰か、誰でないかは問題ではなかった。無知な頭から出た愚かな考えです、とロタはある記者に語った。車道（ピスタ）に両側を挟まれた場所に、保護壁もなくシーソーを置くなんて、すでに事故が起きている場所にだなんて、狂気の沙汰よ、と。グルポが計画した二つの遊び場には、石の外壁と門と先生たちと監視人がついていた。おもちゃや遊具は、そうした遊び場の内側に置かれるべきものだ。「未亡人の丘」の親たちが遊具をほしいというなら、州知事に要望を出して、アテッホの工事に組み込むべきなのだ。

　ロタは必発の口癖「アレン・ド・ケ」――さらに言えば、で話を締め括った。

「さらに言えば、フラメンゴ公園は財団なのです。敷地は国の文化遺産に指定されています。財団の公式許可なしには、何を設置することもできません」

　怒号が沸いた。遊具の設置を命じた頭のおかしい愚か者は、公園庭園部の理事であり、おそらくは「未亡人の丘」の住人たちの要望に応えて、おそらくは州知事が出した指示のもとで、行なわれたものだと。ドナ・ロタは頑として緩めなかった。正しい、と思ったときは揺るがなかった。そして、ロタはいつも正しいのだった。

　後日、知事は遊具撤去に怒る無数の手紙や電報を受け取ったと認めた。ドナ・ロタはただちに逆襲した。手紙や電報はでっち上げだ。ブランコの席数、子供の町のゴミ屑、公園全体の全般的状態の悪さについての苦情はもっとあるはずだ、と。ついでに反撃を、これまで六百十七のクラブ、約九千人の選手たちが、ペラーダ・トーナメントに登録したという嬉しい報告をするのに役立てた。

　ビショップは時間厳守を評価していたし、エイドリアンは時間を守る人だった。だからその午後、エイドリアンの遅いことにビショップは異変を感じた。ビショップがとどまっていた建物のファサードには雪が風に舞っていた。学生たちは横柄な目つきで挨拶する、とビショップは思った。もう帰ろうとしていたところへ、息を切らしたエイドリアンがやって来た。不機嫌な気分を引きずりながら、二人はビショップのアパートまで来た。寒さに対して暖を取り、お茶を飲みながら、ビショップは尋ねた――

「どうしたの、一体？」

エイドリアンはいつも通り即座に答えた。彼女は妊娠していた。

ジョアナはもはやどうしていいか分らなかった。ドアを開けたときからロタは、悲しみ（トリステーザ）一筋だった。お気に入りの肘掛椅子に無言で座り、目を閉じたままでいた。

「奥さま、ひと口、召し上がります？」

「奥さま、ひと口、お茶はどうです？」

「ひと風呂、用意いたしましょうか？」

何も効き目がなかった。電話を待っているのだった。それも効き目はなかっただろう、たいてい接続が悪かったし、ロタはジョアナにも察しのつくことを英語でわめいていた。

そのあと、悲しみようは一層ひどくなった。ジョアナはできることなら何でもやった。ラジオで聞いたことを話した。歌ってみせた。踊りさえした。

ときどき、あのアメリカ人が訪ねてきたわ。エシ（アシュリー）・ブラウンってとても感じのいい人。するとどこからかロタは普通の顔つきを引っ張り出してきて、少し疲れてるように見えるだけになった。二人で一緒に食事をしてたわ、少し遠慮がちだけれど、それから話をしてた、少しだったけど。すぐに奥さまは、失礼するわと言う――明日がまた早いから、と。

それも時によるのだった。リビングで遅くまで本を読んでいる夜もあった。女中部屋でジョアナはテレビを見ていた。そのかんずっとどうしているか、様子を見に来た。寝つくために習慣的に薬を飲んでいて、肘掛椅子で眠っていることもしょっちゅうだった。ジョアナが入って来て、寝室まで連れて行った。別のときは、すぐに寝に行った。ジョアナは小さい腰掛けを持って行って、ベッドのそばに座った。

「私のジョアニーカ、あいつら、私の造ったものを壊したいのよ。戦争なの」

「お休みなさいまし、ドナ・ロタ、お休みなさいまし」

ビショップは、ワシントン大学と口にするたびに、ロタが辛辣になることに気づいた。ロタはビショップが授業ごっこをしていると思っていた。自信のなさを少々克服した話など長距離電話で聞く忍耐心は持ち合わせなかった。きっとビショップが一日でもロタなしに生き延びられるなんて認めることができなかったから、あなたは私をごまかしてると、ロタは言い張った。酔っぱらって日を過ごして、大学へ行こうにも、ぜったいベッドから起きられないはずよ。学生のハイカイを夜っぴて読んでいるなんて、嘘っぱち。

ロタのとげとげしさは、そのつどエイドリアンとのつきあいを、息のつけるものに変えていった。エイドリアンは熱烈で、それはビショップには欠けた資質だったが、もう長いことロタの熱烈さは事業にのみ向いていた。エイドリアンはビショップに魅惑されていることを明かし、燃えるようにあけすけに示した。ときどき、ビショップが授業中に本を開くと、ほのめかしでいっぱいのメモを見つけた。別のとき、エイドリアンは、ちょっとした料理の冒険にビショップがほしがった調味料のため、遠くシアトルの外れまでも出かけて行った。他者を惹きつける能力が自分にはある、と思えることの必要性を、ビショップは認めた。

　最初の不快な瞬間のあと、エイドリアンの妊娠はもはや関係に差し障ることはなかった。お腹が目立ってくると、別の機能性を獲得した——二人の関係の臭いを消したのだ。


　ロタの手紙はすべてを混乱に投げ入れた。電話で使う口調を打ち消し、ロタは鎧（よろい）を脱ぎ捨てて、一通の手紙を書いた。何年も一緒だったのに、初めて二人は別々に誕生日を過ごそうとしていた。手足を切られたようだった。手紙にはフラメンゴ叙事詩（サーガ）の仲間のことも敵のことも書かなかった。手紙はひたすらエリザベスとロタのことだけだった。一緒に暮らした味わい深い些事を回想し、二人の家を私たちの家と呼び、誓いを新たにすることを提案していた。運命のしわざで、手紙は普段より届くのに時間がかかった。ビショップの誕生日に向けて二月初めに書かれたのに、着いたときにはもう三月で、ロタの誕生日に近かった。

　読み終えたときビショップは、真ん前の肘掛椅子に据えられたエイドリアンの例の目に出くわした。何ていう混乱なの、神様（キ・トラパリャーダ、メウ・デウス）！　ビショップは二重に罪の意識に襲われた。馬鹿だった——ぜんぶ間違ってた。ビショップはただもう蒸発することも姿を消すこともできなかったから、エイドリアンに、帰って、と言った。独りになりたかった。

　翌朝五時、ビショップはタクシーを呼び、病院へ行った。心臓マヒではないかと思ったのだ。一週間入院した。医師たちはアジア風邪だと言った。エイドリアンが世話をした。

　ビショップは自分を赦免しなくてはならなかった。バウマン医師宛てに絶望した調子の手紙を書いてニューヨークで受診の予約を取ろうとしたが、その一方で釈明していた——この五年間は地獄だったこと、ロタと暮らすのがどんどん難しくなっていったこと、何年もロタが命令するにまかせ、突然もう我慢できなくなったこと、どう反論していいか分らなかったので、怒りを呑み込み、溜めていたこと、日毎に滅入って行ったんです、少し距離をおく必要を感じて、それは実際、いい考えでした、シアトルでは、ロタに匹敵する人間はいなかったけれども、ロタよりずっとよくしてくれました、もう長いこと、こんな優しさにはふれていなかったのです。

20章　筋を通している暇はない

サボタージュはマイア・ペニード先生の指揮によるものだ、とロタは確信していた。共和国大統領は彼にワラ一本上げたことがなかった。公園は運まかせで生きながらえていた。ある日マグーはスプリンクラーが盗まれていることを発見した——疑いもなく、クズ鉄として売るためだ。実際、すでに排水口の蓋がいくつもクズ鉄用に盗まれていた。別の日にはシェル石油が、契約では厳禁なのに、ガソリンスタンドを安っぽい飾りつけだらけにしていた。実を言うとシェルは、ロタの最大の不満の種になっていた。公園内に小さな交通教室を設営し維持する約束で、アテッホにスタンドを立てる競争入札に勝っていたのだ。交通教育は子供には必須の事柄だとロタは考えていた。ところが実際には異議を唱えられている財団には再びお金を渡すことはできないということをシェルが申し立てていたのだ。まずアテッホの帰属先を決めておいたなら、そのときは、そう、シェルから投資を受けることになるであろう、とも言っていた。

四面楚歌のロタだったが、退却することは拒んだ。逆に新たな攻勢に出ると決めた。

まず大統領だった、彼に公式書状を出し、争いが起きていることを説明した。財団側は日々苦闘する人民に安らぎを保証したいと願っておりますが、他方グアナバラ州政府側はマイア・ペニード先生[1]を先頭に、公園を兼職とインチキ商売の稼ぎの場にしようとしています。どうかリオでも元帥さまが政治の決断を行ってくださいますように。

次はアウシーノ・サラザール先生[2]だった。ロタは司法の判断の遅滞の合間に、グアナバラ州政府は最高裁が乗り出す前にすべてを廃止してしまおうという考えであることを見て取った。命令口調で、ロタは友人である先生に手紙を書いた――

> 裁判で勝つには時間がかかりますし、議会にメッセージを出したときのようにカステロ・ブランコ大統領の鶴の一声を当て込むこともできません。理屈からいえば、まず勝訴してからメッセージをお願いするのが筋でしょう。しかし筋を通している暇はないのです――問題は、〈天の声を降ろす（バイシャール・オ・サント）〉[3]べく、直ちに議会で法制化する以外、道はありません。

「天の声を降ろす、か」――共和国司法長官は溜息をついた。

これら権力者との同盟から強化策がもたらされることを信じて、ロタはいとこのジョゼ・エウジェニオ・ヂ・マセード・ソアレス[4]のもとへ突進した。就任以来、都市清掃部長は公園からゴミを取り除くことにさえ、役人一人派遣しようとしなかった。ジョゼ・エウジェニオ先生の依拠する理屈はただ一つ――都市清掃部DLUは、公共の場所のみを清掃する、というものだった。なんだい、フラメンゴ公園は財団に属するとドナ・ロタは繰り返し主張してきたんじゃないのかね？　ならば財団が掃除すればいい。それに対しロタは急進的になり、いとこに最後通牒を突きつけた――公園の清掃を八日以内に実施しろ、と期限を切ったのだ。期限が守られなければ、財団は必要と思われる法的手段を取ると。

　続いてロタは、アウシーノ・サラザール先生にメモを送った――公園内の道路を八日以内に綺麗にしない場合は、都市清掃部をどうしましょうか、と。

　四月、どの月よりも残酷な月。ビショップは神経衰弱寸前だった。

　何人かの学生が、自作の詩へのビショップの提案に不満で、「元のまま」にしたい、と言いだす事態に直面していた。ほかの学生たちは先生の指導通り直しましたと言うのだが、ビショップは前と同一の詩を提出したと言い張った。一、二の学生を除いて、若き詩人たちは、ビショップが詩行を作るようにと出した散文的な素材をへんてこりんだと考えていた――フォークだとか種一袋とか泡立て器とか、まるでスーパーマーケットの袋から出してきたような素材なんて。彼らは「何かご大層な事柄」――痛苦とか狂気とかについての詩を書きたがっていた。とりわけ一人、授業にテロを企てて喜ぶ男子学生がいた。各自、気に入った自作を読むようにとビショップが頼んだとき、たぶん女先生の白髪を逆立ててやろうと、悪太郎（ヂアブレッチ）は卑猥な言葉の退屈なリストを読み上げた。哀れな奴（コイタード）、とビショップはポルトガル語で溜息をついた。一層うんざりだったのは、フリー・ヴァース――自由詩と学生たちの呼ぶ駄作だった。

　シアトルという場所自体、ビショップの感作しやすい体には毒だった。大量の雨、大量の湿気――

喘息の発作が絶えなかった。

エイドリアンは慰めだった。ずぶ濡れでも、一束の花を手に待っていた。ロタの手紙はそばにいてほしいと訴え、ビショップが身のまわりによせ集めたほんのわずかな静穏を掻き乱した。ビショップは今さら愛着を示して自分を心弱くさせるロタに怒りを感じた。ロタを欺いている自分自身に怒りを感じた。酒に手が伸びた。授業を休むようになった。


ロタには信じがたかった。リビングを行ったり来たりしながら、首に傷でも負ったみたいに手で首を押さえていた。

六六年四月十四日木曜日のその朝、『コヘイオ・ダ・マニャン』第二部の一ページ目が全面フラメンゴ公園にあてられていた。内容はロタ・ヂ・マセード・ソアレスへの中傷記事だった。「**ブーレ・マルクス糾弾す――権力の濫用がアテッホに不条理をもたらす**」――もう十回目にもなろうか、ロタは読み返した。

前回同様、ホベルトは非難のつぶてを投げつけた。ケリーの仕事への批判を蒸し返し、あれではアテッホのための照明ではなく照明のためのアテッホだ、と猛然と決めつけた。電気スタンドランドとあざけった。巨大な電柱は人々を圧迫し、日中のそれは、しばしばドナ・ロタが賛美する月明かりの効果などではとうてい埋め合わせられないほどの醜悪さであると述べた。そしてもちろん、彼はエテウの遊び場も攻撃した。

何もかも、悪いのはロタなのだった。ブーレ・マルクスは、ロタが初期の見せかけの謙遜から少しまた少しと変節し、一切を自分で取り仕切る小独裁者になっていったと読者に保証した。今や彼女は絶対的な権力を持つ。名誉職が気に入っていたから、なんとしても指揮権を保とうとする。財団のための闘争は、ラセルダ政府の終焉ののち、自分の地位を守る唯一の方法以外の何物でもなかった。ロタは自分の犯した無分別や過ちを他者に帰し、世論に対しては、自分なしでは可哀想な貧しい子供たちは遊ぶ場所も持てず、人々が気晴らしもできない、と説得しようとしている。アテッホのジャンヌ・ダルクを気取りたがるのはグロテスクだと言って、ロタを笑い者にした。

　記事中ホベルト・ブーレ・マルクスは、アテッホの総合プランをひとり自分に帰した――掲載写真キャプションの一つに、総合プランはブーレ・マルクスとアフォンソ・ヘイヂによる、と明記されていたにもかかわらず。ホベルトはロタへの侮蔑的な攻撃を、芸術的見地から見ればこのセニョーラは孵化しない卵にすぎない、と一括した。

　ロタは電話のフックを外した。誰の慰めも聞きたくなかった。ホベルトはロタに面と向かって「権力の濫用」への攻撃側に立ったわけではなかった。新聞を介して攻撃していたのである。ロタが丸腰であるときを狙って、鞘から剣を引き抜いたのだ。ああ、胸が唸る、大声を出さずにはいられない。

『ジョルナウ・ド・ブラジル』のレア・マリア[5]のコラムに次のような記事が出た――ドナ・ロタは現在ペトロポリスでウィークエンドを過ごす。車の排気筒を開け、インテルラゴスで山を登り目的地へ急行する。

　サマンバイアに着くや否やロタは「下の家（カーザ・ヂ・バイショ）」で停まった。モニカはもう寝間着姿でいた。ロタは頓着しなかった。メアリーの娘をしっかり抱きしめ、こう口にしていた。

「フクロウを見に行こうか、いとしごや？」

モニカは小さな手をロタに差出し、二人は出かけた。メアリーが叫んでいた——

「ロタ、その子、もう寝る時間よ、放してやって、ロタ！」

ロタとモニカは取り合わなかった。二人は忍び足でフクロウを脅かしに行き、鳥たちは二人に気づくと飛び立った。毎回必ずだった。毎回必ず感電したみたいになるのだった。

モニカは祖母（アヴォー）とのこうした時間を待ち焦がれていた。毎週金曜日にやって来るのだった。ときにロタは自分の家へさえ行かず、モニカの家で眠った、朝になると、寝ぼけたままモニカはロタのベッドへ行って、ロタの抱擁に寄り添った。それから荘重に髪を梳かす儀式。ほどけば、ロタの髪はほとんど腰まで届いた。モニカは梳かすのが大好きだった。片手で大きな櫛を灰白色の髪にすべらせ、もう片方の手で撫でつけていた。そのあとロタは髪をバナナまげ（コキ・バナーナ）に結って、お気に入りの髪留めをとって、ほら、パチン。

ジョアナはお盆に熱々の卵料理とトースト、コーヒーを載せて入ってくるのが常だった。ロタはいつもベッドで朝食を摂った。

朝食後、ロタとモニカはサマンバイアの周辺を散歩しに行った。ロタは川を渡って、グアバを採るのが好きだった。水は冷たかった。ときにモニカは大きなカニが向ってくるのを見たが、ロタが隣りにいれば怖くなんかなかった。渡り終えると、二人はバスケットを持って森に入った。ロタは、悪童（ムレツキ）どもが仕掛けた鳥の罠を外し、捕まっていた鳥たちを自由にしてやった。グアバの木まで来ると、ロタはモニカを肩車して、モニカが自分の手で採れるようにしてやった。美味しかった。

ある日ロタはモニカに新しいワンピースを買い、アテッホへ連れて行って白い鳩を手に抱かせてやった。鳩を放すことになっていたのは人形劇場の開始を告げる刻だった。だがモニカに放す気があったかどうか？　ある筈がなかった。この鳥はロタばあば（ヴォー・ロタ）からのプレゼントでサマンバイアに連れてくんだもん。ロタが、鳩は罠から私たちが逃がしてやった鳥たちと同じなの、飛ばなきゃね、と説明すると、はじめてモニカは小さな手を開いた。翌週、メアリーがげんなりしたことに、モニカの寝室はハムスターでいっぱいになっていた。

　ロタとナナーは灰色の沈黙を続けた。記憶する限り、こんなロタを見たことはなかった。かつて彼女の父親とオラシーニョの状況について、誰も彼もが話していたときを除いては。

　ナナーは溜息をついた。神様、なんて言って慰めたらいいのだろう。年の初めからロタは公園の持続を保証すべく、独裁者はじめ権力との同盟を模索してきた。ロタが黙認と解釈したものは、体のいい緩やかな「生茹で（バン・マリー（6））」でしかなかった。組織され強化されたグアナバラ州政府の新しい所有者たちは、公園の孤立化を決めてしまった。カリオカたちは言葉遊びの天分を発揮し、ロタのプロジェクトを欠陥財団（アファンダサウン）と呼び始めた。

　ロタはこの事態を何一つ容認しなかった。生来そんな気性ではなかったからだ。ある者は偽りの駆け引きでロタの強情を宥めようし、ある者は容赦なく叩くのを見て、ロタは戦略を変えた。『ジョルナウ・ドス・スポルツ』にアテッホで行われるペラーダ・トーナメントの記事の見出しが毎日載るようにした。こうしたイベントの反響は、人民の前では自分をよく見せたい州政府がトーナメント前日に清掃を急がせざるを得ない気持ちにさせた。ロタの勝ちだったが、腕相撲の勝利にも似て、偶発的かつ短命に終わった。感謝知らずの群集は、たちまち以前にもまして汚れた状態にしてしまった。それればかりか、フィールドを使う順番を待つあいだ、芝生の上でボールを蹴ったり、庭園に駐車したりして被害を広げた。その一方、公園に隣接した通りでは、フラメンゴ・ビーチの住人がロタのアイデアを毛嫌いしていた。卑語をまじえた選手たちのわめき声で、夜眠れないからだった。時間通りに試合を終わらせることはロタにはできなかったから、やがて試合の終了いかんにかかわらず、十一時には即・消灯、と頼むしかなかった。皮肉にも、最初あれほど素晴らしく思えたアイデアが不人気と幻滅というおまけを生み、そのことが目下、ロタを落ち込ませていた。

「だけど（ポイゼ）」とナナーは言った。「だけどね（ポイゼ）」

「私、あきらめないわ、ナナー」

　無理よ、とナナーは思った。

「じゃあロタ、ほかにどうするっていうの？」

「私がどうするつもりか、ってことね。マリオネットとリオデジャネイロの影絵芝居でシアターフェスティバルをするわ。国立劇場部門のバルバラ・エリオドーラ(7)に援助を頼んであるの。ああそれに、農業省が公園に気象ステーションを作りたがってる。設置しようじゃないの」

「だけどロタ、それって文化遺産指定プロジェクトのうちなの？」

「ううん、だけど文化遺産局に許可願いを出しゃいいことでしょ？」

　筋を通すあいだももどかしく、ロタは説明した。「それにダンスフロアで市立交響楽団のコンサートをやろうと思ってるのよ」

　頑固も嵩じれば美徳になる？　とナナーは思案した。

「ドナ・ロタ、お電話です」

「どなた?」

「ネグラゥン先生」

ネグラゥンは大層苛立っていた。国軍司令官ネウソン・フレイレ・ラヴァネル・ヴァンデルレイ准将[8]がカンカンだというのだ。司令官が公園内の退役軍人記念碑近くに建てさせた兵役義務に関する看板を撤去するようロタが命じたからだった。

「気をもまれませんように、知事閣下、こちらで切り抜けますから。私におまかせください。穏便に外交手腕を駆使して、私が対処してみせます。いえ、ご心配なく、国軍は何をおいても法律を遵守しますでしょう、そして法によって、遺産地区に指定された場所では、貼り紙をしてはならないと定められているのですから。連邦の法律ですよ、知事。はい、私から書簡を出します。さっそく今日にも。ごきげんよう」

知事がアテッホの汚染について、このくらい慌ててくれればいいのに。

ロタは看板禁止の法文条項を引用して書類を書いた。それからアンタルチカ・パウリスタ社[9]に、人形フェスティバルに商品を寄付してくれるよう依頼状を書いた。フィリップス電機の社長に、アテッホのリチャード・ケリーの仕事の写真集を依頼し、そこにランプはフィリップス社が公園にでなくフラメンゴ公園財団に寄付したものだ、と英語で記載してほしいと頼んだ。コスタ・イ・シウヴァ[10]の夫人イオランダにも、公園に来訪賜るよう、招待の手紙を書いた。ロタはフェルナンダを呼んで、タイプして頂戴とこれらの手紙を渡すと、ボブの店からチョコレートセーキを買って来て、と頼んだ。

六月。ビショップの学期が終わった。

所属の学部長は、何人かの学生から、ビショップの休講とつけられた成績への苦情に対応することになった。きみたち寛大に、と学部長は皆に頼んだ。ミス・ビショップは健康問題をたくさん抱えて今期は大変だったのだから、と。アレルギーですよ、喘息でね。

学部の教授たちは、褒めそやされた女性作家が「同僚」とは言い難い状況だったことに腹を立てていた。ビショップはまるでアメリカ詩人アカデミーの最良の開花をワシントン大学に期待していたかのように振舞った。彼女の失望は、学生たちへの冷笑的な軽視と、教師グループへの氷のように冷ややかな無関心に表れていた。唯一淡い交流を持ちえたのは、別の客員教授で様々なアンソロジーに載った詩の作者ヘンリー・リード[11]だけだった。その詩は、軍曹が武器の各部位について説明するあいだ、ツバキや蜂へとぼんやり想をめぐらす初年兵の想いを詠ったものだった。ビショップ同様、リードは辛辣なユーモアの持ち主で、飲酒で能力を奮い立たせていた。最低の状態のときの二人はお似合いの一対だった。

ビショップはここには何ら愛着はなかった。シアトルは幕間にすぎなかった。また別の通過地点の都市だった。彼女の心の居場所はまだブラジルだった。少なくともブラジルのどこかにあった。

帰る気持を引き立てようとした。ロックフェラー財団が、ブラジルについての旅の短編（クロニカ）を集めた本を一万二千ドルの金額でどうかと問合わせてきていた。これで昔の夢が実現できるだろう。あちこち旅をして、ブラジルの領域の詳細をいろいろ学び、旅のノートを利用できるだろう。ビショップはつねづね、ダーウィンやバートンらの旅人の記録[12]が好きだった。詩を書くことが困難だったので——厳密にはシアトルでは詩作は皆無だった——この企画は文学生産を再開する上で、まずは手堅い手引書になると言えた。それは同時にもしロタがリオ滞在を主張した場合、リオの騒乱を遠ざける一定の理由にもなるだろう。

ロタ！　ビショップは苦痛を感じた。

エイドリアンがいた。エイドリアンは常に、ロタのことは知っていた。ビショップがロタのもとに帰ることに話が及ぶと、いつも口数が少なくなった。だが今、そのときが訪れ、ビショップは一切が複雑で曖昧になっているのを感じていた。ロタを失いたくなかった、だがしかし、エイドリアンも失いたくなかったのだ。

ビショップは帰国を遅らせることに決めた。疲れ切ったので二、三日休養すると知らせた。エイドリアンと一緒に、ヴァンクーヴァーに近いサン・ジュアン島へ行った。二人は共に本を読み、浜辺を散歩し、オウロプレト経由で文通することを取り決めた。

七月四日、ビショップはリオに帰りついた。

21章　三流遊園地

新聞各紙は、アテッホで自動車事故にあった死者の数を以前より詳細に報じるようになった。ラッシュアワーの交通量は車七千台に達した。車道（ピスタ）は横断できなくなった。ラセルダ政府の時代から、ロタは歩行者の横断用に交通信号を設置しようと奮闘していたが成功しなかった。横断を試みた人々が多数犠牲になった。対策としてネグラゥンはさらされた死体を隠すための衝立を設置するよう命じた。

そんなとき、『グロボ』紙を持つマリーニョ家が財団にアテッホの土地の一部を貸してほしいという要望を寄せた。そこに遊園地となる小さい公園を造り、収益は「〈子供に学資を〉キャンペーン」に寄付するというものだった。この貸与は価値ある目的を持つものとロタは思い、荒れ放題の地域の秩序ある管理を促す一つの方法かもしれないと考えた。そこでまだ開発前だった「未亡人の丘」近くのアテッホ敷地の一部に小公園（パルキーニョ）の設置を許可した。

六六年七月十四日、『グロボ』紙はフラメンゴ公園にブラジル最大の遊園地ができると報じた。ロタは満足だった。やっと新聞が公園について好いニュースを伝えようとしていた。

トラックが遊具を載せて到着し、最初のアトラクション用のテント小屋を建て始めた。それが物議の始まりだった。

新聞各紙は、劣悪な設備と悪趣味なテント小屋を非難した。ぶざまだと一紙が言った。クズ鉄の山、と別の一紙が賛同した。わびしい、見苦しい、笑止千万だ、と呼応し合った。

ロタは仰天した。どこからの依頼かということだけを見て、許可を出す前によしとされた小公園の質を確認する必要性には思い至らなかった。だが、新聞に掲載されている写真はおぞましい限りだった。何たること！

同時に、場所の選択の不適切という点が持ち上がった。観覧車やメリーゴーラウンドに惹きつけられた無邪気な子供たちが、ビュンビュン飛ばす車道を横切ろうとして命を危険に晒しかねなかった。人殺しだ、と『コヘイオ・ダ・マニャン』は予言した。魔の遊園地、と『ガゼータ・ヂ・ノチシアス』。

遊園地の場所を擁護すればまずい立場になる、とロタは気づいた。というのも、かつて公園庭園部の理事が同じ地区にブランコやシーソーを置こうとしたとき、猛然と噛みついたのは当のロタ自身だったから。その折、こんなことは無知蒙昧か気違い沙汰だとロタが言ったのを、かの理事ははっきり憶えていた。

批判の雨が降っていた。いわく、テント小屋は賭けごとの巣。あらゆる鉄骨は錆びている。労務者たちの宿泊のために建てたバラックは、アテッホのファヴェーラをなしている、というのだった。

ロタにとって苦々しいことに、新聞・雑誌はとうとう小公園に「三流遊園地（ウ・マファー）」というレッテルを貼った。

ロタの敵陣には蜜の汁が滴った。さっそくマイア・ペニードが、三流遊園地を許可したのは財団（フンダサウン）

であってスルサンに相談はなかったと強調し、高速の車道への近さについては個人的には反対だと述べた。マクドウェル・レイチ・ヂ・カストロ議員は三流遊園地撤去の公式キャンペーンを開始した。「未亡人の丘」のライオンズ・クラブは、景観を壊しアテッホの方向性への敬意を欠く化け物の設置をドナ・ロタが許可したとは、と驚きを示した。

ロタは、このニュース記事はアテッホとの競争に危機感を持った市南部（ゾナ・スウ）の公園オーナーが煽ったのではないかと疑った。いずれにしてもネグラゥン一派は、状況をすばらしく有利にしたのだった。とうとう、ある社説が知事に、三流遊園地の即時禁止を求め、財団がこの地所の破壊に同意したのは不当だ、これは財団の所有物ではなくすべてのリオ市民のものであって、市民はすでにフラメンゴ公園のために百億クルゼイロ支払ったのだからと主張した。

ロタは「森が動く[1]」のを見た。

ビショップが帰り着くと、二人はサマンバイアへ行った。楽しくなかった。意思の疎通は難しく、ロタは私が独りでやれたことに怒っている、とビショップは感じた。シアトルの話は禁物だった。ロタの主題は罠と裏切りばかりだった。

ビショップがブラジルに戻ってまだ二週間と経たないうちに、三流遊園地の一件が起きた。ビショップは、ロープをかけられまいとする馬のように後ろ足立ちしたり鼻を鳴らしたりして、不可避の事態とロタが闘うのを見た。

「ロタ、この公園はあなたを殺してる、これを限りに万事、手を引いてはどう？」

「あなたが一篇の詩を書いていたら、自分の出版社が売り飛ばされた、と想像してみて。新しいボスが来て、その人の指示で動く別の人にあなたの詩を仕上げさせます、と言うの。そうよ、フラメンゴ公園は私にとっての詩だから」

　ビショップはどう励ましたらよいのかも、どう断念させたらよいのかも分らなかった。ロタがリオに戻ったとき、ビショップは冬のサマンバイアに残った。


　これら一切に反してロタは、財団は認可を保持しているはずだから、あれらの新聞記事は中傷だと言って、記事を否定しようと考えた。神経が限界に来ていたから、マスコミへの談話はエリオ・マメーヂに頼んだ。

　マメーヂはごく冷静に、目下のところは騒ぎすぎだと言った。歩行者が事故で轢かれる危険性については、地下道があるからその心配はない、と言った。設備の管理の悪さについては、すべて検査して塗り直す、と言った。彼はこうも言った、小公園の労働者たちがバラックに住むことに問題はない、財団自体が大バラックというべき大型倉庫（バハカウン）で運営されてますからねと[2]。

　七月二十二日、ロタは『ニック・カーター対レディ・リスト[3]』の映画撮影を見に行った。リチャード・ワイラーがミニコプターで離陸するシーンがアテッホで撮影された。三流遊園地について問うあるリポーターに向かって、ロタは設置場所が理想的でないとは認めたものの、地域が浮浪者や売春婦に占領されるよりは小公園になった方がましだ、と言った。美観の点について言えば、アテッホの恒常部分の基準と同じレベルを暫定的な公園[4]には望めない、とほのめかし、地下道が小公園に通じているし、遊具はすべて保護壁で守られている、と主張した。そして辛辣に、こう締めくくった——

「もしそれにも拘らず死にたがる人がいたら、私は関知しませんから」と。

った。翌日、ネグラゥンは遊園地を禁止した。

この言い方はかんばしい物言いではなかった。「忍耐も尽きれば慎重さを失う[5]」とマリカ侯爵は言った。翌日、ネグラゥンは遊園地を禁止した。

この禁止はおそらく遊園地・娯楽施設コミッショナーの告発を調査するためだった――建設が内々に運ばれ、工事の許可申請なしに行われたのではないか、との。工事だって？　とエリオ・マメーヂは訝った。問題はレクリエーション施設の設置だけだろう。そこで、財団は六項目の陳述書を出し説明した――遊園地によるアテッホの土地の占有は、最も不都合な事態、つまりゴミや売春婦や浮浪者によって占拠されることを防いでいる、と。

五日後、動機不明ながらネグラゥンは方向転換し、遊園地の建設を許した。ロタは勝利したと思った。アテッホに財団が小公園を造るのを阻止する法的根拠は知事にはないのだと公式に宣言した。そして新聞各紙に、財団の地位を正当化する新たな手紙を送った。

翌六六年七月二十九日、裁判所は財団の仮処分[6]を、期限満了とした。

「**ドナ・ロタの支配終わる！**」と『ガゼータ・ヂ・ノチシアス』の見出しは宣言した。

ビショップは毎日、リッリに電話していた。家の修復について尋ね、自分宛てになにか手紙が来ていないか、と聞いた。オウロプレトへ行きたいけれども、ねえリッリ、ロタが苦しんでいるのよ。私には手助けするすべは無いけれど、ロタをこの状況のなかで放り出す勇気はないわ。確かに助けたいのだけど、どうしたらいいかわからないもの。

とうとう八月早々、リッリは一通の手紙が来たことを告げた。開けて読んでみてほしい、とビショップは頼んだ。リッリは開いて、読み始めた――

「キスを(キスイズ)、キスを(キスイズ)、全身に(オールオーヴァ)」

リッリはこんな手紙はまっぴらだった。こんなたぐいを電話で読み続ける気にはなれなかった。手紙はリオに送るから自分で読んで。だめ！　だめよ！　ここへはだめ！　お願い、リッリ。家の修復の準備も必要だったしね、私、オウロプレトに行くわ。

翌日、バスに乗って、ビショップは出かけた。

予想通り、政府は王手(チェック・メイト)！　の準備ができていたのだ。事務長はエンジニア三人に魔の遊園地での勝利めざして調査を依頼した。ロタは裁定の結果を有罪と予知していたが、出された議論には承服しなかった。専門家(テキニコ)たちは、近くに有効性の疑わしい地下道があることを勘案しても、公園は猛スピードの二本の車道の横断へと人々を誘い込んでいる、と言った。

ロタは、今はどんな反論をしたところで無駄だとわかっていたが、黙っていることはできなかった。知事に手紙を書いた——

> 何なのでしょう、この有効性の疑わしい地下道というのはスルサン自体が造ったものであり、幅が十四メートルあって二年以上も何千人という人々に使われてきたのです。アテッホに通じる他(た)の二つの地下道と全く同一の仕様なのですから、それならほかのも、全く同罪だってことになりますわね。

次いでロタは「〈子供に学資を〉キャンペーン」にも発信した。「未亡人の丘」での地面の貸与は中止する、スルサンの調査委員会は来るべき遊園地の設備を十分安全だとみなさないのだから。
そしてもう一通、財団の顧問会議議長ホドリーゴ・メロ・フランコ・ヂ・アンドラーヂ(7)に宛てて、二十日間ロタの代わりに執行役員を務めてくれるよう依頼状を書いた。医者の命令で休養することになったから、と。

大型倉庫(バハカウン)は悲しみでいっぱいだった。ドナ・ロタに起きていることは不当だった。いかにも、財団の仮処分破棄に向けて意気込んだ。議会は、財団の差止請求への判決を待たないことにしてしまったのか？　議員たちは、ラセルダの制定を無効とする十二月の草案を追認し、財団を消滅させる旨の法令一〇四五号を公布した。

財団の弁護士が、議員たちは追従的かつ党派的な動機で動いている、と叫んだが、甲斐はなかった。事実は、六六年八月二十日、議会は、財団をもはや存続させないという決定を下した。

ドナ・ロタはグループを集め、事案は弁護士にすべて委ねると伝えた。疲れて体調が悪いので、二、三日引きこもることにします。皆さんは全員、現在の職のままでいてください、ことはまだ決済されていないのだから、と。悲しみをみなぎらせ、ロタは去っていった。

ロタはオウロプレトに行った。

リオで起きていたことについてはビショップも、大混乱(ミシヨルヂア)、惨状よ(ア・メス)、としか言えなかったから、リッリは詳しい情報を持っていなかった。やって来たロタは打ちのめされ、リッリの見知ったきらきら輝く人間とは様変わりして見分けがつかないくらいだと思った。アテッホの問題については話すことを避け、だんまりを決め込んだ。だが、ビショップとの関係でいえば、敵意がつのっているのが明らかだった。リッリは何年も二人と共に過ごし、愛を見守り、ロタのビショップに対する母親もかくやと思うほどの保護ぶりを見てきた。今やロタの口調は苛立ち、ビショップのこそこそしたやり方に堪忍袋の尾が切れていた。ビショップが家を買ういきさつについては、納得していなかったのだ。

ある朝、リッリとロタは車で外出した。ロタは黙りこくっていた。電話で悪い知らせを受けたのだ。リッリは慎重に距離をおいてそれを観察し、ロタがわめけばビショップが両手で耳をふさぐ場面を見てしまった。なんて哀れな。二人の素晴らしい女性、二人の飛びぬけた知性。愛しあった二人が、あんな風にばらばらになるなんて。

　リッリも黙りこくっていた。突然、どこからとも知れず一台の小型フォルクスワーゲンが現れた。ロタは激しく急旋回した。リッリは世界が逆転し、首に痛みの火花が走った。目を開けると、彼女とロタは車の天井と床の間で、頭を下に足は上にという経験したことのない姿勢で押しつけられていた。リッリは体の重みから肩と頭を解放したいと思ったが、インテルラゴスの車内スペースでは無理があり、助けて(ソコーホ)、助けて(ソコーホ)、とリッリが繰り返すと、高く紐を編み上げた靴が近づき、くしゃくしゃに髪の乱れた頭がリッリの頭と出会った。車から引っ張り出されると、二人とも無傷であることを確認した。ロタの自尊心を除いては——彼女は事件を受け入れられなかった。ロタの最大の自負の一つは、素晴らしいドライバーであること、生涯一度も事故を起こしたことがない、ということだった。

ガサッ！　荒々しくカーテンが開けられた。

「エリザベス！　これ、どういう意味？」

ロタが一枚の紙をふりかざした。開いたドアから一条の冷気が流れ込み、ビショップの裸の体にゾクッと鳥肌が立った。ひどいわ！　ビショップは入浴中だった！　少なくともバスルームでは個人のプライバシーは守られるべきだった。

「答えなさい！　これは何？」

こんな風にシャワーの下で脅されるのはおぞましかった。ビショップは栓を閉めると、出てタオルで体を覆った。震えていた。

「これ、って何？」

「エリザベス、しらばくれないで。この手紙は誰から？」

こういう事態が起こらないよう、ビショップはあらゆる用心をしていた。どうしてこの手紙がロタの手に渡ったのだろう？　どうして？　どうして？　ビショップは打ちひしがれてその紙を見やった。そこには手書きの筆跡で、上から下までびっしり、「愛してる（アイラヴュー）、愛してる（アイラヴュー）、愛してる（アイラヴュー）、愛してる（アイラヴュー）、愛してる（アイラヴュー）、愛してる（アイラヴュー）、愛してる（アイラヴュー）、……」と書かれていた。

「ロタ、こんなのただの馬鹿げたものだわ、わかるでしょ」

「誰が書いた？」

「馬鹿な女子学生が教師に熱を上げたのよ、大した意味はないわ」

「だれが・かいた！」

「その手紙、名前書いてないでしょ？　誰が書いたか、私にわかるはずある？」賢しらなウソの狡猾なリクツ。

瞬間、二人はそのまま動かなかった――痛ましく――ロタは手紙を手に、ビショップはタオルにくるまって。

ロタの目は怒りと不信に満ち満ちていたが、ビショップは氷のように青い目でその目を迎えた。突然ロタは半身をひるがえし、力一杯、叩きつけるようにドアを閉めると、出て行った――バスルームに裸のまま、身じろぎもしないビショップの面前で。

宿の女主人には予告もなく、ロタとビショップは車にスーツケースを積むと、リッリに素気なくさよならを言って、出て行った。

道中ずっと、ロタは懲罰的な沈黙を押し付けた。二人はサマンバイアに直行し、着くとビショップは仕事場に直行した。まるで窓ガラスに衝突した鳥のように、ビショップはくらくらしていた。

友人と呼んでいた人々が実は皆ロタの友人だったことに気づいて、いまや頼れる人は誰もいないと悟り、ビショップはバウマン医師に助けを求めた。どうかロタに手紙を書いて助言を、いいえ、休んで旅に出るよう処方を、と頼んだ。それだけが打開策だった。

以前は菜園のあったプール脇の地面を、木々が占拠していた。あたり一面、木ばかりだった。ビショップはエヂレウザの音楽的な声が歌う「青春の美しいバラ[8]」が聞こえるような気がした。あの人はどうしただろう?　私たちはどうなったのだろう?

22章　落日

私は自分を苦しめるつもりはない、あなたをも。
なぜ訊き出そうとする？　言えと説得するのはよせ。
だめだ、言うものか。怒るなら怒るがいい。
真実を知るとはなんと恐ろしいことか、その真実に
一片の救いもないならば。
あなたが無理やり言わせたのだ。私は言いたくなかった。
——ティレシアスの台詞。
ソフォクレス『オイディプス』(1)

「真実が知りたい！」ロタは迫った。

ビショップはあれこれ口実を使い、欺く者の引き延ばしの手口に出たが、しまいにはエイドリアン

の存在を認めた。

「つまり、あたしがここで地獄をみてたあいだ、人生最大の難儀な時を過ごしてたあいだ、あなたは小娘(ガロチーニャ)と寝てたってわけ！」

ビショップは異を唱えた。そこまで単純な（それにそこまで醜い）ことじゃなかった。エイドリアンは避難所だった。それ以上に、ビショップは途方にくれて、難破した人間みたいに疲れ果てていたのだ、そこへエイドリアンが……

「たくさん(シェーガ)よ！　たくさん(シェーガ)！」

ロタはうずくまって体を抱えた。ビショップは口を両手で押さえた。匕首(あいくち)の冷たい刃の酷薄は、取りかえしがつかない。

十五年ののち、歩み寄り、抱きしめ、打開策を訴えたのはビショップだった。ロタは生涯の恋人だった。ロタのいない人生は考えられなかった。二人でそこから出て遠くへ行かなくては、事態は修復されなくてはならなかった。

苦痛の遠吠えで、ロタには何も聞こえなかった。


ロタは急性内耳炎を起こした。ビショップは再び酒に溺れた。

ロタはタクシーでアテッホにやって来て、見るからにふらつきながら倉庫事務所に着くのだった。心配するスタッフに、これはオウロプレトでの自動車事故の後遺症だと言った。

よろめきつつも、ロタは事務所から公式文書を発信し続けた。ある民間企業が、財団に断りなくアテッホで全国子供フェスティヴァルを行なうと誇らしげにぶち上げたとき、ロタは公式に知事を問いただすよう、弁護士に指示した。

ネグラゥンは苦悶を早期に切り上げる決定を下した。法文一〇四五号の決定に則って、財団を消滅させ、財団であったものの一切をスルサンに譲渡する命令に署名した。

ついに、ロタはビショップの訴えに譲歩した。「休暇を取るため」現場を離れ、十月二十三日、ビショップと共にヨーロッパへ船出した。事態は修復されなくてはならなかった。

ラセルダは宿敵ジャンゴやJK（ジョタ・カー）と結託し『トリブーナ・ダ・インプレンサ』に「広域前線（フレンチ・アンプラ）」の宣言を掲載した。[2] その時期、ロタはオランダ周遊の旅に楽しみを探そうとしていた。

アムステルダムから二人はビショップの友人キット・バーカーの展覧会のあるロンドンへ回った。ロタとキットは大いに気が合った。だがロタは平衡感覚に深刻な症状を抱えているようだった。そしてロンドンでは見るもの全てに文句を言った。あるときビショップ一人で、キットとその妻イルゼと一日を共にした。とても気分よく過ごしたが、夫妻にはビショップがロタから見えないところにいられて、ほっとしているように思えた。

十一月初めまでにロタとビショップは、予定を早めてブラジルへ戻らねばという結論に達した。マグーが二人を空港に出迎えた。ロタは神経衰弱に陥り、医者の治療が必要なのだとビショップは説明した。

「あのとき、本当に事態が悪化したんですよね」

ジョアナが、ワシントンから着いてロタ入院の知らせに驚くイズメーニアに話していた。

「ドナ・ロタは精神科医に通いましたけど、まるで好転しなかったんです。入院措置なしでは済まされなかった。ショック療法を受けたんです――酷いものでした。ドナ・エリザベッチは底なしに飲んで飲んで。ドナ・メエリが、ドナ・ロタに付き添いに来なくちゃならなかったんです。病院で寝泊まりしてるんですよ、可哀想に」

「でも、ロタの病気は何なの？」

「神経をやられてるんです」

イズメーニアは無言でジョアナを見つめた。

「今や私の生活はあの病院通い。だってセニョーラ、ドナ・ロタが病院食を召し上がると思います？ 一口たりとも。家から食料を運ぶんですよ。もちろん、やかましいでしょ。この家からシーツを運ばなきゃならない。急に電話が鳴るんです、ねえジョアニーカ、今すぐ来て、頭洗ってほしいのよ、って。たまりませんよ。ドナ・エリザベッチは具合悪い。ドナ・メエリは街なかにいる。ドナ・ロタは呼んでる。神様、私どうすりゃいいんです？ このあくせくは、おわかりになりませんよ」

イズメーニアはひどく心配になった。ロタに何が起ころうとしてるのだろう？ 友達のみんなに話さなきゃ。

クリスマスが過ぎた。新年も過ぎたのに、イズメーニアはまだロタに会えなかった。ふたたびジョアナに電話した。

「そうなんです、また入院になったんです。いえ、ドナ・メエリがここにいますから、話してみてください」

メアリーの説明では、あいにく再度インスリン・ショック療法(3)をすることになったのだ。

「でもあれは、すごく強烈な治療なんじゃないの？　どうしてショック療法なんかを？」

「大変な鬱状態だから。ほかに治療法がないのよ」

「じゃ、エリザベスは？」

「あっちも入院中なの。解毒のため」

「まったく、なんて状況なの」

そう言いたいのはメアリー・モースの方だったろう。彼女は二人を看病するため、二倍の労力を強いられていた。とてもややこしい状況だった、メアリーはすでに三人の子供を養子にしていたのだから。そしてロタの治療費はとてつもなく高かった。付き添い費用を浮かせるため、メアリーは床で寝泊りしていたのだった。


ロタは六七年一月と二月を病院で過ごした。

一月の終わり、ビショップはリッリと連れ立って、ガイオラ蒸気船でサンフランシスコ川の川下りに行く約束をした。ビショップはオウロプレトに行ったが、具合が悪くなり、リッリがリオへと連れ帰り、また病院に入れたのだった。

三月、ロタもビショップも解放された。二人ともずっと気分がよくなっていた。昔のように、二人でサマンバイアに行った。

着くや否や、ビショップは仕事場に直行して書き始めた。ああ素敵だ。静かに創作に向かえるなんて久しぶり。少しずつ紙の上に奇妙な人物たちが、うそぶく異郷の動物たちが姿を現した。一匹は巨大なヒキガエルで、背中のコブは筋肉ではなく毒の袋なのだと宣言していた。われは偽装せる天使なり、畏れよ、とヒキガエルは警告していた。ついで、巨大なカタツムリが来た。滑らかに動いているように見せてはいても、一つ一つの動きが実は、途方もない意志の力のなせるわざなのだった。退くことこそが最良、という信条をカタツムリは持っていた。最後にビショップは、マヨイガニを創り出した。流れるような文体の散文詩だった——

こいつは俺んちじゃない。なんで水場から遠く来ちまったのか？〔……〕いかにも、「斜」に身構えて、「からめ手」から行くのが俺の手法。なに、感情は包んでおくさ。とはいえ、この変なつるつるの岩場じゃ、シャカシャカ響いてうまくない。こいつは俺の持ち場じゃない。ま、ここを切り抜けて見張りを怠らなければ、元の水場はみつかるさ。通りがかりの諸君！　右手のハサミにご用心。(4)

ビショップが創作の奔流のなかで仕事場にこもる日々を送る一方、ロタは身動きできずにいた。ビショップの紙の上に現れる動物たちのように、あらぬ方向へ行った生き物だった。家も岩も森も手がかりを失い、曇った目はサマンバイアの上にあてどなく彷徨っていた。

二人は週二回、リオへ降りて行かなくてはならなかった——デシオ・ヂ・ソウザ医師のもとでロタの精神分析の面接に通うためだった。これは週を分断し、車の運転を再開したロタには大きな身体的負担になった、ロタはもう野の花々を（人々を）いっぱいあつめて大きな束を作りもしなければ、本を読むこともしなかった。その重苦しい沈黙は、問いのなかで最も残酷な問いを問いつめていた――何になるの（パラ・ケ）？　と。口を開けば、ビショップがシアトルで犯した「愚行」と抗酒薬（アンタビュース）の服用を拒んでアル中患者でいたがることへの非難だった。もし薬が問題を解決するなら、ロタは何箱も何箱も飲んでいる薬のおかげで、毎日泣いたり神経の束と化したりするのもとっくに終わりにしているはずだ、とビショップは思っていた。

だが、ロタに向かって、ビショップが内心を吐露することはなかった。彼女はバウマン医師と友人たちにのみ明かして、その人たちに自己弁護の気持ちのつのる手紙を書き送り、人生で最も幸福な十年をロタと共に過ごしたが、最近五年間は地獄だったのだ、そして、ロタから距離を取りたがる自分に罪の意識を感じはするが、ロタと一緒にいても無意味だと説明していた。ビショップはニューヨークへ行くことを検討していた。

一九六七年五月、ジョゼ・エドゥアルド・ヂ・マセード・ソアレスが逝った。ロタは絶望に沈んだ。熱烈で激しやすい二つの気質のあいだでよくあるように、ロタと父とは互いに、苦しめあい、感心しあい、いがみあい、求めあって人生を送った。父の大胆不敵さがロタには誇らしかった。自らの立場を危険に晒（さら）した証拠を示す銃弾の穴のあいた父の帽子を、ロタは大切にしていた。アパートの寝室に座って、父をアテッホ見学に連れて行った朝のことを思い出していた。上院議員は車椅子に乗っていたが意識は確かだった。父に自分を誇らしく思ってほしくて、ロタはあらゆる場所を見せて回った。二人のあいだに諍（いさか）いはなかったが、言うべきことすべてを言ったわけではなかった。もはや時間はなかった。お父様（パーイ）！　涙はたえず湧いてきたが、こらえた。ロタは目を閉じた。暗闇のなかに居たかった。

ビショップは、サンフランシスコ川下りの旅をこれ以上先延ばしできない、と覚悟した。ブラジルについてエッセイの本を書く約束で支払いを受けていた上、ときはもう五月なのにまだ手付かずだったからだ。ロタの鬱状態がぶり返していたので、ビショップはデシオ医師のもとへ行き、自分がそばを離れるのは悪影響があるだろうかと相談した。医師は逆に、離れていることはむしろいいかもしれない、と言った。だが彼の助言は、一人で旅に行くこと、だった。リッリの同行はロタの嫉妬と不安を呼び覚ますかもしれないからだった。

ビショップは出かけ、出かけてよかったと思った。昨今の苦痛を置いてくることができた。ビショップは甲斐甲斐しくメモを取り、集めた材料はきっと、どこかアメリカの雑誌の関心を引くだろうと考えた。たとえば旅のはじめ、甲板にはたくさんの生き物がいた。日を追うごとにメンドリや豚の数が減っていった。それらは屠られ、乗客たちの食する料理となったことにビショップは気づいた。アメリカの読者はきっとエキゾチックだと思うだろう。ビショップは周辺地域の悲惨さに心打たれたが、リオの記事の懊悩の後では、これと取り組むのはためらわれた。だが旅はビショップの罪悪感を薄めてくれる助けになった。確かに、一人で行くべき旅だった。ロタが来たら、どの一瞬も忌み嫌ったことだろう。

リオに戻ると別の嵐が起きた。エイドリアンからの一通が届いたのだ。ロタは逆上した。
「エリザベス、あの女をここへ連れてくるつもりじゃないでしょうね！」
ビショップはエイドリアンが書きえただろう事柄も知らなかった。手紙は読んでいなかったのだ！

一切は災厄だった。一つ、明らかだった――これ以上この状況にはいたくない。この暮し方ではいられない。心配そうなジョアナの目の前で、ドアを開け、出て行った。

デシオ医師はビショップをオフィスに呼んだ。ロタは最悪(ペッスイマ)だった。ビショップがロタを傷つけている、と彼は厳しく言い放った。

ブラジルに戻って一年後、ビショップは合衆国行きの帰国便に乗った。家ニ戻ル望ミ奪ワレ。(5)一切の希望は失せ果てた、家庭に帰る希望は。彼女はニューヨークへ行こうとしていた、ローレン・マカイヴァーのスタジオへ――かつて六一年にロタと二人で滞在した場所へ。こうなるようにと自分が選んだ瞬間があっただろうか? 思い出せないけれど、あったにちがいない、(6)とビショップは回想した、小さなアパートを、埃っぽくカビくさい、二年間閉めきっていた部屋を見回しながら。

ビショップの今度の出発で、再びジョアナが残った。女主人の状態が哀れだった。ドナ・ロタは病院を出て以来、陽気さを失くしていた。つねに悲しんでいた。だが、ドナ・エリザベッチがいなくなったあと、どっと涙が溢れた。たくさんの薬を飲んだ。意気消沈していた。もうベッドから起きて来なかった。ジョアナは小さな腰掛けを持って行き、そばに座った。彼女はベッドの上やドナ・ロタの椅子には決して腰掛けなかった。誇りある者は身の置きどころをわきまえる。ジョアナは入り方も出ていき方も心得ていた。小さな腰掛けから見守り、励まし、聞き役になった。私たち結局、二人ぼっちになったのね、私のジョアニーニャ。でも私、向こうへ行ってあの人をつかまえて来る。私もアメリカへ行く。

昼はのろのろと過ぎた。ロタはマグーに電話しては、そっちで一緒にいてもいいかしら、とせがんでいた。私、辛いのよ、マグー。人生は何にも値しないもの。

夜はナナー、ハシェウと話した。傷心のロタだった。エリザベスの言った通りよ、ブラジルで暮すのはもう無理。ニューヨークへ行きたかったが、例の娘に出くわすのを恐れた。

アシュリー・ブラウンもロタのもとを訪れていた。いつも悲しそうで疲れているなと思っていた。アシュリーがニューヨークへ行ったときは、ビショップのために冬服を持って行って、と頼んだ。アシュリーは一週間ビショップと過ごした。元気そうだなと思った。ある晩、一緒にディスコに行ったった

――別の日はスペイン料理のレストランに行った。

議会の決定への新たな差止請求にかかる担当弁護士たちは、訴訟の根拠をなすフラメンゴ公園についての請願書を作成するためには、資料と記録データが不足だと言ってきた。ロタはホーズィ・ペイショットに電話して、材料調達を手伝うように頼んだ。ホーズィは、アテッホに図書館を作る予定のあった頃、図書館のプランを作るべくロタに雇われていた。

突如、ロタはうつ状態を脱した。ものごとをこんな風にしておくわけにはいかないわ。エルスィー・レッサ[7]は、アトランチカ大通りをプロのレース・ドライバー並みの機敏さでコンバーチブル型自動車を駆るロタと出会った。

「ハンドルに、しかと情熱をこめるんですね？」

「ハンドルの奥に聴いてるものを、分かってもらえたらねえ？……〈ヴォヴォー・バッハ・リンパ――快速お祖母ちゃん[8]〉って、私が繰り返し、心してるのはそのこと」

ロタはドナ・イオランダ・コスタ・イ・シウヴァに謁見を許された。大統領夫人の善意とユーモアを讃えながら、ロタは財団の擁護を主張する手紙を送った。共産主義との闘いにおける尖兵にもなりうるものとしてフラメンゴ公園を名指し、そのこころは、若者が共同謀議や路上暴動を企んだりするかわりに、健全で教育的な形でエネルギーを発散する場所になりうることだ、と述べた。サインし、日付を書いた――一九六七年八月十八日。

同じ日、ロタは数枚の書類にもサインした――遺言状である。所有する美術品を慎重な配慮で友人たちに分けた。リッリには聖フランシスコ・シャヴィエルの彫像、ハシェウには聖ベネディクトゥス像、オスカル・シモンにはサマンバイアの聖人であるノッサ・セニョーラ・ダ・コンセイサウン――受胎の聖母「とやらの聖女」など、一人一人に思い出の品を。ジョアナには月二度の少額を生涯年金として保障した。甥フラヴィオには家伝の品々すべてを――父ジョゼ・エドゥアルドの剣やイタボライ伯爵[9]のピンクの洗面器、M・S（マセード・ソアレス）のイニシャルの食器類。ロタはレーミ地区のアパートをビショップに遺した。サマンバイアの家と土地はメアリーに贈り、同時に彼女を遺言執行人に指名した。妹のマリエータには陶器のカモを遺した。

九月、ロタは医者の反対を押し切り、ビショップに会うためニューヨークへ行くと決意した。デシオ医師は、旅行できるだけの良好な状態にない、と見立てた。友人たちはみな――ナナーもヴィヴィーニャもホズィーニャもマグーもハシェウもイズメーニアも――口々にそして全員声を揃えて、ロタに懇願した――ロタ、行ってはだめ（ナウン・ヴァ）！　と。

無駄だった。ロタは決めてしまっていた。ジョアナは荷物をたくさん詰めた。二、三ヵ月行ったら、ドナ・エリザベッチと一緒に帰って来る、とドナ・ロタは言われたんです。

旅の前夜、ホーズィはアテッホに関する資料を詰めた大きなフォルダーを持って行った。ロタはベッドから出なかった。ロタはアルバムを感傷的にめくり、自らの情熱こもる作品の各章を、掘り返した赤土の段階から、推し進めた財団の構想まで振り返った。その後は、暴力でつけられた傷を包帯がーゼでくるむような法定用語が並んだ、「不可侵の法律行為」、そして、「廃止は無効」との。ロタは、自分を定義する用語の前で目をとめた――「ブラジル人（ブラジレイラ）、独身（ソウテイラ）、主婦業従事（ヂ・プレンダス・ドウ・ラール）(10)」

ロタはホーズィに、銀行へお使いに行ってほしいと頼んだ。戻って来たホーズィは、土気色のロタを見て、ベッドで亡くなってるのかと思った。ぎょっとしてジョアナを呼んだ。いいえ、ドナ・ロタは眠ってらっしゃるだけですよ。だがホーズィは、深く胸を突かれた。ロタは解放され、バラバラになった。公園がこの女性にとどめを刺したのだ。ホーズィがかつて知っていたあのドナ・ロタは死んでいた。

九月十七日、ロタは旅立った。飛行機は何時間も遅れた。ビショップは飛行場でロタを待っていた。心を揺さぶられ、二人は抱き合った。ビショップには自分に会おうとやって来たロタの覚悟の努力を推し量った――見たこともないほど衰弱していたのだ。二人は荷物を置きにアパートへ寄った。アパートは長時間締め切っていたため空気が退廃的にこもっていた。しばらく家の外にいさせる方がいいな、とビショップは思った。ロタを連れて、近所に住むハロルド・リーズとウィートン・ギャレンタイン(11)に紹介しに行った。たまたまエマヌエル・ブラズィウ(12)が訪れていた。ロタは礼儀正しかったが、疲れきっていた。ビショップはロタを連れてレストランへ回り、そこからまっすぐ家に戻った。二人は夜十時まで、長いこと話しこんだ。二人ともひどく疲れていた。両者共に催眠剤をのみ、きつく抱擁を交わして、眠りについた。

ビショップはぐっすり眠っていた。明け方近く、ぼんやりした物音で目が覚めた。灯りを点け、起き上がると、キッチンのドアのところに立っているロタと鉢合わせした。近づくと手にガラス瓶を持っているのが見えた。無言でおそるべき視線を投げ、ロタは倒れた。ビショップは動かないロタの体に身を投げた。叫びが、グリニッチ・ヴィレッジに漂った。別の叫びが、すくむ少女の上で、グレート・ヴィレッジに漂ったように。(13)

電報の、要点のみの文の残酷さには、誰ひとり心の用意がなかった。

《ろた到着時ヨリ不調。本日死去。電話ヲ試ミテイタ。　――えりざべす　25.9.1967》

ロタの友人たちは、連絡の来ないことを不審がってはいた。普段ならとっくにふざけた電報か電話が来ていていいはずだった。しかし今回は、鬱状態の危機のなかで出かけた旅だったし、心配ではあれ一週間の沈黙も分らないではないと友人たちは思った。電報はビショップがマグーとホジーニャに送り、二人が皆に電話したのだった。報せは打撃だった。全員がビショップに憤慨した。もしもロタが一週間病気だったのなら、どうしてみんなに電話で知らせていなかったのか？　結局、ロタに何が起きてしまったのか？

遺体は四日後に到着した。ロタは黒のレースの服に死化粧した姿で帰って来た。サン・ジョアン・

バチスタ墓地[14]の父親の隣に埋葬された。ラセルダは感情こもる弔辞を書いた。

ロタ・コスタラット・ヂ・マセード・ソアレスはフラメンゴ公園を造った人だった。卑小な政治と奸計によって、自らの公園を奪われたまま亡くなった。だが公園に由来するものは、公園が存在する限り、生き延びる限り、すべてはドナ・ロタという名の、全身これ神経（トーダ・ネルヴォス）、全身これ光（トーダ・ルス）であった、華奢で小柄なその人に、帰されるべきである。

ビショップは来なかった。

ビショップが来たのは何ヵ月も経ってからだ。腕にギプスをはめた姿でやって来たが、それは酔っ払って転んだためだった。ロタの友人たちを探し、抱擁し、何が起きたかを語った。ビショップはロタがヴァリウム[15]の瓶を手に床に倒れているのを発見した。昏睡状態だった。バウマン医師が駆けつけ、病院に搬送した。皆に知らせなかったのは、無用な心配をさせたくなかったからだった。ロタが回復するという希望を持っていたのだ。

イズメーニアは床の上で死にかけているロタを発見して、ビショップは心中いかばかりだったことかと想像し、憐れみでいっぱいになった。その後のパニック、一縷の望み、そして死の確認に直面しての絶望。

ヴィヴィーニャは寛容さのかけらも無かった。あなたは一体、何をしたのよ、ロタが死んでしまいたくなるような、何を？

23章　一九九四年、リオデジャネイロ

ナナーの家を出ると、ヴィヴィーニャはイズメーニアに家まで乗せて行くと申し出た。まだ運転していたのは彼女だけだった。パパイヤ・イエローのヴァリアントを一台持っていた。無謀かなとも思ったが、イズメーニアは申し出を受けた。アルバムは重かった。

「あの大酒飲み（パウ・ダ・アグア）は、生涯ロタの軌道に乗っかって回り続け、ロタが死んだあとは軌道を外れて出て行ったのよ」――ヴィヴィーニャは言葉をついだ――「姿を現すのは遅らせて、来たと思えば、それは遺言状を話し合うときだったってわけ」

「ヴィヴィーニャったら、そうだったとも言えないわよ」

「そうだったとも言えない、ってどういう意味？　じゃあロタがメアリーとホジーニャに遺した絵画類をほしがらなかったとでも？　買ったのは自分だって言いつつ」

「敵意に満ちた雰囲気だったじゃない。みんなすごくピリピリしてて。それにきわめつけは、マリエータが弁護士を立てて遺言状に意義を申し立てたし」

「敵意に満ちてて当り前よ」――ヴィヴィーニャはサンタ・クララの信号(1)を突き進んだ――「あの人、一体何を期待してたわけ？　ロタは一生あの人の支えになってやったのに、ロタがあの人を必要とした唯一のときに、ロタを受け入れる度量も無かったじゃないの。いいえ（ナウン）、それどころか、小娘（ミニノータ）があの人に熱を上げたって、いい気になってたのよ」

イズメーニアはその小娘を思い出した。とても綺麗な若い娘で、ずいぶんたってからビショップが秘書だと紹介したっけ。その頃ビショップはもう、オウロプレトに住んでいた。レーミ地区のアパートを売り払って、メアリー・モースとの醜い争いの挙句に、サマンバイアから自分の物を引き上げた。そうよね、あの若い子はすごく綺麗だったわ、とイズメーニアは思った。でもリッリは、電話で話した限りでは、あの馬鹿な娘（イヂオチーニャ）にビショップが何を見てたのかわからない、って言ったっけ。

「家でちょっとした手料理こしらえる代わりに、いいえ（ナウン）、ロタを外食に連れ出したのよ！　それから夜、話しこんだあと、眠くてたまらなくなったっていうあの話――想像してよ。ロタはぼろぼろになってここを出発し、慰めを求めてニューヨークへ行ったのに、あちらさん、眠り込んだのよ！　横になったら、寝ちゃったたって！」

イズメーニアは言い返さなかった。何もかもが思い出すだにつらかった。じき降りられるわ、やれやれ。ハンドルを握ったヴィヴィーニャのおっかないことといったら。するとわけもなく、ナナーが水鉢で育てているサツマイモの茎葉が、ゆらりと大きく心に垂れた。枝は一メートル以上も垂れていた。イズメーニアのアパートでは、植物は育たなかった。アフリカスミレは全部造花だった(2)。

「着いたわ（シエガーモス）、ヴィヴィーニャ。どうもありがとうね（ムイント・オブリガーダ）」

「どういたしまして（イマジーニ）。さよなら（チャウ）」

アルバムを不器用に運びつつ、イズメーニアはバッグに鍵を探るより正門のベルを鳴らす方が楽だと思った。長いこと経ってやっと管理人が出て来た。一瞥、イズメーニアだと分かると、ボタンを押して門を開けた。重い荷物を運ぶ手伝いなど、考えもしなかった。

ヴィヴィーニャは少し苛立ってアパートに着いた。建物のガレージに車庫入れするのはひと仕事だった。六階の隣人は一つしかスペースの権利がないくせに車は二台持っていた。それに通路の電気は何日も前から切れていた。暗がりのなかで、小さな鍵穴を探さなくてはならなかった。古びたビルって嫌ね。古いことって嫌だ。

ヴィヴィーニャは入るとまっすぐ窓を開けに行った。少なくともこのアパートには一つだけいい点があった――眺めだ。ヴィヴィーニャはアテッホに交差する車のライトの赤い軌跡を眺めた。疑いもなく、あの高い高い電柱から、月明かりが今も降りそそいでいた。無性にロタが懐かしかった。今日に至るまで、起きたあの出来事は受け入れられなかった。ビショップがロタを殺したんだ、とヴィヴィーニャは自分に繰り返した。

彼らもまた、九四年七月二日付の『グロボ』紙のロタに関する記事を読んだ。

アルナウド・ヂ・オリヴェイラ、退職したビジネスマン。フラメンゴ地区に三十年以上暮らして、ほかの退職者たちと、毎日アテッホを散歩するのが日課だった。アテッホを造ったのが一人の女性だったなどとは、夢想だにしていなかった。彼はずっとそれを、ブーレ・マルクスの作品だと思い込んでいたから。

ド・カルモ、編集者、元・国外追放者（エス・エズイラーダ）。ロタのことは憶えていた——典型的な地方の退廃的な富裕層、ヴィヴィーニャおばさんの友だち。おばさんはロタに夢中だった。上流階級の生まれによくある、専制的な雰囲気の持ち主。とても風変わりな髪留めをしていて、それで髪をとめていると、頭蓋骨を外科手術でもしたみたいに見えたっけ。

モニカ・モース、既婚、二児の母。祖母（アヴォー）の愛の生活と死の状況が明かされるのに慄いた。母に電話した。過ぎたことは忘れるのが一番、とメアリー・モースは言った。

24章　一九七八年、ボストン

エリザベス・ビショップはもう一度、紙片を眺める。もちろん、思い出すことはみんな間違っているかもしれないけれども。

ブラジルに戻ったとき、ビショップは罪人のように迎えられた。誰も彼もがロタの死に絶望的になり、まるで彼女は絶望していないかのような扱いをした。そんな権利はない、とでも言うように。十五年間にロタと二人で所有していたものを持っていこうとすると、まるで泥棒ででもあるかのように、抵抗されるのだった。

ペトロポリスの家には一度も戻らなかった。二度と戻るつもりはなかった。オウロプレトの家は売りたいと思った。あそこでは幸せではなかった。

それでもブラジルは、彼女の人生に存在し続けた。エマヌエル・ブラズィウと一緒に、ブラジル詩のアンソロジー(1)を編んだ。二人は早くも第二集を作り始めていた。リカルド・ステルンベルクと、ブラジル音楽における詩についてニュー・ベッドフォードで発表もした(2)。カエターノ・ヴェローゾ(3)とその歌「身元不明(ナウン・イデンチフイカード)」が好きだった。何よりも、ブラジルは彼女がついに到達した詩の数々、その詩行、賛美され賞を勝ち得た詩行の底に生きていた。

そしてロタは？　ディア・ロタ。無性にロタが懐かしかった。今日に至るまで、起きたあの出来事は受け入れられなかった。ロタの献身、知力、美しさ(ベレーザ)――それらは卑小なものに滅ぼされた。意図的に、恥知らずに。

ビショップは窓の外を眺める。船着場にはすでに、たくさんの船が入っている。

ニューヨークに着いたときのロタを思い出す、疲れ果て、死に至る深傷(ふかで)を負ったロタを。彼女は苛(さいな)む――ブラジルがロタを殺したんだ、と。

Scribitur ad narrandum, non ad probardum.　Titus Livius

人は語るために書く、証すためにではなく。——ティトゥス・リウィウス

訳注

・人名で、生没年の次に米英仏などの国名がない場合は、ブラジル人を示す。生没年ほか詳細不詳の人物の場合、あえてその旨は記さない。
・語注は、ポルトガル語・外来語の原語のみ見出しに示す場合がある。
・（　）内に著者とある注は、著者オリヴェイラ氏のご教示による。

エピグラフ

「本国に帰ったクルーソー」 “Crusoe in England” 最後の詩集『地理Ⅲ課』所収。

1章

（1）**「サンタレン」** “Santarém” 一九七八年の詩。没後の『全詩集』所収。

（2）**carranca** 原意は「しかめっ面」。ブラジルの魔除け。航海の無事を祈願するお守り。

（3）**ヤドー** Yaddo ニューヨーク州サラトガの小邑にあった芸術家村。

2章

（1）**ビショップ** Elizabeth Bishop（1911-79 米） 詩人。四大詩集『北と南』『冷たい春』『旅の問い』『地理Ⅲ課』（*North & South*, 1946; *A Cold Spring*, 1955; *Questions of Travel*, 1965; *Geography III*, 1976）のほか、生前一九六九年版全詩集（*The Complete Poems*）と没後一九八三年版全詩集（*The Complete Poems 1927-1979*）がある。

メアリー Mary Stearns Morse（1914-2002 米） ボストンの資産家の娘、ブラジルに移住。ロタと共に住んでいたレーミ Leme はリオデジャネイロの高級住宅地。アトランチカ大通り Avenida Atlântica は湾岸の目抜き通り。

（2）**ロタ** Maria Carlota（‘Lota’）Costallat de Macedo Soares（1910-67） ブラジル名家の娘。

（3）**カルダー** Alexander Calder（1898-1979 米） 彫刻家・画家。モビール芸術の創始者。金属彫刻でも著名。

（4）**ペトロポリス** Petrópolis ブラジル東南部の現リオデジャネイロ州の高原都市。リオ市中から北へ約六〇キロ。

サマンバイア Samambaia はさらに山中の土地。昔、農園と大邸宅（カーザ・グランヂ）のあった由緒ある地。

（5）**ポルチナーリ** Cândido Portinari（1903-62） 三五年米国に紹介、三九年ニューヨーク万博に出品。四〇年デトロイトとMoMAで個展。帰国後、議会図書館職にあった詩人マクリーシュ Archibald MacLeish の依頼で、四一年十月再び渡米（ロタとメアリーの出会った旅）。

（6）**ホーン** Florence Horn　この人はMoMAカタログと会報に"Portinari of Brazil"（1940）を執筆していた。

（7）**「サントスに着く」**"Arrival at Santos" 最初のブラジル詩。第二詩集『冷たい春』を含む『詩集——「北と南」「冷たい春」』（一九五五年）収録後、第三詩集『旅の問い』（一九六五）に再録。

（8）**lotação**　五〇—六〇年代リオで主に北部・西部路線に多かったボックス型のライトバン。トラックの大型荷台にかえて、窓と座席二列をもつ乗用部を取り付けたもの。

（9）**maria-sem-vergonha**　ツリフネソウ科インパチェンス、アフリカホウセンカの通称。娼婦風のこの通称は、花名 impaciência の原意「我慢できない」に由来（中川ソニア氏のご教示）。

（10）ペトロポリスのこと。第二帝政時代の皇帝ペドロII世はじめ、為政者や富裕層の避暑地。

（11）"Oh, dear!"　ビショップの口癖。

（12）**慌てウサギ**　『不思議の国のアリス』のウサギ。入り込んだ異文化世界が詩人に促した連想。

（13）**私のお花** minha flor　本書に多出する"flor"は「花」のほか、善い人、優しい人など「人間」をも指す言葉。

（14）**ドナ・エリザベッチ**　英語名 Elizabeth は、ポルトガル語発音ではエリザベッチ。Dona は婦人への敬称。

（15）**ヴァルキーリア**と**バヘット**　Walkýria と Barreto は弁護士夫妻。本書にもとづく映画 *Flores raras*（2013. B・バヘット Bruno Barreto 監督、英題 *Reaching for the Moon*）の製作者で監督の母ルーシー Lucy Barreto は、子供時代、ロタに会ったことがあると二〇一三年ニューヨークでの試写会で語ったのは訳者も聞いたが、このブラジル映画界の重鎮バヘット一族とは無関係のようである（著者の談）。

（16）**ムーア** Marianne Craig Moore（1887-1972 米） モダニズム詩人。ビショップは大学時代に知り合い生涯親しかった。"Marriage" "To a Snail" とも *Observations*（1924）所収。「結婚」中、「立派な顔（かんばせ）」と訳した handsome は男性のみならず、古くは中年の気品と貫禄のある女性にもあてられた表現と、満谷マーガレット氏に教わった。

（17）**ベルナルデス** Sérgio Bernardes（1919-2002） 建築家。この家は五四年、大きな建築賞を受賞（→6章注27）。彼はロタと同様カーマニアで、五十年代にはレースにも参加した。

（18）**カルロス・レォン** Carlos Leão（1903-83） 建築家、画家。ルーショ・コスタと共同事務所を持ち、若きニーマイヤーらを輩下に、旧教育保健省庁舎の建設（一九三七―四三）に携わった。女性像のデッサン、水彩画も知られる。

（19）**ハーバート** George Herbert（1593-1633 英） 十七世紀の形而上派詩人。十代からビショップが愛した詩人。引用は原題"Love"で、原著ではポルトガル語訳されているが、ここは音読の場面なので、英語原詩を転写した。

（20）**マリオ・ヂ・アンドラーヂ** Mário de Andrade（1893-1945） 詩人・作家・音楽史家。独立百周年を機に、ブラジル文化の欧州からの自立を宣言した一九二二年「近代芸術週間」の立役者で、モデルニズモ（近代主義）の代表者。引用は詩集 *Remate de males*（1930）所収、連作"Poemas da amiga"（1920-30）XII篇中のIIより。

（21）**語末第三音節韻** rima proparoxítona ポルトガル語の通常のアクセントは語末から二番目に置かれるので、少し破格な洒落た韻。（ラテン語系の詩に出るが定訳はなく、川本皓嗣氏に訳語をいただいた）。

（22）**『冷たい小品』** *Pièces froides*（1897）「三つの逃げ出させる歌」「三つのゆがんだ踊り」からなる作品だが、この場合は「壁について」「木について」「橋について」からなる『新・冷たい小品』*Nouveaux pièces froides*（1906?）の可能性もある。

（23）*Parade*（1917） ディアギレフ率いるロシアバレエ団の公演。騒音や奇抜な衣装の使用で物議を呼んだ。

（24）**ローウェル** Robert Lowell（1917-77 米） 詩人。判事や作家が輩出した米国東部の名家出身。ビショップの親友。

3章

（1）milady 賓客、英国婦人の意も。ビショップは米国籍だが、母方の祖先は英国系のカナダ人。

（2）mandioca キャッサバの根茎、サツマイモに似た芋部分。マニオク。タピオカは澱粉。インディオ由来の主食。

（3）**フィールド** Erastus Salisbury Field（1805-1900 米） 画家、写真家。言及の絵画"Mrs. Paul Smith Palmer and Her Twins"（1835/38）はワシントンのナショナル・ギャラリー所蔵。

（4）カタツムリとカニは、散文詩「雨季――亜熱帯」"Rainy Season; Sub-Tropics"に登場。のちにヒキガエルを加え、三篇構成で仕上げた（→22章注4）。

（5）imbaúba はヤシ類、samambaia は大きいシダ類、お馴染みの begônia は熱帯原産。

（6）植物の描写などは、詩「ブラジル、一五〇二年一月一日」"Brazil, January 1, 1502"に生かされた（→11章注15）。

（7）地衣類の描写は、詩「シャンプー」"The Shampoo"の細部となる（→4章注15）。

（8） **ロタの家族**　父のジョゼ・エドゥアルド José Eduardo Junior de Macedo Soares（1882-1967）、母アデーリア Adélia Calvalho Costallat de Macedo Soares（?-1942）、及び妹マリエータ Maria Elvira（'Marieta', 1911-?）。のち両親が別れた際、父が買ったサマンバイアは母の所領となり大邸宅は売ったが、土地はその後姉妹で相続し、二等分した。

（9） **政治亡命**　ロタの父は海軍からジャーナリズムに転じ、新聞 *O Imparcial*（後の *Diario Carioca* の前身）を創刊、反政府的論陣を張った。一九二二年リオのコパカバーナ要塞で起きた将校の愛国運動（テネンテの反乱）に関わり、逮捕。家督を奪われ、島送りとなったが、兄弟の政治力で一家はヨーロッパに亡命した。

（10） **"Ai, seu Mé"**　サンパイオとジュニオール（Luis Nunes Sampaio, Freire Júnior）作。マルシーニャは、カーニヴァル（ポルトガル語ではカルナヴァル）の行進（マルシャ）に使われた。活気のある二拍の音楽。ロタが歌わなかった「国歌」とは、一八二二年独立時の F. M. da Silva 作の曲に、一八八九年の連邦制宣言以後、一九〇六年に選ばれた J. O. Duque Estrada 作の歌詞がついた歌のはず。この歌は "Ai, seu Mé" と同じ一九二二年に大統領に「国歌」として採用され、今日まで歌われている（ただし正式な国歌としての法的制定は一九七一年）。

（11） **大統領A・ベルナルデス** Artur Bernardes（任期 1922-26）　就任は十一月。

（12） **ビショップの家族**　一人娘としてマサチューセッツ州ウースターで誕生。生後八ヵ月の父 William Thomas Bishop の死で母ガートルード Gertrude May Bulmer が精神に異常をきたし、カナダで入院したため、五歳から母方の祖父母ブーマー家で幼時を過ごしたが、学齢前に合衆国で建設会社を経営する父方のビショップ家に戻された。一年ほど暮らしたが馴染めず、またボストン在住の母方の叔母モード Maude に引き取られた。

（13） 詩**「雨は朝まで」**　"Rain Towards Morning" の細部。第二詩集『冷たい春』所収。

（14） **mestiço**　メスティーソは元は先住民との混血をさしたが、広く「混血・雑種」の意味で使われる。多民族国家のブラジルでは、黒人と白人と混血人は「人種」としてよりも「肌の色」でプレット（黒）、ブランコ（白）、モレーノ（浅黒）等々の呼び方で、日常的に呼んで分類されることが多い（E・テルズ『ブラジルの人種的不平等』明石書店、二〇一一年）。

（15） **マセード・ソアレス家**　屈指の名門。母方の兄も文筆家だが、父の祖父の兄 Antônio Joaquim は政治家（通称 "Conselheiro"）・文芸批評家で、作家マシャード・ヂ・アシス（→6章注2）との書簡集や辞書編纂の仕事もある第二帝政末期の知識人、ペドロⅡ世から叙勲された。ロタの祖父は医者、父（→本章注8、5章注15）の弟はヴァルガス内閣やクビシェッキ内閣で大臣を歴任した。

（16）**たった一冊の本**　第一詩集『北と南』（一九四六年）。新人の登竜門ホートン・ミフリン社賞、のち同社で刊行、出版。

（17）**カジュー caju**　ウルシ科の常緑高木。ブラジル原産。勾玉状の身をつける（→後出本章注19）。

（18）**慣れた薬剤**　幼時からの持病で、アドレナリンとトリペレナミン（プリベンザミン）の用意があった。

（19）「花梗」とは、花軸から別れ出て先端に花をつける小枝（＝茎）のこと、「花柄（かへい）」ともいう。いわゆる「カジューの木の実」はりんごのような形の偽果（カシューアップル）で、その外側にできる勾玉形の「堅果」が人のつまむカシューナッツ、真果。

（20）**Pleurotus ostreatoroseus**　実在するピンク色の食用キノコ。ブラジルのウィキペディアには、料理の色どりに好まれる、とある。『菌類の事典』（朝倉書店、二〇一三年）には、これに近い学名の Pleurotus ostreatus（「ヒラタケ」）がみられるが、種の近さは不明。

（21）**冬**　ここでロタのいう「冬」は、北半球の夏にあたる。ブラジルでは十二月から一月は真夏。

4章

（1）**かかりつけの分析医**　医師バウマン Anny Baumann（1905-82?/83?）ドイツ生まれ。ベルリンで医学を修め、ユダヤ系のため三四年にアメリカへ亡命、ニューヨークのレノックス・ヒル病院に勤務。ビショップは喘息はじめ心身の相談を生涯続け、多くの書簡を交わした。

（2）**縮小辞**　「イーニョ（-inho）」や「ズィーニョ（-zinho）」。これらは語末に付いて人名の愛称も作る（Paulinho, Manuelzinho など）。

（3）**オオハシ**　キツツキ目 tucano は、中南米の熱帯雨林に棲息する大型の鳥。巨大なクチバシが特徴。

（4）**Tio Sam**　これに相当する英語 Uncle Sam は、略せばUS、アメリカ合衆国の通称。

（5）**“Vovozinha”**　作者不詳の民衆歌（著者）。vovó や vovozinha などは avó（祖母）からの派生語。ビショップにはカナダの祖母を、ロタには養子たちにとっての自分を、連想させる歌。

（6）詩「**アルマジロ**」“Armadillo”（『旅の問い』所収）に描写されるディテール。

（7）**quaresmeira**　ブラジル原産ノボタン科 tibouchina の通称。英語の通称は Lent tree で、和名は、紫紺野牡丹。

（8）**アリス・B・トクラス** Alice Babette Toklas（1877-1967）　作家ガートルード・スタイン Gertrude Stein（1874-

1946）の秘書・恋人で、料理書も著した。二人は女性同士のカップルの象徴的存在。

（9）**開花の喜び**　北米では四旬節は春を象徴する儀式だが、南半球では秋。ビショップとロタという正反対の二人、北と南の人間同士、その人生の秋に春が兆す場面。秀逸な比喩。

（10）**ペトロポリスの街の文化史を彩る人々**　事業家のロラ Joaquim Rola（1899-1972）、飛行機の発明者ドゥモン Santos Dumont（1873-1932）、亡命作家ツヴァイク Stefan Zweig（1881-1942）。皇帝ペドロⅡ世 Dom Pedro II（1825-91 在位 1831-99）は、従姉の侍女でフランス貴族と結婚した教養あるバラウ侯爵夫人 Condessa de Barral（Luísa Margarida Portugal e Barros, 1816-91）と長く愛人関係にあった。

（11）**sabiá**　ブラジルの国鳥。「太った茶色の鳥」とビショップは第三詩集の表題作「旅の問い」にうたった。

（12）**Bugre / burgre**　元は部族名。「猿」に繋がる先住民の蔑称（川田順造『「悲しき熱帯」の記憶』中公文庫）。

（13）**コルチゾン**　リウマチ患者の試薬ステロイド剤。気管支喘息に応用されたのは一九五〇年（『アレルギー・免疫』医薬ジャーナル社、二〇〇〇年四月号、矢野三郎・巻頭言）。

（14）**「村里にて」**"In the Village"　雑誌 *The New Yorker*（Dec.19, 1953）掲載後、二部構成の第三詩集『旅の問い』に収録、「ブラジル」篇と「どこか他所で」篇の間に挿入された。

（15）**「シャンプー」**"Shampoo"『冷たい春』所収。二人の女性同士の愛を公然とうたった。

5章

（1）**"Poisé"**「その通り」と首肯する意味と、「そうなんだけどね」と留保つきの場合と両方ある。慎重で大人しいナナー Naná の口癖。以下、本書の陰の語り手であるロタの女友達たち、ヴィヴィーニャ Vivinha やイズメーニア Ismênia やマリア・アメリア Maria Amélia らの口調や性格も、それぞれの口癖にあらわれる。

（2）**tutu**　お化けや妖怪、marambá はツピー語でパラ州のある種の木を指す。寝ない子供を人さらいが取りに来る、という子守唄 "Tutu Marambá" の歌詞では、Cuca（→12章注17）に同じ。tutuzinha は tutu の縮小辞。民俗学研究のほか、絵本の題材にもなっている。

（3）**ロタの知友たち①**　M・アンドラーヂ（→2章注20）のほか、弁護士かつ政治家・作家ホドリーゴ・メロ・フランコ・ヂ・アンドラーヂ Rodrigo Melo Franco de Andrade（1898-1969）、編集者モライス・ネト Prudente de Morais Neto（1904-77）、出版人オリンピオ José Olympio（1902-1990）、医師・作家ナーヴァ Pedro Nava（1903-84）、カト

リック作家・神学者コルサゥン Gustavo Corção（1896-1978）など。

（4） **善隣外交** 他国と善き隣人たろうとする当時のアメリカの外交方針（"a good-neighbor policy"）。

（5） **Zé Carioca** 「リオっ子ゼー君」。ディズニー映画のオウムのキャラクター。実写からアニメーションに移行する連作「ラテンアメリカの旅」（*Saludos Amigos*, 1942）の短篇「ブラジルの水彩画」"Aquarella do Brasil"で誕生。陽気な洒落者でドナルドダックと友だちになる。ブラジルでは漫画の主人公として定着。

（6） 当時のMoMAのブラジル熱は *Brasil constrói* の出版や、重要な支援者ロックフェラー Nelson Rockefeller（1908-79米）が滞米中のポルチナーリに数々の仕事を斡旋したことにもあらわれる。

（7） **ロタの知友たち②** 美術・建築関係では、ポルチナーリ（→2章注5）やベルナルデス（→2章注17）、レォン（→2章注18）のほか、イラストレーター・画家ビアンコ Enrico Bianco（1918-2013）、環境デザイナー・造園家ブーレ・マルクス Roberto Burle Marx（1909-94）ら。

（8） 英訳版は「Carmen Miranda がハリウッドで成功後、母国で受けた非難と似ている」と補足。

（9） **ハシェウ・ヂ・ケイロス** Rachel de Queiroz（1910-2003） 作家。生地セアラ州の大干魃を描いた「一九一五年」を皮切りに、ネオレアリズモ文学を展開。七七年、女性として初のブラジル文学アカデミー会員となった。

（10） **sagui** ブラジル産マーモセット（別名エンペラータマリン）。尾が長く、小さい。

（11） **ラジェ夫妻** Henrique Lage（1881-1941）と Gabriella Besanzoni（1888-1962 伊）。

（12） **ウィーラー** Monroe Wheeler（1899-1988 米） ニューヨーク近代美術館（MoMA）理事。

（13） Ouvidor などの繁華街は、当時フランス風の店 Louvre や Torre Eiffel で賑わった（著者）。

（14） **ホドリゲス** Augusto Rodrigues（1913-93） 画家・イラストレーター・教育者。

（15） 英訳版補足によれば、ロタの父は「三〇年にヴァルガスにより逮捕」されるなど「多くの敵がいた」（→3章注8）。

（16） **カローカ** カルロス・レォン（→本章注8）の通称。ホジーニャ Rosinha やマグー Magu の兄弟で、甥のマノエル Manoel を交え、レォン一家とロタは仲良しだった。

（17） **『小っぽけな日常の植物相』** "Pequeníssima Flora Quotidiana" 原書掲載図版では "Flores raras e banalíssimas" と著者はキャプションを添えている。

（18） **ミンドリン** Enrique Mindlin（1911-1971） 建築家。ビショップは五六年、その建築論を英訳。

6章

（1） 四月に短期間、ニューヨークに滞在した（→4章末）。

（2） **マシャード・ヂ・アシス** Joaquim Maria Machado de Assis（1839-1908） 解放奴隷と移民を祖先に持つ混血作家。リオ出身の代表的文豪。ブラジル文学アカデミー初代会長。次注の代表作五版序文には、批評家マセード・ソアレスの名もみえる。

（3） **『ブラス・クーバスの死後の回想』** *Memórias póstumas de Brás Cubas*（1881） 引用は巻末結びの一文（第百六十章）。「バラムのロバ」（第七章）は、旧約聖書のなかで、イスラエルの民を呪うように求められたヘブライの占い師バラムが、ヤハウェの力により人間の言葉を喋るロバに諫められ（民数記二十二章二十八節・三十節）、逆に民を祝福する逸話に基づく。「シントラのカササギ」（第八十二章）は、ポルトガルの逸話で、シントラの夏の王宮に「カササギの間」という部屋があり、人の声を真似するお喋りなカササギが王の浮気をバラしたという言い伝えに基づく。引用は光文社古典新訳文庫、武田千香訳、二〇一二年に従ったが、警句の語句は少し変更した。

（4） **ハモス** Graciliano Ramos（1892-1953） 北東部アラゴアス州出身の作家。ここでの言及作品は *Infância*（1945）及び *Angústia*（1936）。

（5） **『少女時代の私の生活』** *Minha vida de menina*（1942） エレナ・モルレー（Helena Morley）は筆名。本名アリスィ・ブラント Alice Dayrell Caldeira Brandt（1880-1970）、銀行家の妻。舞台をなすヂアマンチーナ（Diamantina）はミナスジェライス州。後のビショップ訳は『ヘレナ・モーリーの日記』（*The Diary of "Helena Morley"*, 1957）。

（6） **アルフレード・ラジェ** ラジェ兄弟の兄で作家コルサウン（→5章注4）の弟子。後、師の神学会誌を継いだ。

（7） **マルタン・デュ・ガール** Roger Martin du Gard（1881-1958 仏） *Jean Barois*（1913）は知識人を描いた出世作。

（8） **カルロス・ラセルダ** Carlos Frederico Welneck de Lacerda（1914-77） ジャーナリスト・政治家。グアナバラ州知事（→9章）。『トリブーナ・ダ・インプレンサ』 *Tribuna da Imprensa* 紙創刊（1949）、出版社ノヴァ・フロンテーラ Nova Fronteira 創設（1965）。親米派、激烈な演説で政敵からコルヴォ（不吉な鳥オオガラス）と渾名された。

（9） **ゴールド&フィズデイル** Arthur Gold（1917-90）、Robert Fizdale（1920-95） ニューヨーク拠点のデュオ。

（10） jabuticaba キブドウ。巨峰のような黒い果実が幹につく。美味。

（11） **バーカー夫妻** Kit Barker（1916-88 英）は画家、ドイツ系の妻 Ilse（1921-2006）は作家。

(12)『旅の問い』の「雨季のうた」"Song for the Rainy Season" の細部(→7章注14)。

(13)**「機知」**"The Wit" 発表は *The New Republic*, Feb. 13, 1956 で、没後の『全詩集』に収録。ただし「プラトン」は原詩では「ソクラテス」。結び部分の解釈については満谷マーガレット氏の助言を受けた。

(14)"Immense have been the preparations for me / Faithful and friendly the arms that have help'd me" ホイットマン『草の葉』「私自身の歌」四十四節(Whitman, "Song of Myself" 44, *Leaves of Grass*)引用及び続きは亀井俊介先生に訳していただいた。「いく久しい歳月が私の揺籠を運んできてくれた、元気な舟子のように漕ぎに漕いで、/私の居場所がなくならないように、星たちは軌道をめぐりながら脇についていてくれた、/そのくせにらみを利かせてくれた、私を支える者を守ろうとして」。ロタの姿、ビショップの心境が浮かび、詩「機知」の星の軌道とも連想が重なる一節。

(15)**ペロラの砂糖袋** 有名な砂糖会社の青い袋(著者)。製品はペトロポリス名物のバタービスケット原料にも。

(16)詩**「マヌエルズィーニョ」**"Manuelzinho"『旅の問い』所収。英語原詩の語句 "holy hat" は「聖なる/穴あき帽」と掛詞めいた表現だが、ここは本書のポルトガル語訳に従う。

(17)**バンデイラ** Manuel Bandeira(1886-1968) 一九二二年「近代芸術週間」に始まるモデルニズモ前期から活躍した、ブラジルを代表する詩人の一人。

(18)**メストリ・クーカ** 料理長。奴隷制時代の米国南部では黒人の料理女は一般に Cookie と職名で呼ばれた(『風と共に去りぬ』など)。これは皮肉にも、富裕なロタの食客に等しいビショップの従属的立場を示す。対応するポルトガル語は Cuca だが、こちらは別の民俗学的意味もある(→12章注17)。

(19)**アケボノインコ** maitaca 鳴き声の大きいインコ、原語には「おしゃべりな人」の意も。

(20)**オウロプレト** Ouro Preto ミナスジェライス州の植民地都市。金鉱採掘の中心地として栄えた。バロック教会と十八世紀の家並で知られる。世界遺産。

(21)**「村里にて」**(→4章注14)

(22)**レトキ** Theodore Roethke(1908-63 米) 詩人。ワシントン大学で詩を講義。

(23)**ディラン・トーマス** Dylan Thomas(1914-53 英) ウェールズの詩人。

(24)Antabuse 商標名。アルコール依存症治療薬。一九四八年ジスルフィラム disulfiram から臨床応用。

(25)**『ブラジルの博物学者』** 書名は *Um naturalista do Brasil* だが、ベイツ『アマゾン河の博物学者』(W. H. Bates, *The*

Naturalist on the Amazon River, 1863.）か。

（26）**スポック博士** Benjamin Spock（1903-98 米） 小児科医。四六年刊の育児書 *The Common Sense Book of Baby and Child Care*（1946）は世界的ベストセラー。

（27）**大きな賞**　ベルナルデス設計のロタの家は第二回サンパウロ・ビエンナーレで四十歳以下の建築家による作品・第一位を受賞。審査員には高名なA・アールト、W・グロピウスらがいた。

（28）**ヴァルガス大統領** Jetúlio Vargas（1883-1954　任期① 1930-45 ② 1951-54） ①期―世界恐慌を背景に革命臨時政府を率いて三四年大統領就任、三七年憲法で「新国家」独裁体制を確立。大戦中、軍部の支持を失い辞任。②期―戦後、都市部と中産階級の支持する大衆路線（populismo）で復活。

（29）**ラセルダの狙撃**　一九五四年八月五日の暗殺未遂事件。当時ヴァルガスの労働者重視の大衆路線は、諸政党や軍部・ジャーナリズムと対立を深め、ラセルダは辞任要求の急先鋒に立っていた。彼自身も足に負傷したが、部下 Rubem Vaz の死で世論はラセルダ派に味方した。

（30）**ヴァルガスの自殺**　同年八月二四日。現場はカテチ宮（一八九七―一九六〇年に行政府）。ラセルダ事件でヴァルガス辞任要求が高まり、二十四日に軍部から免職通告の出るのを知って早朝自殺。遺書は二通、国民宛ての短い直筆の冒頭には「政敵の怒りに私の死を遺す」、報道向けの長文タイプ打ちには「国民のために生きたゆえ国民に私の死を遺す」とあり、事件との関連や遺書の真意は謎だが、民衆の同情を集め、ラセルダの立場は暗転した（ファウスト『ブラジル史』ほか）。

（31）***Carnaval Atlântida***（1952） 古典劇の映画化に献身する教授を劇場の掃除人が笑う、芸術と大衆の乖離をからかうミュージカル。教授役に Oscarito（1906-70）、歌手役に俳優 Blecaute（1919-83）、踊り子役にハバナ出身のメキシコ女優 Maria Antonieta Pons（1922-2004）。

（32）**『詩集――「北と南」「冷たい春」』** *Poems:North & South—A Cold Spring*, 1955.

7章

（1）**「雷雨」**“Electrical Storm”　『旅の問い』所収。「四旬節の木」は、英原詩では Lent tree と単にキリスト教の歳事語に「木」を足した説明的な語だが、ポルトガル語訳の quaresmeira は歳事以外にこの季節に咲くノボタン科・紫紺野牡丹の通称も具体的に示す。パールは霰を真珠にたとえたもの。

（2）**気球** balão　聖ヨハネ祭を象徴する、小さい気球。当時、気球本体にでなく垂らした尻尾にケロシン油を浸し、点火して飛ばした。「美しい怪物」は強風の日は危険、と法律違反だった（著者）。
（3）第三詩集の「アルマジロ」「ブラジル一五〇二年一月一日」「サンドパイパー」の詩想。Sandpiper はシギともチドリとも。ビショップが描いたのは水辺を走るような足の速い鳥で、「鳥名の同定は難しい」が「チドリのヒナ」にそうした顕著な特徴があるという（中隅哲郎『ブラジル観察学』無明舎出版、一九九五年）。
（4）**ドゥアルテ** Paulo Duarte（1899-1984）　近代芸術週間にも関わった編集者で、レヴィ＝ストロースと交流。教養誌『アニェンビ』*Anhembi*（1950-62）はエリート文化人の作品・発言を掲載。
（5）**"Squatter's Children"**　ポルトガル語は訳題 "Filhos do favelado" のみ誌上で添えられた（この詩「スクウォッターの子供たち」も『旅の問い』所収）。
（6）**バンジャマン・ペレ** Benjamin Péret（1899-1959 仏）　詩人・作家。二九年ブラジルに移住、共産主義者として三一年に国外追放処分。雑誌『アニェンビ』のこの号が報じた五六年のソ連共産党第二十回大会は、ソ連国内で初めてスターリン批判がなされた大会として知られる。
（7）**天／雨の（あめ）お屋敷**　本書ポルトガル語原文では mansões de chuva（雨の家々）だが、「天の家々」とあえて訳す。ビショップ原詩のこの箇所——"Children, (...) you stand among/the mansions you may choose / out of a bigger house than yours" は、聖書の文言「天には多くの家がある In my Father's house are many mansions」（ヨハネ十四章二節、英語版聖書）と響きあうように書かれているからだ。
　また原詩の思想は「貧しい人々は幸いである、天の国はその人たちのものである」「柔和な人々は幸いである、その人たちは地を受け継ぐ」（マタイ五章三節・五節）をも底流に持つ。なお、この詩にはビショップ作品を書簡集も含めてほぼ全部訳しているP・H・ブリット Paulo Henriques Buritto の、より忠実なポルトガル語訳がある。
（8）**ケイジン** Pearl Kazin（1922-91 米）　編集者。作家アルフレッド Alfred Kazin の妹。ビショップのブラジル到着時、写真家との最初の結婚でリオに滞在していた（→1章）。帰米後は出版のよき相談相手。
（9）**ホーニグ** Edwin Honig（1919-2011 米）　スペイン文学者。辛口の書評は "Poetry Chronicle", *Partisan Review*, 1956.
（10）**Diamantina**『少女時代の私の生活』（→6章注5）の舞台。ダイヤモンド採掘で栄えた鉱山都市。
（11）ビショップ英訳版では、"cavalo-de-judeu" は Jew's horse（「ユダヤの馬」）と直訳した上で欄外で原注を紹介し、"scene shifter" の意味だ、としている。"caldeirão" はポルトガル語のまま載せ、欄外で、直訳は "big pot" のことだが、原注では「鉱脈のある地域でダイヤモンドが集中して溜まる川床」との説明、と付記している。ここでの訳語はそれらの説明に従った。（*The Diary of "Helena Morley"*, tr. by Elizabeth Bishop, 1957 / The Ecco Press, 1977.）

(12) **ピュリッツァー賞**　一九五六年度の受賞。前年刊行の『詩集——「北と南」「冷たい春」』に対して。

(13) *Eles e Elas*　ミュージカル映画 *Guys and Dolls*（1955）、J・シモンズ、F・シナトラ主演。

(14) ここの描写は、ドストエフスキー「白夜」の第一夜冒頭、夢想家の感懐を下敷きにしている。

(15) **「雨季のうた」**　詩中の「ひらかれた家（open house）」は、鉄とガラスで内部の見えるモダンな家の形状を表す。

(16) たとえばH・アーレントは、M・マカーシー宛書簡でロタに言及（→12章注9）。

(17) **テューレック** Rosalyn Tureck（1914-2003 米）　ピアノ、ハープシコード奏者。

(18) **カルヴァーリョ** Flávio de Carvalho（1899-1973）　英仏で教育を受け土木工学と美術を学ぶ。多彩な活動のなか、雑誌『ヂアリオ・ヂ・サン・パウロ』*Diário de São Paulo* から、作成した夏の衣装のモデルを頼まれ、その姿は五六年秋、『マンシェーチ』*Manchete* 誌や『クルゼイロ』*O Cruzeiro* 誌をも飾り、話題になった。

(19) **フラヴィオ** Flávio de Macedo Soares Regis（? -1970）　ロタの妹マリエータの息子。文学を愛し、政情不安の続くブラジルにいて米国留学を志したが果たせなかった。その経緯はビショップとローウェルの書簡集でも辿れる（*Words in Air*, 2008）。結局、ブラジルにとどまり、公務員となったが、一九七〇年自死。

8章

(1) **ピンドラーマ** Pindorama「ヤシの木が生い茂る土地」は国となる前の先住民にとってのブラジル（世界教科書シリーズ2）、「P～はアンデスやパンパ地方の人がブラジルにつけた渾名」（白水社『現代ポルトガル語辞典』）。

(2) **W杯スウェーデン大会**　五〇年ブラジル大会決勝の対ウルグアイ敗戦（「マラカナンの悲劇」）以来、優勝は国民の悲願だった。五八年決勝は対フランス、十七歳のペレ（'Pelé', 1940-）が世界デビューした。

(3) **ハクスリー** Aldous Huxley（1894-1963 英）　作家、批評家。

(4) **Brasília**　五四年夏のヴァルガス自殺後、昇格した副大統領カフェ・フィーリョ（João Café Filho, 1899-1970）についで五六年大統領となったクビシェッキ（Juscelino Kubitchek de Oliveira, 1902-76　任期 1956-61）は、リオからの遷都を計画、ブラジリアに新首都（Novacap）を建設中だった。

(5) **ヴィラス・ボアズ** Vilas-Boas　ボアズ四兄弟は、マトグロッソ州シングー川上流の先住民保護と福祉に尽くした。

ことに次男 Cláudio (1918-98) と長兄 Orlando (1916-2002) は、六一年のシングー国立公園創設などの活動により、七〇年代、ノーベル平和賞に二度ノミネート。

(6) **カミーニャ** Pêro Vaz de Caminha (1451?-1500) ブラジルを「発見」したカブラル Pedro Álvarez Cabral (ca. 1467-ca. 1520 葡) の船隊に同行、一五〇〇年ポルトガル国王に報告書簡を送った。引用はフーベン・ブラーガの現代語訳 *Carta a El Rey Dom Manuel* (1981) より。原典邦訳は「若くて可愛らしい娘も三、四人いました。〔……〕恥部は盛り上がり〔……〕固く閉じているうえ、恥毛もまったくありませんでした」(池上岑夫訳、大航海時代叢書第II期I『ヨーロッパと大西洋』、岩波書店、一九八四年)。

(7) **カッラード** Antônio Callado (1917-97) 作家、ジャーナリスト (ブグレ→4章注11)。

(8) 部族名 caiapó, txucarramãe, uilapiti, camaiurá, meinaco の表記は綴りの音転写。人類学大事典 (弘文堂) では Cayapó, Txukahamãe, Yawalapiti, Camayurá, mehinacu に相当。NPO現地報告 (白石絢子『アマゾン、シングーへ続く森の道』ほんの木、二〇一一年) や、ビショップの旅とほぼ同時代に書かれた高橋麟太郎『ブラジルのインディオ』(帝国書院、一九六三年) の表記を参照した。

(9) **身体彩色** ウルクン (ウルク) は赤い染料。木の実の赤く小さい種からとった粉末にヤシ油を混ぜ、石鹸のような形に丸めて髪や顔に塗る。ジュニパポは黒い染料。木の実の墨色の種から取る。指やヤシの硬い繊維を筆代りにして体に図柄を描く (白石絢子、前掲書)。

(10) 原稿 "A New Capital, Andous Huxley, and Some Indians" (1958) は未発表のまま長く母校ヴァッサー大学所蔵。近年 *Yale Review* (July, 2006) に掲載された。

(11) **サンドラ・カヴァルカンチ** Sandra Cavalcanti (1925-) R・カストロ『ボサノヴァの歴史』(原題 *Chega de saudade: A história e as histórias da Bossa Nova*, 1990) には嫌われた背景が見える——「グアナバラ管区の社会福祉局長」の彼女は、ラセルダの指揮下「パズマードの丘から住人を立ち退かせる」職務にあった (→13章注13)。

(12) **ハチドリ** colibri または beija-flor (「花へのキス」の意)。アマツバメ目。ハミングバード。

(13) 著者への証言。カッラードが当時の二人に好感を抱いてその関係を賞賛し、同性愛者をずばり「夫婦 (casal)」と表現した先進性に著者は驚いたという。

(14) **アイーダ・クーリ事件** 五八年夏、リオのアトランチカ大通りの事件。十八歳の美少女 Aída Curi の死で、五〇年代ブラジル中産階級の若者の暴力や性風俗に耳目が集まった。アメリカ映画の無頼の生態 (マーロン・ブランドの「乱暴者（あらくれ）」やジェームス・ディーンの「理由なき反抗」など）、スターの革ジャンパー、赤シャツやジーンズ、ロック歌手の影響が新聞などで長く取り沙汰された。ハシェウ・ヂ・ケイロスもコラムで論評している（“A moça”, 1961. *O Brasileiro perplexo*, 1963. 所収）。

（15）**「国民のトラック」** Caminhão do Povo は遊説用の宣伝カー。上院選と市議選で大衆票を取り込むべく、この車で巡回した。短く声高な訴えは、伝統的に反ＵＤＮの最貧層に効果を上げ、結局は当選した。最貧層での得票は、「貧者の父」と慕われたヴァルガスの五四年の自殺がラセルダのせいであるかのような大衆のイメージ（→6章注30）の払拭にも、党派内部での勢力拡大にも役立ち、以後の彼の州知事選出馬の基盤となった。（Mônica de Matos Teixeira, “Carlos Lacerda: Demolidor de presidentes e construidor de um novo estado”, Niterói, 2007）

（16）**カカレーコの得票** 珍事は国外でも話題となり、ニューヨークのＴＶでも報道されたことが、ビショップからカナダの叔母に宛てた書簡に残る（1959.11.19 付。書簡集 *One Art*, 1994）。

（17）いずれもロタの現代社会への鋭い嗅覚を示す五〇年代の名著。Martin（1956）は建築論、Larrabee & Myersohn（1958）は芸術教育的視点からの社会論、Thomas（1956）は環境学や自然資源の先駆的な共同研究で L. Mumford らとの共著、Wiener（1950 / 1954）は『サイバネティックス』（*Cybernetics*, 1948）に続く著作（邦訳『人間機械論』）。

（18）**アマゾンの旅** マナウスからベレンへ下る三週間の旅。次はアマゾン上流の旅を詩人は希望していた。同行者はホジーニャ・レォン、その十二歳くらいの甥マノエル（愛称マネーコ Maneco）。ガイオラ gaiola は「鳥籠」の意。

（19）**土地の果実** ビショップと同じ年ブラジルに渡った植物画家ミー（Margaret Mee, 1909-88 英）は、五六年ベレンでカカオの仲間 cupuaçu や特産の graviola（蕃茘枝）を初体験（『アマゾン自然探検記』八坂書房）。ベイツ H. W. Bates は黒や緑の cupu 種や、別名 custard apple の蕃茘枝を「カスタードに似た果肉、上皮は青、内側に砂糖の層」と記録（『アマゾン河の博物学者』）。

（20）チャールズ皇太子、アン王女に続く一九六〇年生まれの第三子アンドリュー王子。

（21）**シャトーブリアン** Francisco de Assis Chateaubriand Bandeira de Melo（1892-1968 仏） 法曹界・政界・外交に活躍、三〇―六〇年代のラジオ・ＴＶ・新聞雑誌を牛耳った。北米では「ブラジルの市民ケーン」として「メディア王ハースト」と比較された（Ａ・イシ前掲書）。

（22）Anna Letycia（1928-）、Maria Clara Machado（1921-2001）。

（23）**ノアイユ夫人** Anna de Brancovan, comtesse Mathieu de Noailles（1876-1933 仏） ルーマニアとギリシャ系の血を引

き、フランス貴族と結婚。プルーストらとの交遊でも有名。『無数の心』*Le Coeur innombrable*（1901）は第一詩集。

（24）**Iemanja**　水の女神。アフリカ系宗教カンドンブレの霊的神格オリシャの神々の一。神話によれば、至高神とその子の創造神二柱から一連の神々が生まれたとされる。

（25）**「発見」の風説**　ブラジル「発見」への異論には、資料が焼失し確認できないが既にコロンブスの航海以前ディエップの仏人船乗りが「漂着」していた、という根強い説がある（レヴィ＝ストロースも『悲しき熱帯』第三部「グアナバラ」で紹介）。ヴィヴィーニャの反感は、公式「発見者」カブラルも偶然の「漂着」ならぬ侵略目的を持った「他者の渡来」で、ビショップも同類との見方か。

（26）**ジャン＝ジャン・カード**　クビシェッキ後の政局。クアドロス Jânio da Silva Quadros（1917-92）はラセルダが属す保守政党ＵＤＮ（国民民主連合）推薦の大統領候補。ゴウラール João Belchior Marques Goulart（1918-76 愛称 Jango）はヴァルガス派で左翼系ブラジル労働党の副大統領候補。異色の Jân（io）＝ Jan（go）組は六〇年十月選挙で大勝、六一年一月、正副大統領となる。やがてクアドロスは保守内で孤立し同年八月辞任、九月にゴウラールが昇格（→10章注20）。

9章

（1）**新生グアナバラ州**　六〇年四月のブラジリア遷都でリオ市は帝国以来の首都の地位は失ったが、それまでの連邦区の廃止に伴い、グアナバラ州として州に昇格。政府はコスタ（Lúcio Costa 1902-98）とニーマイヤー（Oscar Niemeyer, 1907-2012）設計の建物へ移転、大統領クビシェッキは国家の新時代を内外にアピールした。（なお、グアナバラ州は七五年に廃止、リオデジャネイロ州に吸収合併、リオはその州都となった）。

（2）任命の名目 "assessorar, sem ônus para o Estado, o Departamento de Parques, da Secretaria Geral de Viação e Obras, e a Superintendência de Urbanização e Saneamento (Sursan) e, especialmente, para estudar a urbanização das áreas decorrentes do aterro do Flamengo e Botafogo." 以後、ロタの「アテッホ」(後のフラメンゴ公園）との格闘が始まる。

（3）**aterro / Aterro**　「埋立地」一般を指す語だが、フラメンゴ公園は Parque do Flamengo ないし Aterro do Flamengo と呼ばれ、大文字Ａでも公式表記された。八二年に公園の正称が決まった（→10章注1）が、現在でも総称として通る。以下、本書の中心的舞台の一つをなす、特別な場所でもあるので、固有名詞のときはカタカナで表記する。

（4）**海洋クラブ**　clube は上流階級の社交場。政権への圧力や利権の根回しの場ともなった（神田工氏のご教示）。

（5）**魅惑の都市** Cidade Maravilhosa　リオ市の愛称。作家 Coelho Neto（1864-1934）が景観を形容した記事（一九〇八年）が最初という。三五年のカーニヴァルには、この題名のマルシャが作られた。

（6）**委員会側の人々**　造園家のブーレ・マルクス（→5章注8）、建築家はベルナルデスのほかモレイラ Jorge Machado Moreira（1904-92）とヘイヂ Affonso Eduardo Reidy（1909-64）。

スルサン側の人々　ランヂン Djalma Landim にハポーゾ Raposo 及びドナ・デア Dona Déa そしてパウラ・ソアレス Paula Soare で、ほかにエンジニアのベルタ Berta Leitchic など。

（7）**ののしり**　英語で喋ることを指すか。ジョアナ Joana Dos Santos は英語がわからなかった。

（8）**ヂュアナ** Djuana　ジョアナ（Joana）の訛り。仏語やポルトガル語の柔らかな「ジュ［j］」を、硬い「ヂュ［dʒ］」で発音するのは、外国人ことに英語圏の話者によくある傾向。

（9）**コペンハーゲン**　人気のあったチョコレートの店（著者）。

（10）**イタリア車**　本書でのロタの車は五〇年代の人気車ジャガーとオフロード型ランドローバーであり、ビショップが購入しロタが運転した五二年型MGを含め、みな英国製。イタリア車はないが、ビショップのローウェル宛書簡（1956.9.2）はロタの「コンバーティブル型ジュリエッタ」への憧れを記す。アルファ・ロメオ発売のジュリエッタ・スパイダー・シリーズを指すか。話を聞いたジョアナが外車一般を「イタリア車」と呼んだ可能性もある。ロタは六六年には一台、国産車インテルラゴスも所有していた。

（11）**モニカ** Mônica　養子の経緯は不詳だが、映画 *Flores raras*（英題 *Reaching for the Moon* 映画のモニカは仮名）での描写のように、慣例で金銭が支払われた可能性はある。後年モニカは、出生状況など映画はフィクション、と金銭の授受も否定している（『グロボ』紙〈あの人〉欄　二〇一四年一月二十六日の記事）。

10章

（1）**brigadeiro / Brigadeiro**　「准将」の意だが、大文字表記はゴメス Eduardo Gomes（1896-1981）を指す。二二年の将校反乱の英雄で、対ヴァルガスのUDN大統領候補だった。六七年まで現役。一九八二年以来、フラメンゴ公園の半分に Parque Brigadeiro Eduardo Gomes と名を残し、ラセルダの名を冠した Parque Carlos Lacerda と広大な面積及び正式名称を二分している。

（2）ロタは、クビシェッキ大統領のもとコスタやニーマイヤーら少数が計画し、政府に高額な施工費を吹っかける業者ら「泥棒集団」の参入が達成の一因、と言っている（著者）。

（3）**ブラジル人のユーモア**　アンジェロ・イシは「ブラジル人は言葉が命」と国民性を語り、無名のトラック運転手たちが、車体の前や後ろに大書した名文句の数々を秀逸な「トラック文学」として紹介している（『ブラジルを知るための55章』、明石書店）。

（4）Sinhô, "Gosto que me enrosco."　二〇年代「サンバ王」の代表曲。社会通念と異なり、男の弱さをうたった。

（5）**スィニョー、ノエル、モンスエート**　ブラジル歌謡の代表者。サンバ王スィニョー（Jose Barbosa da Silva, 'Sinhô', 1888-1930）、夭折の天才ノエル・ホーザ（Noel de Medeiros Rosa, 1911-37）、画家兼俳優のモンスエート（Monsueto Campos de Menezes, 1924-73）は全員、リオで生まれリオで死んだ生粋のカリオカ。

（6）**アレイジャヂーニョ** Antônio Francisco Lisboa, "Aleijadinho"（1730 / 38-1814）代表作はオウロプレトの教会群の装飾、サンジョアン・デル・ヘイの祭壇画、コンゴーニャスの教会の預言者像やキリスト受難の木彫など。通称は障害者 aleijado だったことから。

（7）**アタイーヂ** Manuel da Costa Ataide（1762-1830）　代表作はオウロプレトのサンフランシスコ教会の天井画、出生地マリアナの教会の祭壇画など。

（8）**アマゾン旅行の日記**　六〇年二月の旅。蒸気船ラウロ・ソドレ号で行った。9章参照。

（9）**河の弁証法**　二色の川が併流する奇観はアマゾン流域の有名な自然現象。ここで観察した不思議な眺めへの思索を、ビショップは晩年、詩「サンタレン」でアマゾン川とタパジョス川の描写に書き込んだ。

（10）"Brigite Bardot"　発音は仏語「ブリジット」でなく、ポルトガル語慣用語尾の「ブリジッチ」。六〇年ミゲル・グスターヴォ Miguel Gustavo 作曲。六一年ジョルジ・ヴェイガ Jorge Veiga の歌で大流行。当時女優バルドーは映画「私生活」などで人気急上昇中。作曲者の彼はラジオ番組を持ち、芸術・政治・宗教に発言、六〇年の選挙では副大統領候補ゴウラールの応援歌も作った。

（11）Scott's Emulsion　広く普及した肝油。容器の、等身大のタラを担いだ男の図柄で親しまれた。

（12）**ウアーイ**　行き詰まったビショップが、"Why?"——「なぜ？」「どうして？」と生活全般への鬱憤をぶちまけた場面だが、この語には作者の言葉遊びがこめられている。英語の Why? の発音は、ジョアナのようなミナスジェライス出身者が始終使うポルトガル語の Uai? と同一発音であり、これは発話の最後に付け加えて「ねえわかって」「そうでしょ」といった意味になるのだが、ビショップの Why? が英語を解さないジョアナの耳にポルトガル語の

Uai? と聞こえたことを、表現したという（著者）。

（13）**公邸** Palácio Guanabara　州知事公邸「グアナバラ宮」。後出「アウヴォラーダ宮」Palácio Alvorada はブラジリアの大統領官邸。

（14）アルゼンチン生まれのゲバラ Ernesto "Che" Guevara（1928-67）は、カストロ Fidel Castro（1926- 玖馬）とキューバ革命を指導、五九年一月革命成功後、市民権を得て政府の要職に就いていた。キューバは六〇年五月ソ連と国交を結び、アメリカは翌年一月キューバと国交断絶、四月ＣＩＡ編成の亡命キューバ人部隊がヒロン浜侵攻、キューバ側は撃退し五月に社会主義国を宣言。当時、無条件に対米追従する国々は即キューバと国交断絶したが、ブラジル、ウルグアイ、チリは抵抗した（Ｉ・ラモネ『フィデル・カストロ』上、伊高浩昭訳）。

（15）クアドロス Jânio da Silva Quadros（1917-92）はラセルダの属す保守派ＵＤＮにも推された大統領だったが、副大統領ゴウラール João Belchior Marques Goulart（1918-76）と共に労働者や中間層を重視し、キューバや中国、アフリカの新興諸国に接近、アメリカの圧力からブラジルを解放しようと試みた（金七紀男ほか編『ブラジル研究入門』）。

（16）親米派のラセルダは反クアドロス・キャンペーンを展開し、八月、大統領を就任からわずか八ヵ月で辞任に追い込み、大統領キラーとみなされるようになる。

（17）**「進歩のための同盟」**　合衆国が立てた、キューバ革命対抗のためのラテンアメリカ向け開発計画（"Aliance for the Progress"）。六一年三月すでに、農地改革、財政改革、住宅建設の支援など、総額二百億ドルの開発資金を十年間ラテンアメリカ諸国に投資する計画を企てたが、六一年八月十七日の米州諸国機構会議で計画を正式に策定。カストロは「西欧におけるマーシャル計画の類似物」と見ていた（前掲ラモネ『フィデル・カストロ』）。ブラジルへの援助差し止めは、キューバ関連の対米抵抗への制裁措置。

（18）**"um cabelo na sopa"**　不快なもの、厄介ごとを表す定型表現。対応する仏語表現 "venir comme un cheveu sur la soupe" は「都合の悪い時にやって来る」（小学館『ロベール仏和大事典』）。

（19）**カルダーの髪留め**　カルダーは彫金の装身具を造って友人に贈る趣味があった。三〇―四〇年代、六〇年代の作例がカタログに残る。彼の髪留めはロタの愛用品として皆の記憶に刻まれた。

（20）対クアドロスの「恐るべき勢力（forças terríveis）」とはラセルダ一派を指したが、政局はより複雑に展開した。大統領辞任のとき、副大統領ゴウラールは中国を公式訪問中で、共産主義の侵入を恐れた軍部は彼の大統領昇格をひとまず阻止し、憲法寄りの解決を求める勢力との均衡を図り、連邦議会は大統領権限を大幅に縮小する議院内閣制を採用した。その制限下、ゴウラールは九月八日大統領に就任し、六四年の軍部クーデターまで在職した。

(21) **Grupo de Trabalho** 以下「グルポ」とも略記。旧委員会のヘイヂ、ベルナルデス、モレイラにC・W・ヂ・カルヴァーリョ、スルサンからはベルタが参加(→9章注6)。後にメデイロス(→11章注1)やマメーヂ Hélio Mamede(→13章注2・同3)らが参加。ブーレ・マルクスは「グルポ」と別に、造園計画でスルサンと個別契約していた。

(22) **副知事マガリャンイス** Rafael de Almeida Magalhães(1931-2011) ハーファ。

(23) **エミーヂオ** Luiz Emygdio de Mello Filho(1913-2002) 著名な植物学者。

(24) **マカイヴァー** Loren MacIver(1909-98米) 画家。夫の詩人ともどもビショップと親しかった。友人のこの仕事場は、後にもロタとのニューヨーク滞在の拠点となる。

11章

(1) **メデイロス** Ethel Bauzer Medeiros(1924-) 教育家。レクリエーション研究家で合衆国の団体と親交があった。

(2) **ペイショット** Enaldo Cravo Peixoto(1920-) スルサンの役人でラセルダ政府の事務官。

(3) **ブロコイオ島** リオの知事島 Ilha do Governador 沖の小島。

(4) **遊び場** playgrounds 二ヵ所に計画された。

(5) **マウアー広場** リオ市街の突き当たり。郊外、ペトロポリスへの通り道。

(6) **ブータンタン** Butantã 語源はトゥピ語で「崩した土」。サンパウロ住民地区西側にはこの地名があり、サンパウロ総合大学付属ブータンタン研究所の所在地。ブラジルでは「偉才」「達人」を cobra(蛇)と呼び、グルポ人員の優秀さ、稀有の集団のレベルを賞賛するべく、蛇学と毒蛇ワクチンで名高い同研究所のイメージをこの表現に重ねたという(著者)。

(7) **フォンテネッレ** 後出の役人。行政府の交通部長(14章)。

(8) **ドナ・マルタ展望台** コルコヴァード Corcovado への途上にある観光スポット。リオを象徴するキリスト像、パン・ヂ・アスーカル Pão de Açucal や湾、ボタフォゴ一帯が見渡せる。

(9) **近代美術館(MAM)** ヘイヂの代表作。ベルナルデスの対抗意識をロタは感じている。

（10）**ジョアン・カブラル（・ヂ・メロ・ネト）** João Cabral de Melo Neto（1920-99） ペルナンブコ州レシーフェ出身。ビショップは後に地方色の強い"Morte e Vida Severina"を訳している（→24章注1）。

（11）**ドゥルモン（カルロス・D・ヂ・アンドラーヂ）** Carlos Drummond de Andrade（1902-87） ミナスジェライス出身。ビショップはここでの"Viagem na família"（"Traveling in the Family"）と"A mesa"（"A Table"）を含め、七篇を英訳している（→24章注1）。アンドラーヂ姓の文芸家が多いため、通称ドゥルモンが定着。

（12）**メイレーリス** Cecília Meireles（1901-64） リオ出身の女性詩人。

（13）**フォンセカ** José Paulo Moreira da Fonseca（1922-2004） リオの詩人、画家。

（14）**リスペクトール** Clarice Lispector（1920-77） 女性作家。レーミ地区住人。『家族の絆』（*Laços de família*, 1960）から"Uma galinha"と"A menor mulher do mundo"をビショップは英訳し、"A Hen"及び"The Smallest Woman in the World"として、アメリカの文芸誌『ケニヨン・リヴュー』*Kenyon Review*（Summer, 1964）に掲載。

（15）**「ブラジル、一五〇二年一月一日」**"Brazil, January 1, 1502" 『旅の問い』所収。英原詞では「インディオ」とあるのを、著者の訳は女性形の「インディア」としていることにここでは従った。

（16）**アマリウド** Amarildo（1939 / 40-） ブラジルはペレが登場した五八年W杯の初優勝後も、負傷したペレに代わってアマリウドが活躍した六二年、さらに六六年と三大会連続で優勝。六六年のそれは軍政移管後で、政権は国威発揚のシンボルとして大いに喧伝した。

（17）**バロネーザ号** ブラジル初の蒸気機関車。企業家マウアー男爵が英国とコーヒー農園主の資本を集め初の鉄道を建設、一八五四年リオの港湾駅からペトロポリス街道沿いの山麓駅まで、コーヒーなどの産品を積んだ貨車を引いて走った（『世界教科書シリーズ7　ブラジルの歴史』）。

（18）**ハードウィック** Elizabeth Hardwick（1916-2007 米） 作家。詩人ローウェルの二番目の妻、Harriet（1957-）の母。

（19）**マンフォード** Lewis Mumford（1895-1990 米） ロタの蔵書には彼の共著も含まれていた（→8章注17）。

（20）**アルコバサ** ペトロポリスのハイキング区域である Pico de Alcobaça 近辺の土地か。

（21）**ブロック** Adolfo Bloch（1908-95） メディア界の大物。五二年、週刊誌『マンシェーチ』*Manchete* 創刊。

（22）**ビアンコ**（→5章注7） イタリア生まれの画家、造形作家。三〇年代よりポルチナーリの協力者としてロタの仲良しホジーニャ・レォンと共にアメリカでの壁画設置に尽力した。

（23）**フレイレ** Napoleão Muniz Freire（1928-71） 俳優、リオで舞台・衣装の制作にも活躍。

(24) **勲章** スルサンへの貢献によるペドロ・エルネスト・メダル。ロタは二〇一三年、女性作曲家の名を冠し先駆的女性に贈られるシキーニャ・ゴンザーガ・メダルを受章した。

(25) **「結婚でもしてお引越し?」** "Casou e mudou?" ご無沙汰の理由を聞く、少し古くさい世間的なあいさつのきまり文句(著者)。

(26) **N・ナボコフ** Nicolas Nabokov (1903-78 米) 作曲家。

(27) **アロン** Raymond Aron (1905-83 仏) 歴史・社会学者。

(28) **ドス・パソス** John Dos Pasos (1896-1970 米) 作家。ブラジルの旅は *Brazil on the Move* (1963) に描かれた。

(29) ローウェルには双極性障害の持病があった。六月の到着以来つきそったブラジル側の世話役が、九月のアルゼンチン訪問で行事を終えたあとリオに戻ってしまったため、詩人は発症したときには異国に一人取り残されていた。ビショップは母親など身近な病者を多く知っていたため、ローウェルの状況に人一倍心配をつのらせた。

(30) **ゼウスの娘** レダとの間になした子ヘレネ。トロイア戦争の火種となった。ヴィヴィーニャは自分をはじめ多くの女友達の心を惹きつける一方、厄介な状況を巻き起こしていくロタにヘレネ的な有りようを予感し、警鐘を鳴らしている。

12章

(1) **『ニューヨーク・レヴュー・オブ・ブックス』** *New York Review of Books* 一九六三年二月創刊。ハードウィックは共同創立者、編集顧問。

(2) 詩 **「赤裸の犬」** "Pink Dog" 六三年「リオへの別れ」"Goodbye to Rio" の題で書き始め、改題した。七九年、生前最後の公刊となった詩。

(3) **ロタの論文** Maria Carlota C. Macedo Soares, "A urbanização do atterado Glória–Flamengo", *Revista de Engenharia do Estado da Guanabara*, vol XXIX, jan. -dez. 62.

(4) 詩 **「バビロンの盗賊」** "The Burglar of Babylon" 『旅の問い』所収。盗賊の名「ミクースウ」micuçu は「北部では毒蛇の通称」(ビショップ原注)。フラヴィオ訳は "O ladrão da Babilônia", *Cadernos Brasileiros*, novembro, 1964.

紐文学 (literatura de cordel) は縦一六×横一〇・五センチほどの小冊子、韻文の民衆本。北東部の市場で紐に吊り下げて売られ、この名がある。なおバビロニアの丘は、仏伊ブラジル合作映画『黒いオルフェ』(一九五八年)

の撮影地（→14章注5）。

（5）**Sal de Uvas Picot**　メキシコ発の胃薬、重炭酸ソーダ。五〇年代ＴＶコマーシャルで南米全体に普及。

（6）**ロバート・ジョンソン** Robert Johnson（1911-38米）　黒人歌手。"Rambling on My Mind" は三〇年代の歌だが、六一年カナダでボブ・ディランが白人として初めて歌い話題になった。

（7）**『グループ』** *The Group*（1963）　ビショップとヴァッサー大学の同窓生で同人誌も一緒にやったマカーシー Mary McCarthy（1912-89米）のベストセラー小説。

（8）**コロネリズモ** Coronelismo「大土地所有者で地元に権力基盤を持つかつての国民軍の大佐 coronel に由来する表現」。植民地時代、第一共和政を通じてこの国にのこる体質で、選挙になれば、日頃の恩恵で有権者を支配する不平等な社会構造をさす（ファウスト『ブラジル史』）。

（9）Carol Brightman（ed.）, *Between Friends: Correspondence of Hannah Arendt and Mary McCarthy*, Harcourt Brace, 1995.（邦訳は叢書ウニヴェルシタス６３９、佐藤佐智子訳、法政大学出版局、一九九九年）。ユダヤ系政治学者アーレント（一九〇六―七五年）は四一年米国亡命。

（10）**フスキーニャ**　排気量千二百―千三百ccの小型車。フォルクスワーゲンは一九五三年にブラジルで輸入開始、五九年から愛称 Fusca（甲虫）は国内で生産を開始し、六一年に売上一位となった。

（11）五四―六四年はヴァルガス自殺に始まり、軍事クーデターに至る政治危機の時代。六三年半ばのゴウラール政権は、経済危機と議会の保守派の抵抗で力を失い、急進的な改革派勢力に接近していた。保守派の論客ラセルダも議会との軋轢や党内抗争に追われていた。

（12）**パンズィーニョ**　ブラジルで一般的な、食事用の丸いパン。

（13）詩**「パン屋に出かける」**"Going to the Bakery"　没後の全詩集に収録。

（14）**ホリデイ** Billie Holiday（1915-59米）　ジャズ歌手。引用は、シャーマンとラミレス（J. Sherman, R. Ramirez）作の "Lover Man"

（15）**Pútega que partiu.**（「珍しい人のお出まし」）。pútega は卑語 puta（売春婦）の使用を避けようとしたヴィヴィーニャの造語（著者）。名詞 pútega には planta relfesiatica と、熱帯の巨花「ラフレシア」の意もある（辞典 *Michaelis*）。ここは花と人をかけて訳したいところ。

（16）**Letycia**（→8章注22）、Edith Bering も当時活躍中の女性画家。

(17) **Cuca** ビショップの愛称 Cookie をポルトガル語訳した言い方。「女料理人」との意味もあるが、民俗学的には「お化け」「子取り鬼」(二本足で歩く邪悪な妖怪で、寝ないとやって来る人さらい)。子守唄に「坊やはいい子だねんねしな/寝ないとクーカがとりにくる/父さんは開拓地に行ったのよ」(川田順造『「悲しき熱帯」の記憶』で紹介)など。一方、Cuca には「醜い老女」「娼婦」を指したり、俗語で「知性・頭脳」の意もある(著者)。親友との間の邪魔者、頭でっかちなビショップへのヴィヴィーニャの反感が、ロタを怒らせた。

13章

(1) **カシアス** Caxias グアナバラ州(現リオデジャネイロ州)の一地域(著者)。
(2) **パズマード** ボタフォゴ地区の山、コパカバーナはビーチで有名な高級地区。
(3) **イブライン・スエーヂ** Ibrahim Sued (1922-95) 写真家から記者に転身、五四年から『グロボ』紙で、政治から芸能まで扱った。五八年からは「TVリオ」でインタビュー番組も持った。
(4) ブーレ・マルクスの留守中、Paulino 某はまるで「ノアの方舟」のように数量制限した方式で造園を進め、ロタを苛立たせている、造園家が海外で仕事をしているのは、おそらくラセルダの支払いが滞っていたからだろう、とロタは推測している(著者)。
(5) **パリ広場(プラサ・パリス)、パセイオ・プブリコ** Praça Paris も Passeio Público も文学にしばしば登場する。どちらもアテッホの背後に近接する史跡。
(6) **ベザンゾーニ邸** 5章注11。旧植物園だったラジェ公園内の豪邸は、四一年のラジェ没後、外人妻ベザンゾーニとの間に子がなかったため国の文化遺産となり、オペラ歌手はイタリアへ帰国した。
(7) **ヘボウサス**と**サンタ・バルバラ** Rebouças と Santa Bárbara はリオ中心部セントロを通らずリオの市北部(Zona Norte)と市南部(Zona Sul)をつないだトンネル。ラセルダ起案の主要な業績だったが、工事の完了は次の州知事ネグラゥン・ヂ・リマの政権を待たなくてはならなかった。
(8) **ドキシアーデス** Konstantinos Doxiades (1913-75 希) 世界的都市プランナー。
(9) **「十二日目の朝あなたは何を」** "Twelfth Morning; or What You Will" 『旅の問い』所収。
(10) **カーボフリオ** Cabo Frio リオから約一六〇キロ。マノエウはカルロス・レォンの兄弟。新年まで滞在(→18章)。
(11) 六三年八月水泳中に没した詩人レトキ(→6章注22)は、四七年からワシントン大学で教職にあった。

（12）**『生きることは闘うこと』** *Viver é lutar* 検閲の強まる前年、六三年十月に出ていた教科書的読本。

（13）パズマード住民は米国援助の共同住宅ヴィラ・ケネディに移転を促されていた（→8章注11）。

（14）政治家 William Pitt（1759-1806 英） 通称「小ピット」。この"Necessity"の引用は一七八三年十一月十八日下院での演説の一節。首相就任の契機になった。原文は、"Necessity is the plea for every infringement of human freedom. It is the argument of tyrants; it is the creed of slaves."

（15）リオの鉄道セントラル駅前で行われた「改革プログラム」発表の街頭集会。推定十五万人（一説に三十万人）。ジャンゴは一部製油所の接収、半放棄農園の接収の二つの政令に署名し、税制改革や非識字者への投票権の付与など法案を訴えた。対する保守派は共産党の合法化や農地改革の要求に戦慄し、中産層は都市改革で不動産を借地人に奪われることを恐れた。改革プログラムは政権崩壊の糸口となった（ファウスト『ブラジル史』）。

（16）**「神と共に自由を求める家族の行進」** 教会女性団体と財界保守派の元に五十万人（一説に四十万人）がサンパウロ中心街を行進、反ジャンゴ・クーデターの予兆となったとされる。（ファウスト『ブラジル史』および『世界の教科書シリーズ7 ブラジルの歴史』）。

（17）**「生まれる権利」** *O Direito de Nascer* TVドラマ時代の先陣を切った telenovela（1964-65）。婚外妊娠した娘が生まれた子を黒人メイドに託して修道院に逃げ込み、産んでほしくなかった相手の男リモンタを悩ませるドラマ。

（18）四百周年とは、四百年前の一五六五年サー将軍のポルトガル軍がフランス軍を破った年をさすか。リオデジャネイロ（一月の川）は一五〇二年一月葡軍が命名したが、のち仏軍もここに「南極フランス」建設を企てた。

（19）**タモヨ** スルサンの後継責任者（→16章注3）。

（20）**カモンイス** Luís de Camões（ca.1524-ca.1580 葡）。ポルトガルの国民詩人。四百余りの愛のソネットとヴァスコ・ダ・ガマをうたう叙事詩『ウズ・ルジアダス』を書いた。引用原文は"Descalça vai pela neve, quem o amor serve." *Redondilhas. Canções. Sonetos.* より。

（21）リオにはベルギーの小便小僧 Manneken-Pis を模した Manequinho の銅像がある。道路四本説のスルサンの一員 Dilson を四ツ辻の小僧に見立てたロタの嫌味（著者）。

（22）一九六四年五月のイタリア旅行。

（23）**「旅の問い」** "The Questions of Travel" 第三詩集表題作。問いは続く（→18章注1）。

（24）**フェルナンダ** Fernanda Novis Oliveira グルポ内の秘書。

（25）**メルドー** merdot　英訳版補足では「ロタは子供の頃からフランス語に慣れていた。不快なことをエレガントな響きで言いたいとロタは仏語式に造語した。そこで merda（糞便）管理方式の意で merdot と仏語風に言い換えた」。英訳者ニール・ベズナー Neil K. Besner への著者の説明によるもの。

（26）**オンサ**　猛獣ジャガー。鹿など哺乳類を襲い全盛期には食物連鎖の頂点にあった（中隅哲郎『ブラジル観察学』無明舎出版、一九九五年）。

（27）**カステロ・ブランコ**　英訳版補足は「ゴウラール転覆の共謀団を率いて四月以来軍事政権の長となっていた」（→17章注6、18章注4、20章注1）。

（28）**ファグンデス・ヴァレーラ** Luís Nicolau Fagundes Varella（1841-75）　浪漫主義詩人。

（29）パトリモニオ（文化遺産局）の責任者は、旧知のホドリーゴ・M・F・アンドラーヂが局長だった。

（30）**フィリップ・ジョンソン** Philip Johnson（1906-2005 米）　建築家。第一回プリッツカー賞受賞者（1979）。

（31）**ケリー** Richard Kelly（1910-77 米）　照明デザイナー（→14章）。

（32）**ディキンソン** Emily Dickinson（1830-86 米）　詩人。一八八六年頃の“Pressentiment—is the long shadow—on the Lawn”なる断片の一部。『詩集』（一八九六年）に収録か。

（33）**“matar as saudades”**　少し古めかしい定型表現（著者）。

14章

（1）**アシュリー・ブラウン** Samuel Ashley Brown（1923-2011 米）　比較文学者。自ら創刊の文芸誌『シェナンドー』*Shenandoah* で、ビショップのブラジル時代について初インタビューを掲載した。

（2）**オコナー** Flannery O'Connor（1925-64 米）　南部の作家。カトリシズムと人間の罪悪を掘り下げ、描いた。若くして家族性の免疫疾患である紅斑性狼瘡を発症、長く闘病中だった。

（3）**バホーゾ提督** Almirante Barroso（1802-82 / 5）　パラグアイ戦争における川の合戦（1865）の英雄。

（4）**カルトーラ** Cartola（1908-80）　歌手、サンバ団体「マンゲイラ」創設者。妻ズィカ Zica と開いた演奏場「ズィカルトーラ」は「ズムズム」と並び人気を博した（六五年閉店）。引用の歌は“Acontece”で、口調に一部、福嶋伸洋氏の助言をいただいた。

（5）**ヴィニシウス・ヂ・モライス** Vinicius de Moraes（1913-80）　詩人。戦後、外交官として米仏ウルグアイ勤務の一方、文芸・音楽活動を展開。その戯曲 *Orfeu da Conceição*（初演1956）に基づく仏伊ブラジル合作映画「黒いオルフェ」（一九五八年）のカンヌ映画祭パルムドール賞で有名。ジョビン Antônio Carlos Jobim（1927-94）と組んでボサノヴァ曲を多数作った。

（6）**『オピニオン』** *Opinião*　リオのスラム出身の黒人ゼー・ケチ Zé Keti（1921-99）と北東部出身の貧しい黒人作曲家ジョアン・ド・ヴァーリ João do Vale（1934-96）が作り、中流階級の恵まれた白人女性歌手ナラ・レォン Nara Leão（1942-89）が主演、異色トリオの反体制的音楽ショー（*Texts of Brazil : Brazilian Popular Music* 第二版 ブラジル連邦共和国外務省文化部発行、二〇一二年）。ショーは六四年十二月―翌年八月に観客十万を集め、カルトーラの店は閉店に追い込まれ、「貧困のイデオロギー」の幕開けとみなされた（R・カストロ『ボサノヴァの歴史』）。

（7）**ジェズス** Clementina de Jesus（1901-87）サンバ歌手。コントラルトの声で知られた。

（8）**テキニキン**　ロタの造語。「技術官僚」は通常「テキニコ（technico）」と呼ばれるが、先住民族トゥピに由来する語「トゥピニキン（tupiniquim）」に思い入れあるロタはこれと韻を踏ませ、妨害する官僚たちを「テキニキン（techniquim）」と揶揄した（著者）。

（9）「鉄筋コンクリートの父」Emilio Baumgart（1889-1943）の名を冠した工業技術事務所（Escritorio Técnico Emilio Baumgart）をさすか。初代は橋や塔、殊に三〇年代コスタやニーマイヤーの教育保健省や水道塔建設に協力した。

（10）Fishet & Schwartz-Hautmont は金属関係の国内企業。Uddeholms Aktiebolag は鉄鋼関係の多国籍企業で、一九四五年に南米に進出していた。

15章

（1）「シーザー」の翻訳には、ラセルダがレコード会社エレンコに、この自作翻訳の朗読を録音させ、事務所は返品の山になった、との証言がある（R・カストロ『ボサノヴァの歴史』）。

（2）**バラード**「バビロンの盗賊」"The Burglar of Babylon" のこと（→12章注4）。

（3）**チラデンテス** Tiradentes　ミナスの革命の英雄の生地。植民地風の家並で知られる。

（4）"Praia do Flamengo"　ヴァンダレーとギマランイス（Luiz Wanderley, Fausto Guimaraes）作のサンバ。

（5）"Todo mundo enche"　カエターノとヂアス・フィーリョ（Pedro Caetano, Alexandre Dias Filho）作のサンバ。

（6）**帝王マント**　ビショップの飼猫トバイアス Tobias はいわゆる「覆面猫」で、黒地の体色に両目の下と口元が白く、胸元が大きく三角形に白いので、ちょうど黒マントを着たように見える。

（7）**"Cinco bailes da história do Rio"** オリヴェイラとバカリャウ（Silas de Oliveira, D. Ivons Lara e Bacalhau）作。歌詞中に出てくるburguesiaは、当時勃興してきた中産階級、新興の市民階級を指すという（江口佳子氏のご教示）。

（8）**エンヘード** samba enredo 公式テーマを展開させた、団体ごとの主題曲。

（9）リオのカーニヴァルはかつては路上で行われ、ビショップの頃はリオ・ブランコ大通りを行進した。現在はニーマイヤー設計（一九八四年）のコンテスト会場、サンボードロモで行われる。

（10）**"Juvenal"** バチスタとヂ・カストロ（Wilson Batista, Jorge de Castro）作。訳の口調とニュアンスの一部に、福嶋伸洋氏と江口佳子氏の案をいただいた。

（11）誤解を生んだ問題の箇所は、原詞の地名Encantadoと英訳のDelightの所。ビショップの英訳では、後半の地名Encantadoを音の転写でなく意味の直訳Delightにしたため、ブラジル人の感情を害するトラブルを生んだ。ビショップとしてはアイロニーのつもりだったが、理解されず、逆効果となった。訳者がイタリックにした後半二行の英訳は文意も原詞から離れている。

原詞	英訳
Trabalha no Leblon	He works in Leblon
E mora no Encantado	*And lives in Delight*
Chega sempre	*And gets to work mornings*
No trabalho atrasado	*Late at night.*

（12）**「喜びという名の電車」** 英題"A Streetcar Named Delight"は、テネシー・ウィリアムズ「欲望という名の電車」（"A Streetcar Named Desire"）の変形。気をきかせたつもりの文芸誌編集部の悪ふざけ。

（13）**カステリーニョの共産主義者** ビショップは英語の記事原文で、"os comunistas do castelinho"を、ナイトクラブ「カステリーニョ（小さい城）」にたむろする裕福な若者たちと説明、「サロン的左翼」parlor pinkと言い換えた。

（14）**ベル** Lindolf Bell（1938-98） 詩人。*Movimento da Catequese Poética*（1964）等。詩を壁書し劇場や大学や酒場で朗読、「社会参加」を促した。六〇年代風俗の代表。

（15）**フェルナンド・ヂ・カストロ** Fernando de Castro 劇作家。ビショップ批判の記事は"Paternalismo e antiamericanismo", *Correio de Manhã*, 28 março, 1965. 合衆国の善き隣人ぶったお節介に激しく反発し、ビショップを痛罵した。

（16）**「進歩のための同盟」** 対キューバをにらんだ、合衆国のラテンアメリカ開発政策（→10章注17）。

16章

（1）**セーリス** Ceres　苗木や草本、ことに芝生を取り扱う会社の名（著者）。

（2）**財団の支持者たち** 建築家コスタ（→9章注1）、詩人バンデイラ（→6章注17）のほかに、劇作家マグノ Paschoal Carlos Magno（1906-80）、作家ブラーガ Rubem Braga（1913-90）、女優カッヘーロ Tônia Carrero（1922- ）、劇作家ポンゲッチ Henrique Pongetti（1898-1979）、作家・劇作家N・ホドリゲス Nelson Rodrigues（1912-80）など。

（3）**タモヨ** Marcos Tito Tamoyo da Silva（1926-81）　六三年からスルサン会長。

（4）**ニテロイ** Niterói　グアナバラ湾を挟んでセントロの対岸にある町。リオ＝ニテロイ橋（一九七三年完成）は着工前で、この当時は高速艇でリオと行き来していた。

（5）ラセルダは、大統領選に臨むためＵＤＮ内部の地盤作りにも追われていた。

（6）**バイーア** Bahia　北東部の州。首都サルヴァドール。アフリカ系民族文化・音楽の聖地。

（7）**アマード** Jorge Leal Amado de Faria（1912-2001）　バイーア出身の作家。*Zélia* は若妻。

（8）**カンドンブレ** candomblé　ブラジルの心霊信仰にもとづく民間宗教。カトリックの聖人たちと習合したアフリカの神々オリシャにはオシャラ、オグンなどがある。主宰者の男女の指揮下で祭場にオリシャが降臨し、霊媒らに憑依して信者と接触し、悩みや相談を聴いたり教訓をたれたりする。アフリカ西海岸から強制移住させられた黒人奴隷の宗教が母体になっているが、新大陸で変貌し、他宗教との習合も激しい。出自の場所や影響別に、スーダン系のカンドンブレ、コンゴ系・アンゴラ系のマクンバ、インディオ色のつよいカンドンブレ・デ・カボクロなどと大別される。また呼称も、カンドンブレはバイーアでの呼び方だがリオやサンパウロではウンバンダなどと、地域差がある（『ラテンアメリカを知る事典』平凡社ほか）。

（9）**ネグラゥン・ヂ・リマ** Negrão de Lima（1901-81）　新知事は州昇格以前の旧主都ではリオ市長を務めた。

（10）**ポリチス** Pomona Politis　ギリシャ系の女性ジャーナリスト。

（11）道化師カレキーニャ Carequinha（1915-2006）、演奏家カッヒーリョ Altamiro Carrilho（1924-2012）は六〇年代、それぞれの分野ですでに第一人者。名優グランヂ・オテーロ Grande Otelo（1915-93）は、ブラジルの古典の映画化 *Macunaíma* でも主演した（一九六九年）。ブンバ・メウ・ボイ bumba- meu- boi は牛の死と再生を扱う北東部の民俗舞踊で、M・アンドラーヂは『マクナイーマ』でもその起源を物語っている。

(12) この物言いは、児童への性的虐待を連想させるが根拠は不明。ロタの性的指向への嫌味な当てこすりか。言及されたもう一人(エテウ)は、児童学の第一級の専門家として知られ、特段ブーレ・マルクスのいう「おぞましい趣味」を喧伝された形跡はない。

(13) **AI−2** Ato Instiucioal Número Dois の略。軍政令第二号。

17章

(1) **「オウロプレトの窓の下」**"Under the Window: Ouro Preto" 没後の全詩集所収。

(2) **リッリ** Lilli Correia de Araújo デンマーク生まれ。英語を話し、ブラジル人画家の未亡人として宿屋を営むかたわら、歴史的建物の保存活動に関わっていた。

(3) **十八世紀の家** オウロプレトの家は六五年に購入。隣町マリアナとの中間にあって、ビショップは地名と旧知のマリアン・ムーアにちなんで、家をカーザ・マリアナ Casa Mariana と名付けた。パウ・ア・ピッキ pau-a-pique の壁とは、垂直に木の棒を挿して並べ、泥で塗り固める、地方色ゆたかな家の工法。

(4) **シリアー** Carlos Scliar (1920-2001) 画家。V・モライスの戯曲 *Orfeu da Conceição* の初演ポスターや静物画で知られ、雑誌 *Senhor* 主宰、アマード作品なども掲載した。

(5) **『旅の問い』献辞** カモンイスのソネット"Quem vê, Senhora, claro e manifesto" 結びの二行。

……O dar-vos quanto tenho e quanto posso,
　Que quanto mais vos pago, mais vos devo.

青春の叙情と甘美な思索の悦びの歌。*Luís de Camões : Lírica Completa II* (Biblioteca de Autores Portugueses, Casa da Moeda, 1980) で原詩は、一五九五年頃発表の作とする。

(6) 軍政令第二号(AI−2)以前、軍事評議会は六四年四月軍政令第一号でカステロ・ブランコを大統領に選出、冷戦下で共産主義に対抗すべく経済と国力増強を図った。穏健派ながらブランコは政治的破壊分子を取り締まったが、グアナバラやミナスで軍政への反発が強まると、軍部は六五年、政令第二号を発令して既存政党を解党させ公認与野党を限定、大統領直接選挙を議員の間接選挙に改め、国民の政治参加を制限した。ラセルダの大統領への野望は絶たれ、六六年十月の選挙では与党推薦コスタ・イ・シウヴァが大統領に選出。翌六七年には新憲法発布と、まさに激動の時代だが、軍政は八五年まで二十一年間続いた。

（7）**ジーキル** Gertrude Jekyll（1843-1932 英） ビショップが贈った *On Gardening*（1964）はアメリカで編まれた選集だが、英国では *Wood and Garden*（1899）以降、著書多数。

（8）**ワニ革** ワニの種類はジャカレー jacaré。小型カイマン。

（9）新約聖書の一場面。キリストの一番弟子ペトロが、明けがた鶏が鳴く前にお前は三度裏切るだろう、という師の予言通りに師を裏切り、改悛の涙にくれる挿話（マタイ二十六章三十四節ほか）に著者はなぞらえている。ビショップはかねてこの主題を好み、第二詩集の「雄鶏たち」（"Roosters"『冷たい春』所収）にも、すでにこの挿話を取り入れていた。

18章

（1）**"Should we have stayed at home / and thought of here?"** 詩「旅の問い」（→13章注23）からのこの二行は、合衆国フロリダ州キーウェストのビショップ旧居（一九九三年文学史跡）の記念板に掲示されている。

（2）**マリーニョ** Roberto Marinho（1904-2003） 新聞・放送を含む『グロボ』グループの創設者。企業家にしてブラジル屈指の影響力を持ったメディア王。

（3）**ブルーノ** Giordano Bruno（1548-1600 伊） ルネサンス思想家。近代的宇宙観を唱え宗教裁判により火刑。引用は迫害を逃れロンドン滞在中に書いた『無限、宇宙および諸世界について』（*De l'infinito,universe e mondi*, 1584）の序文書簡より（訳文は清水純一訳『同上』岩波文庫、一九八二年）。

（4）**カステロ・ブランコ** Castello Branco（1897-1967） 六四年軍政令第一号で大統領就任。ロタの友人ハシェウ Rachel de Queiros とは同郷でセアラ州出身。英訳版は「政府とラセルダ派との対立にもかかわらず会見が成立したのはハシェウの助力が大きく、そのためブラジリアへはロタと同行した」と補足。

（5）**マイア・ペニード** João Augusto Maia Penido 一九五七年スルサン創設時の初代事務長。

（6）**イブライン・スエーギ**（→13章注3）

（7）**メトレカル** ダイエット用流動食。ココア味など。

（8）**ホドリーゴ・メロ・フランコ・ヂ・アンドラーヂ** 編集者をへて近代芸術週間の関係者と交流した文化人。三六年にマリオ・ヂ・アンドラーヂのプロジェクトを通じて教育省が創設した歴史芸術文化遺産局ＳＰＨＡＮ（Serviço do Património Histórico e Artístico Nacional）の責任者を委嘱され、六七年までその要職にあった。

（9）**ボ・バルヂ** Lina Bo Bardi（1914-92 伊） 建築家。戦後ブラジルに帰化。代表作サンパウロ美術館。

（10）五〇年代サンフランシスコで、ビート詩人スナイダー（Gary Snyder, 1930- 米）やギンズバーグ（Allen Ginsberg, 1926-97 米）らが注目した俳句の流行は、ビショップのいるシアトルにも達していた。六六年には英語俳句集 *Borrowed Water* が刊行され、流行を広げた。

（11）多肉植物キワタ Bombax malabarium（俗名 Cotton silk tree）偽キワタ Pseudobombax ellipticum（俗名 Shaving brush tree）とも木は大きくなる。後者の分類はアオイとも。

（12）**“eureca”** ギリシャ語「ユーレカ（我発見セリ）」に由来する間投詞。「見つけた」「できた」。アルキメデスが王冠の金の純度を測る方法を発見したときの叫びが起源という。

（13）**マリオ・フィーリョ** Mario Rodrigues Filho（1908-66） スポーツ・ジャーナリスト。一九三六年、『ジョルナウ・ドス・スポルツ』*Jornal dos Sports* 社主に。スポーツを通じた社会開放をめざし、小説『ブラジルサッカーにおける黒人』（一九四七年）など執筆。五〇年のW杯に向けてマラカナン・スタジアムの建造に尽力（マラカナンの正式名称はエスタヂオ・マリオ・フィーリョ）。（*Texts of Brazil: Futebol* ブラジル連邦共和国外務省文化部発行、二〇一一年）。

（14）**「南極」** 語の背景に、昔ブラジル入植に向けて仏軍が、リオに「南極（Antártida）フランス」樹立を企て失敗に終わった史実がある。ビショップの「他者」的状況を示す表現か（→13章注18）。

（15）**カモンイス**（→13章注20） 原文は *Redondilhas. Canções, Sonetos* より（著者）。

“Venceu-me Amor, não o nego;
Tem mais força que eu assaz
Que, como é cego e rapaz,
Dá me porrada de cego.”

19章

（1）**サプカイア** Sapucaia 豪雨で被害を受けたグアナバラ州内の貧しい地区。都市清掃部はロタへの嫌がらせで瓦礫を芝生に投棄し、公園をサプカイア化した、の意（著者）。

（2）**マストロヤンニ映画**　一九六〇年作 *Il bell'Antonio*（監督マウロ・ボロニーニ、邦題「汚れなき抱擁」）。「モテ男」家系で富豪のアントニオの結婚の失敗と、その父の娼家での頓死など、シチリアが舞台の風俗映画。脚本には小説家パゾリーニも参加した。

（3）**メラレウカ**　フトモモ科。ギリシャ語の mela「黒」＋ leuca「白」で木肌の特徴を表す説も。オーストラリア原産で多品種。サンパウロ産の木では別名 arvore do chá（茶の木）が有名で、白い花、柑橘系の芳香、薬効が特徴とされる。現代ポルトガル語辞典でみると、mela には「植物の胴枯れ病、脱字脱文、衰弱、部分脱毛、酩酊」の意味もあり、louca「狂気」との組み合わせは風狂木といった印象。「ロタには許せない誤植」（著者）という説明もうなずける。

（4）**ガマ提督** José Santos Saldanha da Gama（在職 1965-68）

（5）二人のスピーチには背景がある。スルサンは五七年の創立時、旧リオ市長ネグラゥン・ヂ・リマが職責を担うはずだったが、五八年ＪＫ内閣でポルトガル大使に任命され、別人に委嘱されて初代事務長に就いたのがマイア・ペニードだった。彼は多数エンジニアを統括し、そこには今回ロタと仕事するエナウド・クラーヴォ・ペイショットも含まれていた（*Novas memórias do urbanismo carioca*, A. Freire, L. Oliveira（org.）, Editora FGV, 2008）。

（6）**マラカナン** Maracanã　いわずとしれた世界サッカーのメッカ。一九五〇年建造（→18章注13）。

（7）**インテルラゴス** Willys Interlagos　一九六二年に発売されたブラジル国産初のスポーツカー。

20章

（1）**元帥さま** Marechal　軍事政権の大統領カステロ・ブランコ（在職 1964-67）の肩書きは、陸軍元帥。

（2）**サラザール** Alcino Salazar（1897-2000 在職 1965-67）　検事総長。

（3）"baixar o santo" カンドンブレ儀式で憑依した人が託宣を伝えること（神田工氏のご教示）。

（4）**いとこジョゼ・エウジェニオ** José Eugênio de Macedo Soares　父の弟の次男にこの名がある。

（5）**レア・マリア** Léa Maria（Aarão Reis）　ジャーナリスト。多種のメディアで活躍。

（6）bain-marie　元は仏語の料理用語で「湯せん、湯せん鍋」の意。「生茹で」と訳したのが、ロタを「生かさぬよう、殺さぬよう」ぬるま湯につけてはぐらかす状況と解した。

（7）**エリオドーラ** Bárbara Heliodora（1923- ）　演劇批評家。シェイクスピア研究者。ラセルダの新聞『トリブーナ・

ダ・インプレンサ』批評欄から出発し、『グロボ』など主要紙・雑誌に劇評を執筆。九十歳で引退。

(8) **ヴァンデルレイ** Nelson Freire Lavenere-Wanderley (1909-85)

(9) **Antarctica Paulista** ビール会社。清涼飲料ガラナの製造元。九九年 Ambev に吸収。

(10) 新大統領コスタ・イ・シウヴァ Artur da Costa e Silva (1899-1969 在職 1967-69) カステロ・ブランコ政権の陸軍大臣として革命政府の政策を推進、六七年一月新憲法発布後の三月就任。六八年以降、軍政令を連発して国会や司法に介入し、ラセルダら政治家やジャーナリストを大量逮捕、メディアへの検閲を進めた。病気で新憲法の制定はできず、陸海空軍の三大臣による革命評議会が大統領職を代行、憲法は六九年十月の次の大統領メヂースィ (Emilio Medici, 在職 1969-74) のもとで発効した。

(11) **リード** Henry Reed (1914-86 英) 言及は "The Naming of the Parts" (「部品の命名」)、第二次大戦の詩。

(12) ダーウィンの本は『ビーグル号航海記』(1839) だろうが、地理学者バートン (Richard Francis Burton, 1821-90 英) の本は *Explorations of The Highlands of Brazil* (1869) か?

21章

(1) **「森が動く」** シェイクスピア『マクベス』五幕五場からの比喩。事態の決定的展開を指し示す表現。

(2) **Barracão** 「大型倉庫」 バハカゥンの原語は、「バラック・掘立小屋」の原語バハッコ barraco の拡大形。ポルトガル語の発音ではラ行からハ行に変わってしまうので音の面では分かりにくいが、文字で見ると語源のつながりが分かる。

(3) 私立探偵 Nick Carter を主人公とするアクション映画シリーズの一つ。

(4) 暫定的の意味を、英訳版では、小公園は「〈子供に学資を〉キャンペーンの期間限定で維持される」と本文で補足している。

(5) **「忍耐も尽きれば慎重さを失う」** 格言 "Cessa a prudência quando lhe falta a paciência" は、外交官・哲学者・モラリストのマリカ侯爵 Marquês de Maricá, Mariano (José Pereira da Fonseca, 1773-1848) の広く読まれた格言集 (*Máximas, pensamentos e reflexões*, 1837, no. 2645) より。

(6) **仮処分** 六五年十二月十三日、ラセルダの制定を無効とし財団を仮処分とした措置 (→17章)。

(7) パトリモニオの責任者 (→18章注8) の仕事の一環で、財団の顧問会議も統括していたものと思われる。

（8）**"A linda rosa juvenil"** 民衆歌。

22章

（1）第一部より、テーバイの王オイディプスへの盲目の預言者ティレシアスの言葉の抜粋。

（2）**広域前線** Frente ampla　ラセルダは六四年失脚したジャンゴことゴウラールや公職追放にあったJKことクビシェッキらと結び、保守派ブルジョワから労働者、学生まで広く声を集め、政治犯の恩赦、民主的新憲法の制定、全ての選挙での直接選挙の復活を要求した（世界教科書シリーズ7『ブラジルの歴史』ほか）。

（3）**インスリン・ショック療法**　一九三三年ウィーン大学のザーケル（Sakel）が確立、以後けいれん療法・電気ショックなど四〇年代まで一連の「ショック療法」が出現した。インスリン投与で低血糖状態を起こし精神病の症状を改善する手法だが、死亡例や副作用が多く、戦後すたれはじめ、向精神薬がとってかわったという。現在はほとんど用いられない（『新版　精神医学事典』弘文堂ほか）。

（4）散文詩**「雨季――亜熱帯」**『ケニヨン・リヴュー』*Kenyon Review*（1967）に掲載の後、生前の『全詩集』（1969）に収録。

（5）傍点引用はカエサル『ガリア戦記』第I巻五節の "ut *domum redutionis spe sublata* paratiores ad omnia pericula subeunda" のイタリック部分。文意全体は「家に戻る望みを奪って万難に耐えられるよう一層の覚悟を固めさせ」。著者はラテン語引用にポルトガル語訳を並べた。退路を断ったビショップの、家庭（ブラジル）の喪失と家郷（アメリカ）への帰還。

（6）この回想の文言は、帰国後の漂流者を描いた「本国へ帰ったクルーソー」"Crusoe in England" のつぶやきとそっくり同じ。第四詩集『地理III課』（1976）所収。

（7）**レッサ** Elsie Lessa（1912-2000）　ジャーナリスト。『グロボ』紙記者。晩年のロタを取材。

（8）**バッハ・リンパ** "Barra limpa" は、マルチーニャ Martinha（1949- ）が歌った、六七年の流行歌。この歌は「ぶっ飛ばす少年」のスピード狂ぶりを歌ったが、「お祖母ちゃん」ロタはこれをふまえ、スピーディだがまっとうな、自分の正常な運転ぶりを告げた（著者）。

（9）**イタボライ伯爵** Joaquim José Rodrigues Torres, o visconde de Itaboraí（1802-72）　出版人、上院議員。旧リオ県の初代首長となり、ブラジル銀行総裁も二度務めた。

（10）**“de prendas do lar”**　ロタはカリスマ的人物だが学位は無かった。この表現は直訳すれば「家事仕事の才能」を表し、ロタのような知的女性を婉曲におとしめる表現、と著者は嘆く。

（11）**リーズとギャレンタイン**　マカイヴァー宅の通りの向い側に住む建築家 Harold Leeds（1913-2002）と映像作家 Wheaton Galentine（1914-）は、このとき親身に助けてくれたが、ロタの死についてはビショップにも批判の目を向けた（*Remembering Elizabeth Bishop* での証言）。

（12）**E・ブラズィウ** Emanuel Brasil（1940-99）　滞米中のブラジル詩人。後にアンソロジー『二十世紀ブラジル詩集』（*An Anthology of Twentieth Century Brazilian Poetry*, Wesleyan University Press, 1972）をビショップと共編。本文で準備中とされていた第二弾はビショップの死後の八三年に、別の共編者、同じ版元で出版された。リンドルフ・ベルなど収録。扉裏には、“To the memory of ELIZABETH BISHOP”（エリザベス・ビショップの思い出に）と献辞がついている。

（13）**叫び**　散文「村里にて」の中心テーマ（→4章注14）。

（14）**サン・ジョアン・バチスタ墓地**　リオ市南部ボタフォゴの墓地。名だたる偉人や政治家から芸能人まで、数多く埋葬されている。

（15）**Valium**　精神安定剤ジアゼパムは、スイスを本拠とする製薬会社が発売した薬の商標名。長期作用型の抗不安薬で、代表的な睡眠導入薬。アメリカでは六三年に認可、六五年にはローリング・ストーンズの歌“Mother's Little Helper”に録音されるなど、ほとんど社会現象となり、七八年をピークとして爆発的に売れた（Arnie Cooper, “An Anxious History of Valium”, *The Wall Street Journal, Nov.* 15, 2013）。

23章

（1）**サンタ・クララの信号**　ヴィヴィーニャの家のあるボタフォゴへの通り道。

（2）**花々**　ナナーは地味だが生命力あるサツマイモを育て、イズメーニアは造花のアフリカスミレを買う。ポルトガル語の“flor”が「花」も「人」も表すことは2章注13で記したが、植物の対比は二人の女性の対比でもある。ブラジルに住んできた大人しい地元の女性ナナーと、海外のアメリカでバリバリ働いてきたイズメーニアとの生活の対比。非凡か平凡かを問わず、ロタの多彩な友人＝花々の内面をも、本書は描き出している。

24章

（1）**ブラジル詩のアンソロジー**（↓22章注12）　この本ではバンデイラ、ドゥルモン、メロ・ネト、ヴィニシウスのほか、カルドーゾ Joaquim Cardozo、シコ・ブアルキ Chico Buarque de Hollanda らを紹介・訳出している。

（2）一九七七年五月のセッション。ポルトガル語の原詩とその英訳の朗読会で、ハーヴァードのブラジル人学生で詩を書き始めていた Ricardo Sternberg がギターを弾いて合わせた。

（3）**カエターノ・ヴェローゾ**　Caetano Veloso（1942- ）　現代ブラジルの代表的歌手。「トロピカリズモ」を主唱。一九六八年反体制的ということで逮捕され、七二年までロンドンに亡命した。ビショップは一九六九年の歌「身元不明」"Não identificado"を愛したが、著者オリヴェイラは、別の歌「意味ある風景」"Paisagem útil"にアテッホが出てくるのに気づき、フラメンゴ公園の電柱写真には、「冷たいセメントの椰子の林（Frio palmeiral de cimento）」の一行をキャプションに添えた。

出典と文献

・原著出典では、ポルトガル語の文献表記をほぼ全面的に踏襲した。
・［英］＝英語文献。このうち書名およびビショップ作品の題名のみは英語の標準的な大文字表記に整えた。但し論文・記事には適用せず、その他の情報（編／訳、刊行時日など）は原著表記のまま残した。
・原著文献中［→邦訳］とあるものは、他の主要な翻訳参考文献と共に一括して最後に掲げた。細かい個別の情報は訳注にも記した。

一、原著出典 (Fontes)

◇著者への証言による取材協力 *(Depoimentos prestados à autora por)*

Lilli Correia de Araújo	Walkyria Barreto	Edith Behring
Enrico Bianco	Emanuel Brasil	Antônio Callado
Sandra Cavalcanti	Zette Van Erven Lage	Manoel Portinari Leão
Luiza Barreto Leite	Leira da Silveira Lobo	Roberto Burle Marx
Ethel Bauzer Medeiros	Luiz Emygdio de Mello Filho	
Mary Stearns Morse	Mônica Morse	José Alberto Nemer
Linda Nemer	Fernanda Noviz Oliveira	Renata Pallottini
Rosy Bleggi Peixoto	Stella Batista Pereira	Rachel de Queiroz
Maria Augusta Leão da Costa Ribeiro		Joana dos Santos
Carlos Scliar	Oscar Maria Simon	Pedro Teixeira Soares
Ricardo da Silveira Lobo Sternberg		Julio Cesar Pessolani Zavala

◇一次文献

Correspondência da autora com Ashley Brown (acervo da autora). ［ブラウン＝著者書簡］
Correspondência de Lota de Macedo Soares (acervo particular). ［ロタの書簡・個人蔵］
Agenda de Lota de Macedo Soares, ano 1962 (acervo particular). ［ロタの手帳・個人蔵］
Poesia de Elizabeth Bishop (publicada em *The Complete Poems, 1927-1979*, Nova York: Farrar, Straus and Giroux, 1991) .［英］ ［ビショップの詩・全詩集・FSG社刊］
Correspondência publicada de Elizabeth Bishop (*One Art*, Robert Giroux, org., Nova York: Farrar, Straus and Giroux, 1994) .［英］ ［ビショップの公刊書簡・FSG社刊］
Correspondência não publicada de Elizabeth Bishop (acervo de Vassar College Libraries Special Collections).［英］ ［ビショップの未公開書簡・ヴァッサー大学所蔵］
Manustritos de Elizabeth Bishop (acervo de Vassar College Libraries Special Collections).［英］ ［ビショップの手稿・ヴァッサー大学所蔵］
Jornais: A Noite, A Notícia, Correio da Manhã, Diário de Notícias, Gazeta de Notícias, Jornal do Brasil, Jornal do Commercio, Jornal dos Sports, O Globo, O Jornal, Tribuna da Imprensa, Última Hora. ［依拠した新聞資料］
Revistas: Anhembi, Diretrizes, Cadernos Brasileiro, Módulo, O Cruzeiro, O Cruzeiro Internacional, Revista de Engenharia do Estado da Guanabara. ［依拠した雑誌資料］

◇新聞・雑誌記事（*Artigos*）

Pearl K. Bell, "Dona Elizabetchy: a memoir of Elizabeth Bishop". *Partisan Review*, 1991.［英］
Elizabeth Bishop, "On the railroad named Delight". *New York Times Magazine*, 7 março 1965.［英］
Ashley Brown, "An Interview with Elizabeth Bishop". *Shenandoah* 17, no. 2, 1966.［英］
"Elizabeth Bishop in Brazil". *Southern Review*, 13 outubro 1977.［英］
"Elizabeth Bishop's Brazilian Writers". Conferência, 1994.［英］
Antônio Callado, "Um sábio entre bugres". *Correio da Manhã*, 21 agosto 1958.

“Poeta deu trégua à angústia em Petrópolis”. *Folha de S. Paulo*, 11 junho 1994.
Fernando de Castro, “Paternalismo e antiamericanismo”. *Correio da Manhã*, 28 março 1965.
Angela Regina Cunha, “A verdade sob o aterro”. *O Globo*, 2 julho 1994.
Elsie Lessa, “Lota de Macedo Soares”. *O Globo*, 6 outubro 1967.
Enaldo Cravo peixoto, “O Parque do Flamengo”. *Módulo*, 37, 1964.
Maria Luiza de Queiroz, “Elizabeth Bishop: Exilio de la poesia”. *O Cruzeiro Internacional*, 1 março 1963.
Rachel de Queiroz, “O Aterro da Glória”. *O Cruzeiro*, 18 outubro 1961.
“Lota”. *O Jornal*, 8 outubro 1967.
“Carta para Lota de Macedo Soares”. *O Cruzeiro*, 16 fevereiro 1972.
Maria Carlota C. de Macedo Soares, “A urbanização do arerrado Glória-Flamengo”. *Revista de Engenharia do Estado da Guanabara*, vol. XXIX. Guanabara, jan-dez 62.
Elizabeth Spires, “The art of poetry XXVII—interview with Elizabeth Bishop”. *Paris Review* 23, 1981. 〔英〕
George Starbuck, “The work! —conversation with Elizabeth Bishop”. *Ploughshares* 3, nos.3 & 4, 1977. 〔英〕

◇二次文献（*Obras consultadas*）

An Anthology of Twentieth Century Brazilian Poetry. Org. Elizabeth Bishop & Emanuel Brasil. Middletown, Wesleyan U. Press, 1972. 〔英〕
Carlos Drummond de Andrade. *Antologia poética*. RJ, Editora Record, 1987.
Mário de Andrade. *Poesias completas*. SP, Martins, 1980.
Portinari, amico mio: Cartas de Mário de Andrade a Candido Portinari. Campinas, Mercado de Letras/Editora Autores Associados/RJ, Projeto Poritnari, 1995.
Machado de Assis. *Memórias póstumas de Brás Cubas*. RJ, Jackson, 1946. 〔→邦訳〕
Elizabeth Bishop. “In the Village”, em *The Collected Prose*. NY, Farrar, Straus and Giroux, 1984. 〔英〕
Giordano Bruno. “Epistola preambular” em *Sobre o infinito, o universo e os mundos*. Trad. De Nestor Deola e Helda Barraco. SP, Abril Cultural e Industrial, 1973.

Luís de Camões. *Redondilhas. Canções. Sonetos*. RJ, Real Gabinete Português de Leitura, 1980.

Pero Vaz de Caminha. *Carta a El Rey Dom Manuel*. Versão moderna de Rubem Braga. RJ, Record, 1981. 〔→邦訳〕

Lewis Carrol. *Aventuras no País das Maravilhas*. Trad. Sebastião Uchoa Leite. SP, Círculo do Livro. 1982. 〔英〕

Flannery O'Connor. *The Habit of Being*. Correspondência selecionada e organizada por Sally Fitzgerald. NY, Farrar, Straus and Giroux, 1979. 〔英〕

Bonnie Costello. *Elizabeth Bishop: Questions of Mastery*. Cambridge, Harvard University Press, 1991. 〔英〕

Davi. "Salmo 38" em *A Bíblia de Jerusalém*. SP, Edições Paulinas, 1985.

Dicionário Histórico Biográfico Brasileiro 1930-83. Coord. Israel Beloch e Alzira Alves Abreu. RJ, Forense Universitária/FGV/Sinep, 1984.

Emily Dickinson. "Pressentiment – is that long shadow – on the Lawn" em *The Complete Poems*, Boston, Little Brown, 1960. 〔→邦訳〕

F.M. Dostoiévski. Noites brancas. Trad. Olivia Krãnenbühl. RJ. Livraria José Olympio Ed., 1962. 〔→邦訳〕

T. S. Eliot. "The Waste Land" em *Collected Poems 1909-1962*. NY, Harcourt, Brace & World, 1963. 〔英〕

Ésquilo. *Agamemnon* em *Trilogia de Orestes*. Trad. David Jardim Jr. RJ, Tecnoprint, 1988.

Floresta Atlântica. Coord. Salvador Monteiro e Leonel Katz. RJ, Ed. Alumbramento, 1991-92.

José Paulo Moreira da Fonseca. "Anotação Poética" em *Antologia da nova poesia brasileira*. Org. Fernando Ferreira de Loanda. s.l., Edições Orfeu, 1970.

Mariano José Moreira da Fonseca, Marquês de Maricá. *Máximas, pensamentos e reflexões*. Ed. Crítica de Souza da Silveira. RJ, Casa de Rui Barbosa, 1958

Gary Fountain & Peter Brazeau. *Remembering Elizabeth Bishop*. Amherst, University of Massachusetts Press, 1994. 〔英〕

Lorrie Goldensohn. *Elizabeth Bishop: The Biography of a Poetry*. NY, Columbia University Press, 1991. 〔英〕

George Herbert, "Love" e "Love Unknown" em *The Poems of George Herbert*. Londres, Oxford U.P, 1961. 〔英〕

Homero. *Ilíada*. Trad. Carlos Alberto Nunes. RJ, Tecnoprint, 1967.

Gertrude Jekyll. *On Gardening*. NY, Charles Scribner's Sons, 1964. 〔英〕

Carlos Lacerda. *Depoimento 1914-1977*. RJ, Nova Fronteira, 1987.

Clarice Lispector. *Laços de família*. SP, Alves, 1960.〔→邦訳〕
Mary McCarthy. *O grupo*. Trad. Fernando de Castro Ferro. RJ, Ed. Civilização Brasileira, 1967.〔英〕〔→邦訳〕
Roger Martin du Gard. *O drama de Jean Barois*. Trad. Vidal de Oliveira. SP, Abril Cultural,1985.
Ethel Bauzer Medeiros. *O lazer no planejamento urbano*. RJ, Ed. da Fundação Getúlio Vargas, 1971.
Brett C. Millier. *Elizabeth Bishop: Life and the Memory of It*. Berkeley, University of California Press, 1993.〔英〕
Henrique E. Mindlin. *Modern Architecture in Brazil*. RJ / Amsterdã, Colibris Editora, 1960.〔英〕
Marianne Moore, "Marriage", "To a snail" em *The Complete Poems*. NY, Viking Penguin, 1987.〔英〕
Helena Morley, *Minha vida de minina*. RJ, José Olympio, 1988.
Lewis Mumford. *The City in History*. NY, Farrar, Straus and Giroux, 1979.〔英〕
Renata Pallottini. "Interurbano", em *Noite afora*. SP, Brasiliense, 1978.
José de Oliveira Reis. *A Guanabara e seus governadores*. RJ, Prefeitura da Cidade do Rio de Janeiro, 1977.
William Shakespeare. *Macbeth em The Complere Works*. NY, Harcourt, Brace & World, 1948.〔英〕
Sófocles. *Oedipus Rex*. Trad. Dudley Fitts & Robert Fitzgerald. NY, Harcourt, Brace & World, 1960.〔→邦訳〕
Walt Whitman. *Leaves of Grass*. Sel. De Leslie A. Fiedler para The Laurel Poetry Series. NY, Dell Publishing, 1959.〔英〕〔→邦訳〕

◇参照曲（*Músicas citadas*）

Ai, seu Mé. Luiz Nunes Sampaio e Freire Júnior.
Vovozinha. Cancioneiro popular.
Dona cegonha. Armando Cavalcanti e Klecius Caldas.
Gosto que me enrosco. Sinhô.
Brigite Bardot. Miguel Gustavo e Jorge Veiga.
The laziest gal in town. Cole Porter.〔英〕
Rambling on my mind. Robert Johnson.〔英〕
Lover man. Jimmy Sherman e Roger "Ram" Ramirez.〔英〕
Acontece. Cartola.

Praia do Flamengo. Luiz Wanderley e Fausto Guimarães.
Todo mundo enche. Pedro Caetano e Alexandre Dias Filho.
Cinco bailes da história do Rio. Silas de Oliveira, D. Ivone Lara e Bacalhau.
Juvenal. Wilson Batista e Jorge de Castro.
A linda rosa juvenil. Cancioneiro popular.
Paisagem útil e *Não identificado*. Caetano Veloso.

◇ビショップ詩篇（*Poemas de Elizabeth bishop citados no texto*）
"Crusoe in England"／"Santarém"／"Arrival at Santos"／"The Shampoo"／
"Brazil, January 1, 1502"／"The Wit"／"Questions of Travel"／
"Under the Window: Ouro Preto"／"Going to the Bakery"／"Manuelzinho"／
"Electrical Storm"／"Pink Dog"／"Rainy Season; Sub-Tropics"／
"Song for the Rainy Season"／"The Burglar of Babylon"

――Publicados em *The Complete Poems, 1927-1979* by Elizabeth Bishop (Nova York: Farrar, Straus and Giroux, 1979, 1983),© by Alice Helen Methfessel. Publicados em *The Collected Prose* by Elizabeth Bishop (New York: Farrar, Straus and Giroux), © 1984 by Alice Helen Methfessel. Reprodução autorizada por Farrar, Straus and Giroux, inc. © de todas as traduções Carmen L. Oliveira, exceto "The Burglar of Babylon", traduzido por Flavio Macedo Soares.［原著における詩のポルトガル語訳は１篇を除き著者 Carmen L. Oliveira による。"The Burglar of Babylon" のみは Flávio Macedo Soares 訳を使用した。］

二、邦訳の引用・参照文献

◇ビショップ文献・補遺

本書刊行以後、特に二〇一一年の生誕百年に向けて刊行された中で、主要文献を左に挙げる。

① *Elizabeth Bishop: Poems, Prose, and Letters*, The Library of America, No. 180, Edited by Robert Giroux & Lloyd Schwartz, 2008. 詩、散文、翻訳、書簡をコンパクトに収めた一冊。

② *Elizabeth Bishop: Poems*, Farrar, Straus and Giroux, 2011. 生誕百年の年に出た新全詩集。ここには同じ版元FSGから刊行されたAlice Quinn, ed., *Edgar Allan Poe & the Juke-Box: Uncollected Poems, Drafts,and Fragments*, 2006 の収録作も、再編・統合されている。

③ *Elizabeth Bishop: Prose*, Edited by Lloyd Schwartz, Farrar, Straus and Giroux, 2011. 同じ生誕百年の年に出た姉妹篇の散文集。物語、回想、エッセイ、書評、翻訳、一部書簡、付録の初期散文の他、ビショップ／タイム・ライフ共著の *Brazil*, Life World Library series, 1962 の手稿復元の写真版なども収めている。但し、『ヘレナ・モーリーの日記』は含まない。

④ *Words in Air: The Complete Correspondence between Elizabeth Bishop and Robert Lowell*, Farrar, Straus and Giroux, 2008. 親友ローウェルとの全往復書簡。

⑤ *Elizabeth Bishop and the New Yorker:The Complete Correspondence* , *Edited by Joelle Biele*, Farrar, Straus and Giroux, 2011.
邦訳は、世界現代詩文庫32『エリザベス・ビショップ詩集』（土曜美術社出版販売、二〇〇一年）、散文「村里にて」（『文学空間』Ⅴ－№８風濤社、二〇一一年がある（いずれも拙訳）。

◇引用したもの、参照したもの

マシャード・ジ・アシス『ブラス・クーバスの死後の回想』武田千香訳、光文社古典新訳文庫、二〇一二年。

ドストエフスキイ『白夜』小沼文彦訳、角川文庫、一九五八年。

カミーニャ「国王宛て書簡」池上岑夫訳・注、『ヨーロッパと大西洋』大航海時代叢書（第Ⅱ期）1、岩波書店、一九八四年。

エミリ・ディキンスン『自然と愛と孤独と――ディキンスン詩集』中島完訳、国文社、一九九四年。

クラリッセ・リスペクトール『GHの受難・家族の絆』（ラテンアメリカの文学12）、高橋都彦・ナヲエ・タケイ・ダ・シルバ訳、集英社、一九八四年。

メアリイ・マッカーシイ『グループ』小笠原豊樹訳、早川書房、一九六九年。

ソポクレス『オイディプス王』藤沢令夫訳、岩波文庫、一九六七年／ソポクレス『オイディプス王・アンティゴネ』福田恆存訳、新潮文庫、一九八四年。

ホイットマン『草の葉』上中下、酒本雅之訳、岩波文庫、一九九八年。
カエサル『ガリア戦記』近山金次訳、岩波文庫、一九四二年／Commentarii de Bello Gallico (http://www.debellogallico.or/index.cgi/bgtext/)
ジョルダーノ・ブルーノ『無限、宇宙および諸世界について』序文、清水純一訳、岩波文庫、一九八二年。

なお、この他、すでに人口に膾炙している『マクベス』や詩「荒地」の語句、言及や連想でのみ出現する『不思議の国のアリス』やギリシャ古典劇などはここでは割愛した。

◇その他、背景となる歴史・社会・文化について

ブラジル日本商工会議所『現代ブラジル事典』新評論、二〇〇五年。

金七紀男・住田育法・高橋都彦・富野幹雄『ブラジル研究入門』晃洋書房、二〇〇〇年。

シッコ・アレンカール、ルシア・カルピ、マルクス・ヴェニシオ・リベイロ『世界の教科書シリーズ7　ブラジルの歴史』東明彦・A・イシ・鈴木茂訳、明石書店、二〇〇三年。

ボリス・ファウスト『ブラジル史』鈴木茂訳、明石書店、二〇〇八年。

金七紀男『図説ブラジルの歴史』河出書房新社、二〇一四年。

染田秀藤『ラテンアメリカ史　植民地時代の実像』世界思想社、一九八九年。

イグナシオ・ラモネ『フィデル・カストロ』伊高浩昭訳、岩波書店、二〇一一年。

アンジェロ・イシ『ブラジルを知るための55章』明石書店、二〇〇一年。

中隅哲郎『ブラジル観察学』無明舎出版、一九九五年。

高橋麟太郎『ブラジルのインディオ』帝国書院、一九六三年。

レヴィ＝ストロース『悲しき熱帯』川田順造訳、中公文庫、二〇〇一年。

Charles Wagley, *Amazon Town*, Oxford, 1953, 1976.

Manuel Bandeira, *Guia de Ouro Preto*, Edições de Ouro, Tecnoprint S. A. 刊年不詳。

ルイ・カストロ『ボサノヴァの歴史』国安真奈訳、ＪＩＣＣ出版、一九九二年。音楽之友社、二〇〇八年新版。

Marcel Moutinho, *Canções do Rio: a cidade em letra e música*, Casa da palavra, 2009.

福嶋伸洋『魔法使いの国の掟――リオデジャネイロの詩と時』慶應義塾大学出版会、二〇一一年。

本書の時代以前の文化については、Fernando A. Novais 他著の *Historia da vida privada no Brasil 3, República: da Belle Époque à Era do Rádio*, Companhia das Letras, 1998、ブラジル人名の確認については、文学分野での José Aderaldo Castello, *A Literature Brasileira: Origens e Unidade (1500-1960)*, vol II, Editora da Universidade de São Paulo, 1999 など事典類のほか、個別のインターネット情報を参照した。

またブラジル連邦共和国外務省、駐日ブラジル大使館発行のシリーズ〈Texts of Brazil〉の『Brazilian Popular Music ブラジリアン・ポピュラー・ミュージック』(第2版、国安真奈訳、二〇一二年)と『Futebol サッカー』(前田和子訳、二〇一一年)も参考にした。同じシリーズには『ブラジリアン・クラシック・ミュージック』(鈴木裕子訳、二〇〇八年)や、地方色豊かな『庶民の祭』(前田和子訳、二〇一三年)があり、ことに後者には数多くの美しいポルチナーリ絵画が掲載されていて、雰囲気を知るのに役立った。

訳者あとがき

本書はカルメン・L・オリヴェイラ著（Carmen L. Oliveira, *Flores raras e banalíssimas: A história de Lota de Macedo Soares e Elizabeth Bishop*, Rocco, 1995）の全訳である。

一、内容について

ブラジルのベストセラーである本書は、リオデジャネイロのフラメンゴ公園造成を発案した女性ロタ・ヂ・マセード・ソアレス（一九一〇―六七）と、アメリカの詩人エリザベス・ビショップ（一九一一―七九）との、十六年にわたる愛と別れを追った評伝だ。

風変わりな題名だが、ポルトガル語の flor ――「花」は、善い人・優しい人など「人」を表す独特の言葉である。訳題では煩雑ゆえ「めずらしい花　ありふれた花」と単数形に抑えたが、原題はどちらも複数形で、多くの人々の登場を予感させる。時は二十世紀半ば、所は激動のブラジルで、名花二人の生と死を間近に眺めた同時代人たち、とりわけロタの大の仲良しの市井の花々は、出来事を当時どう眺め、今も心に留めるのか。老女たちのおしゃべりと回想を織り込みながら、物語は展開する。

ビショップがやって来たのは一九五一年。第一詩集の刊行から五年、創作に悩んだ挙句の南米への旅だった。当時の首都リオで口にした熱帯の果実カジューにアレルギーを起こし、友人メアリーの同居人ロタに介抱されたのが物語の始まりだ。ロタは屈指の名門の出で、大学へは行かなかったが、美術と建築に精通し、知識人や政治家、アメリカの芸術家と親しく交友していた。少壮建築家と共に、自らの美学にかなう個性的な家をペトロポリス近郊の山地サマンバイアに建てていた正にその時期、ロタとエリザベスは恋に落ち、その家を「家庭」として愛の暮しを営む。ウルトラモダンなロタの家はビエンナーレで賞を取り、詩集もピュリッツァー賞を得て、絆は順調に深まっていく。

だが六〇年、ブラジリアへの首都移転に伴いリオが州に昇格し、ロタの友人ラセルダが初代グアナバラ州知事に就任する頃から、蜜月は変化していく。新政府に公園造りを提唱したロタは知事の任命で公職に就くが、官僚支配の男社会で孤軍奮闘、仕事に忙殺される。取り残された詩人は書けない悩みと酒癖がぶり返し、自分の居場所を模索する。フラメンゴ公園の建設と運営、財団化に奔走するロタだったが、軍政に向かう国の体制が夢を阻む。後ろ盾ラセルダは失脚、新政府や官僚との軋轢で、事業推進の主力でありながらロタは仲間に背かれ職を追われる。六五年ロタ抜きで公園は完成。だが、身も心もぼろぼろのロタは滞米中のビショップを追って六七年ニューヨークへ渡り、事故か自殺か、一命を散らす。その後、ロタの経歴は母国で闇に埋もれていったが、詩人はブラジルで新境地を拓き、アメリカへの帰還後次々に文学賞を受賞、その声望は大きく花開いていった。

本評伝で著者カルメンは、九〇年代からのビショップ研究の隆盛を背景に、二人の生活を初めて公にし、アメリカ・ブラジル両国で反響を呼んだ。詩・手紙・証言・多くの記事を通じて、詩人の隠れた生活とアメリカ側の反応を伝え、都市と自然の共生をめざす先駆的な公園のアイデアと行動力で輝いたロタの、政府との攻防、世界的造園家ブーレ・マルクスとの決裂を語る。特異な絆を育んだ二人の生活の背景として、キューバ危機、アメリカの南米政策、ブラジル国内外の政治状況を活写しながら、人心を揺さぶった歌の数々に世相をのせ、生き生きした小説風の語り口で歳月を追う。作中、ビショップがアメリカの雑誌に送った「リオデジャネイロ」というエッセイが、ブラジルの新聞で劇作家に痛罵をくらう異文化衝突事件も紹介される。登場人物（あるいは著者）の、時に辛辣、時に愛情こもる観察が、強大国アメリカに対する、途上国の自分たちブラジル人に対する、意見と心情をあますところなく映して胸を打つ。二つの文化の物語は同時に女性と仕事の物語をなし、文化史としてまた女性史として、強い印象を残す。

本書は一九九五年の刊行後、二〇〇二年に英訳されたが、二〇一〇—一一年には、ロタとビショップの生誕百年を記念する行事がブラジル・アメリカ・カナダで相次いだ。本書に基づくブラジル映画 *Flores Raras*（2013. 英題 *Reaching for the Moon*）が公開され、ベルリン映画祭、NYトライベッカ映画祭で話題を呼んだ。ビショップについての出版や学会開催は相次いだが、「ブラジルでもそれまでほとんど知られていなかった」（中川ソニア先生・立教大学ラテンアメリカ研究所講師談）ロタにも、本書や映画によって初めて光が当たった。ロタと公園の歴史についてはサイトが作られ、Instituto Lotta (http://www.institutolotta.com.br) で詳細が見られる（名称にｔが二つあるのは Lota と luta ＝闘いを掛けたものという）。二〇一二年、フラメンゴ公園を含めリオはユネスコの世界遺産に指定され、ロタの受賞（二〇一三年）に続き公園も二〇一五年シキーニャ・ゴンザーガ・メダルを受賞した。市政四百五十周年記念の『官報 *Diário Oficial*』（2015.3.1）には「市のヒーローたち・ヒロインたち」の欄が設けられ、全リオ市民に加えて六十二人の男女の名が刻まれ、わずか七人の女性の一人にロタの名前も挙げられた。フラメンゴ公園はこのかん国連地球環境サミットの会場にもなっている。二〇一五年秋、「ロタの公園」は五十周年を迎え、一六年にはオリンピックパークの一翼を担う。

二、翻訳について

翻訳にあたっては、ポルトガル語原書のほか、左記の英訳も参照した。

Rare and Commonplace Flowers : The Story of Elizabeth Bishop and Lota de Macedo Soares, translated by Neil Besner, Rutgers University Press, New Brunswick, New Jersey and London, 2002.

ただし英訳は原著者との合意の上ではあれ、英米読者に分かりやすい語順、パラグラフ順の変更や、細部の削除がみられ（詳しすぎると判断されたらしい）、また注をつける代わりに本文を補足するためと思われるが、随所に説明的な加筆がなされている。本訳書ではこうした措置はとらず、できるかぎりポルトガル語原文に忠実を心がけた。

原書には注に類するものは一切なく、英訳もこれに従う。しかし日本の読者に馴染みの少ない事象も数多いので、ポルトガル語特有の表現、ブラジルの背景事情、人名、動植物などには、一部著者にも問合せ、そのつど後注をつけた。注はすべて訳注である。

発音表記は難題だが、リオデジャネイロやニーマイヤーなど地名・人名の慣用表記は尊重した。

本書にはブラジル文献のほかビショップ作品はじめ英米仏などから多くの引用がある。原書では参考文献にまとめられているが、本訳書では必要に応じて個々に出典を注記し、邦訳なども記した。ビショップの詩は拙訳『エリザベス・ビショップ詩集』（土曜美術社出版販売、二〇〇一年）、また散文

“In the Village”は同じく拙訳「村里にて」(『文学空間』V－№8、風濤社、二〇一一年)を使用した。
著者カルメン・L・オリヴェイラ氏は、数々の疑問に親切にメールで答えてくださった。原稿段階で、拓殖大学兼任講師・神田工氏には訳文の明らかな誤りの指摘と修正提案を多々いただいた。なお残る問題や訳文の文体と訳注の責任はすべて筆者にある。

三、経緯について

いくつかの事実をしるしたい。

著者カルメンとは、一九九八年、ビショップの生地マサチューセッツ州ウースターで初めて会った。本書の出版から三年、アメリカの研究者の関心を一身に集めていた氏は、文字通り学会の花だった。私も一発表者として友人・満谷マーガレットさんと共に来ていたが、日本から二人だけの参加が珍しかったのか、カルメンが話しかけてきて親しくなり、論文を交換して別れた。

翌一九九九年、ブラジルで初めてのビショップ学会が開かれ、今度は一人で参加した。なぜ出かけて行ったのか。私はその十年前、満谷さんの手引きでビショップを知り、四冊の詩集を第四詩集から年代を遡る形で読んでいた。その際、ブラジル以前に比べて以後の詩が格段によくなっていることに気づいた。一人の詩人の詩をここまで変えたものは何だろう？　素朴な問いは年々つのり、現地へ行って確かめたい、と思っていた。それ以前の十年間にも、ノヴァスコシアやキーウェストなどへは、詩人の足跡と詩の源泉を探す旅を個人的に続けていたが、言葉もできないブラジルは、学会のような機会でもなければ到底近づけない場所だった。オウロプレト学会は私にとって千載一遇のチャンスだった。世界遺産都市オウロプレトはロタと距離のできてきた時期にビショップが自分の家を買った町だ。ブラジルとアメリカ両国の大学共催の学会は半ばお祭りで、多彩なイベントを盛り込んだその四日間、カルメンと再会した。私は口頭発表ではなくビショップの人生に関わる音楽プログラムを用意し、ブラジルの民衆歌やボサノヴァやエルネスト・ナザレなどのピアノ曲を入れた素人演奏をしたのだが、帰国後カルメンから手紙が来た。発表の感想を記し、いつかあの本を日本語に訳して、とあった。むろん、冗談だったろう。当時の私は、オブリガーダ(ありがとう)くらいしかポルトガル語を知らなかったのだから。だが友情のこもる言葉が心にのこった。それはいつか約束として、私のなかで育っていった。

それから十余年。定年後に始めたポルトガル語はまだ覚束なかったが、原文と参照するべく読み直した英訳は、別の問題点が目についた。副題がブラジル版と違うのだ。「ロタとビショップの物語」ではなく「ビショップとロタの物語」なのだった。英米圏で知名度のあるビショップの本として売ろうという意図は理解できたが、違和感があった。

作品の題名はその体をあらわす。違和感は映画の題名についても湧いた。二〇一三年、MoMA教育ビルで見た試写会の席上、監督ブルーノ・バヘットの言葉が私の興味を引いた。国内向けの題は*Flores raras*――「めずらしい花々」で原題に近かったが、英題は一転 Reaching for the Moon になっていた。最初はビショップ映画という前提で詩句から取ろうと代表作“One Art”(「一芸」)の冒頭の“The Art of Losing”――「失うというわざ」を選んだが、公開先のアメリカは何より「成功」を重んじる社会、負け犬のような題では売れない、と考えた。そこでロタを描いた詩「シャンプー」に出る月と、公園の電柱の月明かりをこめてジャズの名曲の題をあてがう結論に落ち着いたという。悪い題ではないが、アメリカ向けの姿勢が私には釈然としなかった。なぜアメリカ目線を優先して、自国の文化を語るのか。それは日本人にとっても他人事ではない異文化接触の問題点として映った。映画は、ベルリン映画祭では好評だったものの、建築家からは二人の家や公園造成について情報不足だとの映評が出た（家も公園も結局は建築家と造園家の業績であって、ロタは発案者にすぎないという論調だった）。肝心のサマンバイアの家が私有地ゆえ撮影に使えなかったことも一因だが、そもそも短い上映時間内で、本書の背景をなすブラジル政局の激動を描くのは不可能だったろう。女優グロリア・ピレスの演じたロタはぴったりだったが、軍部の圧力や民衆のデモ、公園造りの仲間割れなどは薄められ、映画の主眼はメアリーとの三角関係や同性愛の描写に移っていた。

著者が描こうとしたロタとビショップとは結局どんな人物だったのか。今の目で見れば、恵まれた二人だ。ピュリッツァー賞以後も詩人は、全米図書賞、ブラジル政府からのリオ・ブランコ章、ノイシュタット国際文学賞、全米批評家賞を受け、切手の図柄になり、映画『イン・ハー・シューズ』で朗読された"One Art"はアメリカ人なら誰でも知っている。ロタについても前述通り今は名誉回復されている。だが問題をかぎとる見方もある。ラングストン・ヒューズ編の『黒人詩集』には白人による優れた作品としてビショップの詩も選ばれたが、九八年の学会では「白人であることへの安住」という手厳しい論文もあった。ロタにしても、貧困撲滅や民主化に関わるヴィヴィーニャの姪のド・カルモに言わせれば、「上流階級によくある専制的な雰囲気の持ち主」だった。そうした二人の絆を、しょせんは特権を持つ有閑階級の愛憎劇にすぎない、と結論づける人もいるだろう。

著者はビショップへの関心から入り、ロタに惹かれていったという。双方に公平に、という姿勢は崩さない。だがブラジル版の副題の順序が示す通り、これはやはりロタの物語ではないだろうか。ブラジルの書き手が知られざるブラジル女性の一生を描く以上、情熱がこもらぬわけがない。作家ハシェウ・ヂ・ケイロスはロタを「心底ブラジル人（ブラジレイリッシマ）」と呼んだが、これは核心を突く言葉に思えた。作中、画家ビアンコが二人を観察する印象的な場面がある。「ロタは祝福されてしかるべきだ――南米土着の女（インディア・スウアメリカーナ）である彼女が、第一世界の偉大な詩人を熱く魅了したのだから。だが〔……〕詩人の今後には何が待っているだろう。〔……〕ロタはビショップの水のような目に注意を払っていない」。これは「第一世界」「第三世界」という言葉がまだ通用した時代の、両国の格差への観察でもある。ビショップは高圧的な「先進国の人間」ではなかったし、ロタも「途上国の人間」ではなかった。それでもなお二人の愛と別れにはアメリカ文化とブラジル文化の心理の綱引きが働いている。人の意識の奥底で無意識の文化の自己主張が心と行動を支配する。ビショップの詩の変化の理由を追って私は旅をし本書を読み返してきたが、強力なロタという核とその基層をなすブラジルが、敏感なアメリカ人の心性にたえず何かを刻印し、陰に陽に詩を表出したのだと、今は思えてならない。

　だが物語の本質は、人なのか場所なのか時代なのか？　語りは二人を超えていく。めずらしい花々をとりまく無数の心、ありふれた花々の思いと関係のざわめきこそが、ドラマの全体を決める。

　本書は愛の物語なのだが、通り一遍の愛ではない。三角関係せめぎあう女性同士の愛だけでもない。それが証拠に、本書では同性愛という言葉さえ出てこない。当事者の「性」ではなく「心性」を見よ、ということか？　個の対象への狭い愛、育った文化への広い愛、自分が拠って立つものへの譲れない愛。異文化を背負う人間同士の多重債務のような愛の力学。私的な愛と公的な愛の同心円に人は生きている。ビショップにとっての詩はロタにとっての公園だった。ブラジルの五〇―六〇年代を生きる私人として公人としての二人を打った〈愛の棍棒〉の強さ、美しさ、恐ろしさ。このドラマを生んだ国を知りたい。「ブラジレイリッシマ」なロタを通してブラジルの心を知りたい。そのためにも、映画とは違う見方で、英語版とは違う行き方で、原著に立ち返って訳さなくては、と思った。

刊行の機会がめぐってきたのはついこの間、二〇一五年夏のことである。旧知の作家・中村邦生氏のご紹介で、水声社社長・鈴木宏氏が同社の一冊に受け入れてくださった。編集部の伍井すみれ子さんは、強い関心と共感をもって伴走してくださった。

実現までには多くの方々のお力をいただいた。神田工先生には立教大学ラテンアメリカ研究所の市民講座でポルトガル語を学んだが、その教えなしには本書は間違いだらけの代物になったことだろう。東京外国語大学オープンアカデミーでのエリゼウ・ピシテリ、江口佳子両先生は瑣末な質問に快く答えてくださった。サンバの歌詞では共立女子大学の福嶋伸洋先生に直していただいた箇所がある。英詩には亀井俊介先生と川本皓嗣先生、そしていつも満谷マーガレットさんが手をのべてくださった。すべての方々に心から感謝したい。

長期にわたり遠く近く励ましてくれたSandra Barry, Klaus Martens、粒良文洋・麻央、母と姉も含めて報告すべき人は多いが、何よりも著者カルメンにこの本を届けたい。

語学や文化の模索と並行しての翻訳は危険な作業だが、この数年、カルメンの病気との闘いぶりを見るにつけ、急がなくてはと思ってきた。だがどんなときも朗らかに強気に、花々の写真付きのメールで、前へ進もう、と呼びかけてくれた。私にはカルメンこそが、誰よりも「心底ブラジル人」だと思えてならない。Obrigada, Carmen, amiga brasileiríssima!

二〇一六年一月

小口未散

著者／訳者について——

カルメン・L・オリヴェイラ（Carmen L. Oliveira）　リオデジャネイロ生まれ。アメリカ合衆国インディアナ州ノートルダム大学大学院修了（文学専攻）。軍政時代に大学での教職を辞し、作家・翻訳家として新聞『グロボ』『エスタード・ヂ・サンパウロ』、雑誌『ブラーヴォ！』などに寄稿。著書に小説 *Trilhos e quintais*（1998）、短編集 *Diga toda a verdade—em modo oblíquo*（2012）、論考にビショップ学会（1998）での発表「輝けるロタ」（"*Luminous Lota,*" L. Menides / A. Dorenkamp（eds.）, *In Worcester, Massachusetts*, Peter Lang, 1999）、ブラジル国際関係センター学会（2001）で文化のアイデンティティとグローバリゼーションを論じた "*Jack Soul Brasileira—identidade cultural e globalização*"（*Globalização, democracia e desenvolvimento social*, CEBRI, 2001）など。現在サンパウロ州在住。

*

小口未散（おぐちみちる）　一九五〇年東京生まれ。東京外国語大学フランス科卒業、同修士課程修了。岩波書店勤務のかたわら詩人ビショップを研究。論考にビショップ学会（1998）で発表 "*The Art of Naming,*"（*In Worcester, Massachusetts*, Peter Lang, 1999）とその訳「名づけるといううわざ——夜のポエティックス」（『文学空間』Ⅴ－No.4、二十世紀文学研究会、風濤社、二〇〇七年）、「エリザベス・ビショップの家」（『詩と思想』、土曜美術社出版販売、一九九九年）。翻訳に『エリザベス・ビショップ詩集』（世界現代詩文庫32、土曜美術社出版販売、二〇〇一年）、散文「村里にて」（『文学空間』Ⅴ－No.8、同前、二〇一一年）。

装幀――宗利淳一

めずらしい花　ありふれた花

二〇一六年二月一日第一版第一刷印刷　二〇一六年二月八日第一版第一刷発行

著者——カルメン・L・オリヴェイラ

訳者——小口未散

発行者——鈴木宏

発行所——株式会社水声社

東京都文京区小石川二—一〇—一　いろは館内　郵便番号一一二—〇〇〇二

電話〇三—三八一八—六〇四〇　FAX〇三—三八一八—二四三七

郵便振替〇〇一八〇—四—六五四一〇〇

URL : http://www.suiseisha.net

印刷・製本——ディグ

ISBN978-4-8010-0131-2